24,80

Pat Califia

SAPPHISTRIE

Das Buch der lesbischen Sexualität

sub rosa Frauenverlag

Titel der Originalausgabe
SAPPHISTRY – The Book of Lesbian Sexuality

aus dem Amerikanischen von Alexandra Bartoczko

Umschlagentwurf: Anke-Rixa Hansen
Titelfoto: Tee Corinne
Fotos und Illustrationen: Seite 50, 154, 184, 202, 222, 228, 246, 286, 336, 346
Giehse, Manuela: Seite 84
Jeb: Seite 398
Zartbitter-Frauenfotokalender: Seite 24, 68, 108, 392

Herstellung: Adele Meyer's Herstellungsbüro, Köln

Vertrieb:
Frauenbuchvertrieb Berlin, Mehringdamm 34, 1 Berlin 61

ISBN 3-922166-10-5

Inhaltsverzeichnis

Vorwort der Übersetzerin

Es war ein hartes Ringen – mit dem englischen Text, mit der deutschen Sprache und mit dem Verlag. Nicht, daß ich mich deswegen beklage (das gehört schließlich alles dazu), aber ein Blick hinter die Kulissen ist, finde ich, immer ganz interessant. Wenn ihr das Buch so in euren zarten, energischen oder unschlüssigen Händen wiegt, merkt ihr sicher nichts von einem zähen Kampf. Wie ist dieses Buch zustande gekommen?

Eine der Verlagsdamen (der Name ist der Red. bekannt) schickte mir eines Tages ein Buch zu, von dem sie sehr begeistert war und das ich eventuell übersetzen sollte. Es hieß *Sapphistrie*. Ich las es. Mir schlackerten an einigen Stellen zwar die Ohren, aber ich fand es auch ganz toll. Als die Sache mit der Lizenz geklärt war, machte ich mich ans Werk.

Als Übersetzerin habe ich in erster Linie die (sprachlichen) Interessen der Autorin zu vertreten. Es ist kein Problem, die Interessen *einer* Person zu vertreten, mit der man zudem in Inhalt und Ausdruck im wesentlichen übereinstimmt. Bedeutend schwieriger ist es dagegen, den Interessen der deutschen Leserschaft gerecht zu werden. Jeder Mensch hat ein anderes Sprachgefühl und einen anderen Sprachgebrauch. Die Besprechung der Übersetzung im Freundeskreis förderte die unterschiedlichsten Reaktionen zu Tage, vor allem, was den Sprachgebrauch betraf. Es sei unmöglich, merkwürdig, peinlich, toll, falsch, richtig, widerlich und vieles mehr, z.B. das Wort „Möse“ zu benutzen, oder „Penetration“ oder „vögeln“. Manche Frauen störte das Wörtchen „man“, andere störten Fremdwörter, wieder andere störten umgangssprachliche oder vulgäre Wendungen, und es gab sogar einige, die störte gar nichts. Auch mich störte einiges am Sprachgebrauch anderer (z.B. das Wort „Lesbianismus" – was die meisten Lesbianerinnen nicht zu stören scheint). Es gab politische, persönliche, kulturelle, moralische, ästhetische und was weiß ich noch für Einwände, Bedenken, Kritik, Auseinandersetzungen. Es gab auch heiß bis lauwarme Grade der Zustimmung. Unsere anfängliche Begeisterung drohte jedenfalls unter dem Hagel der unterschiedlichen Reaktionen zu verblassen, wenn nicht gar zu ersticken.

Tja, und nun begann der Kampf Übersetzerin (pro-Autorin) gegen Verlag (pro-Leserinnen): Was bleibt stehen, was wird geändert, was weggelassen? Stellt euch vor, ihr schreibt ein Buch, einen Brief oder ein Theaterstück. Irgendwo steht: „du ekliger Scheißer!" Ihr erfahrt, daß es in der Übersetzung abgeändert wurde in „Sie böser Schelm ..." Oder ihr schreibt: „Ich bete dich an", und in der Übersetzung steht: „Ich kann dich sehr gut leiden" oder „ich steh' auf dir". Wär' euch das egal? Ich würde mit Sicherheit einen Tobsuchtsanfall bekommen. Und da ich mich so gut in die Autorin (bzw. eine Autorin) hineinversetzen konnte, ging es natürlich bald rund. Es gab heftige Szenen und heiße Tränen und Sekt zur Beruhigung und Streichungen und Rückgängigmachungen und Kompromisse und Einsichten und Überwindungen: Das kommt dabei heraus, wenn Freundinnen zusammen arbeiten. Das ist etwas, wofür es sich zu kämpfen, zu ärgern und zu leiden lohnt. Das ist der Stoff, aus dem *Sapphistrie* hervorgegangen ist.

Alexandra Bartoczko
im Juli 1981

Über die Autorin

Ich kam 1971 raus, als ich 17 Jahre alt war. Ich lebte damals im Studentenwohnheim am College in Salt Lake City im Staat Utah und war schrecklich verknallt in eine breitschultrige, brillante Frau, die am anderen Ende des Gangs wohnte. Meine jugendliche Leidenschaft beunruhigte sie, und sie bestand darauf, daß jede Beziehung zwischen uns rein platonisch sein müsse. Sie bestand auch darauf, meine beste Freundin zu bleiben. Einen traurigen Winter lang schleppte ich mich durch Schnee und Eis zu den Vorlesungen und wieder zurück in mein Zimmer, schrieb bis tief in die Nacht Unmengen frustrierter Verse und schluckte alle möglichen Fremdkörper, von denen ich mir gerade eine Linderung meines Schmerzes versprach. Der Druck des Studiums, eine noch im Keim befindliche und nicht der Norm entsprechende Geschlechtsidentität, die ablehnende Haltung meiner Mormonenfamilie und unerwiderte Liebe – alles trug dazu bei, daß ich mit einem Nervenzusammenbruch vom College abgehen mußte.

Ich bekam Sozialhilfe und zog ins Frauenzentrum. Ich versuchte, mich selbst zu heilen und die notwendigen Fertigkeiten zu erwerben, um in einer feindseligen, männerbeherrschten Welt bestehen zu können. Mir wurde klar, daß es keine individuellen Lösungen gibt. Es war einfach kein Platz für Frauen, geschweige denn Lesbierinnen, im System. Ich mußte politisch aktiv werden, sonst würde ich nicht überleben. Während meiner Zeit in Salt Lake City engagierte ich mich bei der Öffentlichkeitsarbeit für das ERA (Equal Rights Amendment – Gleichberechtigungszusatz in der amerikanischen Verfassung), bei der Gründung eines Frauenzentrums, bei Anti-Kriegs-Kampagnen, bei Selbsthilfegruppen und bei der Wohnraumbeschaffung für Arme und Angehörige von Minderheiten.

Im Winter 1973 fegte ein dreitägiger Schneesturm über uns hinweg und begrub den Wagen meiner Zimmergenossin vollständig. Da sie die Grippe hatte, mußte ich ihn ausbuddeln. Während ich schaufelte, kam ich zu dem Schluß, daß mir ein weiterer Winter in der Wüstenprovinz den Rest geben würde. Ein paar Monate später lernte ich eine Lesbe aus San Francisco kennen, die mir Asyl anbot. Noch ehe das Jahr zu Ende war, hatte ich meinen S 1.60-Stundenlohn-Job in der Binderei gekündigt, meine Bücher, Jeans und T-Shirts gepackt und eine Fahrkarte für den Greyhound Bus gelöst. Es war die beste Entscheidung, die ich je getroffen hatte.

Ich wußte, daß ich als Folge des Lebens in Salt Lake City mich selbst zu hassen begonnen hatte, aber wie schlimm es war, merkte ich erst nach meiner Flucht. Ich fühlte, wie Wellen von Spannung von mir wegströmten. Ich konnte gar nicht fassen, daß es so viele Lesben gab und wie viel es ausmachte, sie sehen und mit ihnen reden zu können und zu wissen, daß ich zu ihnen gehörte. Sie erschienen mir so hochgebildet und weltgewandt, daß ich mir ganz klein vorkam und mich bemühte, nicht aufzufallen, bis ich sicher war, daß ich mich mit meinen Äußerungen nicht blamieren würde. Da die „Daughters of Bilitis“ damals die größte Lesbengruppe war, schloß ich mich ihnen an und stellte ihnen bereitwillig meine Arbeitskraft zur Verfügung. Nach einem halben Jahr war mir klar, daß fast jede Lesbe, die ich kennenlernte, aus einer ebenso weltfremden und rückständigen Gegend stammte wie Utah, und so fing ich glücklich an, wieder zu diskutieren und zu debattieren und zu dozieren, und fand immer mehr zu mir selbst zurück.

Nach meiner Arbeit beim Telefondienst für Sexinformation in San Francisco erwachte mein Interesse für Sexualerziehung. Da Lesbierinnen nie bei der Auskunftstelle anriefen, begann ich mit einer Freundin, Gruppen über lesbische Sexualität zu organisieren. *Sapphistrie* ist ein Ergebnis dieser Arbeit. Ich fing außerdem an, über Frauenkultur, feministische Politik und Erotika zu schreiben. Einige meiner Arbeiten wurden in amerikanischen feministischen, lesbischen oder Schwulenzeitschriften veröffentlicht.

Zur Zeit arbeite ich an meinem Abschluß in Psychologie. Meine Interessengebiete sind Sexualtherapie, Beratung von sexuellen Minderheiten und Sexualforschung. Ich habe Forschungen über lesbische Sexualität betrieben, wovon einiges im „Journal of Homosexuality," 4 (3), 1979 veröffentlicht wurde.

Ich habe vor, meine Schriftstellerkarriere weiter auszubauen und mich um eine Zulassung als Beraterin zu bemühen. Ich kann mir vorstellen, daß mich die menschliche Sexualität, besonders das Thema sexueller Varianten, weiterhin interessieren wird – aus feministischer Sicht.

Pat Califia
Januar 1980

Widmung

Dieses Buch ist Marsha Seeley gewidmet, einer der kreativsten und schwerstarbeitenden Frauen, die ich kenne. Sie führte die ersten Diskussionsgruppen über lesbische Sexualität, und später hatte ich das Privileg, mit ihr zu arbeiten. Wir haben mehrere Gruppen gemeinsam geleitet, zusätzlich zu unseren Vorträgen bei verschiedenen Frauenaktionen und -konferenzen. Marsha gilt meine nie versiegende Bewunderung für ihre Fähigkeit, mit feindseligen Menschenmengen, schlecht funktionierenden Filmprojektoren, meinem Zaudern und schlechter Bedienung in Restaurants fertig zu werden. Ich schulde ihr Dank für ihre ständige Ermutigung, obwohl ich damals vieles „Einmischung" und „Stichelei" genannt habe. Ein großer Teil der Weltanschauung, die diesem Buch zugrunde liegt, die didaktischen Informationen und die Kommunikationsübungen wurden mit ihr zusammen entwikkelt. Ich bin sicher, sie wird nicht mit allem darin einverstanden sein und mir unverzüglich ihre Bedenken mitteilen. Das ist das Schöne an unserer Freundschaft. Marsha, ich liebe dich.

Die Verfasserin möchte Emily Rosenberg ihre besondere Anerkennung aussprechen für ihre sorgfältige, aufreibende und erotische Zusammenstellung des Registers.

Vorwort

Für manche Leute ist es schwer zu begreifen, daß Sex ein erlernter Prozeß ist und nicht etwas, was von selbst kommt. Der Instinkt ist natürlich da, aber den Instinkt mit einer anderen Person in Verbindung zu bringen ist zweifellos das Ergebnis positiver Information. Pat Califias Buch gibt der Lesbierin verständliche und offene, sexbejahende Information über Sexualität zwischen Frauen. Aber darüberhinaus macht es uns bewußt, wie notwendig Kommunikation auf allen Ebenen ist, wie notwendig es ist, unsere Verschiedenheit zu akzeptieren und unser Recht auf freie Wahl des Lebens- sowie Sexualstils zu respektieren, und welche Gefahren Anpassung in sich birgt.

Das Buch, das ich 1972 mit Del Martin schrieb, *Lesbian/Woman,* behandelte als erstes unverblümt und von einem lesbischen Standpunkt aus das Thema lesbischer Sexualität. Rückblickend betrachtet, hätten wir uns wahrscheinlich mehr über Fragen des „Wie" auslassen sollen. Denn Lesbierinnen, wie auch nichtschwule Frauen, sind in einer Gesellschaft aufgewachsen, die ihre Sexualität verunglimpft, und die meisten brauchen Bestätigung, Ermunterung und Anleitung, um ihr Geschlechtsleben frei entfalten und genießen zu können. *Sapphistrie* erfüllt dieses Bedürfnis.

Im Rückblick auf 25 Jahre in der Lesben-, Schwulen- und Frauenbewegung ist es bezeichnend, daß in den ersten 13 dieser Jahre das Thema Sex zwischen Frauen unter Freundinnen und Bekannten – und vermutlich auch unter einigen Liebenden – so gut wie gar nicht erörtert wurde. Del und ich gehörten 1955 zu den Gründerinnen der Daughters of Bilitis. Über Jahre hinweg betreuten wir als Gruppenberaterinnen (und aktive Zuhörerinnen) tausende von Lesbierinnen. Dennoch kamen sexuelle Probleme oder Ängste oder Fragen, wie's gemacht wird, nie zur Sprache. Es muß sie gegeben haben (wir hatten Probleme, und *Sapphistrie* wäre uns vor 25 Jahren eine große Hilfe gewesen). Doch das Tabu, über Sex zu sprechen, die Angst, unsere eigene oder jemand anders Intimsphäre zu verletzten, waren so stark, daß derartige Fragen praktisch nicht zu existieren schienen.

Erst 1968, nachdem das National Sex Forum in San Francisco eingerichtet worden war, fiel es Frauen allmählich etwas leichter, über Sexualität zu reden bzw. sich darüber zu informieren. Als das Forum mit der Zeit bekannt wurde, erhielt ich immer mehr anonyme Telefonanrufe von Frauen, die wissen wollten, „wie's gemacht wird". Leider war es damals nicht möglich, am Telefon in alle Einzelheiten zu gehen. Die meisten Frauen scheuten sich noch immer, zu einem Gespräch unter vier Augen in unser Büro zu kommen.

Die Frauenbewegung und die zunehmende Information über menschliche Sexualität im allgemeinen haben den Stein ins Rollen gebracht. Heute haben sowohl schwule als auch nichtschwule Frauen viel weniger Hemmungen, Gruppen aufzusuchen, die sich mit Sexualität beschäftigen. Kurse, wie die vom National Sex Forum veranstalteten, haben sich über das ganze Land ausgebreitet, so daß eine sorgfältige, positive Sexualaufklärung viel mehr Menschen erreichen kann. Im Lauf der Zeit, jedoch erst in den letzten fünf Jahren, erschienen Bücher ausschließlich über lesbische Sexualität, wenn auch nur wenige. *Sapphistrie* füllt eine Lükke aus, die bisher nie geschlossen werden konnte. *Loving Women* von den Nomadic Sisters war das erste „Sexhandbuch" für Lesben. Dieses liebevoll geschriebene, feministische Buch mit seinen ausgezeichneten Illustrationen konzentriert sich allerdings mehr auf herkömmliche Methoden lesbischer Liebespraktiken. *The Joy of Lesbian Sex* von Dr. Emily L. Sisley und Bertha Harris liefert eine Vielfalt von Informationen, ist jedoch an einigen Stellen nicht wertungsfrei und neigt dazu, Lesben als Superfrauen hinzustellen, was wir nicht sind.

Auch Lesben erleben sexuelle Frustrationen, und es gibt präorgasmische Lesben (d.h. die noch nie einen Orgasmus hatten) – wir alle haben mehr oder weniger unter den sexualfeindlichen Vorurteilen der Gesellschaft und dem Märchen, daß Frauen (einschließlich Lesben) asexuell seinen, gelitten.

Dieser Mythos ist übrigens noch immer lebendig und floriert trotz der Arbeiten von Alfred C. Kinsey, Masters und Johnson und anderer. In der Tat verbreiten sämtliche Bücher über menschliche Sexualität (sowohl die im medizinischen Fachunterricht wie auch in sonstigen Fachbereichen benutzten Bücher) den Tatunbestand, daß Lesbierinnen eigentlich weniger an Sex oder Orgasmus als an Drücken und Schmusen interessiert seien. Diese Art von Fehlinformation kommt einem direkten Angriff auf die weibliche Sexualität schlechthin gleich. Wie frau sich sicher vorstellen kann, stammen derartige falsche Angaben von männlichen Verfassern und sind in den wenigen Absätzen zusammengefaßt, die im Rahmen der weit ausführlicheren Besprechung männlicher Homosexualität den „Tatsachen“ über Lesbierinnen gewidmet sind.

Sapphistrie erörtert nicht nur das breite Spektrum möglichen Sexualverhaltens zwischen Frauen, sondern tut das auf wertungsfreie und realistische Art und Weise. Pat Califia weiß um das Bedürfnis nach Kommunikation, nach Verständnis und Anteilnahme zwischen Frauen. Sie weiß auch um die unterschiedlichen Neigungen von Lesbierinnen und daß jede *selbstgewählte* Art sexueller Betätigung in Ordnung ist. Es gibt keine Verhaltensnormen.

Unsere Sexualität ist ein wesentlicher Bestandteil von uns selbst. Unsere Sexualität mit Partnerinnen oder allein zu ergründen, stärkt und fördert unsere Entfaltung. Sie vermittelt uns Freude, körperliche Entspannung und ein Gefühl des Wohlseins, was uns die notwendige Kampfkraft gibt, um unser aller Freiheit gegen die Bigotterie, den Haß und das Unverständnis all derer draußen in der Welt zu verteidigen, die uns nicht nur unsere Sexualität, sondern sogar unser Recht auf Existenz absprechen.

Also lest, Schwestern, und lernt euch selbst kennen. Wissen macht uns stärker, macht uns fähig, gute Entscheidungen zu treffen, und macht uns sicherer in unseren Gefühlen. Weil Lesben stark, liebevoll und wachsam sind, können wir den Ausschlag geben im Kampf um eine neue Welt, eine Welt, die frei ist von Unterdrückung und Heuchelei, frei für uns alle, um sein zu können, wer wir sind.

Phyllis Lyon

Einleitung

Ich hätte dieses Buch nicht schreiben können, wenn ich es nicht für wichtig gehalten hätte. Ich möchte allen Frauen danken, die meine Einschätzung teilten und mich in meinen Bemühungen ermutigt und unterstützt haben. Ihre Unterstützung hatte viele Formen – Einladungen zum Essen, Korrekturlesen, Geld, Gespräche, Zeichnungen, Einwände, Fotos, Orgasmen. Ohne den Beistand und die Kritik dieses großartigen Netzwerks hätte ich den zur Beendigung dieses Buches notwendigen persönlichen Einsatz nicht aufrechterhalten können.

Jedes Mal, wenn ich auf ein Hindernis stieß, mußte ich den Reiz, der für mich in diesem Projekt lag, neu definieren. Mir wurde klar, daß es zwei Gründe gab, die es mir so wichtig erscheinen ließen, dieses Buch zu schreiben.

Der erste Grund ist die Unsichtbarkeit weiblicher Homosexualität in unserer Kultur. Während meiner Kindheit und Jugend war ich ständig mit dem vagen Gefühl konfrontiert, anders zu sein als alle anderen, mit denen ich zu tun hatte. Ich konnte dieses Anderssein nicht näher beschreiben, aber es schien mich von anderen Menschen zu isolieren. Wenn ich das Leben der mir nächststehenden Erwachsenen betrachtete, war ich bestürzt und beunruhigt, weil ich mir einfach nicht vorstellen konnte, zu heiraten und Kinder zu haben. Frauenleben schienen mir unnötigerweise beschränkt und frustrierend. Mit 13 Jahren hatte ich bereits *Der Weiblichkeitswahn* gelesen. (Es war die einzige Literatur, die ihren Weg von der Frauenbewegung bis zu meinem winzigen Drugstore in Utah fand.) Ich fühlte mich zwar weniger verkorkst und isoliert, als ich die Mechanismen durchschauen lernte, die Frauen in Bürger zweiter Klasse verwandelten; doch mit meiner Leidenschaft wußte ich nach wie vor nichts anzufangen.

Nachdem ich das Haus meiner Eltern verlassen hatte, um aufs College zu gehen, lernte ich zum ersten Mal andere Feministinnen kennen. Ich lernte auch andere Lesben kennen. Als mir klar wurde, daß sich hier eine echte Alternative für mich bot, fiel mir ein Stein vom Herzen. *Das* war es also! Wie einfach! Andere Frauen lieben, mit anderen Frauen schlafen … das war *die* Lösung. Wenn ich daran dachte, wieviel Zeit ich mit Selbstverachtung, Schuldgefühlen und Verzweiflung vergeudet hatte, wurde ich wütend.

Die herrschende Kultur steuert uns, indem sie unseren Blickwinkel einschränkt und uns jede mögliche Vorstellung von der Frau, die wir sein könnten, verweigert. Dieses Buch trägt eine subversive Botschaft. Es zeigt eine Alternative zur Anpassung auf.

Ich hatte einen weiteren, unmittelbareren Grund, dieses Buch zu schreiben. Als ich rauskam, verwarf ich die ganzen jüdisch-christlichen, psychoanalytischen Märchen über Lesbierinnen – z. B. daß wir lieber Männer wären, daß wir Kinder haßten, daß wir von einem talentierten männlichen Liebhaber geheilt werden könnten. Schwieriger war es dagegen, eine andere Reihe falscher Auffassungen von Lesbianismus auszusieben und richtigzustellen. Ich nenne sie „pro-lesbische Mythen".

Der am weitesten verbreitete pro-lesbische Mythos ist die Annahme, zwei Frauen verstünden es am besten, sich gegenseitig zu befriedigen. Als ich noch ein Grünschnabel in der Lesbenwelt war, klang das ausgesprochen gut. Ich hatte eine panische Angst vor Sex und klammerte mich an alles, was die Sache weniger bedrohlich erscheinen ließ. Dabei übersah ich einiges, was in dieser beruhigenden Verallgemeinerung mit enthalten war. Z.B. daß bei allen Frauen die sexuelle Reaktion nach dem gleichen Schema abläuft und daß alle Frauen die gleichen Vorlieben haben. Oder daß es sich erübrigt, über Sex zu reden.

Gerade dieser pro-lesbische Mythos sollte mir noch viel Kummer bereiten. Als ich endlich anfing, tatsächlich mit anderen Frauen zu schlafen, konnte ich keinen Orgasmus bekommen. Es störte mich, aber ich wollte mir selbst nicht eingestehen, wie sehr es mich störte. Ich redete mir ein, daß Frauen sich nicht auf Orgasmen fixieren wie Männer, weil Sex ja nicht genital orientiert sein sollte (noch mehr pro-lesbische Propaganda) und suchte mir neue Geliebte.

Je öfter sich diese Erfahrung wiederholte, desto mehr drehte ich durch. Stimmte etwas nicht mit meinen Genitalien? Stimmte etwas nicht in meinem Kopf? War am Lesbischsein etwas nicht in Ordnung? Meine Geliebten waren sauer oder gekränkt, wenn ich ihnen sagte, es sei zwar ein schöner Abend gewesen, aber nein, ich hätte keinen Orgasmus gehabt. Ich begann, Orgasmen vorzutäuschen in der Hoffnung, ein echter würde sich magischerweise irgendwann mal einstellen. Da saß ich nun wirklich in der Klemme. In einer gleichberechtigten, nicht unterdrückerischen Beziehung mit einer anderen Frau (welche die einzig mögliche Art von Beziehung zwischen Frauen ist) war es einfach unerhört, Orgasmen vorzutäuschen. Ich kannte nicht einmal eine *Hetero*frau, die so etwas tat.

Ich begann, verzweifelt nach Informationen zu suchen. Ich fing mit klinischer Literatur aus der Unibibliothek an. Das half mir überhaupt nicht weiter. Es war mir längst einerlei, ob Cunnilingus eine neurotische Angst vor Penetration und Schwangerschaft bedeutete oder nicht. Ich wollte bloß wissen, wie zum Teufel irgend jemand darauf abfahren konnte. Ein paar Heterofreunde bedachten mich mit pseudolesbischer Pornographie. Die machte mich unheimlich scharf, ein bißchen übel wurde mir auch davon, aber über lesbische Orgasmen erfuhr ich nichts. Ich benutzte sie zur Steigerung meiner Masturbationsphantasien. Dann begann ich mich zu fragen, ob ich vielleicht deswegen mit Partnerinnen nicht kommen konnte, weil ich mich zu oft selbst befriedigte. Ich klaute ein Exemplar von *The Joy of Sex* (Die Freude am Sex), weil ich mich zu sehr genierte und zu pleite war, es zu kaufen, denn ich dachte mir, in so einem progressiven Insider-Sexhandbuch müßte doch etwas stehen, was mir weiterhelfen konnte. Auf Seite 239 erfuhr ich, daß Frauen mit Orgasmusschwierigkeiten eine lesbische Beziehung in Erwägung ziehen sollten.

Schließlich nahm ich die älteste und weiseste Lesbe, die ich kannte, beiseite und erzählte ihr von meinem Problem. Sie starrte – mir kam es wie Stunden vor – in ihr Bierglas, warf mir dann einen kurzen, mißtrauischen Blick zu und fragte: „Bist du sicher, daß du lesbisch bist?"

Andere Frauen haben von ähnlichen Erlebnissen berichtet. Guter Sex ergibt sich *nicht* automatisch, wenn immer zwei (oder mehr) Frauen nacheinander Verlangen haben. Wir müssen uns von der romantischen Vorstellung lossagen, daß eine wirklich liebende Partnerin ohne weiteres spürt, was wir mögen, und ohne jegliche Hilfestellung zur Tat schreitet. Wir müssen auch aufhören, unsere Schwesternschaft zu zersplittern, indem wir einander sexuelle Verhaltensnormen vorschreiben.

Dieses Buch ist zum Gebrauch innerhalb der lesbischen Gemeinschaft gedacht. Ich habe mich bemüht, keine Form sexueller Aktivität als politisch falsch, ästhetisch geschmacklos oder moralisch bedenklich abzustempeln. Ich ziehe vor, so umfassend wie möglich zu informieren, und ich möchte euch auffordern, ausgiebig von diesen Informationen Gebrauch zu machen, um eure eigenen Entscheidungen zu treffen. Meine Erfahrung sagt mir, daß jemand, die/der in mir Schuldgefühle hervorzurufen versucht, weil ich diesen oder jenen Weg zum Vergnügen gewählt habe, irgendeine Kontrolle über mein Leben anstrebt. Das würde ich gerne seltener sehen. Ich finde, es sollte uns allen mehr Spielraum für sexuelle Varianten und mehr Freiheit für Experimente mit unseren Phantasien gelassen werden.

Man sagte mir, Sexualität sei ein frivoles Thema. Ich bin anderer Meinung. Es ist wahr, daß unsere Sexualität lächerlich gemacht und verzerrt dargestellt wurde. Doch haben wir meiner Meinung nach auf diese Unterdrückung überreagiert, indem wir uns weigerten, die sexuelle Komponente lesbischer Liebe anzuerkennen. Wir sind nicht einfach Erzfeministinnen. Wir sind Frauen, die daran denken, einander zu berühren, die sich gegenseitig ausziehen und die Sinnlichkeit unseres eigenen Körpers wie auch des Körpers unserer Geliebten erforschen.

Es ist schwer, Frauenverachtung auf breiter Basis zu bekämpfen, wenn sie in uns selbst fortlebt. Wir können unserer verinnerlichten Ablehnung entgegentreten und den Schaden wiedergutmachen, den uns eine körperscheue und körperfeindliche Gesellschaft zugefügt hat. Unsere Sexualität kann eine Quelle von Genuß und Lebenskraft sein. Dieses Buch ist ein Angriff auf die Unterdrückung und Kolonialisierung weiblicher Sexualität. Es soll uns stärken und uns auf den langen, schwierigen Kampf um unsere Befreiung vorbereiten.

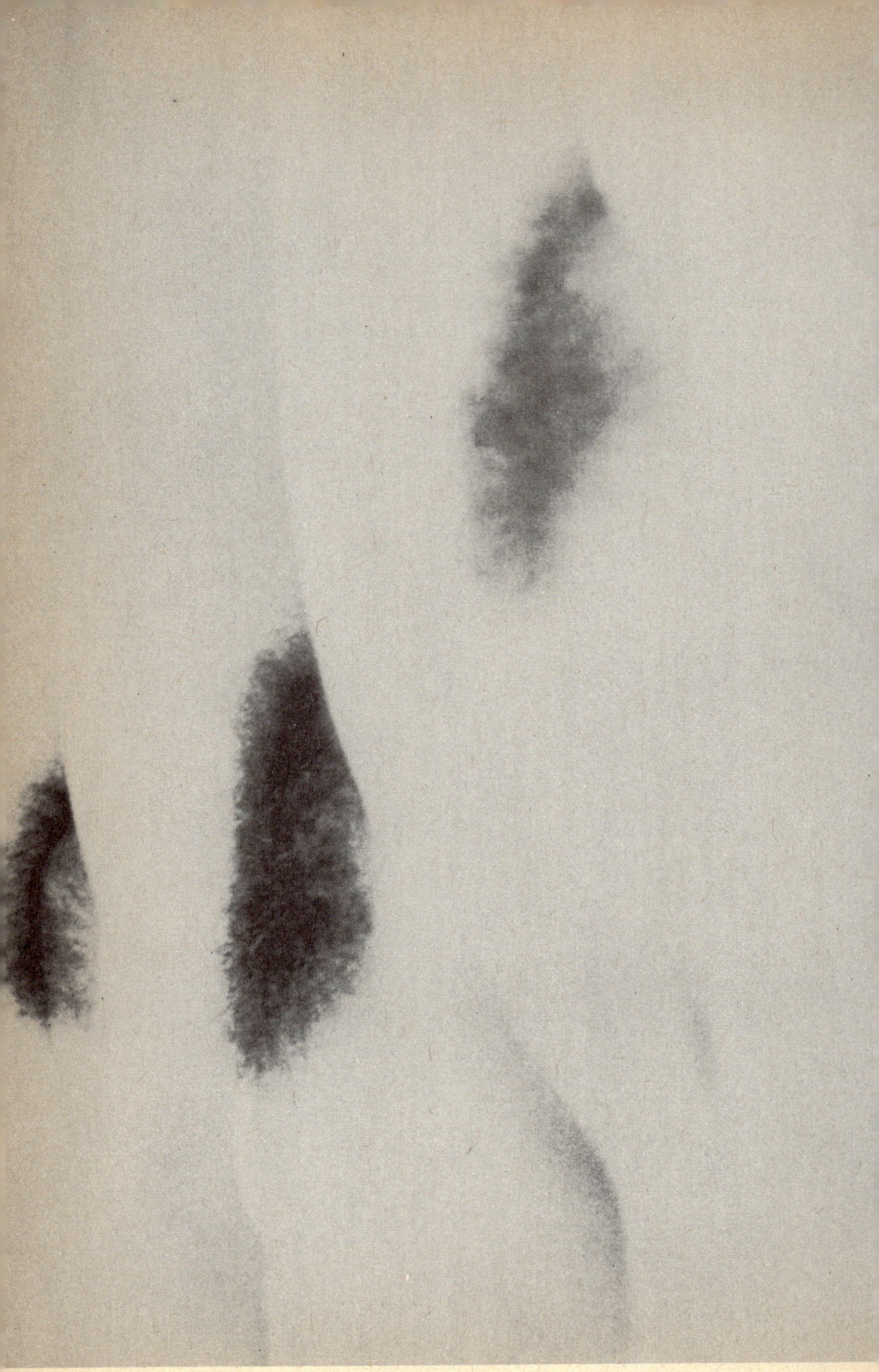

1

Die erotische Phantasie

Die erotische Vorstellungskraft, die jede von uns besitzt, wirkt auf unsere sexuellen Erlebnisse sowohl beschränkend als auch steigernd. Diese Vorstellungskraft bestimmt, welche Frauen wir anziehend finden, welche Gefühle wir erleben und hervorrufen wollen, welche Düfte, Stoffe oder Geräusche wir erregend finden, und welche Experimente wir machen wollen. Wir genießen diese geistigen Bilder sexueller Aktivität um ihrer selbst willen und im Hinblick auf die Ereignisse, die wir ihnen folgen lassen. Den Rohstoff für unsere erotischen Phantasiespiele schöpfen wir aus den unterschiedlichsten Quellen – Dinge, die wir sehen, wenn wir ohne anzuklopfen eine Tür öffnen, Flüstergespräche am Nebentisch, Geschichten, die wir lesen, Bilder, die wir sehen, Vorschläge einer ungehemmten Geliebten. Werden unsere Quellen beschnitten und gesäubert, dann sind auch unsere erotischen Wünsche verkrampft und zensiert.

Unser Wissen um die erotische Phantasie und der Gebrauch, den wir davon machen, variieren von Frau zu Frau. Manche Lesben lieben reiche, aufwendige Inszenierungen für ein Tête-à-tête oder zur Luststeigerung beim Masturbieren. Andere Frauen ziehen Phantasien vor, die sich mehr an der Wirklichkeit orientieren. Sie malen sich Erlebnisse mit einer Frau aus, die sie gerade kennengelernt haben, oder sie lassen besonders schöne Begegnungen aus der Vergangenheit vor ihrem geistigen Auge wieder lebendig werden. Manche Lesben sind sich gar keiner erotischen Phantasien um Personen oder Situationen bewußt. Wenn sie sich selbst befriedigen oder mit einer Partnerin schlafen, sehen sie vielleicht Muster oder Farben oder hören Musik.

Ein sexuelles Erlebnis entsteht durch das Wechselspiel unserer Phantasien, Emotionen und körperlichen Eindrücke. Es ist schwierig – wenn nicht gar unmöglich – angetörnt zu werden, wenn unsere Gefühle und unsere Phantasie nicht aktiv beteiligt sind. Dieses Buch beginnt mit einem Kapitel über Phantasien und Erotika, weil ein so großer Teil unserer Sexualität vom Herz und vom Kopf ausgeht.

Sexuelle Phantasien

Ein Beispiel für den Einsatz der erotischen Vorstellungskraft ist, sich selbst eine gewagte Geschichte zu erzählen. Frauen, die gerne phantasieren, wundern sich oft über den exotischen oder willkürlichen Charakter ihrer privaten erotischen Träumereien. Hier sind einige Beispiele sexueller Phantasien, die Lesben für mich niedergeschrieben haben. Es liegt auf der Hand, daß sexuelle Phantasien in hohem Maße individuell und äußerst unterschiedlich sind.

*

Meine Geliebte und ich liegen ausgestreckt in der Sonne, auf einem flachen Felsen an einem Fluß. Dann springen wir hinein und tauchen und schwimmen nackt in den Fluten. Wir spielen, streicheln und küssen uns, während das Wasser um uns herum fließt. In der Nacht liegen wir dann neben einem ganz warmen Feuer, angenehm erschöpft, und lieben uns dort unter freiem Himmel. Das Licht des Feuers erhellt ihren Körper und wärmt meinen. Nachdem ich ihre Genitalien liebevoll geküßt habe, trinken wir aus einer Feldflasche kaltes Wasser aus dem Fluß.

*

Ich stelle mir vor, daß eine Frau mich mit dem Finger fickt, und das geht immer weiter, solange bis ich einen Orgasmus habe (im wirklichen Leben schaff' ich das nicht).

*

In meinen Lieblingsphantasien habe ich gewöhnlich eine sexuelle Beziehung mit jemand, mit der ich noch keine sexuelle Erfahrung hatte. Sobald der Fall eintritt, habe ich keine Phantasien mehr darüber. Wenn ich in einer realen Beziehung nicht zufrieden bin, stelle ich mir Beziehungen mit anderen Leuten vor.

*

Ich stelle mir gerne vor, wie ich in ein Zimmer hineingehe, wo eine Gruppe von sechs bis acht Frauen (in verschiedenen Entkleidungsstadien) auf mich zukommt. Zwei oder drei fangen an, mich sanft zu streicheln, zu küssen, zu verwöhnen, während sich die anderen hinlegen, die Beine spreizen, sich mir zeigen und mich einladen, näher zu kommen. Die Frau, die sich mit mir (stehend) beschäftigt, bringt mich zum Orgasmus, während ich an zwei der Frauen herumfingere. Dann gehe ich zu den liegenden Frauen hinüber (eine nach der anderen) und mache mit jeder das, was sie wünscht.

*

Daß eine andere Frau mich befriedigt, wobei meine Bewegungsfreiheit zum Teil eingeschränkt ist. Zärtliches Liebesspiel, lang anhaltende, starke Erregungsphasen. Irgendwelche Aphrodisiaka (Avocados, Papayas, Erdbeeren), um sie auf der Haut zu spüren oder als Gleitmittel zu benutzen.

*

Zwei Männer im Bus werden aufeinander aufmerksam. Der eine fängt an, diskret zu onanieren, der andere sieht es und wird auch scharf. Sie rücken näher zusammen und masturbieren sich gegenseitig, wobei keiner merkt, was los ist, bis sie einen Orgasmus haben. *

Meine Freundin hat einen Campingbus mit einem Bett hinten drin. Ich hab' mir schon öfter ausgemalt, wie wir es miteinander treiben, während der Wagen auf einer belebten Straße in der Stadt geparkt ist – vielleicht am späten Nachmittag oder am frühen Abend. Mir gefällt die Vorstellung, daß andere Leute ganz nah sind, ohne zu wissen, was passiert.

*

Daß mich eine fremde, ältere, gebieterische Frau befriedigt.

*

Daß ich eine Penis/Klitoris habe und meine Partnerin penetrieren kann.

*

Von zwei Frauen gleichzeitig geliebt zu werden, wobei ich ganz passiv bin und ganz im Mittelpunkt der Aufmerksamkeit und Aktivität stehe.

*

Dies ist eine Phantasie für wenn ich geliebt werde. Die Frau, die mich liebt, peitscht mich aus. Es ist ein Publikum da. Dies kann alles in einer altmodischen Mädchenschule stattfinden, wo eine Lehrerin anwesend ist, oder in einem Theater, wo wir auf der Bühne sind.

*

Ich und weitere drei Frauen auf einer Bühne. Das Publikum setzt sich aus Frauen zusammen. Wir sind nackt auf einer erhöhten Plattform. Eine Frau hat ihre Finger in meiner Scheide, ihre Zunge leckt meine Klitoris. Eine Frau saugt an meinen Brüsten. Eine Frau liegt, ihre Möse über meinem Gesicht, ich lutsche an ihr, und meine Hände streicheln ihre Brüste. Sie stöhnt.

*

Ich hypnotisiere meine Partnerin, und sie handelt nach meinen Wünschen. Sie ist weniger gehemmt.

*

Mir vorzustellen, daß mich meine Geliebte kostet, während ich mich selber befriedige.

*

In meinen Phantasien kommen seltsamerweise Männer vor. Situationen, die Tabu sind – wie auf dem Rücksitz eines Autos oder, meine Lieblingsvorstellung, eine Gruppenvergewaltigung nachts auf einer Wiese – alles junge Typen.

*

Ich bin eine Amazonenkriegerin, die im Kampf (mit Männern) verwundet wurde. Ich treibe in einem Boot auf eine Insel zu und werde von dort lebenden Amazonen entdeckt. Eine der Frauen hebt mich sanft aus dem Boot und fängt an, mich zu lieben und zu verwöhnen, bis ich wieder zu Bewußtsein komme. Die übrigen Amazonen sehen liebevoll zu, werden allmählich auch angetörnt und fangen an, miteinander Liebe zu machen.

*

Ich phantasiere nicht viel, aber manchmal, wenn ich masturbiere und Schwierigkeiten habe zu kommen, stelle ich mir vor, daß ich mich total gehen lasse, die Kontrolle über mich verliere, so sehr, daß ich eimerweise uriniere.

*

Daß mir eine Frau die Hand vorn in die Jeans steckt und mit meiner Pussi spielt und dabei erotische Sachen sagt.

*

Es ist ganz merkwürdig. Daß ich in einem lesbischen Puff arbeite (ich war früher Prostituierte, aber natürlich für Männer), und eine Kundin sucht mich aus und fängt an, mich anzumachen, aber ich kann irgendwie nicht ungehemmt reagieren. Sie befiehlt mir, meinen Slip auszuziehen, was ich auch tue (ich trage ein kurzes Negligé). Wir gehen in ein Nebenzimmer. Sie befiehlt mir, mich hinzulegen, und bringt mich mit der Hand bis kurz vor den Orgasmus. Dann hört sie auf und befiehlt mir, an ihr runterzugehen, was ich tue (unheimlich gern, muß ich dazu sagen). Sie kommt und geht dann gleich weg. Ich bin ganz verrückt, bin immer noch nicht gekommen. Ich geh' hinaus in den Empfangsraum und fang' an, mit einer anderen Kundin zu reden, die sich noch nicht für jemand Bestimmtes entschieden hat. Ich setze mich auf ihren Schoß und fange an, mich an ihrem Bein zu reiben. Wir gehen ins Nebenzimmer. Sie fesselt mich und geht an mir runter, nachdem sie mich eine Zeitlang geneckt hat. Ich habe einen explosiven Höhepunkt und sie bezahlt mit einer Kreditkarte (wahrscheinlich geklaut, aber man kann nicht alles haben).

*

Von hinten und von vorn gleichzeitig bearbeitet zu werden.

*

An einem regnerischen oder verschneiten Wochenende mit meiner Freundin in einer warmen Hütte zu sein und das Vergnügen und die Befriedigung beim Liebemachen oder was auch immer uns gerade antörnt, gemeinsam zu genießen. In meiner neuen Beziehung phantasiere ich viel über Sex, weil ich das Gefühl habe, mit einer Frau, für die ich sehr viel empfinde, *Liebe* zu machen. Dieses Gefühl scheint mich ihr einfach näher zu bringen.

*

Ich liege nackt im Sand, die Beine angewinkelt und gespreizt. Während ich schlafe, kommt ein Typ vorbei und fängt an, an meiner Muschel zu lutschen. Ich wache auf, tue aber so, als würde ich schlafen. Eine Menge bildet sich. Ich halte die Augen geschlossen. Er fängt an, mich zu bumsen. Die Menge beginnt mit allen möglichen sexuellen Aktivitäten. Ich öffne die Augen und bumse so zu Ende, wobei ich jede Minute davon genieße.

*

In meinen Phantasien plane ich gewöhnlich, was ich an dem betreffenden Abend im Bett machen will.

*

Jemand, die stundenlang mit mir Liebe macht, mich Regie führen läßt, mir all die sinnlichen Dinge gibt, nach denen ich verlange.

*

In meiner Phantasie habe ich einen roten Sportwagen und warte jeden Tag vor einer Fabrik, aus der nach Feierabend eine große Brünette mit großem Busen herauskommt. Eines Tages regnet es, und ich biete ihr an, sie nach Hause zu fahren. Sie nimmt an, und irgendwie gebe ich ihr ein Betäubungsmittel und ein Aphrodisiakum, dann bringe ich sie zu einem großen, schloßähnlichen Gebäude und lasse sie eine sexuelle Maschinerie durchlaufen. Es ist hinzuzufügen, daß die Frau brünett sein MUSS, und daß ich immer Lederkleidung trage.

*

Daß die ganze Welt zuschaut, wenn ich komme.

*

Ich lerne irgendwie eine Fremde kennen. Manchmal habe ich mein Hemd auf oder sowas. Ich bin sexuell sehr aggressiv der anderen Frau gegenüber, meistens greife ich schon sehr bald nach ihren Brüsten. Sie wird ganz wild und ich auch. Fast im Nu sind wir beide nackt und kommen gleichzeitig.

*

Zwischen hunderten von Katzen oder auf Pelzen und Seidenstoffen Liebe zu machen.

*

Unbekleidet in einem sehr warmen Zimmer zu liegen, den ganzen Körper mit Öl einmassiert zu bekommen, schließlich die Genitalien, bis ich komme.

*

Einen Mann zu vögeln, der selbst gevögelt wird.

*

Meine häufigste Phantasie ist die, daß meine Partnerin und ich auf der Seite in der 69-iger Position liegen und zur selben Zeit kommen. Wir wiegen uns rhythmisch, und es ist alles ganz spontan.

*

Mitten auf einer etwa vier Morgen großen Wiese zu stehen, die von Wald umgeben ist. Es weht eine warme Brise, und ich bin unbekleidet und befriedige mich selbst. Kurz vor dem Orgasmus lasse ich mich hinfallen und komme beim Herumtollen auf Mutter Erdes weicher Matratze aus Gras und Laub und Erdreich.

*

Ich gehe auf der Straße, und ein Wagen voll verführerischer Frauen hält neben mir an, und eine sagt: „He, Süße, willst du nicht ein Stück mitfahren?“ und ich sage: „Wer, ich?“ und sie sagen: „Ja, du! Wir haben dich beim Laufen beobachtet und konnten uns nicht beherrschen. Steig ein, wir kümmern uns um dich.“

*

Ich bin in einem schwach beleuchteten Raum mit einem großen Bett, einem Kamin, Seidenlaken und einer Frau, vielleicht mehreren. Alle bewegen sich lustvoll am Rand des Orgasmus. Dann stellen sich mehrfache, abwechselnde Orgasmen ein. Ich seh' für mein Leben gern, wie eine Frau kommt.

*

Mit einer Frau draußen in der Natur, auf Bäumen, am Morgen zu schlafen – und nachts in einem Zelt, im Regen.

*

Ich würde gern meiner Gattin/Geliebten beim Onanieren zusehen.

*

Daß mich eine Frau aus tiefem Schlaf weckt, indem sie zärtlich mit mir Liebe macht. Ich bin völlig passiv und nackt. Sie ist angezogen.

*

Die schönen, purpurnen Schamlippen meiner Geliebten, die so lang und saftig sind und auf Liebkosung warten, ihre tollen Brüste, schmalen Hüften und ihr seliges Lächeln.

*

Ich hatte eine wunderbare Phantasie, in der ich in die Südsee ging, mich auf einer Insel niederließ und schrieb. Ich malte mir aus, in einer Taverne zu wohnen, deren Inhaberin eine große, dunkle Frau ist. Weltoffen, gebildet, unabhängig. Wir freunden uns an. Ich verbringe die Zeit in der Taverne mit der Ausübung meiner versoffenen dichterischen Freiheit. Bis wir uns eines Tages verkrachen. Ich gehe zerknittert, ohne ein Wort, weg zu einer Hütte. Der Höhepunkt ist, wenn ich verletzt und/oder irgendwie krank bin, und sie kommt mir liebevoll zu Hilfe. Ich verliere das Bewußtsein oder liege in ihren Armen und werde zärtlich umsorgt.

*

Ein Haufen toller Frauen (etwa 12) sind in meinem Harem auf dem Land, am Meer – alle Amazonen! Ohne Kleider – alle saugen an meinen Fingern und Zehen und Nase und Ohren und Vagina und Klitoris und Arschloch und ich komme stundenlang . . . tagelang . . . wochenlang . . .

*

Ich habe eine fortlaufende, fortsetzungsartige Phantasie, die seit ungefähr 1970 zu meinem täglichen Leben gehört. Es ist die einzige, die in mir tatsächlich eine körperliche Erregung hervorrufen kann, ähnlich wie in jemands Armen gehalten und geliebkost zu werden. Ich stelle mir darin zwei männliche Schwule vor, die zusammen leben und sich lieben. Sie haben ein starkes Rollenverhalten drauf. Ich interessiere mich weniger für den „männlichen“ Partner, aber es erregt mich sexuell, über den „weiblichen“ zu phantasieren – seine Reaktionen, sein Verhalten usw. Es macht mir Spaß „zuzusehen“, wie er auf eine Art geliebt wird, bei der er zweifellos beherrscht wird (aber eigentlich niemals mißbraucht), wie er anale Penetration genießt (in den verschiedensten Positionen) und, ganz allgemein, ein weibliches Rollenverhalten annimmt. (Nur die kurze Vorstellung, ihn Geschirr spülen zu sehen, kann mich unheimlich stark erregen.)

*

Meine Phantasien haben selten mit Sex zu tun – eher mit Leben und Lieben in einer Beziehung.

*

Oh, wau! Ich seh' sie am liebsten mit Strumpfhalter und nichts wie Strümpfen an. Macht mich unheimlich schnell an (Ich werd' schon ganz rot).

*

Meine einzige derzeitige Phantasie ist mit meiner früheren Partnerin Sex zu haben. In der Phantasie sind wir sanft und zärtlich und sprechen ständig den Namen der anderen aus. Sexuelle Geräusche wie Keuchen, Seufzen oder Stöhnen machen mich auch irre an.

*

Das ist ziemlich schwer. Aber ich muß schon sagen, daß Tiere für mich was ganz Sexuelles/Sinnliches sind, und da phantasiere ich manchmal, daß meine Katze mit ihrer rauhen Zunge meine Klitoris leckt. Das klappt ganz toll bei mir. Als die Katzen kleiner waren und ich auf einem Stuhl (wenig über dem Boden) saß und mir mit der Hand einen wichste, dachten sie, es wäre was zum Angreifen, und ihnen nur zuzusehen, wie sie sich zum Sprung bereit machten, war ziemlich erregend.

*

Ich stelle mir gerne vor, daß der „Ausfluß“, den ich bei Erregung habe, so ergiebig ist, daß er ausreicht, um meinen ganzen Körper und den meiner Partnerin zu bedecken, und daß wir darin herumtollen und -rutschen und uns verlustieren und uns dabei überall ablecken.

*

Warme, feuchte Lippen auf meinen und tiefe Zungenküsse.

*

Auf einem Pferd reiten und kommen.

*

Auf einem leidenschaftlichen, verschwitzten Körper auf und ab rutschen.

*

Ich komme von der Arbeit nach Hause und finde meine Gattin in einem hauchdünnen Hemdchen vor. Ich schnappe sie gleich an der Tür und ziehe sie auf mich runter. Wir fangen an, gleich dort auf dem Boden Liebe zu machen. Sie rennt weg und sagt, wir müßten Abendbrot essen, und wenn ich brav wäre, würde sie mir nach dem Abspülen geben, was ich wollte. Beim Essen wende ich meinen Blick nicht von ihrer Brust und ihrem Unterkörper. Sie steht auf und geht zum Schrank und beugt sich so weit vor, daß ich gerade ihre Schamhaare und ihren Arsch sehen kann. Davon werde ich ganz geil und schnappe sie wieder, aber ohne Erfolg. Jetzt, nachdem ich mich zum zweiten Mal an ihr vergreifen wollte, ist sie noch wütender. Dann sagt sie, um mich zu bestrafen: „Da du es zweimal versucht hast, kriegst du jetzt gar nichts.“ Ich sage daraufhin, das passe mir sehr gut und ich wolle es sowieso nicht. Nach einer kurzen Stille tut es ihr dann leid, daß sie mich verärgert hat, und sie versucht, sich wieder mit mir zu versöhnen. Erst tut sie so, als sei ihre Gabel unter den Tisch gefallen, und als sie dann runter geht, macht sie meine Hosen auf und steckt ihre Zunge in mich rein. Schließlich landen wir beide unterm Tisch und lieben uns.

*

Ich bin in einem wunderschönen Raum mit vielen Samtkissen und -vorhängen. Ich bin mit gespreizten Armen und Beinen auf ein Wasserbett gebunden. An den vier Ecken des Betts sind vier Frauen, jede mit einer riesigen Straußenfeder. Bis auf hochhackige Schuhe und Strumpfhalter sind wir alle nackt. Sie kitzeln mich mit den Federn, während ich kreische und mich winde. Dann springt eine von ihnen aufs Bett und verschlingt mich, bis ich komme. Wir lachen alle; dann werde ich losgebunden, wir lassen uns alle aufs Bett fallen und lachen, umarmen einander und kitzeln uns gegenseitig. Ich bin übrigens eine Königin und sie sind meine Hofdamen.

*

Zwei Frauen beim Liebemachen zuzusehen, wobei ich ruhig zusehen und scharf werden darf.

*

Prachtvolle Kleider mit einer Freundin/Geliebten anzuprobieren – jede von uns sieht die andere in wunderbaren weichen, glänzenden, kühlen, flauschigen Kleidern und in verschiedenen Stadien der Entkleidung. Wir dürfen uns gegenseitig an den Haaren, Brüsten usw. berühren, aber zu der Zeit keine ausgesprochen sexuellen Handlungen ausführen, so daß unsere Erregung sich bis ins Unermeßliche steigert.

*

Ich bin mit ein paar Freundinnen in einer Frauenbar. Plötzlich ist da so eine Frau. Ich sehe sie weder hereinkommen noch war sie jemals zuvor in der Bar. Sie ist groß (1.80 m oder so), dunkelhaarig (kurzes Haar) mit tiefblauen Augen. Wir werden zur gleichen Zeit aufeinander aufmerksam. Sie fordert mich zum Tanzen auf, und bei der ersten Berührung sind wir sofort heiß aufeinander. Wir gehen in den Toilettenraum (in der Bar) in eine der Kabinen und schließen ab. Es ist kein Klo, nur ein kleiner Raum mit Teppichboden. Sie zieht meine Hose aus und fängt an, mit ihren Fingern und ihrer Zunge an meiner Klit herumzuspielen. Sie steckt ihre Zunge in meine Scheide und zieht sie wieder raus und spielt weiter an mir herum, bis ich komme. Dann mache ich dasselbe mit ihr. Wir verabreden uns für den nächsten Abend (zum Essen oder irgend etwas – ich weiß nicht mehr). Sie geht zuerst zurück nach oben (die Toilette ist unten) und aus der Bar raus. Ich gehe wieder zurück zu meinen Freundinnen. Niemand ist im Bilde. Ich bin äußerst zufrieden, sowohl mit ihr als auch mit mir selbst.

*

Daß mir jemand einen wichst und ich hab' keine Wahl als zu kommen – irgendwie dazu gezwungen, aber nicht auf eine unangenehme Art.

*

Meine Geliebte liegt auf einer hohen, schmalen Bank, weich gepolstert und bequem. Sie ist an Hand- und Fußgelenken gefesselt – Arme und Beine auseinander. Abwechselnd küsse ich sie langsam, ganz zart und leicht, überall hin – und streichele ihren Körper mit einer weichen Feder. Sie wird dabei fast wahnsinnig, kann aber der süßen Tortur nicht entkommen.

*

Ich trinke Rotwein und gieße von Zeit zu Zeit aus dem Krug in ihren Mund. Manchmal gebe ich ihr Wein direkt aus meinem Mund. Nach einer ausgedehnten Phase von Stimulierung und Verführungskünsten hat sie einen umwerfenden Orgasmus mit viel Stöhnen und Zappeln. Ich finde das sehr erregend und masturbiere bis zu einem erschöpfenden Orgasmus (Ich tausche in dieser Phantasie auch gerne die Rollen aus).

*

Eine Frau, die ich kenne, bei ihr oder bei mir zu treffen, jemanden, von der ich mich sehr angezogen fühle. Wir fühlen uns beide ausgelassen und frei und haben Spaß miteinander. Wir fühlen uns zusammen wohl. Wir spielen ein paar sexuelle Spiele mit Andeutungen und sich begegnenden und sich abwendenden Blicken – gleichzeitig schüchtern und doch aggressiv. Wir fangen an, uns gegenseitig zu necken. Es kommt vielleicht zu einer Massage oder einem Ringkampf. Wir merken beide, daß eine überwältigende sexuelle Anziehungskraft zwischen uns besteht und ein Verlangen, einander nah zu sein. Wir machen Liebe, und es ist ganz ungezwungen und toll und genau wie damals, als ich das erste Mal verliebt war.

*

Manche Frauen beantworteten meine Frage nach ihrer bevorzugten Sexualphantasie wie folgt:

*

Hab' keine Lieblings-Sexphantasie; phantasiere gewöhnlich nicht über Sex, meistens nur über Einander-nah-Sein, wenn überhaupt.

*

Ich bin nicht sexuell orientiert und phantasiere nie. Ich denke einfach nicht daran, außer wenn ich's tue.

*

Keine Lieblingsphantasie – ich ziehe das Echte vor.

*

Ich habe keine Lieblingsphantasie – ich hab' sie alle ausgelebt.

Häufige Bedenken über sexuelle Phantasien

Eine Frau weigert sich, ihre bevorzugte sexuelle Phantasie zu schildern. Sie sagte mir: „Nein – sie ist zu beschissen." Ihre

Reaktion beweist, daß der Inhalt unserer Phantasien Besorgnis oder andere negativen Gefühle auslösen kann. Wenn dir einige deiner Phantasien bedenklich vorkommen, kann es dir vielleicht helfen, von den Vorstellungen zu erfahren, die andere Frauen erotisch finden. Du bist wahrscheinlich nicht die erste oder einzige Lesbe, die eine ganz bestimmte Phantasie genießt.

Es ist wichtig, sich den Hauptunterschied zwischen einem anregenden Wachtraum und einem tatsächlichen sexuellen Erlebnis vor Augen zu halten: In der Phantasie hast du alles unter Kontrolle. Dadurch wird es möglich, Vergnügen an Dingen zu finden, die dich vielleicht abstoßen oder abschrecken würden, wenn sie wirklich passierten. Der Gedanke hat die Fähigkeit, Gefühle und Handlungen nebeneinanderzusetzen, ohne sich auf jene Reize zu beschränken, die wir normalerweise angenehm finden. Es ist daher nichts Unlogisches an der Frau, die in ihrer Phantasie bei vaginaler Penetration mehrfache Orgasmen erlebt, obwohl sie beim Liebemachen auf diese Weise keinen Höhepunkt erreichen kann.

Wenn wir in unserem eigenen Privatfilm Regie führen, haben wir uns selbst als Dramagestalt fest in der Hand. In der Intimität unserer Gedankenwelt können wir z.B. die Vorstellung genießen, überwältigt zu werden oder so stark von jemandem begehrt zu werden, daß wir trotz Protesten und Widerstand genommen werden können. Phantasien von Verführung und Vergewaltigung sind sehr verbreitet, und Frauen, die sie haben, leiden oft darunter.

Ein weitverbreiteter Glaube, der auf das Konto von Schreibtischpsychologen geht, ist, daß Phantasien das „wahre“

Selbst enthüllen. Folglich muß jemand mit einem reichen Phantasieleben eine Menge Feindseligkeit, sexueller Spannungen, Frustrationen oder Wünsche „verdrängen". Nach dieser These müßte eine Frau, die über Sex mit Männern (oder Frauen oder Tieren) phantasiert, ein echtes Bedürfnis nach dieser Art von sexueller Erfahrung haben. Wird diese Theorie auf Phantasien von Vergewaltigung oder anderer Gewaltakte angewendet, ergeben sich daraus katastrophale Folgen für Frauen. Die meisten Feministinnen haben gegen den herrschenden Mythos gekämpft, daß ein Opfer eines sexuellen Angriffs an dessen Eintreten selbst schuld und dafür verantwortlich zu machen sei. Es ist äußerst schwierig, gegen diese verhärtete Ideologie anzukommen und Vergewaltigung als eine Körperverletzung zu definieren, die weder herbeigewünscht noch heraufbeschworen wird.

Vielleicht sagen Phantasien tatsächlich etwas über unser unverwirklichtes Ich aus. Es ist schwer, einen Beweis für oder gegen diese Möglichkeit zu erbringen, da die Theorie auf der Annahme beruht, daß unakzeptable Wünsche durch unbewußte Mechanismen verdrängt und in Phantasien und Träume umgesetzt werden. Die Existenz oder Nichtexistenz eines unbewußten Mechanismus kann schlecht aufgezeigt werden. Angesichts eines fehlenden empirischen Nachweises erscheint es niederträchtig und töricht, auf einer direkten Wechselbeziehung zwischen Phantasie und Verhalten zu bestehen. Der Hauptgrund für's Phantasieren ist sich zu stimulieren.

Die symbolische Bedeutung von Vergewaltigung im Rahmen einer Sexualphantasie unterscheidet sich derart vom physischen Vergewaltigungsakt, daß ihre Gleichsetzung unfair scheint. Die Kontrolle über sich zu verlieren oder besessen zu werden sind Gemütszustände, die wir häufig beim Sex erleben. Vorstellungen wie gefesselt zu werden, zu Sex gezwungen zu werden, eine ältere oder gebieterische Partnerin zu haben, herumkommandiert, hypnotisiert oder unter Drogen gesetzt zu werden können alle als Metaphern für eine totale Hingabe an sexuelles Vergnügen dienen.

Auch Phantasien über heterosexuelle Aktivität sind weit verbreitet und können in Lesben starke Bedenken auslösen. Solche Phantasien stellen eher eine Suche nach Neuem und nach verbotenen Früchten dar als daß sie „wirkliche" Heterosexualität beinhalten. Manche Frauen finden einfach kein Vergnügen daran, über Aktivitäten zu phantasieren, die sie tatsächlich ausüben. Sie möchten sich ein bißchen boshaft und pervers fühlen, wenn sie einen Abend autoerotischer Unterhaltung vorhaben. Nachdem wir so viele Jahre lang zum Vergnügen Heterosexueller voyeuristisch ausgebeutet worden sind, ist es nur fair, daß einige von uns mal in den Genuß kommen, *sie* voyeuristisch „auszubeuten".

Weitere Themen, die leicht Schuldgefühle hervorrufen können, sind Gruppensex, Fesselung, Tiere und Hinternversohlen. Es kann dir sehr zu schaffen machen, wenn deine originellste und mächtigste Phantasie Anlaß zu Spannungen und Unbehagen gibt. Durch den Versuch, eine beunruhigende Phantasie zu unterdrücken, wirst du sie nicht los, also tu genau das Gegenteil. Umarme sie. Laß die Phantasie ihren Lauf nehmen und so wild und ausgefallen wie nur irgend möglich werden. Schmück sie aus, nimm ihr die Zügel ab, schwelg in ihr. Erlaube dir gleichzeitig, noch andere Phantasien zu haben und zu genießen. Wenn du eine andere Geschichte hast, zu der du umschalten kannst, falls die ursprüngliche Phantasie ihren Reiz verliert, wirst du nicht das Gefühl haben, dich festgefahren zu haben oder verfolgt zu werden.

Vertrau dir. Du wirst am besten Wissen, ob du eine Phantasie um ihrer selbst willen genießt oder ob sie etwas darstellt, was du bei passender Gelegenheit vielleicht ausprobieren möchtest. Laß die Vielfalt der zuvor zitierten sexuellen Phantasien nicht außer acht. Da es eine so bunte Palette von Situationen und Gestalten gibt, wäre es unrealistisch, einen Phantasieinhalt als akzeptabel, einen anderen als unakzeptabel abzustempeln. In allen sexuellen Angelegenheiten scheinen Unterschiedlichkeit und Individualität die Norm zu sein, nicht Anpassung und Gleichartigkeit.

Bedenke weiter, daß gar keine Phantasien zu haben genauso häufig Anlaß zu Beunruhigung sein kann wie die „falsche" Art zu haben. Frauen, die sich keiner erotischen Phantasien bewußt sind, machen sich vielleicht Gedanken darüber, ob ihnen etwas fehlt. Sie wurden möglicherweise für sexuell unbedarft oder verklemmt erklärt oder des Lügens bezichtigt, wenn sie ihrer Partnerin oder Freundin sagten, sie hätten keine Phantasien. Die Wahrheit ist, daß die Vorstellung sexueller Aktivität manche Frauen nicht erregt. Sie werden erregt durch das, was ihnen wirklich passiert – z.B. durch die Berührung des Pelzmantels der Geliebten, durch Küsse oder das Geräusch beschleunigten Atems.

Wenn du keine sexuellen Phantasien hast und dich deswegen nicht wohl in deiner Haut fühlst, denk an die Frau, die ihre Lieblings-Sexualphantasie nicht niederschreiben konnte, weil sie zu „beschissen" war. Es sieht so aus, als wäre es einerlei, weswegen wir uns nicht wohl fühlen, Hauptsache, wir fühlen uns aus irgendeinem Grund unwohl. Hast du Phantasien, dann hast du einen zu starken Sexualdrang und bestehst aus einem Haufen sorgfältig versteckter Perversionen und Ticks. Hast du keine, mußt du verklemmt oder frustriert sein.

Hier werden uns beide Hände gebunden. Es gibt nur Verliererinnen. Die einzige Lösung ist, dem nachzugehen, was uns Spaß macht, und alles, was uns angeblich Spaß machen sollte, einfach zu vergessen.

Das Ausleben von Phantasien

Vielleicht ist dir einmal folgendes passiert. Deine Partnerin und du, ihr seid gerade mitten in einem sinnlichen Vergnügen. Plötzlich fragt sie dich: „Woran denkst du gerade?" Du antwortest, du hättest phantasiert. Als sie dich nach Einzelheiten ausfragt, sagst du, du hättest dir euch beide in einer anderen Situation vorgestellt, oder vielleicht dachtest du an eine andere Frau (entweder eine wirkliche oder eine ersonnene). Deine Partnerin ist gekränkt und sauer und wirft dir gedankliche Untreue vor. Das Schäferstündchen endet in Feindseligkeit.

Sogar Frauen, die keine Schuldgefühle wegen ihrer Phantasien beim Masturbieren oder in nichtsexuellen Situationen haben (auf der Arbeit, im Bus, beim Schlangestehen an der Supermarktkasse), können Bedenken bekommen, wenn sie beim Sex mit einer Partnerin phantasieren. Bedeutet das, du liebst die Frau nicht, mit der du zusammen bist, oder ist es ein Zeichen für mangelnde Geschicklichkeit ihrerseits, daß du phantasieren mußt, wenn ihr zusammen seid?

Phantasien können sexuelle Spannung schnell und wirksam

steigern. Das heißt nicht unbedingt, daß mit deiner Partnerin irgend etwas nicht stimmt. Ihr seid vielleicht beide müde, und da ist es sicher einfacher, zu phantasieren, als eine Menge körperlicher Energie aufzubringen. In diesem Fall wird Phantasieren einfach zu einer neuen Technik, derer du dich wie Brustwarzenkneifen oder Analstimulation bedienen kannst, wann immer es wünschenswert erscheint. Für manche Frauen ist Phantasieren ein fester Bestandteil ihrer sexuellen Erlebnisse. Der Versuch, das Phantasieren einzustellen, würde ihren Genuß beeinträchtigen. Geist und Körper sind keine voneinander getrennten Einheiten. Wenn du beim Sex aufhörst zu atmen, Geräusche zu machen oder die Hüften zu bewegen, kannst du die Zunahme der Erregung stoppen. Ein erotisches Gedankenbild kann auch ein wesentlicher Bestandteil deiner Reaktion auf das sein, was deine Geliebte mit ihrer Hand oder ihrem Mund gerade macht.

Wenn dir also deine Partnerin gesteht, daß sie erotischen Phantasien nachhängt, wenn ihr zusammen seid, kannst du dich getrost geschmeichelt fühlen, anstatt eifersüchtig zu sein. Natürlich solltest du keine Hemmungen haben, dir bestätigen zu lassen, daß sie in der Tat dich begehrt und mit dir zusammen sein will und nicht mit Amelia Earhart (Aber würdest du es allen Ernstes jemandem, die du liebst, vermasseln wollen, etwas mit Amelia Earhart in die Wege zu leiten?). Fühlst du dich erst mal beruhigt und getröstet, dann kannst du mit dir selbst ganz zufrieden sein, weil du ja offensichtlich aufregend genug bist, all diese wollüstigen Vorstellungen hervorgerufen zu haben.

Sollte das nicht klappen und es dich weiterhin stören, mit den Phantasien deiner Partnerin in allen Einzelheiten konfrontiert zu werden, wäre es vielleicht besser, sie gar nicht erst danach zu fragen. Es kann nie schaden, sich gegenseitig etwas Privatsphäre und Spielraum zum Anderssein zuzugestehen. Ihr könnt einander Anerkennung und Zuneigung beweisen, auch wenn ihr sexuell nicht nach dem gleichen Schema reagiert. Ihr müßt einander genug vertrauen können, um zu wissen, daß wirkliche Probleme zur Sprache gebracht und offen und ehrlich behandelt werden.

Wenn es dich nicht eifersüchtig macht, von den Phantasien deiner Partnerin zu hören, sondern dich erregt oder deine Neugierde weckt, dann besteht kein Grund, sie zu ignorieren oder aus deinem Liebesspiel auszuklammern. Es kann sehr aufregend sein, Phantasien zu erforschen, indem du sie auslebst.

Das kann auf die verschiedensten Arten vor sich gehen. Zunächst einmal brauchst du zum Ausleben deiner Phantasien nicht unbedingt eine Partnerin. Du hast vielleicht keine Beziehung, oder deine Freundin mag nicht mitmachen wollen. Die meisten der folgenden Vorschläge kannst du bei der Selbstbefriedigung einsetzen. Das ist eine nette Art, dir selbst deine Anerkennung auszusprechen, zumindest ist es eine angenehme Alternative zu einem Fernsehabend.

Wenn du eine Partnerin hast und noch nie darüber gesprochen wurde, versuch, das Thema anzuschneiden, wenn ihr nicht gerade im Bett seid. Solltet ihr bereits intim gewesen sein, hat sie vielleicht schon irgendwelche Erwartungen darüber, wie es weitergeht. Der Vorschlag zu einem Gespräch über deine sexuellen Phantasien könnte sie in Verlegenheit bringen. Sie wird sich wahrscheinlich weniger bedroht und betroffen fühlen, wenn du die Sache beim Frühstück zur Sprache bringst.

Du kannst sie zu Beginn beispielsweise fragen, ob sie irgendwelche Lieblingsphantasien hat, und ihr eine von deinen erzählen. Tauscht eure Geschichten aus. Sollte eine von euch selbst keine Phantasien haben, kann sie von Stellen aus erotischen Büchern oder Posen auf Fotos, die sie aufregend findet, erzählen. Wenn sie nicht schon auf den Gedanken gekommen ist, schlag du vor, daß es vielleicht ganz lustig wäre, mit einigen von diesen Ideen zu spielen, wenn ihr das nächste Mal Liebe macht oder wenn ihr beide gerade dazu aufgelegt seid. Das Gespräch wird jeder von euch genug Information gegeben haben, um etwas Verlockendes und Spannendes für die Partnerin auszutüfteln.

Diese Information kann auf vielfache Weise zur Bereicherung deiner Sexualität dienen. Vielleicht möchtest du ihr erotische Geschichten erzählen, während sie masturbiert, oder einen Dialog improvisieren, während ihr euch gegenseitig befriedigt. Die Zahl möglicher Rollen ist unbegrenzt. Ihr könnt zwei Frauen in einem Harem sein, Lehrerin und Schülerin, Herrin und Sklavin, Passagiere im Flugzeug, Amazonenkriegerinnen, Guerillakämpferinnen, heidnische Priesterinnen, Prostituierte und Kundin – alles, was du aus- oder anprobieren willst.

Du magst etwas zögern, dich vollkommen in deine Rolle hineinzuversetzen. Schüchternheit zu überwinden und zu vergessen, daß du nur eine Rolle spielst, ist von großem Reiz. Es macht viel aus, wenn das Publikum mitgeht. Da ihr gegenseitig euer Publikum seid, bezeugt euch Beifall. Werft euch gute Stichworte und Komplimente zu.

Kostüme können einer Rolle zu Lebendigkeit verhelfen. Ihr braucht euch keine Theaterkulissen und -garderobe auszuleihen, um euch an Verkleidungsspielen erfreuen zu können. Second-Hand-Läden oder Flohmärkte sind großartige Fundgruben für billige Phantasieklamotten. Solltest du ein langes Kleid, eine Seidenweste oder einen eleganten Anzug mit einem kleinen Fleck oder einem winzigen Zigarettenloch finden, kauf das Stück trotzdem, es ist eh' nur für den Hausgebrauch. Teile auszusuchen, die ausschließlich für sexuelle Spielereien bestimmt sind, kann dir das Gefühl vermitteln, unheimlich dekadent und sinnlich zu sein.

Du magst mit Schminke experimentieren wollen. Halte Ausschau nach Sonderangeboten in großen Kaufhäusern. Kosmetika, die aus der Mode sind, gibt es oft zu Schleuderpreisen. Du brauchst sie nicht unbedingt in traditionell-weiblicher zu Manier benutzen (obwohl das ganz toll sein kann, wenn du es nicht gerade wegen eines Jobs oder einer Verabredung tun mußt). Du kannst dir eine neue Identität zulegen und dich als Marsmensch oder Vampir zurechtmachen. Wasserlösliche Fingerfarben können zur eigenen oder gegenseitigen Körperbemalung verwendet werden (Paß auf, daß du dir dabei nichts in die Augen oder in den Schritt schmierst).

Der äußere Rahmen ist in vielen Phantasien wichtig. Das kann etwas Mehrarbeit erfordern. Verleg dich nicht mit Macht darauf, dein Einzimmerappartement in eine Kopie des Hofs von Elizabeth I. umzufunktionieren. Es ist viel einfacher, suggestiv zu sein. Sichteinschränkung kann eine große Hilfe sein. Dreh das Licht aus und zünde Kerzen an. Einzelheiten werden dadurch gedämpft. Wenn sie hoffnungslos realistisch ist, nimm ihr die Brille ab. Dein Sofa kann sich in den Rücksitz eines Autos verwandeln. Ein paar zusätzliche Kissen können aus einem Bett ein Nest machen. Häng Bettlaken über den Küchentisch und versteck dich darunter. Ein fürchterlicher Schneesturm hält dich in einem winzigen Iglu gefangen. Mag albern sein – und wenn schon! Es geht doch nur darum, deinen Bezugsrahmen zu verändern.

Wenn du eine wirklich gewaltige Illusion kreieren willst, binde deiner Geliebten die Augen zu. Sie ist dann völlig auf deine Stimme und deine Berührung angewiesen, um ihre Realität zu definieren. Reiß ihr die Kleider vom Leib. Sag ihr, was du zu tun gedenkst – und tu was anderes. Überrasch sie (angenehm natürlich) mit neuartigen Empfindungen. Du kannst aus Kaninchenfell oder Samt einen Handschuh machen und sie abwechselnd hiermit und mit der nackten Hand liebkosen. Eiswürfel schrecken auf und können zum Necken verwendet werden, vorausgesetzt, sie kann das Gefühl ertragen. Laß den Eiswürfeln warmes Öl und eine behutsame Massage folgen.

Das Ausleben von Phantasien funktioniert am besten, wenn alle Beteiligten sich selbst und in ihrer Beziehung wohl fühlen und zum Spielen aufgelegt sind. Doch auch wenn diese Voraussetzungen erfüllt sind, können sich starke, unerwartete Gefühle in dein Theater einschleichen. Geht sensibel miteinander um. Nichtabgeklungener Zorn über ein unbefriedigendes, mißratenes sexuelles Erlebnis oder schmerzliche Erinnerungen an eine frühere Abweisung können im Verlauf des Spiels unabsichtlich wieder aufgewühlt werden. Solche Gefühle können sehr intensiv sein, aber es ist nicht unbedingt negativ, daß sie an die Oberfläche treten. Die Erfahrung kann in der Tat läuternd sein und helfen, die Vergangenheit zu verarbeiten und hinter sich zu lassen.

Die faszinierendsten und bestrickendsten Phantasien sind

nicht immer die harmlosesten. Gegen die Erforschung der dunkleren oder gefährlicheren Seiten deiner Erotik ist nichts einzuwenden. Du solltest dir nur im Klaren darüber sein, daß Inszenierungen dieser Art viel eher eine nachträgliche Schockwirkung verursachen können als solche, die sich für Walt-Disney-Produktionen eignen. Es wäre unfair, sich auf ein derartiges Abenteuer einzulassen, ohne deine Gefährtin/nen vor den Risiken der Reise zu warnen. Sie werden eher in der Lage sein, dir bei deinem Selbsterfahrungstrip zu helfen, wenn sie im voraus wissen, daß solche Fähigkeiten erforderlich sein könnten.

Welche Ebene du zur Ergründung deiner Phantasie auch immer wählst, denk daran, daß Vertrauen die erste Vorbedingung für die Herstellung von Intimität ist. Allein der Tatbestand, mit einer anderen Frau Sex zu haben, macht uns sehr verwundbar. Wenn wir unsere privaten erotischen Vorstellungen austauschen, gehen wir ein noch größeres Risiko ein. Tut nur, was sich aufregend anfühlt und Spaß macht, und verdient euch gegenseitig euer Vertrauen.

Erotika

Nach der Klischeeansicht über Frauen sprechen wir nicht auf unverhohlene Darstellungen sexueller Aktivität an. Dieser Glaube beruht auf der Annahme, daß Frauen auf Beziehungen größeren Wert legen als auf Sex (was wiederum Folge der Auffassung ist, daß sich sexuelle Leidenschaft und enge Beziehungen gegenseitig ausschließen). In ihm spiegelt sich auch die Angst vor dem, was passieren könnte, wenn Frauen anfingen, sexuelles Vergnügen genauso hoch oder höher zu bewerten als gesellschaftliche Stabilität. Logischer-

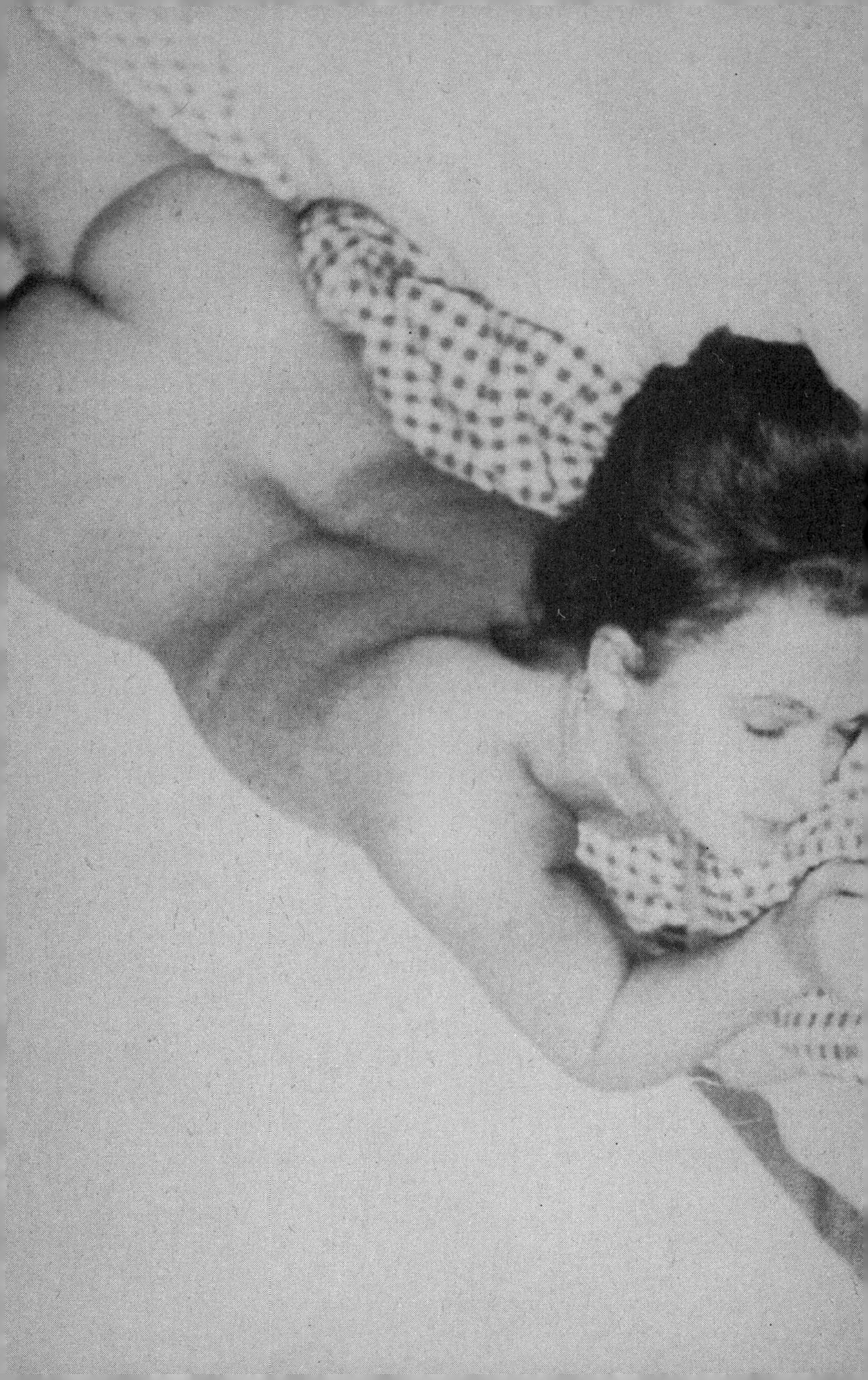

weise gehen die Hersteller herkömmlicher Erotika davon aus, daß ihr Publikum männlich ist. Merkwürdigerweise glauben auch viele Feministinnen, anschauliche Erotika machten wenig oder gar keinen Eindruck auf Frauen, einfach weil wir Frauen seien.

Meine Erfahrung widerspricht diesem Stereotyp. Ich habe zwar Frauen kennengelernt, denen das Betrachten eindeutiger Fotos oder Filme oder das Lesen erotischer Textstellen keinen besonderen Spaß machte. Ich möchte deren Erfahrungen auch nicht abwerten. Aber ich bin auch anderen Lesben begegnet, die sich einer Vielfalt von Erotika bedienen und daran ergötzen. Die Palette der bevorzugten Erotika reicht von biederen Schlüsselloch-Pornos, wie sie in jedem Sex-Shop angeboten werden, bis zur Lyrik von June Arnolds *Sister Gin*. Sind die Frauen der ersten Gruppe bessere Feministinnen oder Lesbierinnen als die der zweiten Gruppe?

Irgendeine Art von Zensur hat es schon immer gegeben. Die Kontroverse darüber, welches und wie viel erotisches Material wo und für wen zur Verfügung zu stehen habe, ist für einen Teil der Frauenbewegung neuerdings sehr wichtig geworden.

In der Hitze dieser Debatte werden die Bezeichnungen „Erotika“ und „Pornographie“ oft so verwendet, als handele es sich um zwei verschiedene Arten sexuell anschaulichen Materials. Material, das einen gewissen ästhetischen Wert hat oder von Frauen geschaffen wurde, wird oft „Erotika“ genannt, während „Pornographie“ zur Bezeichnung von Material verwendet wird, das für ein männliches Publikum bestimmt ist und einen sexistischen Sexualitätsbegriff vermittelt. Diese Definitionen sind subjektiv, d.h. sie schwanken zwangsläufig von Frau zu Frau. Manches von Männerhand geschaffene, eindeutig erotische Material – wie die Bilder von Toulouse Lautrec, die Poesie von Louys – können kaum als Pornographie bezeichnet werden. Einige kommerzielle, herkömmliche Erotika wurden von weiblichen Fotografinnen und Autorinnen produziert, und manche Frauen kaufen sie.

Da die Begriffe „Erotika" und „Pornographie" meines Erachtens nicht klar umrissen sind und moralische Wertungen beinhalten, die nicht universell sind, werde ich den Terminus „Erotika" zur Bezeichnung allen Materials verwenden, das ausführliche Beschreibungen oder Abbildungen sexueller Aktivität enthält oder einschließt.

Jede Art von Erotika ist eine Herausforderung an die puritanischen Vorurteile in unserer Kultur. Sie stellen eine Bedrohung für all jene Institutionen und Individuen dar, die Sexualität nur im Dienst und unter der Kontrolle des Staats sehen wollen. Jede Gruppe, die eine faschistische Kontrolle über das Leben anderer Menschen anstrebt, setzt alles daran, deren Sexualität zu kontrollieren. Ein wesentlicher Bestandteil dieser Kontrolle ist die Unterdrückung anschaulicher Bilder von Geschlechtsakten, besonders solcher Akte, in denen Vergnügen Vorrang vor Anpassung gegeben oder zu Variierung und Individualität ermuntert wird. Allgemein kann man sagen, je mehr sich Pornographie an der herrschenden Auffassung von vertretbarem Sexualverhalten angleicht, desto eher wird sie geduldet. Wirklich subversive Erotika dürfen oft gar nicht erst produziert, geschweige denn in Umlauf gebracht werden.

Es ist schwer, jene Masse von Erotika, die am einfachsten erhältlich ist, zu verteidigen. Dieses Material ist voller Fehlinformationen über Sex. Meist werden Frauen darin als Opfer von Gewalt oder Zwang abgebildet, und es wird ihnen unterstellt, daß sie es nicht ernst meinen, wenn sie sexuelle Annäherungsversuche zurückweisen, und daß sie Gefallen daran finden, zu Sex gezwungen zu werden. In manchen wird die sexuelle Ausbeutung von Kindern und Tieren dargestellt. Es gibt jedoch einen Minderheitstrend in Erotika, menschliche Sexualität positiv und unverzerrt zu veranschaulichen. Diese Art von Erotika zielt darauf ab, Varianten im Sexualverhalten sichtbarer zu machen, und dient als Underground-Informationsquelle für erotischen Nonkonformismus. Einige Erotika erfüllen darüberhinaus noch den Zweck, Angehörige sexueller Minderheiten in Subkulturen zu organisieren, wo sie sich treffen und gegenseitig unterstützen können. Schwule Männer und Lesben brauchen, wenn sie in Großstädten leben, nicht mehr auf Annoncen zurückzugreifen, um Gleichgesinnte zu finden. Homosexualität ist allerdings nicht die einzige Art bestehenden abweichenden Sexualverhaltens. Sadomasochisten, Transvestiten und Transsexuelle, Pädophile und Prostituierte sind einige der Gruppen, die dabei sind, sich zu organisieren und das Recht auf Offenheit über ihre sexuellen Lebensformen und Vorlieben geltend zu machen. Über die Heteropresse können sie sich nicht organisieren.

Es liegt auf der Hand, daß Feministinnen und Lesbierinnen keine Anti-Pornographie-Bewegungen unterstützen können, die darauf abzielen, sexuelle Varianten auszumerzen. Wenn eine Schwulenzeitung wegen Obszönität verklagt wird, scheint doch ziemlich eindeutig Homophobie am Werk zu sein. Schwerer fällt es uns, glaube ich, unsere eigenen

Vorurteile und Widerstände gegen Gruppen zu erkennen, die uns einfach verunsichern, weil sich ihre Sexualität so sehr von unserer unterscheidet. Anstatt mögliche Verbündete in unserem Kampf gegen Geschlechterrollen und Hetero-Sexismus auszumachen, greifen wir Leute an, die schlechter organisiert und weniger vorbereitet sind als lesbische Feministinnen. Verhält sich eine Lesbenorganisation, die ein transsexuelles Mitglied ablehnt, in irgendeiner Weise anders als eine Gruppe von heterosexuellen Frauen, die eine Lesbe ablehnt? Unterscheidet sich eine Gruppe von Feministinnen, die sadomasochistische Pornographie zu verbieten sucht, ihrem Verhalten nach von einer kirchlichen Gruppe, die die Vorführung von Sexualaufklärungsfilmen in der Schule zu verhindern sucht? Diese Fragen verdienen mehr als beiläufige Erwähnung.

Es besteht offenkundig ein ideologischer Unterschied zwischen der feministischen Anti-Pornographie-Bewegung und Versuchen der Rechten, die Zensur zu verstärken. Politisch konservative Gruppen sind gegen jede Darstellung menschlicher Sexualität, besonders solcher, die eventuell zu einer gesellschaftlichen Veränderung führen könnten. Sie sind tendenziell gegen vor- oder außerehelichen Sex, Empfängnisverhütung, Abtreibung, Sexualerziehung und Schwulenbestrebungen zur Erweiterung der Pornographie. Den feministischen Gruppen geht es in erster Linie um sexistische Darstellungen von Frauen als Opfer und die zulässige Verbreitung von Abbildungen gewalttätigen Sexes. Ihrer Meinung nach kann gewalttätige Pornographie zu sexuellen Angriffen auf Frauen und zum Mißbrauch von Kindern führen oder beitragen. Es ist schwer, einen Kausalzusammenhang zwischen gewalttätigen visuellen Bildern und sexuellen Angriffen nachzuweisen. Es gibt fragwürdige Beweisführungen sowohl für als auch gegen diese These. Wahr ist mit Sicherheit, daß der Gesellschaft insgesamt eine schreckliche Verantwortlichkeit für Vergewaltigung und Kindesmißbrauch anzulasten ist. Es ist klar, daß wir dringend eine umfassendere allgemeine öffentliche Aufklärung zu diesen Themen brauchen, größeren Schutz für Opfer und wirksamere Methoden, um mit potentiellen oder tatsächen Vergewaltigern oder Kindesschändern fertig zu werden. Es ist nicht klar, ob die bloße Entfernung bestimmter Arten von Erotika vom Markt irgendeinen Einfluß auf den konfusen Umgang mit sexueller Gewalttätigkeit in unserer Kultur haben wird. Es könnte sein, daß die für den Feldzug gegen die Pornographie aufgebrachte Energie besser angewandt wäre im Kampf für nichtsexistische Sexualaufklärung, in der Kreation feministischer Erotika, in der Einrichtung von Notrufzentren für Eltern, die befürchten, ihre Kinder zu mißbrauchen, oder die Hilfe brauchen, um es zu unterlassen, in der Eröffnung von Notrufzentren für vergewaltigte Frauen und im Kampf für eine Gesetzgebung, die Opfern sexueller Gewalt Rückhalt und Schutz vor ihren Angreifern gewährt.

Nicht alle von feministischen Anti-Porno-Gruppen als „gewalttätig“ bezeichneten Erotika zeigen unfreiwillige Handlungen. Am häufigsten werden sadomasochistische Abbildungen attackiert. Die Begründung dafür scheint zu sein: „Niemand würde sich wirklich freiwillig fesseln, den Hintern versohlen, beleidigen oder auspeitschen lassen. Daher ist diese Pornographie gewalttätig.“ Dies ist ein Überbleibsel des Märchens vom homosexuellen Verführer, der/die immer auf der Lauer nach Unschuldigen ist, um sie vom richtigen Weg abzubringen und sie für seinen/ihren Lebensstil zu gewinnen. Kein Mensch würde von sich aus eine homosexuelle Erfahrung suchen, das ist doch klar. Aktionen gegen sadomasochistische Filme und die Gleichsetzung dieser Art von Erotika mit Frauenmißhandlung und Vergewaltigung sind das Ergebnis dieser Argumentationsweise. Wer seine sadomasochistischen Phantasien zu ergründen sucht, wird genauso gebrandmarkt und verfolgt wie Homosexuelle, vielleicht noch mehr. Was hat eine private, selbstgewählte Aktivität mit der sexuellen Terrorisierung von Frauen und Kindern zu tun? Wenn feministische Anti-Porno-Gruppen sadomasochistische Erotika unter Beschuß nehmen, rotten sie damit Aggressionen und Gewalt aus oder tragen sie zur Unterdrückung einer sexuellen Randgruppe bei? Es erscheint mir wichtig, darauf hinzuweisen, daß auch manche Lesben zur sadomasochistischen Subkultur gehören. Diese Form von Sexualverhalten ist keineswegs auf Heterosexuelle, Bisexuelle oder männliche Schwule beschränkt.

Ein weiterer Schwerpunkt in der Anti-Porno-Bewegung ist Kinderpornographie. Wie im Fall von Vergewaltigung ist es schwer einzusehen, wie die Abschaffung der Bilder die Abschaffung der Handlung bewirken soll. Der Mißbrauch von Kindern als Sexualobjekte wird weitergehen, egal, ob es Zeitschriften gibt oder nicht, die die Vorstellung von Sex zwischen Erwachsenen und jungen Menschen dokumentieren. Die Geschichte lehrt, daß Bewegungen zum Schutz von Kindern vor sexuellen Übergriffen Erwachsener sich eindeutig gegen homosexuelle Männer richteten. Sie sind also eher geeignet, den Zwang zur Heterosexualität zu untermauern als ihn in Frage zu stellen.

Ist ein 17-Jähriger, der sexuelle Beziehungen zu älteren Männern sucht, ein Kind? Ist ein Mädchen der Oberstufe, die weiß, daß sie lesbisch ist, ein Kind? Wenn zwei- oder dreijährige Kinder an der Erforschung ihrer eigenen Genitalien gehindert werden und gesagt bekommen, sie sollten keine Fragen über ihren Körper stellen, wer wird da beschützt und wovor? Junge Menschen haben keinen gesetzlichen Anspruch auf einen wie auch immer gearteten Ausdruck ihrer Sexualität. Wird die Anti-Porno-Bewegung ein Klima schaffen, in dem Kinder ihre Sexualität erforschen können, mit wem und wie immer sie wollen? Wird sie ihnen die Informationen und Sicherheit garantieren, die sie brauchen, um diese Entscheidungen zu treffen? Oder wird sie ein noch repressiveres Klima schaffen, in dem noch weniger Information über Sexualität erhältlich ist und noch weniger sexuelle Varianten toleriert werden?

Wenn eine wohlorganisierte, gut florierende Rechtsaußen-Bewegung nach strengerer Zensur und schärferen Gesetzen zur Regelung des Sexualverhaltens schreit, erscheint es doch sehr gefährlich, wenn Feministinnen in ihrer Folge oder parallel zu ihr arbeiten. Wenn das Gesetz eine Unterscheidung zwischen akzeptablen Erotika und zu verbannender Pornographie treffen darf, ist das Resultat reaktionär. Die Gerichte sind für ihre hartnäckige Unterstützung konservativer und repressiver Elemente der Gesellschaft bekannt. Prozesse wegen Obszönität haben gewöhnlich die Funktion, gesellschaftliche Kritik und abweichendes Sexualverhalten zu unterbinden.

Die Widerwärtigkeit der meisten traditionellen Erotika fordert den Angriff auf sie geradezu heraus. Kurzfristige Siege sind möglich. Bedauerlicherweise ist es viel einfacher, einen Sex-Shop oder ein Pornokino zu schließen, als verkrustete Einstellungen zur Sexualität aufzubrechen. Jede Maßnahme zur Schließung eines solchen Etablissements kann auch zur Schließung einer Schwulenbar herhalten. Jedes Gesetz, das zur Stillegung der Produktion herkömmlicher Erotika angewandt werden kann, kann gegen Lesbenzeitschriften und feministische Erotika eingesetzt werden.

Die Stellung sexueller Minderheiten in Amerika ist nicht gesichert. Schwule haben eine kleine, zerbrechliche Kultur aufgebaut, die einem Ghetto gleichkommt. Jedes Gesetz, das stärkere sexuelle Unterdrückung ermöglicht, wird als erstes gegen Gruppen angewandt werden, die sich nicht verteidigen können. Es gibt sexuelle Minderheiten, die noch vor schwulen Männern und Lesben ins Kreuzfeuer kommen werden, doch sind wir nicht gegen Verfolgung gefeit.

Anstatt eine solche Verfolgung anzuregen oder zu fördern, sollten wir uns vielmehr für größere sexuelle Freiheit und eine positivere Einstellung zu sexuellen Ausdrucksformen einsetzen, die nicht auf Fortpflanzung gerichtet sind.

Schönste sexuelle Erlebnisse

Lesben kreieren seit kurzem ihre eigenen Erotika. Eine bunte Vielfalt von Kunst und Literatur, die unserer Von-Frau-zu-Frau-Erfahrung huldigt, ist im Entstehen begriffen. Dies ist eine der gesündesten und mutigsten Entwicklungen in der Geschichte weiblicher Homosexualität. Mir scheint, wir brauchen eher mehr, neue und andere Arten von Erotika als weniger oder gar keine. Wenn wir Sexualität in unsere Dichtung, Lieder, Webkunst, Architektur, Keramikarbeiten und Malerei integrieren und andere an unseren Schöpfungen teilnehmen lassen, wird die lesbische Umwelt bedeutend schöner und lebensfähiger werden.

Als ich Frauen bat, ihre bevorzugten Sexualphantasien niederzuschreiben, bat ich sie auch, eines ihrer schönsten sexuellen Erlebnisse zu schildern. Einige dieser Beschreibungen sind hier als Beispiele für lesbische Erotika beigefügt. Es war interessant festzustellen, nach wie vielen verschiedenen Kriterien Frauen ein bestimmtes Erlebnis als ihr schönstes auswählten. Manchmal schrieben sie etwas nieder, weil es ein erstes Mal oder ein Experiment mit etwas Neuartigem war. Für andere Frauen war die Intimität, das Vertrauen und die Liebe, die sie mit einer bestimmten Partnerin erlebt hatten, ausschlaggebend für die Wahl zum schönsten Erlebnis. Andere Frauen wiederum erinnerten sich an Erlebnisse, über die sie lachen mußten, oder an Momente in ihrem Leben, in denen Körper und Geist miteinander verschmolzen waren.

*

Das Mädchen, das ich 1966 liebte, hatte einen Heizofen in ihrem Schlafzimmer und eine Matratze auf dem Boden. Wir machten immer vor dem Ofen Liebe, wo es sehr warm war, und ein sanftes Licht kam aus dem Innern des Ofens. Ich werde nie vergessen, wie ich zum ersten Mal in meinem Leben Sex hatte, dort in dem heißen, feuererhellten Raum, und wie unsere Haut auf Berührung reagierte wegen der heißen Strahlen aus dem Ofen. Beim Herumrollen und -wenden steigerte das Spiel der unterschiedlichen Temperaturen auf unserem Körper unsere Erregung bis zur Unwirklichkeit.

*

Wenn ich mit ihr alleine bin, tanzen wir zu leiser Musik, ziehen uns gegenseitig aus, tanzen nackt, fallen aufs Bett, küssen uns überall, berühren uns, reiben einander, rollen herum. Manchmal hat sie einen Orgasmus. Ich habe noch nie mit irgend jemand (männlich oder weiblich) einen gehabt, nur, wenn ich onaniere. Das stört keine von uns.

*

Ich war gerade dabei, meine Geliebte zu befriedigen, als das Telefon klingelte. Sie nahm den Hörer ab und hatte große Schwierigkeiten beim Sprechen, weil sie kurz vor dem Orgasmus war. Die Anruferin war eine Lesbe, die genau wußte, was wir gerade machten. Aus Jux blieb sie einfach so lang wie möglich am Apparat. Meine Freundin legte endlich abrupt auf. Ich mußte die ganze Zeit nur lachen und strengte mich noch mehr an, sie kommen zu lassen.

Wenn ich richtig angetörnt bin, schalte ich die automatische Steuerung ein, und mein Körper übernimmt. Manchmal bin ich verblüfft über wie ich mich fühle und verhalte – es ist völlig selbst-unbewußt und spontan. Ich komme mir vor, wie eine große, sich windende Schlange, und die Grenzen zwischen mir und meiner Geliebten lösen sich auf. Es ist eigentlich völlig egal, was in dem Moment tatsächlich passiert – alles fühlt sich toll an, und es spielt auch gar keine Rolle, ob wir einen Orgasmus haben.

*

Es war mit einer Frau aus meiner Studienzeit, mit der ich etwa ein Jahr lang eine Liebesbeziehung hatte. Wir sind immer noch gute Freundinnen, und wenn man darüber nachdenkt, was wir hatten, angesichts der Tatsache, daß ich ihre erste weibliche Liebhaberin war, war das ziemlich erstaunlich. Das herausragende Erlebnis: Es war Ende April – Anfang Mai. Wir waren beim Mittagessen im Eßzimmer des Studentenwohnheims und waren so scharf aufeinander, daß wir ein paar Decken ins Auto warfen und auf dem Weg hoch zum Park nur anhielten, um uns eine Flasche Wein zu kaufen. Wir parkten den Wagen und liefen ganz weit hoch in die Berge, bis wir einen weichen, abgeschiedenen Platz in der Nähe von einem Baum fanden. Wir liebten uns – wobei wir uns abwechselnd mit der Zunge liebkosten – unter der heißen Sonne, mit dem Gezwitscher von Vögeln und dem Gezirpe von Insekten rund um uns herum, und machten uns ein Nest, indem wir das hohe grüne Gras plätteten. Ich entsinne mich, wie wir in der Abenddämmerung aufbrachen und über den Abdruck, den unser Liebesspiel hinterlassen hatte, lächelten. Es war so rein – so unkompliziert – und erhöht durch die Tatsache, daß wir im Freien waren.

*

Eine komplette Körper-an-Körper-Massage mit parfümiertem Körperöl – alles vor einem echten Kaminfeuer; den ganzen Abend zum Lieben, keine Hetze, kein Leistungsdruck. Beide Partnerinnen voll befriedigt; am nächsten Tag – ein Spaziergang am Strand!

*

Einer der schönsten Augenblicke mit meiner derzeitigen Geliebten ist das Nachspiel. Nach dem Vögeln gehe ich meistens an ihr runter, nehme einen Fingervoll von ihrem Saft, reibe ihre Klit damit ein und lutsche ihn ab . . . Ich will so viel von ihr in mir haben wie nur irgend möglich.

*

Eines Abends gingen wir ins Bett und rangen miteinander bei Kerzenlicht. Wir berührten uns nicht genital. Wir kommunizierten über Berührung, aber nicht sexuell. Am nächsten Morgen liebten wir uns und waren sehr herzlich und zärtlich miteinander. Wir probierten verschiedene Techniken aus. Erst durch das Raufen am Abend vorher konnten wir am nächsten Morgen ganz frei miteinander sein.

*

Samstag morgen noch im Halbschlaf zu liegen, zu spüren, wie sie schon begonnen hat, meine Schultern zu küssen und sich an meiner Wirbelsäule runterzuarbeiten. Zu fühlen, wie ihre Finger langsam meine Schamlippen zu streicheln und zu liebkosen anfangen. Meinen Saft warm und feucht aus der Vagina strömen zu spüren. Mich von ihr auf den Rücken rollen und meinen Körper und mich zu vollem Bewußtsein liebkosen zu lassen. Das Gefühl der Ekstase, wenn ihre Lippen über meinen Bauch streifen, ihre Zunge an den Oberschenkeln entlangschnellt, ihr Körpergewicht meine Beine sanft auseinander schiebt, ihre Finger meine Schamhaare teilen und schließlich ihre Zunge meine Klitoris liebkost. Der ganze warme, wunderbare Rausch ihres Mundes entlang den Schamlippen, über die Klitoris und in meine Vagina – und dann in einem so intensiven Orgasmus zu explodieren (wörtlich und bildlich), während ich sie ganz fest an mich drücke, damit sie auch seine Mächtigkeit spürt.

*

Mein schönstes sexuelles Erlebnis war ein langes Wochenende, an dem meine Geliebte und ich uns unsere sexuellen Lieblingsphantasien erzählten und die Zeit damit verbrachten, sie auszuleben. Zu unserer großen Freude hatten wir beide ähnliche Phantasien – es war daher umwerfend. Ich habe mich nie vor (noch seit) jenem Wochenende so offen und frei gefühlt.

*

Im Mondschein Liebe zu machen. Ich würde es gerne mal im Freien ausprobieren, wenn ich jemals einen sicheren Platz finde. Bis dahin tut's auch der Mondschein, der durch's Fenster fällt. Das Licht versetzt mich fast in Trance. Es ist ein irrer Effekt. Ich find's ganz toll.

*

Wir kannten uns schon vorher, hatten aber selten miteinander gesprochen vor jenem Lesben/Feministinnentreffen. Gerade als es zu Ende ging, fragte sie mich nach etwas, was ich gesagt hatte, und ich sagte ihr, die Antwort sei eine lange Geschichte. Wir landeten schließlich irgendwann in meiner Wohnung, und wir sprachen stundenlang über Politik und

Revolution. Während wir uns mehr und mehr in das Gespräch hineinsteigerten, wurden wir voneinander immer mehr angetörnt. Die Erregung nahm zu, als wir uns umarmten und schmusten. Das Gespräch erreichte seinen Höhepunkt, als wir anfingen, Liebe zu machen. Das Liebesspiel legte eine ungeheure Intensität in unsere Zielsetzungen, als wollte jede die andere in ihre Träume und Pläne miteinbeziehen. Der Orgasmus erlöste uns sowohl von geistiger als auch körperlicher Spannung.

*

Die Partnerin beim Masturbieren zu beobachten, während ich sie liebte.

*

Ich mag unheimlich gern viel Körperkontakt beim Sex. Deswegen ziehe ich Tribadie (klitorell) vor, was zu einer lang anhaltenden Plateauphase führt (was für mich wichtiger ist als der Moment des Orgasmus).

*

Ich ficke eine Frau gerne mit dem/den Finger(n), wobei ich zwischen ihren Beinen knie, und ich sitze nur da und sehe zu, wie sie sich krümmt und meinetwegen wohl fühlt und sich in sexueller Lust windet.

*

Mit mehr als einer Frau zur gleichen Zeit schlafen – es war wie ein Trip – besonders, da ich beide liebte und sie mich liebten – die Kombination von emotionaler und physischer Befriedigung war unglaublich schön.

*

Sich bekiffen. Mit meiner Geliebten in ein winziges Zelt kriechen. Gewitter und Blitze schütteln und erhellen das Zelt. Wir sind eins mit dem Universum und dem Sturm.

*

Ganz eng mit einer Frau tanzen; so erregt sein, daß ich fast komme.

*

Meine neue Flamme und ich waren rausgefahren und hatten in einem Naturschutzpark eine Hütte gemietet. Wir verbrachten einen ganzen Nachmittag und Abend im Bett und lernten einander kennen. Es war kühl und regnete den ganzen Tag. Wir sprachen über Vorlieben, Abneigungen, Depressionen, die wir durchgemacht hatten, und was uns unheimlich anmacht. Es war das erste Mal, daß ich mich richtig wohl fühlte (Sie ist erst meine zweite Geliebte!), da ich mich sehr unerfahren fühlte, was man von ihr wirklich *nicht* behaupten konnte! Ich habe von ihr gelernt, daß ich mich nicht für meine Unerfahrenheit und Ungeschicklichkeit entschuldigen brauchte. Das war ihr egal, *ich* nicht. Toll! Eine ganz neue Erfahrung! Ganz anders als meine Erfahrung mit Männern.

*

Ich mache gerne im Sommer Liebe, weil dann unsere Körper schwitzen und aufeinander herumrutschen. Es gibt nichts Schöneres!

*

Einmal haben meine Geliebte und ich Tribadie gegen eine Wand gelehnt gemacht – phantastisch!

*

Meine Geliebte und ich waren bei einer Freundin zu Hause und warteten, daß sie aus der Badewanne kam. Wir warteten im Wohnzimmer. Meine Geliebte lag auf dem Boden. Plötzlich zog sie mir die Hosen runter. Ich kniete mich, ihr Gesicht zwischen meinen Beinen, während sie mich leckte und mit den Händen bearbeitete. Dann nahm sie meinen Hintern fest in die Hände und leckte wild an mir, bis ich zum Orgasmus kam. Meine Freundin in der Badewanne redete die ganze Zeit weiter, ohne unser Treiben zu bemerken.

*

Eine Frau ganz einfach festhalten, liebkosen – langsam, zart, überall, unsere Körper ganz nah – im Augenblick habe ich dieses Gefühl fast „vergessen“ – ich bin schon *so* lange ohne Partnerin!

*

Wir blätterten durch ein erotisches Buch und wurden so scharf, daß wir uns praktisch die Kleider vom Leib rissen!

*

Cunnilingus mag ich an mir und mache ich am liebsten. Ich liebe es, wenn meine Freundin an mir runtergeht und ich dann dasselbe für sie machen kann. Ich bin sehr „gesprächig“, und meine derzeitige Flamme auch; wir machen daher eine Menge Lärm. Das steigert das Vergnügen.

*

Ich war mehrere Tage lang krank gewesen und fühlte mich ziemlich mies und unlustig und war arbeitslos, und meine Geliebte kam am hellichten Tag ganz leidenschaftlich zu mir.

*

Wir warfen alles bis aufs Laken vom Bett. Wir hatten was zu trinken neben dem Bett stehen, Kerzen angezündet und Musik aufgelegt. Wir waren voll angezogen. Wir setzten uns rittlings mitten aufs Bett, fingen an zu knutschen und uns mit Worten anzumachen, dann uns gegenseitig auszuziehen – ganz langsam. Irgendwann ging ich mit meiner schönen Geliebten zur Badewanne, nur mit einer Kerze. Ich streichelte, badete und trocknete sie. Anschließend wurde ich liebevoll, langsam und mit Wollust gebadet. Wir nahmen die Kerze mit zurück zum Bett. Bevor wir uns hinlegten, begann ich, die feuchte Möse meiner Geliebten zu berühren. Ich schob sie zurück auf die Matratze, drehte mich allmählich um und spreizte die Beine über ihrem Gesicht. Während sie mich leckte und sich wild in mich hineinbohrte, lutschte und knabberte ich an ihren Schamlippen herum. Wir bearbeiteten uns heftig, vögelten einander ganz wild, quetschten einander an Arsch und Oberschenkeln, bis wir beide kamen! Dann lagen wir nebeneinander, aßen Eiskonfekt – küßten uns – und sagten uns Gute Nacht.

*

Ich drücke meine Geliebte für mein Leben gern mit aller Kraft an mich und lasse mich gern mit gleicher Kraft umarmen.

*

Das Tollste war, als mich meine Geliebte mitten in der Nacht weckte und wir Liebe machten. Es war völlig überraschend und wir mußten besonders leise sein, da meine Eltern ganz in der Nähe schliefen.

*

Das erste Mal mit meiner Geliebten. Beide verheiratet, unglücklich. Übers Wochenende abgehauen. Sehr eng befreundet, teilten Ansichten und Hoffnungen auf eine bessere Behandlung von Frauen in Ehe und Beruf. Je näher wir uns gefühlsmäßig und körperlich kamen, desto mehr genossen wir es, ohne zu wissen warum. Am letzten von drei Tagen aufwachen, um uns sofort zu umarmen und zu küssen und einander zu sagen, daß wir uns liebten. Ohne zu wissen, was es bedeutete, Hauptsache, nicht zum alten Trab zurückkehren. Sie sagte: „Was machst du dir Sorgen? Das hier ist nicht das Ende, es ist nur ein Anfang."

Nachdem ich meine Geliebte zum ersten Mal verschlungen hatte, sagte sie mir, sie sei noch nie so verschlungen worden, sie hätte *mich* unheimlich toll gefunden und machte mir eine Menge Komplimente – das machte mich noch mehr an, und ich vergaß mich völlig darin, sie zu befriedigen, und wurde phantastisch belohnt.

*

Ich masturbiere gerne mit meinem Vibrator, wenn ich high

bin. Ich habe immer unglaubliche Orgasmen – dann liege ich nur total erschöpft da.

*

Ich war dabei, die Klitoris meiner Geliebten zu reiben und war so intensiv bei der Sache, daß ich einen Orgasmus hatte, nur von der Erregung beim Reiben.

*

Eines Morgens hatte ich Magenkrämpfe, und meine Geliebte machte mir Tee, massierte meinen Unterleib, bürstete mir das Haar und sagte mir, wie sehr sie mich liebte, und ich dichtete ein paar Verse auf sie und wir machten Liebe und meine Krämpfe gingen weg.

*

2
Selbstliebe

Es kann dir schwerfallen zu glauben, daß eine andere Frau dich lieben und befriedigen will, wenn du selbst Schwierigkeiten hast, deinen eigenen Körper zu akzeptieren, oder dich an deiner eigenen Gesellschaft nicht erfreuen kannst. Wer unter Selbsthaß und Selbstzweifeln leidet, hat ein übermäßiges Verlangen nach Bestätigung und Anerkennung, das nie ganz zu stillen ist. Jeder Mensch braucht das Gefühl, von anderen geliebt und geschätzt zu werden, aber eine Beziehung, die auf reeller Unsicherheit aufgebaut ist, kann dich in ewiger Abhängigkeit halten. Endet die Beziehung oder ändert sie sich drastisch, steht man ohne innere Quellen da, auf die man zurückgreifen könnte, und die Achtung vor sich selbst wird schwinden.

Frauen werden nicht dazu ermuntert, sich selbst zu genügen. Wir sollen in unserern Bemühungen, andere zufriedenzustellen und zu umsorgen, unermüdlich sein. Wir sollen uns keine Meinung über uns selbst bilden – wir sollen auf das Urteil anderer warten. Als Folge davon sind wir nie sicher, ob wir attraktiv, intelligent, kreativ, gut oder überhaupt der Rede wert sind. Das erschwert es uns, unabhängig zu handeln, Ansprüche zu stellen, Neues zu beginnen und uns aus unbefriedigenden Situationen zu befreien.

Im Zuge ihres „Come-out" wird vielen Frauen bewußt, wie wichtig (und schwierig) es ist, auf eigenen Füßen zu stehen. Wir beginnen, für uns selbst Dinge zu tun, von denen wir immer glaubten, Ehemänner oder Papis müßten sie erledigen. Wir erkennen allmählich, daß andere Frauen keineswegs inkompetent sind, und wir nehmen ihre Hilfe an und lernen von ihnen. Aber alte Gewohnheiten lassen sich nur schwer ausrotten. Da wir das Gefühl haben, von der heterosexuellen Welt erdrückt zu werden, wird uns immer klarer, daß wir die lesbische Subkultur brauchen. Es kann passieren, daß wir bereiter sind, uns ihren Normen anzupassen oder um ihre Anerkennung zu feilschen, als wir es je im Umgang mit der Heterogesellschaft waren. Andere Frauen zu lieben ist kein Ersatz für Selbstliebe.

Selbstliebe ist die Entscheidung, mit sich selbst zu pokern. Das bedeutet, sich auf das eigene Urteil darüber, was reell und gut, ist zu verlassen und auf die eigenen Entscheidungen zu vertrauen. Dies kann eine Menge Energie zur Bewältigung anderer Projekte freisetzen. Es ist unvorstellbar, was Lesben erreichen könnten, wenn wir aufhörten, uns selbst aufzureiben und zu zermartern. Aber hier gehen wir zum gruseligen Teil, zum Risiko über. Diese „anderen" Projekte, die da im Hintergrund darauf warten, daß wir uns aufraffen, sind Dinge, vor denen wir Angst haben. Sie sind wichtig, daher gefährlich, weil wir etwas in Angriff nehmen und versagen könnten.

Selbstwertgefühl ist nicht viel wert, wenn es nicht ein paar Rückschläge und Pleiten einstecken kann. Das hartnäckige Bemühen darum, um keinen Preis unser Gesicht zu verlieren, wirkt lähmend. Aus Mißerfolgen und Blößen können wir nur lernen.

Die Sexualität ist offensichtlich der Bereich, in den sich unsere Ängste und Selbstzweifel zurückziehen, um dort haften zu bleiben. In diesem Kapitel werden einige Punkte erörtert, in denen es Frauen schwerfällt, sich selbst zu lieben und zu akzeptieren.

Körperimage

Eine der ersten Entdeckungen aus den frühen Jahren der Frauenbewegung war, daß es so etwas wie eine schöne Frau nicht gibt. Als damals Teilnehmerinnen an Selbsterfahrungsgruppen miteinander über ihre Körper sprachen, zeigte sich, daß große Frauen lieber zierlich sein wollten, kleine Frauen träumten von einer Amazonenfigur, Brünette meinten, sie sähen besser aus, wenn sie blond wären, Blonde hielten sich für langweilig, füllige Frauen fühlten sich fett und unterzogen sich ständig Abmagerungskuren, um schmalhüftig und kleinbusig zu werden, und schlanke Frauen hatten Angst, für Jungen gehalten zu werden.

Ich glaube nicht, daß Lesben in diesem Punkt immun sind. Wir lehnen zwar oft stereotype weibliche Schönheitsmaßstäbe ab und bevorzugen ein androgyneres, zwangloses Image. Aber wir haben unsere eigenen Vorstellungen von Attraktivität, und die meisten von uns ringen noch immer mit dem vielen Unsinn, der uns in unserer Jugend über unsere weiblichen Körper beigebracht wurde. Wir zeigen Frauen, die „nicht wie Lesben aussehen", unsere Mißbilligung und gehen wie wild auf die Pirsch nach Frauen, die den Superlesbenlook verkörpern.

Das Erzwingen einer lesbischen Norm ist besonders schmerzlich für dicke und schwarze Frauen, Frauen aus der dritten Welt und behinderte Lesben. Neuerdings fangen diese Frauen an, Gruppen zu bilden, um sich gegenseitig zu un-

terstützen und aufzuwerten.
Unser Unbehagen über unseren Körper ist zum großen Teil fehl am Platz und letzten Endes nur Selbstquälerei. „Schönheitsfehler“ lassen sich auf viele Arten bekämpfen: Massage, Selbstverteidigungskurse, mehr Rücksicht auf gute Ernährung und weniger Rücksicht auf Kalorien, andere Kleidung, Sport, Masturbation, Komplimenten von Freundinnen und Geliebten Glauben zu schenken, ausreichend Schlaf, Dikkenbefreiung, guter Sex, Eiscreme, Spiegel, Kontakte mit anderen Frauen, die die negative Einstellung zu ihrem eigenen Körper überwinden wollen, Rubens-Gemälde und Dickköpfigkeit.

Die weiblichen Genitalien

Dieser Abschnitt ist jenem Teil unseres Körpers gewidmet, den wir am meisten verabscheuen: die Vulva. Unsere Geschlechtsteile sind versteckt, wir sollen sie nicht berühren; folglich muß frau sich ihrer schämen. Wenn es nicht stimmt, warum werden dann die Ausdrücke, die wir zur Bezeichnung der weiblichen Genitalien hören, als Schimpfwörter benutzt? Warum ist alles, was nur mit den weiblichen Geschlechtsteilen assoziiert wird, wie Menstruation, so geheimnisumwittert und ekelhaft? Warum müssen wir uns so viel Mühe geben, unseren Sexualduft wegzusprühen und wegzuspülen? Warum sollen wir da beim ersten Geschlechtsverkehr Schmerzen zugefügt bekommen und bluten?

Es ist höchst unwahrscheinlich, daß wir als junge Frau auf irgendein positives Image der Vulva stoßen. Herkömmliche Erotika legen meistens mehr Wert auf Anschaulichkeit als auf Schönheit. Manche kommerzielle Pornographie versucht die weiblichen Genitalien anscheinend mit Absicht als häßlich oder minderwertig abzubilden. In medizinischen Handbüchern sind die schematischen Darstellungen der „äußeren weiblichen Genitalien“ eher klinisch als sinnlich und eher symmetrisch als exakt. Die kleinen Schamlippen sind gewöhnlich kurz und dünn. Die Klitoris ist klein. Die kleinen Schamlippen sind immer mit der Klitorisvorhaut verbunden. Die Harnröhre liegt immer genau in der Mitte zwischen Klitoris und Vagina. Feministische, frauenliebende Künstlerinnen haben erst kürzlich begonnen, weibliche Geschlechtsteile zu porträtieren. Die Bilder sind erotisch und informativ. Wenn wir uns die „Mösenporträts“ von Betty Dodson, Tee Corinne oder Marilyn Gayle (und anderen) betrachten, sehen wir, daß Frauen in der Wirklichkeit nicht wie schematische Darstellungen in medizinischen Handbüchern oder Spreizaufnahmen in Pornos aussehen. Schamlippen können verschiedene Größen, Formen und Oberflächen haben, Klitorides können die Größe von Saatperlen, Erbsen oder Fingernägeln haben. Die kleinen Schamlippen vereinigen sich nicht immer mit der Klitorisvorhaut. Vorhäute können doppelt gefaltet sein, manche sind zurückziehbar, und manche können nicht von der Glans der Klitoris zurückgezogen werden. Die Harnröhre ist unterschiedlich in Größe und Lage. Eigentlich gibt es solch eien bunte Vielfalt in Farbe und Beschaffenheit der Genitalien, daß niemand wirklich sagen kann, wie eine „typische“ Frau aussehen sollte.

Diese Bilder geben dem weiblichen Geschlecht eine neue Bedeutung. Sie zeigen, daß Frauen ihren Körper wieder in Besitz nehmen und für sich beanspruchen. Sie ermöglichen es, die Vulva zu preisen, und erschweren es, sich über sie lustig zu machen, sie zu ignorieren oder blind als Objekt zu benutzen.

Auch die Sprache, derer wir uns bedienen, um über unsere Genitalien zu reden, ist dabei, sich zu wandeln. Frauen eignen sich Ausdrücke an, die einst Schimpfwörter waren. Der Vorgang ist ähnlich wie bei der stolzen anstatt beleidigenden Verwendung des Ausdrucks „Lesbe". Wenn ein Wort Teil unserer Kultur und unserer Terminologie wird, werden ihm neue Bedeutungen und neue Zusammenhänge hinzugefügt, bis sich seine Bedeutungsmerkmale schließlich ein für allemal geändert haben. Zusätzlich zu befreienden Termini wie „Möse", „Muschel" und „Pussi" verwenden Lesben neue Wörter zur Beschreibung ihrer Sexualität. Der Ausdruck „Yoni" ist ein Synonym für die weiblichen Geschlechtsteile, der erst seit kurzem in lesbischer Literatur auftaucht.

Die Vulva gehört zu deinem Körper wie deine Ellbogen, Hände, Ohren, wie dein Nabel und deine Nase. Zu wissen, wie deine Geschlechtsorgane aussehen, kann dir fühlen helfen, wie sehr dein Geschlecht ein Teil von dir ist und folglich wie sehr deine Sexualität ein Teil von dir selbst ist.

Ich war 17, als ich zum ersten Mal meine eigene Möse betrachtete. Ich hatte mich seit meinem zweiten Lebensjahr selbst befriedigt und merkte allmählich, daß ich lesbisch war. Also beschloß ich, mein Verbrechensregister um eine weitere Sünde zu vermehren. Außerdem war ich wirklich neugierig. Seit Jahren berührte ich mich nun schon „da unten", entweder um mir einen zu wichsen oder mich zu waschen, und in letzter Zeit hatten mich andere Leute „da unten" berührt, nur ich hatte keine Ahnung, wie es da wirklich war.

Ich sollte ein Referat schreiben, einen Vergleich zwischen Spinoza und Descartes. Ich wußte, es würde kein Honigschlecken werden, da ich in den Vorlesungen regelmäßig eingeschlafen war. Also ließ ich das Referat sausen, suchte eine Stunde lang nach einem Handspiegel, zog alle Vorhänge in meinem Wohnheimzimmer zu, schloß die Tür ab, zog die Hosen aus, setzte mich aufs Bett und starrte auf das Spiegelbild runter zwischen meinen weißen Oberschenkeln.

Meine erste Reaktion war Ekel, Unglaube und Enttäuschung. *Das* war doch nicht das nette, freundliche Pelztier, das ich mit der Hand immer gekrault hatte! Wie konnte eine Klit nur so klein sein? Wie konnte irgend jemand nur seine Zunge da unten hinstecken?

Ich zog mich wieder an und begann, an meinem Papier zu arbeiten. Ich konnte mich nicht konzentrieren. Ich versuchte, mich an das, was ich gesehen hatte, zu erinnern. Nach weiteren fünf Minuten war ich wieder auf dem Bett und warf einen längeren, gewogeneren Blick darauf.

Den ganzen Nachmittag verbrachte ich damit, meine Arbeit zu schreiben, neugierig zu werden, mich auszuziehen und mich mit meinen Genitalien anzufreunden. Ich schüttelte die negativen Gefühle über meinen Körper nicht alle an einem Tag ab, doch ich hatte einen guten Anlauf gemacht.

Immer wenn ich diese Geschichte Freundinnen oder in Gesprächsgruppen erzählte, vertrauten mit ein paar Frauen an, daß sie sich immer noch nicht dazu aufgerafft hatten, ihre eigenen Genitalien zu betrachten. Der nächste Abschnitt schildert folglich eine Selbstuntersuchung oder Erforschung der weiblichen Geschlechtsteile.

Selbstuntersuchung

Such dir einen Tag aus, an dem du nicht Koffer packen oder

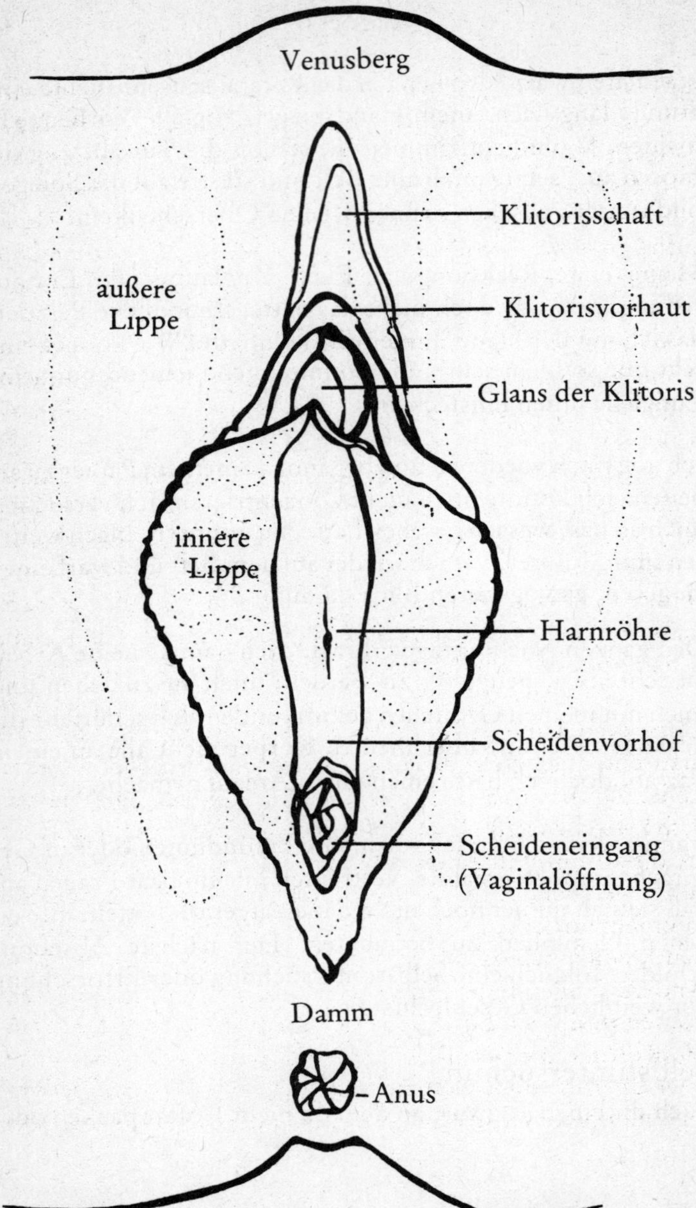
Venusberg
Klitorisschaft
äußere Lippe
Klitorisvorhaut
Glans der Klitoris
innere Lippe
Harnröhre
Scheidenvorhof
Scheideneingang (Vaginalöffnung)
Damm
Anus

für Gäste Essen kochen mußt. Finde einen Platz, wo du eine Stunde lang nicht gestört wirst und dich bequem hinlegen kannst (Manche Frauen sitzen vielleicht lieber in einem Sessel). Stell das Telefon ab, wenn du eins hast, und setz den Hund oder die Katze vor die Tür. Du magst dir etwas Musik auflegen, eine Kleinigkeit zu essen machen oder andere Dinge tun wollen, die du entspannend und angenehm findest.

Es ist eine gute Idee, ein Gleitmittel zur Hand zu haben. Vaseline ist zu dick, und wenn du sie in die Scheide bekommst, kann das zu einer Scheidenentzündung führen. Nimm ein wasserlösliches Gleitmittel, das deine Vagina auf natürliche Weise abstoßen kann, oder ein Öl, das sie absorbieren kann. Unparfümierte Cremes, Kokusnußöl, Babyöl, Salatöl, Speichel oder irgendwelche Lotionen, die weder Alkohol noch Parfüm enthalten, sind Gleitmittel, die mir von Frauen empfohlen wurden. Wenn du dir bei einem Öl oder einer Creme nicht sicher bist, trag ein bißchen auf den Rand einer kleinen Schamlippe auf, um es auszuprobieren.

Untersuch deine Vulva mit einem Spiegel. Sieh dir die schematische Zeichnung an, und identifiziere die verschiedenen Teile. Tu dir etwas Gleitmittel auf die Finger und streichle dich zwischen den kleinen und den großen Schamlippen. Teste ihre Empfindlichkeit auf verschiedene Arten von Berührung. Versuch, die großen Schamlippen über den kleinen zusammenzudrücken. Manche Frauen zupfen gerne sanft an den kleinen Schamlippen, wenn sie sich selbst befriedigen. Andere Frauen halten ihre Hand vielleicht über die großen Labien und üben Druck auf sie aus. Fühlt es sich besser an, die Klitoris zu stimulieren, in dem du direkt auf die Glans oder über ihr oder an einer Seite drückst? Ist deine Klitoris auf einer Seite sensibler als auf der anderen? Kreist du lieber mit den Fingern um sie, oder drückst du lieber mit der Hand auf sie runter? Der Venusberg selbst kann sehr empfindlich sein. Knete und manipulier ihn. Experimentiere. Wenn du auf eine bestimmte Art masturbierst, ist heute der Tag, etwas Neues auszuprobieren.

Glätte eins deiner Schamhaare, um zu sehen, wie lang es ist. Welche Farbe haben deine Schamhaare im Vergleich zum Haupthaar oder den Achselhaaren? Glaubst du, daß sie im Alter grau oder weiß werden, oder hat sich ihre Farbe seit deiner Jugend schon verändert?

Sind deine Genitalien einheitlich in der Farbe oder ist eine Abstufung von Rosa-, Braun- und Rottönen festzustellen? Bei manchen Frauen sind die Geschlechtsteile eher dunkel, während sie bei anderen hellrosa sind. Die großen und kleinen Schamlippen können sich farblich von der Zone um die Scheide abheben.

Wie sind deine Genitalien proportioniert? Würdest du sagen, deine Möse ist eher barock, modern-dänisch, romantisch, sozialistisch-realistisch oder kubistisch? Ist eine kleine Schamlippe länger als die andere? Verändert sich die Größe deiner Klitoris sichtbar, wenn du erregt bist?

Laß bei deiner Selbstuntersuchung nicht den After (Anus) aus. Die Dammgegend (Perineum), der Streifen zwischen Vagina und After, ist oft sehr empfindlich. Sanfte Stimulation der Analöffnung kann sehr lustvoll sein. Manche Frauen lassen sich gerne außen um den Schließmuskel herum berühren, andere mögen Penetration. Du möchtest vielleicht probieren, wie sich Penetration anfühlt, falls du es beim Masturbieren oder mit einer Partnerin noch nicht versucht hast.

Allgemein kann man sagen, daß der Anus mehr Spannung in sich trägt und weniger locker ist als die Scheide, geh also langsam vor. Jeder Körperteil wird sich entspannen, wenn er sich wohlfühlt.

Kannst du deine Harnröhre (Urethra) finden? Bei einigen Frauen ist sie gut zu sehen. Andere Frauen finden sie vielleicht, wenn sie den Venusberg hochziehen und mit ihren Bauchmuskeln nach unten drücken. Wenn du deine Urethra immer noch nicht entdeckt hast und keine Ruhe deswegen findest, nimm deinen Spiegel mit ins Badezimmer. Du kannst dich auf den Rand der Badewanne setzen und deine Genitalien beim Urinieren beobachten. Bei einigen Frauen ist die Harnröhre eine primär-erogene Zone. Sie üben beim Sex vielleicht Druck auf sie aus oder masturbieren, indem sie einen Finger oder einen glatten Gegenstand ein kleines Stück in sie einführen.

Betrachte deine Vaginalöffnung. Sie ähnelt normalerweise eher weichen Hautfalten als einem gähnenden Loch. Sie ist eher ein potentieller Raum als eine Röhre oder ein Tunnel. Nimm noch mehr Gleitmittel und probiere, die Öffnung zu stimulieren. Macht dir Penetration Spaß? Die Öffnung selbst und die in unmittelbarer Nähe gelegenen Teile der Scheide sind die empfindlichsten Stellen. Der tiefer gelegene Teil der Scheide zum Gebärmutterhals (Zervix) hin reagiert meist nur auf Druck und Schmerz. Manche Frauen finden den After sensibler als die Vagina.

Vielleicht möchtest du die Selbstuntersuchung durch Masturbieren abschließen. Wenn du künstlerisch veranlagt bist, möchtest du eventuell ein Porträt von dir anfertigen. Manche lesbische Textildesignerinnen haben Wandbehänge, Bett-

decken oder bestickte Capes mit Vulvadarstellungen entworfen. Du magst auch eine Beschreibung deiner Möse in Prosa oder Versen abfassen wollen.
Wenn du dich das nächste Mal selbst befriedigst, nimm dir Zeit, deinen Vaginalschleim zu kosten und an ihm zu riechen. Manche Frauen finden, daß die Angst davor, übel zu riechen oder zu schmecken, sie daran hindert, sich bei einer Partnerin zu entspannen. Das kann besonders hemmend sein, wenn dich deine Partnerin verschlingen will. Der einzige Weg, diese Angst abzubauen, ist, am eigenen Sexualsaft zu riechen und ihn zu probieren.
Solltest du auf die Geschlechtsorgane neugierig sein, die nicht mit einem Handspiegel zu sehen sind, möchtest du vielleicht an einem Selbstuntersuchungskurs in einem Frauenzentrum oder feministischen Gesundheitszentrum teilnehmen. Einige Zentren bieten Gruppen für Lesben an, und die meisten begegnen ihren lesbischen Teilnehmerinnen nicht mit Homophobie. Im Selbstuntersuchungskurs lernst du z.B., wie du ein Kunststoffspekulum in die Scheide einführst, richtig ansetzt und deinen Muttermund findest. Du kannst deinen Muttermund in einem Spiegel sehen, wenn du mit einer Taschenlampe in die Vagina leuchtest. Diesen kleinen rosa Pilz zu sehen kann unheimlich aufregend sein. Broschüren über Empfängnisverhütung werden ihm keineswegs gerecht.
Wissen ist Macht; und je mehr wir über unseren Körper wissen, desto mächtiger fühlen wir uns!

Kegels

Kegels sind Übungen, die das Bewußtsein um und die Kontrolle über die Genitalien steigern können. Sie wurden von einem Dr. Arnold Kegel für Frauen entwickelt, die Schwierigkeiten beim Kontrollieren der Urinausscheidung hatten. Die Frauen, die sie durchführten, berichteten immer wieder, daß daß damit auch eine sexuelle Luststeigerung verbunden war. Bei Kegels wird der Musculus bulbocavernosus (BC-Muskel) zusammengezogen. Dieser Muskel verläuft vom Schambein vorne zum Steißbein hinten. Er ist wie eine Schlinge oder ein Sattel, in dem wir sitzen. Außer die Urethra zu kontrollieren, kontrahiert der BC-Muskel beim Orgasmus. Er muß, wie jeder andere Muskel, trainiert werden. Kegels erfüllen diesen Zweck.

Viele Frauen führen schon eine Kegelversion durch. Sie haben ihren BC-Muskel als Kinder entdeckt, als sie damit spielten, den Urinfluß anzuhalten und wieder in Gang zu setzen. Wenn du nicht weißt, wo dein BC-Muskel ist und wie es sich anfühlt, wenn er sich zusammenzieht, kannst du das beim nächsten Mal, wenn du aufs Klo mußt, herausfinden. Wenn du auf der Toilette sitzt, spreiz die Beine. Versuch, den Urinfluß zu stoppen. Wenn du ihn nach Belieben anhalten und in Gang setzten kannst, ist der Muskel, den du spürst, der BC-Muskel. Wenn du ihn nicht lokalisieren kannst, gib nicht auf, versuch's beim nächsten Mal wieder.

Du kannst diesen Muskel auch aufspüren, indem du ein oder zwei angefeuchtete Finger in die Scheide einführst und nach unten drückst. Du spürst dann wahrscheinlich eine Verengung in der Vagina.

Es gibt drei Arten von Kegels: langsam, schnell und einziehen/ausdrücken. Um einen langsamen Kegel durchzuführen, spann den BC-Muskel an wie beim Einhalten des Urins.

Zähl bis drei, ehe du ihn wieder entspannst. Bei schnellen Kegels machst du genau da Gegenteil: Spann und entspann den Muskel, so schnell du kannst. Die meisten, die ihren BC-Muskel orten können, können langsame und schnelle Kegels durchführen. Ich habe nicht mit vielen Frauen gesprochen, die die ein/aus-Version konnten. Du sollst dabei den ganzen Beckenboden hochziehen, als wolltest du Wasser oder Luft in deine Vagina saugen, dann runterdrücken, um das Wasser oder die Luft wieder auszustoßen. Bei dieser Übung werden sowohl Unterleibsmuskeln als auch der BC-Muskel beansprucht. Mir ist das ein- oder zweimal in der Badewanne in etwa gelungen, wo ich spüren konnte, wie sich das Wasser bewegte. Wenn du sie nicht kannst, mach dir nichts draus. Langsame und schnelle Kegels genügen durchaus, um den BC-Muskel in Form zu halten.

Im Handbuch wird empfohlen, mindestens je 10 dieser Übungen fünfmal am Tag durchzuführen, dann die Zahl jede Woche um fünf zu erhöhen. Die meisten meiner Bekannten, die Kegels machen, üben sie, wenn sich gerade eine Gelegenheit ergibt – z.B. wenn sie zur Arbeit fahren, fürs Examen lernen, ein Buch schreiben, beim Fernsehen oder beim Trampen, anstatt zu festgelegten Tageszeiten.

Wenn du damit anfängst, wirst du den Muskel vielleicht nicht hundertprozentig kontrollieren können. Es kann sein, daß er nicht zusammengezogen bleibt oder daß du ihn nicht sehr schnell entspannen und lockern kannst. Wenn du nicht aufgibst, wirst du nach ein bis zwei Wochen eine Veränderung bemerken.

Kegels haben Frauen, die Orgasmusschwierigkeiten hatten oder sich stärkere Orgasmen wünschten, sehr geholfen. Sie eignen sich auch dazu, Erregung aufzubauen oder Orgasmen beim Sex mit einer Partnerin oder beim Masturbieren zu beschleunigen.

Selbstbefriedigung

Da dies ein Buch über *lesbische* Sexualität ist, mag es verwundern, daß Selbstbefriedigung vor Partnersex behandelt wird. Schließlich bezeichnet der Ausdruck „Lesbierin" eine Frau, die zu anderen Frauen sexuelle Beziehungen hat. Ich stelle Masturbation voran, weil ich die traditionelle Ansicht, daß Selbstbefriedigung kein „richtiger" Sex sei, in Frage stellen will. Durch Masturbation lernen die meisten von uns erotische Gefühle kennen und entwickeln ein Modell sexueller Reaktion. Sie steht zur Verfügung, wenn Partnerinnen es nicht tun, und sie sollte nicht unterlassen werden, nur weil du eine Geliebte hast.

Frauen wird beigebracht, daß Sex etwas ist, was Männer uns antun und nicht für uns oder mit uns tun. Man erzählt uns weit mehr über Geschlechtskrankheiten, Sünde, Menstruation, Schwangerschaft und die Gefahr, in Verruf zu kommen, als über Gesundheit, die Klitoris, Selbstbefriedigung oder unsere eigenen Orgasmen (Hierbei wird vorausgesetzt, daß irgend jemand bereit war, uns überhaupt etwas über Sex zu erzählen. Manche von uns bekommen nicht einmal die negative Information).

Diese Erfahrung führt dazu, daß Frauen ihre Sexualität als von jemand anderem abhängig sehen. Wenn wir sexuelle Probleme haben, suchen wir uns den richtigen Liebhaber aus, um sie für uns zu lösen. Wenn wir keinen Partner haben, fühlen wir uns unattraktiv und sexuell frustriert.

Lesben können sich dieser Konditionierung ebenso wenig entziehen wie andere Frauen. Wir lehnen zwar den Gedanken ab, Sexualität sei ein männliches Revier, aber oft genug erwarten wir, daß unsere Geliebten die Verantwortung für unser Vergnügen und unsere Reaktionen übernehmen. Es kann vorkommen, daß wir Selbstbefriedigung als zweitrangig betrachten und uns ihretwegen schämen oder unwohl fühlen. Wenn wir eine Partnerin haben und weiterhin masturbieren, kann es sein, daß wir uns unreif und egoistisch vorkommen.

Das Märchen Onanie sei körperlich schädlich, ist ziemlich weitgehend aus der Welt geräumt worden. Etwas langsamer stirbt das Gerücht, daß sie sexuelle Energie abzapft und es schwerer macht, mit einer Partnerin Orgasmen zu haben. Natürlich hebt Selbstbefriedigung das Verlangen nach Sex auf...für etwa zehn Minuten. Die Studie von Kinsey zeigt, daß Frauen, die masturbieren, eher mit Partnern zum Höhepunkt kommen als Frauen, die nicht masturbieren. Die zuverlässigste Auskunft über das, was uns sexuell gefällt, erhalten wir von uns selbst. Es ist einfacher auszuprobieren, was wir mögen, und unserer Partnerin mitzuteilen, was wir herausfinden, als darauf zu warten, daß sie unsere Gedanken liest oder es errät. Keine noch so starke Intuition kann so schnell zu einer Verständigung führen wie einer Geleibten einfach zu sagen, wie wir masturbieren.

Wenn wir alle nicht so unsicher hinsichtlich unserer Liebhaberfähigkeiten wären, wäre es gar nicht so wichtig, wessen Finger mit welcher Klit spielten. Warum sollten Masturbation und Liebemachen zwei völlig verschiedene Kategorien sein? Einer Geliebten bei der Selbstbefriedigung zuzusehen, kann sehr erregend sein. Ihre Verwundbarkeit und ihr Vertrauen in dich können zu deiner Stimulierung beitragen. Es bedeutet nicht, daß du eine unzureichende Liebhaberin bist. Es bedeutet, daß du neue erotische Dimensionen akzeptierst und aufgeschlossen bist, sie zu ergründen.

Bei Liebenden, die zusammenwohnen, kommt es gelegentlich zu Spannungen, wenn eine der beiden etwas privaten Spielraum und Zeit zum Masturbieren haben möchte und ihre Partnerin sich dadurch bedroht oder abgewimmelt fühlt. Falls zwischen dir und deiner Freundin noch andere Probleme bezüglich eures Liebeslebens bestehen, kann dies zu einem Anwachsen der Spannungen führen. Wenn euch aber euer Sex Spaß macht und befriedigt, kann dein Unmut über ihre Zeit mit sich selbst unnötige Probleme hervorrufen. In jeder Beziehung droht die Identität der einzelnen Partner im „Wir" unterzugehen. Allein aus der Tatsache, daß du jemanden liebst, sie brauchst und von ihr verletzt werden kannst, kann das Bedürfnis wachsen, weg von ihr zu sein, deine eigene Stärke und Unabhängigkeit zu erfahren und dir selbst zu beweisen, daß du in der Tat auch ohne sie deine Frau stehen kannst. Eine Frau, die Hemmungen hat, diese Zeit für sich zu beanspruchen und ihre Individualität zu unterstreichen, kann sich auf die Dauer zu stark unter Druck gesetzt und zu erstickt fühlen, um Freude an Sex mit dir zu haben.

Solltest du keine Partnerin haben, fühlst du dich vielleicht manchmal einsam und unzufrieden. Masturbieren ist ein Weg, um dein Ego zu stärken und deinen Hunger nach Sex zu stillen. Verzweiflung ist selten attraktiv. Also warum dich selbst frustrieren, bis Frau Traum (oder Frau Träume) dich von den Socken haut und in ihr Wasserbett schleift?

Selbstbefriedigung gründet sich darauf, daß man den eigenen Körper gern genug hat, um sich zu berühren und das gute

Gefühl zu genießen. Jeder Mensch verdient Vergnügen. Warum sollen wir warten, uns zu amüsieren, bis wir 20 Pfund abgenommen haben, das Jurastudium abgeschlossen oder eine neue Frau kennenglernt haben? Masturbation steht uns zur Verfügung, wann immer wir Zeit dafür haben. Du kannst es innerhalb von fünf Minuten tun, bevor du zu irgendeinem Arzttermin eilst, oder du kannst einen ganzen Abend oder ein ganzes Wochenende lang deinen Launen nachgehen. Du brauchst dir keine Sorgen darum zu machen, jemandem zu gefallen oder dir deine Energien einzuteilen, damit auch sie drankommt. Dies ist ein Moment, wo du egoistisch sein kannst, ohne jemanden zu kränken.

Es gibt so viele verschiedene Arten, sich selbst zu befriedigen, wie es Frauen gibt, die es tun. Manche Frauen reiben sich gerne an Kissen, Stühlen, zusammengerafften Bettlaken oder anderen Gegenständen. Manche Frauen nehmen ihre Hand oder einen Finger. Du kannst Öl oder Stoff mit einer sinnlichen Gewebestruktur verwenden, wenn du dich berührst. Manche Frauen mögen vaginale Stimulation, andere nicht. Leichte, streichelnde Bewegungen, feste Druckbewegungen, kreisende Bewegungen, Hin- und Herbewegungen und andere Kombinationen sind alle gebräuchlich. Manche Frauen benutzen elektrische Massagestäbe oder Vibratoren, und wieder andere masturbieren mit einem Wasserstrahl aus dem Hahn, der Handdusche oder einem Mundpflegegerät. Einige Frauen beziehen gerne Ganzkörperstimulation oder Stimulierung des Afters oder der Harnröhre in die Masturbation mit ein. Andere Frauen konzentrieren sich direkt auf die Klitoris.*

Die Stellung, in der du bist, kann genauso wichtig sein wie die Art deiner Berührung. Manchen Frauen macht ihr Orgasmus am meisten Spaß, wenn sie auf dem Bauch liegen. Andere Frauen liegen lieber auf dem Rücken oder der Seite, sitzen, knien oder kauern. Wenn du in mehr als einer Stellung zum Orgasmus kommen kannst, weißt du, daß es sich anders anfühlt, je nachdem ob du auf dem Rücken, dem Bauch oder der Seite liegst. Ob du die Beine zusammen oder auseinander hast, wirkt sich auch auf den Orgasmus aus. Wenn du in einer Stellung onanierst und mit einer Partnerin eine andere einnimmst, fällt es dir vielleicht schwer, mit ihr zum Orgasmus zu kommen. Ein Stellungswechsel kann helfen, und du kannst dir selbst beibringen, in verschiedenen Positionen zu kommen, indem du beim masturbieren experimentierst.

Solltest du noch nie einen Orgasmus gehabt haben, dann lernst du es wahrscheinlich am leichtesten durch Selbstbefriedigung. Es ist gewöhnlich einfacher, deinen Körper und deine Empfindlichkeit zu untersuchen, wenn du allein bist. Du kannst dir soviel Zeit lassen, wie du willst, ohne dir darüber Gedanken zu machen, ob deine Partnerin müde wird; du kannst für dich Dinge tun, ohne erst den Mut aufbringen zu müssen, danach zu fragen; und du kannst eine Ruhepause einlegen, ohne darüber reden zu müssen. Die Hauptprobleme der meisten Frauen, die noch nie einen Orgasmus hatten, sind die Abneigung dagegen, sich selbst zu berühren, und sich nicht genügend Zeit zu lassen. Einige Sexualtherapeutinnen sind dabei, Gruppen prä-orgasmischer Frauen ins Leben zu rufen, um ihnen bei der Überwindung dieser Hindernisse zu helfen. (Diese Gruppen wurden erstmals von Lonnie Garfield Barbach gegründet und sind in ihrem Buch *For Yourself: Die Erfüllung weiblicher Sexualität* beschrieben.)

Selbstbefriedigung kann eine Energiequelle, eine Gratisschlaftablette, ein freudiger Ausdruck von Selbstliebe und ein einfacher Weg, deine Sexualität kennenzulernen, sein. Sie kann auch eine hastige, mit Schuldgefühl beladene Erfahrung sein – eine letzte Rettung, wenn keine Partnerin greifbar ist, eine heimliche Aktivität, der so wenig wie möglich und immer mit gemischten Gefühlen nachzugehen ist. Der Unterschied zwischen der ersten und der zweiten Art der Selbstbefriedigung ist: ob wir oder ob wir nicht glauben, daß es uns zusteht, uns wohlzufühlen.

Masturbation mit einer Partnerin

Auf diese Weise lernen wir gegenseitig sehr gut unsere empfindlichen Stellen und bevorzugten Berührungsarten kennen. Sollte es dich hemmen oder verschüchtern, vor den Augen deiner Geliebten zu masturbieren, denk daran, daß es Nebensache ist, ob du kommst. Du tauscht Informationen über deinen Körper aus und gibst keine Vorstellung. Laß dir ruhig von ihr Rückhalt geben. Die ersten paar Male, die ihr im Beisein einer Partnerin onaniert, möchtet ihr es vielleicht im Halbdunkeln oder gleichzeitig tun, damit keine sich voyeurisiert fühlt, oder nacheinander – alles, was euch weniger unbehaglich fühlen läßt.

Wenn eine von euch Lust auf Sex hat und die andere zu müde oder eben nicht in der Stimmung ist, schlag vor, daß ihr zusammen masturbiert. Du kannst deine Freundin festhalten, streicheln oder einfach bei ihr sein, während sie sich selbst befriedigt. Vielleicht törnt es dich so sehr an, daß du vergißt, warum du so müde warst.

Manche Frauen haben Hemmungen, ihre eigenen Genitalien oder Brüste beim Sex mit einer Partnerin zu berühren, aus Angst, sie könnte sich gekränkt fühlen. Es wäre schön, wenn wir uns ohne Hemmungen den eigenen wie auch den Berührungen unserer Geliebten hingeben könnten. Ein paar zusätzliche Hände können die möglichen Empfindungen vervielfachen. Vielleicht löst der Gedanke, zu sehr mit dir selbst beschäftigt zu sein, anstatt sie zu berühren, auch ein Schuldgefühl in dir aus. Es ist Zeit genug für beides. Denk daran, daß einer anderen Frau zuzusehen, wie sie erregt wird und zum Orgasmus kommt, genauso stimulierend sein kann wie selbst einen Orgasmus zu haben. Das Vergnügen, anderen beim sexuellen Genuß zuzuschauen, wird den meisten von uns in dieser Kultur verwehrt.

Falls du eine enge Beziehung zu einer anderen Frau hast, aber noch nicht so weit bist, mit ihr schlafen zu wollen, versucht doch, gemeinsam zu masturbieren. Es ist eine Alternative zu direktem Sex und hat eine andere Wirkung auf eure Intimität. Wenn ihr beide den ganzen Abend zusammen getanzt oder erotische Filme gesehen habt, warum dann allein oder frustriert nach Hause gehen?

Beim Gruppensex masturbieren zu können ist eine Garantie dafür, daß du dir nicht übergangen oder ausgeschlossen vorkommst. Die Dynamik verlagert sich manchmal innerhalb einer Gruppe, und es kann passieren, daß sich zwei Frauen aufeinander zu konzentrieren beginnen. Umgekehrt magst du dich vielleicht von der wechselseitigen Aktivität zurückziehen und die Sache ohne direkte Beteiligung genießen wollen.

Viele Frauen schrecken vor einer solchen Vorstellung zurück. Du kannst es nicht tun, bevor nicht alle eventuell noch verbliebenen Ressentiments bezüglich der Selbstbefriedigung ausgeräumt sind. Es ist auch wichtig, der Frau oder den

Frauen, mit denen du zusammen bist, zu vertrauen. Wenn dir eine Partnerin gesagt hat, sie habe aufgehört zu masturbieren, „mit 15, als ich erwachsen wurde", dann weißt du selbst am besten, daß der Vorschlag zu einem gemeinschaftlichen Abfahrtserlebnis fehl am Platz ist. Sollte sie aber aufgeschlossen und an neuen Erfahrungen interessiert sein, könnte sich das Wagnis lohnen. Wenn ihr zwei euch richtig wohl miteinander fühlt, könntet ihr sogar ein Wettrennen veranstalten.

Vibratoren

Diese Sexspielzeuge erfreuen sich zunehmender Beliebtheit. Manche Frauen, die noch nie einen Orgasmus hatten, finden Vibratoren sehr hilfreich, da sie nicht wie eine Hand ermüden und außerdem eine intensive Reizung erzeugen. Andere Frauen möchten vielleicht gerne in die Badewanne oder Dusche einlaufendes Wasser ausprobieren. (Wenn du mit Wasser experimentierst, paß auf, daß es nicht unter Druck in die Scheide strömt. Das kann zu Verletzungen und sogar zum Tod führen.)

Manche Lesben betrachten Vibratoren als eine weitere sexuelle Bereicherung, wie die Verwendung von Gleitmitteln oder das Ausleben von Phantasien, um Sex abwechslungsreicher oder lustvoller zu gestalten. Es sind einige Märchen und Bedenken über Vibratoren in Umlauf, die wahrscheinlich einige Frauen davon abhalten, sie auszuprobieren.

Das am weitesten verbreitete Märchen ist, daß ein Vibrator so phantastische und sündhaft wollüstige Reize auslöst, daß er deine Partnerin überflüssig oder es dir unmöglich machen wird, auf andere Weise als mit ihm zu kommen.

Dies ist eine Halbwahrheit. Es stimmt, daß Vibratoren sehr stark stimulieren. Wenn du einen Vibrator so lange und stark einsetzt, daß die Schamlippen davon taub werden, kann es schon einige Minuten dauern, bis das Gefühl wieder kommt. Danach kannst du wahrscheinlich jede beliebige Methode anwenden, um einen Orgasmus zu erreichen.

Eine Frau, die noch nie oder nur selten Orgasmen hatte und entdeckt, daß sie sie mit einem elektrischen Massagestab mühelos haben kann, mag ihn möglicherweise weiterhin gebrauchen wollen und keine Lust haben, andere Techniken auszuprobieren. Die Erfahrung des Orgasmus bringt ihr so viel, daß sie sie kein einziges Mal missen möchte. Diese Frau mag ihrem Vibrator „hörig„ sein, aber gilt nicht dasselbe für andere Lesben, die nur mit einer Technik regelmäßig einen Orgasmus erleben? Wir machen uns doch keine Gedanken darum, daß jemand von oralem Sex oder Tribadie süchtig wird.

Wenn du Angst hast, der Vibrator deiner Freundin könnte dich ersetzen, schlag doch vor, daß ihr ihn beide benutzt. Es macht dir vielleicht genauso viel Spaß wie ihr. Sieh den kleinen Apparat als eine Erweiterung deines Körpers an – eher als Werk- oder Spielzeug anstatt als Bedrohung oder Eindringling. Vibratoren können beim Liebesspiel vielseitige Verwendung finden. Ihr könnt euch beim gegenseitigen Stimulieren abwechseln, ihn zur Ganzkörpermassage oder gleichzeitig benutzen. Wenn ihr einen Vibrator zusammen gebrauchen wollt, besorgt euch ein Modell mit einem langen Griff und einem großen, abgerundeten Kopf. Die kleineren Modelle mit Aufsatzteilen eignen sich meist besser für eine Frau allein. Einige dieser Vibratoren haben auch Heizzubehör, das sich auf schmerzenden Muskeln sehr schön anfühlt.

„Surrer“ sind nicht jederfraus Sache. Manche Frauen stört der Lärm (obwohl ganz leise Modelle im Handel erhältlich sind) oder die Vorstellung, eine Maschine zu benutzen. Manche Frauen empfinden sie als unangenehm. Wenn die Stimulation zu stark ist, kannst du versuchen, den Vibrator durch ein Handtuch oder ein Kleidungsstück hindurch wirken zu lassen.

Es gibt zwei verschiedene Arten von Vibratoren: mit und ohne Netzanschluß. Die elektrischen Modelle vibrieren schneller. Die anderen laufen auf Batterien (und laufen auch ab). Elektrovibratoren und die preiswerteren batteriebetriebenen Geräte sind in jedem Sex-Shop zu haben. Sie können der Form der Vagina angepaßt oder sehr schmal sein (für Analstimulation). Es gibt eine große Auswahl an Gummihüllen für Vibratoren mit Batteriebetrieb. Sie sind verhältnismäßig billig, und du solltest vielleicht erst ausprobieren, wie es sich anfühlt, ehe du einen Elektrovibrator kaufst. Manche Frauen benutzen batteriebetriebene Vibratoren gerne für Anal- oder Vaginalstimulation, während sie für die Reizung der Klitoris einen anderen Vibrator nehmen.

Bist du erst einmal stolze Besitzerin eines „Surrers“, dann geh genauso umsichtig damit um wie mit jedem anderen elektrischen Gerät. Benutz ihn nie in oder in der Nähe von Wasser. Du solltest ihn auch nie über einen Hautausschlag, eine Schwellung oder eine Hautverletzung fahren lassen. Wenn du starke Schmerzen – vielleicht von einem Bänderriß oder einer Verstauchung – hast, benutz den Vibrator nicht; er kann den Gewebeschaden verschlimmern.

Wenn du auf deinen elektrischen Massagestab abfährst und dir deswegen Schuldgefühle kommen, frag dich, warum du

Angst hast, dich wohlzufühlen. Falls du befürchtest, ihn ausschließlich zu benutzen, laß ihn für eine Zeitlang wieder in der Schublade verschwinden und bedien dich wieder deiner Hand, deines Teddybärs oder deines Water-Piks (Munddusche). Du wirst wahrscheinlich merken, daß du nichts von alledem vergessen hast, was du vor dem Kauf des „Surrers“ wußtest.

Der sexuelle Reaktionszyklus

1966 veröffentlichten Masters und Johnson (jetzt Masters und Masters) *Die sexuelle Reaktion*. Ihre Beschreibung des sexuellen Reaktionszyklus der Frau basierte auf tatsächlicher Beobachtung von Frauen, die einen Orgasmus erlebten. Nach Jahrhunderten „erlernter“ Diskussion über die Frage, ob Frauen Orgasmen (oder Seelen) haben, und wenn ja, warum, faßte endlich jemand den Entschluß, die Wahrheit über Frauensexualität von Frauen zu erfahren. Obwohl Masters und Johnsons Einrichtung eines Labors zur Beobachtung menschlichen Sexualverhaltens noch immer umstritten ist, steht außer Frage, daß die von ihnen gesammelten Erkenntnisse noch weitreichende Wirkung auf die Art und Weise haben werden, wie Frauen sich selbst und ihre Beziehungen zu anderen sehen.

Vor *Die sexuelle Reaktion* waren Freuds Theorien über weibliche Sexualität, oder Abwandlungen davon, die allgemein anerkannten Maßstäbe für eine akzeptable Entwicklung und Verhaltensweise. Er stellte die These auf, daß Frauen zwei voneinander getrennte Zentren erotischer Wahrnehmung hätten: die Klitoris und die Vagina. Während der Kindheit und frühen Jugend konzentrierten sich die sexuellen Empfindungen der Frau auf die Klitoris. Freud glaubte, bei erwachsenen Frauen verlagere sich die Sensibilität von der Klitoris zur Vagina, und sie seien dann in der Lage, allein durch Stimulation durch den Penis zum Orgasmus zu kommen. Masturbation, lesbische Liebe und jedes andere Sexualverhalten, das auf die Klitoris fixiert war, galten folglich als Zeichen von Unreife, Neurosen oder Verdrängung.

Masters und Johnson waren nicht die ersten Forscher, die diese Theorie in Frage stellten. In den fünfziger Jahren berichtete Kinsey, daß offensichtlich nur sehr wenige Frauen vaginale Orgasmen hätten. Es war medizinisch allgemein bekannt, daß der Hauptteil der Vagina nur wenige Nervenenden aufweist, besonders im Vergleich zur Klitoris, und biologisch nicht als primär-erogene Zone vorgesehen zu sein scheint. Es war auch bekannt, daß alle Säugetierfötusse grundsätzlich weiblich sind. Würden die Keimdrüsen von Fötussen mit XY- und XX-Chromosomen entfernt, so würden sich beide zu weiblichen Säuglingen entwickeln. Der männliche Fötus braucht zu seiner endgültigen Entwicklung zum männlichen Säugling Hormone, die in seinen eigenen, sich entwickelnden Hoden produziert wird. Die Eichel des Penis entwickelt sich aus Gewebe, das in einem weiblichen Fötus zur Glans der Klitoris wird. Es scheint sich also um einander entsprechende Organe zu handeln, und die Existenz eines vaginalen Orgasmus würde logischerweise darauf schließen lassen, daß Männer allein durch Hodenstimulation zum Orgasmus kommen müßten. Kein Forscher hat je die Existenz vaginaler Orgasmen in anderen Säugetieren nachgewiesen. Dennoch stimmen die Freudschen Theorien so hervorragend mit dem Verhalten überein, das die Gesellschaft von Frauen erwartet, daß sie heute noch unbeirrt weiter zirkulieren.

Die Untersuchung von Masters und Johnson bestätigt die Richtigkeit dessen, was Lesben schon immer gewußt und getan haben. Wir mögen uns über die Art von Sex, die uns Spaß machte, elend gefühlt, und das psychoanalytische Etikett, nach dem wir unreif oder neurotisch waren, geschluckt haben, aber wir haben uns nicht davon abbringen lassen, die Art von Stimulation zu genießen, die für uns am lustvollsten war.

Die Versuchsgruppe von Masters und Johnson bestand aus 321 Frauen im Alter von 20 bis 70 Jahren. Einige der Frauen waren kinderlos, andere hatten bis zu fünf Kinder. Es wurden 4000 Orgasmen beobachtet, die bei heterosexuellem Geschlechtsverkehr und Masturbation eintraten. Drei Frauen kamen allein durch Bruststimulation zum Orgasmus. Keine der Frauen konnte durch Phantasieren oder Lektüre erotischer Literatur ohne zusätzliche körperliche Stimulation einen Orgasmus erreichen. (Das bedeutet nicht, daß es nicht vorkommen kann, nur, daß es nicht beobachtet wurde.)

Die Wissenschaftler fanden heraus, daß es nur eine Art von Orgasmus gibt. Jeder Orgasmus fühlt sich subjektiv anders an, und manche Frauen können sich einer breiten Skala von Techniken zur Erlangung des Orgasmus bedienen, aber physiologisch vollzieht er sich jedesmal bei jeder Frau auf die gleiche Weise.

Der Höhepunkt bezieht den ganzen Körper mit ein, aber er erfogt nicht und kann nicht erfolgen ohne Stimulierung der Klitoris. Klitorelle Stimulation kann indirekt und trotzdem effektiv sein. Manche Frauen können zum Höhepunkt kommen, indem sie ihre Oberschenkel aneinandereiben oder zusammenpressen. Andere Frauen können bei Vaginalstimulation oder Penetration einen Orgasmus haben. Nach Masters und Johnson ist das möglich, weil durch Vaginalstimulation an den kleinen Schamlippen gezogen wird, was wiederum zu einer Bewegung der Klitorisvorhaut führen kann. Diese Reibung der Klitorisvorhaut gegen die Glans kann ausreichen, um einen Orgasmus auszulösen.

Masters und Johnson haben einen neuen Terminus für Orgasmus geprägt: der sexuelle Reaktionszyklus. Sie unterteilten ihn in vier Phasen: Erregungsphase, Plateauphase, Orgasmusphase und Rückbildungsphase. Diese Phasen sind willkürlich und dienen vornehmlich zur Beschreibung. Sie werden im folgenden einzeln erläutert.

Erregungsphase. Der Zyklus beginnt in dem Moment, da eine Frau sexuell erregt wird. Eine Berührung, eine Phantasie, Tanzen – alles, was eine bestimmte Frau als Antörnerlebnis empfindet, löst die Erregungsphase aus. Dieses Stadium des sexuellen Reaktionszyklus kann von wenigen Minuten bis zu einer Stunde andauern. Beschleunigter Pulsschlag und Atem setzen ein. Es kann zu einer Aufrichtung (Erektion) der Brustwarzen kommen (Dies kann erst bei einer, dann bei der anderen eintreten). Gegen Ende der Erregungsphase kann sich bei der Frau eine Sexualröte (Sex flush) einstellen. Das ist eine Intensivierung der Hautfarbe – bei kaukasischen Frauen sieht es ähnlich aus wie ein Ausschlag oder Masern. Wo der Sex flush zuerst in Erscheinung tritt und nach welchem Schema er sich ausbreitet, ist bei jeder Frau verschieden. Bei manchen Frauen taucht er gar nicht auf. Abgesehen von der Brustwarzenerektion kann es zu weiteren Veränderungen der Brüste kommen. Sie können sich leicht vergrößern, die Venen können sich deutlich abzeichnen und abheben, und der Hof um die Brustwarzen wird größer. Es kann dadurch den Anschein haben, als sei die Brustwarzenerektion zurückgegangen.

Die einsetzende Erregung wirkt sich auch auf die Genitalien aus. Bei kinderlosen Frauen werden die großen Schamlippen dünner und verflachen sich. Bei Frauen, die Kinder hatten, tritt eine rasche Vergrößerung der großen Schamlippen ein, die auf verrstärkten Blutstrom zurückzuführen ist. Die kleinen Schamlippen können bis zum Ende der Erregungsphase auf das Zwei- bis Dreifache ihrer normalen Größe anwachsen. (Es gibt kleine Unterschiede im sexuellen Reaktionszyklus, je nachdem, ob eine Frau Kinder hatte oder nicht, weil die Anzahl der Blutgefäße im Schambereich durch Schwangerschaft vermehrt wird.) Der Klitorisschaft nimmt an Durchmesser zu. Die kleinen Schamlippen schwellen allmählich an. Die Vagina fängt 10 bis 30 Sekunden nach jeglicher Stimulation an, Vaginalschleim (Lubrikation) zu produzieren. An den Scheidenwänden bilden sich Tropfen einer klaren Flüssigkeit, und die Scheidenwände selbst können eine dunklere Farbe annehmen. Die Vagina beginnt, sich leicht zu erweitern.

Es ist nicht genau bekannt, wie die vaginale Lubrikation zustande kommt. Die winzigen Tropfen, die von den Wänden der Vagina perlen, können als Ergebnis des verstärkten Blutstroms in den Schambereich auftreten. Durch eine Erweiterung der Blutgefäße wird vielleicht Flüssigkeit in das Scheidengewebe abgegeben. Wir wissen wohl, daß der Gebärmutterhals keine Flüssigkeit absondert. Nach Masters und Johnson tragen die Bartholinischen Drüsen am Scheideneingang nicht zur vaginalen Schleimbildung bei; aber einige Frauen, denen diese Drüsen entfernt wurden, behaupten, daß die Produktion von Gleitsubstanz durch die Operation vermindert worden sei.

Die oberen zwei Drittel der Scheide weiten sich, und der Uterus hebt sich. Die Scheidenwände werden dünner, da sie durch die Bewegung des Uterus gedehnt werden. Der obere Teil der Vagina kann sich so weit auswölben, daß du den Unterschied fühlen kannst, wenn du den Finger in die Scheide deiner Partnerin einführst. Es kann schwierig sein, diese Veränderung in der eigenen Scheide festzustellen.

Plateauphase. Dauert die sexuelle Stimulation und die durch sie hervorgerufene Erregung der Frau an, setzt die Plateauphase ein. Diese Phase kann zwischen 30 Sekunden und drei Minuten anhalten. Wird die Stimulation unterbrochen, kehrt der Körper in die Erregungsphase zurück.

Eine eventuelle Sexualröte der Frau verbreitet sich in diesem Stadium ganz besonders stark. Sie kann sich über Büste, Hals und Gesicht ausbreiten und sich über Schultern, Innenarmflächen, Bauch, Oberschenkel, Pobaken und Rükken erstrecken.

Die Brüste können sich bis zu einem Viertel vergrößern. Nach Masters und Johnson trifft das besonders auf Frauen zu, die ihre Kinder gestillt haben. Die Brustwarzen werden weiterhin größer, doch ist dies meistens nicht erkennbar, da die gesamte Brustwarze erigiert ist, nicht nur die Spitze.

Die Klitoris zieht sich unter ihre Vorhaut zurück. Es kann sein, daß sie gar nicht mehr zu sehen ist. Wenn die Stimulation stockt oder abgebrochen wird, kann sie wieder zum Vorschein treten, und sie kann wieder zurückweichen, sobald die Stimulation wieder aufgenommen wird.

Atemfrequenz, Pulsschlag und Blutdruck nehmen weiter zu.

Bei kinderlosen Frauen glätten sich die großen Schamlippen noch mehr, wodurch die kleinen Schamlippen hervorgehoben werden. Die großen Schamlippen können wieder anschwellen, wenn die Plateauphase ausgedehnt wird. Bei Frauen, die Kinder hatten, werden die großen Schamlippen dick und geschwollen. Diese Veränderung ist bei manchen Frauen sichtbarer als bei anderen. Bei einigen Frauen können die großen Schamlippen in Falten hängen. Die kleinen Schamlippen schwellen an und werden hochempfindlich.

Die kleinen Schamlippen verändern sich auch farblich (und wieder ist diese Veränderung bei manchen Frauen besser zu erkennen als bei anderen). Masters und Johnson fanden heraus, daß sich bei Fortsetzung wirksamer, angenehmer Stimulation nach dieser Farbänderung ein Orgasmus immer innerhalb von drei Minuten einstellt.

In der Vagina wird weiter Gleitsubstanz produziert. Menge, Beschaffenheit und Konsistenz der Flüssigkeit variieren je nach Frau. Manche Frauen produzieren kaum Schleim; andere produzieren so viel, daß sie sich immer ein Handtuch unterlegen müssen. Je länger eine Frau vor dem Orgasmus stimuliert wird, desto mehr Lubrikation bildet sich. Die Schleimbildung wird auch durch den Menstruationszyklus beeinflußt.

Der obere Teil der Vagina wölbt sich noch weiter aus, während im unteren Scheidendrittel die Blutstauung ein Maximum erreicht. Diese Schwellung im unteren Scheidendrittel ist gelegentlich „die Orgasmusplattform“ genannt worden.

Bei manchen Frauen kann man sie mit dem Finger fühlen.

Im Uterus können gegen Ende der Plateauphase Kontraktionen einsetzen. Der Gebärmutterhals kann leicht anschwellen.

Aufgrund beschleunigter Herz- und Atemfrequenz atmet die Frau zu diesem Zeitpunkt gewöhnlich sehr schnell. Wenn sie auf dem Rücken liegt, kann es zu Spasmen in den Fußmuskeln kommen. Die Muskeln spannen sich im gesamten Körper, und manche Frauen haben infolge dieser Spannung tatsächliche Fuß- oder Wadenkrämpfe. Die Schmerzempfindlichkeit läßt nach. Der Körper ist in der Lage, stärkere Stimulationsgrade zu ertragen und diese Empfindungen weiterhin als lustvoll zu erleben.

Orgasmus. Der Orgasmus dauert zwischen 3 und 15 Sekunden. Die Klitoris hat sich unter die Vorhaut zurückgezogen. Die Bewegung der Vorhaut, die über die empfindliche, geschwollenen Glans hin- und zurückgezogen wird, löst den Orgasmus aus.

Kommen ist ein Reflex, ein Zucken der Beckenmuskeln, durch das Flüssigkeit und Blut aus dem Gewebe gestoßen wird. Es ist eine völlig unfreiwillige Aktion, die nur erfolgt, wenn der Blutandrang im Schamgewebe stark genug ist. Sie kann daher, ähnlich einem Kniereflex oder wie Niesen, nicht gewollt oder erzwungen werden.

Während des Orgasmus behält der Sex flush seine höchste Intensität. Je stärker der Orgasmus, desto intensiver die Sexualröte. Die Adern treten weiterhin in starkem Relief auf den Brüsten hervor.

Der Orgasmus kann mit einigen Gebärmutterkontraktionen beginnen. Die meisten Kontraktionen finden in Abständen von 0,8 Sekunden in der Vagina statt. Gelegentlich zucken auch die kleinen Schamlippen zusammen mit der Vagina, und manche Frauen spüren außerdem noch Kontraktionen im Schließmuskel oder in der Harnröhre. Die Stärke dieser Kontrakionen hängt davon ab, wie weit die Blutanstauung in den Gefäßen fortgeschritten ist und wie stark die Beckenmuskeln sind. Es erfolgen 3 bis 15 solcher Kontraktionen, wobei die ersten 5 oder 6 gewöhnlich am stärksten sind. Während der Schwangerschaft sind sie besonders stark und beim Masturbieren meist stärker als beim Partnersex. Oraler Sex und manuelle Stimulation der Klitoris erzeugen in der Regel stärkere Vaginalkontraktionen als Penetration der Vagina.

Während des Orgasmus bleibt die Klitoris unter ihrer Vorhaut. Der Orgasmus wird unterbrochen, wenn die Stimulation der Klitoris eingestellt wird.

Rückbildungsphase. Wenn eine Frau einen Orgasmus hatte, dauert die Rückbildung 10 bis 25 Minuten. Ist kein Orgasmus erfolgt, kann es mehrere Stunden dauern, bevor der Körper in dieselbe physiologische Verfassung zurückkehrt, in der er vor jeglicher erotischer Stimulation war.

Während der Rückbildungsphase bildet sich ein feiner Schweißfilm, besonders über Stellen, die vom Sex flush betroffen waren. Dieser Film steht in keinem Zusammenhang mit der physischen Anstrengung, die mit der Erreichung des Orgasmus verbunden war. Eventuelle Sexualröte verschwindet in umgekehrter Reihenfolge ihres Auftretens; an Stellen, wo sie sich zuletzt gebildet hat, verflüchtigt sie sich zuerst. Die Erektion um die Brustwarzen herum geht zurück, während die Brustwarze erigiert bleibt. Die Größe der Brüste nimmt dann über 5 bis 10 Minuten ab. Die Adern verblassen und treten zurück. Schließlich schwinden alle Spuren einer Brustwarzenerektion.

Die Glans der Klitoris geht 5 bis 10 Sekunden nach einem Orgasmus in ihre Normallage zurück. Es vergehen 5 bis 30 Minuten, bis sie wieder ihre normale Größe erreicht, doch sie bleibt äußerst empfindlich und kann bei Berührung schmerzen. Wenn eine Frau keinen Orgasmus hatte, bleibt die Klitoris mehrere Stunden lang vergrößert und geschwollen.

Die großen Schamlippen wachsen bei kinderlosen Frauen in spätestens ein bis zwei Minuten wieder auf ihre Normalgröße an, während sie bei Frauen, die Kinder geboren haben, in 10 bis 15 Minuten wieder auf ihre ursprüngliche Größe zurückschrumpfen. Ohne Orgasmus wiederum stellen sich diese Veränderungen erst nach mehreren Stunden ein.

Die kleinen Schamlippen erhalten schon in wenigen Sekunden wieder ihre ursprüngliche Farbe, während sich ihre Größe nach ungefähr 5 Minuten normalisiert.

Nach einem Orgasmus senkt sich der Uterus wieder, und die Vagina nimmt bald ihre normale Größe ein. Ohne Orgasmus bleiben die Scheidenwände noch 20 bis 30 Minuten geschwollen.

Mehrfache Orgasmen

Masters und Johnson entdeckten durch Zufall, daß bei anhaltender Stimulation beim und nach dem Orgasmus manche Frauen innerhalb relativ kurzer Zeit mehr als einen Orgasmus erlebten. Sie waren neugierig, wie viele Orgasmen Frauen haben konnten. Unter Verwendung eines Vibrators kamen einige der von ihnen beobachteten Frauen 20 bis 50 Mal zum Orgasmus, ehe sie aufhörten; und sie hörten auf, weil sie müde waren, nicht, weil sie physisch außerstande waren, nochmal zum Höhepunkt zu kommen. Theoretisch hätten sie unbegrenzt weiter Orgasmen haben können (Frauen, die sich manuell stimulierten, hatten nicht so viele Orgasmen, weil ihre Hände erlahmten, was dem Vibrator nicht passieren kann).

Der Ausdruck „multiple Orgasmen" wurde zur Beschreibung dieses Phänomens geprägt. Die potentielle Unersättlichkeit der Frau findet keine Entsprechung beim Mann. Die meisten Männer erleben nach dem Orgasmus eine Refraktärzeit. Werden sie in dieser Phase stimuliert, bleiben Erektion und Orgasmus aus. Zwar können manche Männer beim Masturbieren oder Partnersex mehr als einen Orgasmus haben, doch ist ihre Orgasmusfähigkeit wesentlich geringer als die von Frauen.

Diese Entdeckung ist von besonderem Interesse, nachdem so viel darüber gestritten wurde, ob Frauen überhaupt kommen konnten. Sie stellt unser gesellschaftliches und sexuelles Geschlechterrollensystem in Frage, wonach Männer die sexuellen Verfolger und Frauen die passive und widerstrebende Beute sind, während Homosexualität als unbefriedigende und minderwertige Aktivität angesehen wird. Sie ist ein überzeugender Beweis für die Macht gesellschaftlicher und kultureller Konditionierung. Sexualität scheint unglaublich verformbar zu sein. Sie ist sogar so stark manipulierbar, daß es einfach lächerlich anmutet, sie einen „Trieb“ oder „Instinkt“ zu nennen.

Die Tatsache, daß Mehrfachorgasmen möglich sind, bedeutet nicht, daß alle Frauen sie haben sollten. Lesben, mit denen ich gesprochen habe, haben die verschiedensten Vorlieben. Manche sind emotional und physisch von einem Orgasmus so befriedigt, daß sie gar nicht erst versuchen, einen zweiten oder dritten zu bekommen. Andere Frauen warten gerne, bis die Rückbildungsphase vorbei ist, bevor sie die Masturbation oder das Liebesspiel wieder aufnehmen. Wieder andere legen eine kurze Pause nach dem ersten Orgasmus ein und fangen dann von neuem an. Es waren auch einige Lesben dabei, die gerne herausfinden wollten, wie lange sie Stimulation ertragen und wie viele Orgasmen sie haben konnten, bevor sie erschöpft waren.

In einigen Kreisen sind Mehrfachorgasmen zu einer neuen sexuellen Norm geworden, die genauso gehandhabt wird wie etwa Jungfräulichkeit in den letzten Schuljahren – um auszusieben, wer sexuell o.k. ist und wer nicht.

Fühl dich nicht verpflichtet, deine Praxis zu ändern, nur weil das Potential da ist. Wenn dir nicht bekannt war, daß du mehr als einen Orgasmus haben konntest, möchtest du vielleicht weitermachen, um zu sehen, wie es ist. Wenn es dich nicht juckt, ist das auch in Ordnung.

Du magst eine Partnerin haben, die gerne mehr oder weniger Orgasmen haben möchte als du. Wenn du ausgelaugt oder befriedigt bist, sie aber noch erregt ist, kannst du vielleicht eine Pause einlegen und sie masturbieren lassen. Das bedeutet nicht, daß du eine schlechte Liebhaberin bist, sondern lediglich, daß sie andere Bedürfnisse hat. Auf der anderen Seite bist du noch lange nicht egoistisch oder läßt dich gehen, wenn du mehr als einen Orgasmus hast; dein Körper hat einfach andere Vorlieben.

3

Partnerinnen

Sex wird nicht wie andere menschliche Bedürfnisse gehandhabt. Niemand erwartet, daß man „intuitiv" weiß, wie man kocht, oder daß man „automatisch" in der Lage ist, eine Unterkunft zu bauen. Sex ist die einzige Fertigkeit, die wir ohne jegliche Anleitung beherrschen sollen. Frauen werden zu dem Glauben erzogen, daß sich guter Sex ganz von selbst einstellt, wenn wir mit einem Menschen zusammen sind, den wir lieben. Folglich wird in unserer Kultur viel von Liebe und kaum von Sex geredet.

Diese Mystifikation ist in der lesbischen Gemeinschaft ebenso lebendig wie anderswo. Sie hat verschiedene unheilvolle Nebenwirkungen. Eine davon st, daß eine Frau, die in ihrer Beziehung Probleme sexueller Natur hat, sich möglicherweise zu fragen beginnt, ob ihrer Partnerin wirklich etwas an ihr liegt. Sie wird mit größerer Wahrscheinlichkeit die Beziehung beenden als das Problem direkt angehen. Als weitere Folge erwarten viele Frauen, daß ihre Partnerinnen in der Lage sind, ihre Gedanken zu lesen, ihre sexuelle Lust (oder Unlust) zu erahnen und ihre erogenen Zonen zu orten, ohne irgendwelche klare, verbale Anleitung. Ein drittes Resultat ist die Verwechselung von Lust und Liebe. Manche Frauen versprechen sich Sex von jedem Gefühl der Zuneigung und äußern ihren Freundinnen gegenüber Bedürfnisse, mit denen diese gar nicht umgehen können. Andere Lesben versprechen sich Liebe von jedem aufregenden physischen Abenteuer und behandeln alle ihre Sexpartnerinnen wie langjährige Geliebte. Die Folgen sind Schmerz und Verwirrung. Ein weiterer Nebeneffekt dieser Mystifikation ist die Verschließung vor sexueller Experimentierfreude, wenn wir mit einer Partnerin keine feste Beziehung eingegangen sind.

Wir erweisen unseren Partnerinnen keinen Dienst damit, wenn wir die Augen zumachen, erwarten, daß sie durch Telepathie die heißen Stellen erraten und die kalten meiden, und die Qualität ihrer Liebe nach den Ergebnissen beurteilen. Wir erweisen auch lesbischen Grünschnäbeln einen schlechten Dienst, wenn wir erwarten, daß sie sich nach dem Motto „Friß, Vogel, oder stirb" durchschlagen, ohne ausführlich über Sexualität informiert zu werden. Wir müssen die antilesbischen Vorurteile in unserer Kultur konstruktiv bekämpfen. Lesbianismus ist eins der bestgehüteten Geheimnisse westlicher Zivilisation. Einer von männlichen Partnern frustrierten Frau mag vielleicht nie in den Sinn kommen, ihre Gefühle zu Frauen neu zu definieren. Das trifft sogar auf Frauen zu, die sehr wohl um die Existenz männlicher Homosexualität wissen, denn es sind praktisch keine Erotika oder Informationsmaterialien in Umlauf, die einen korrekten und positiven Eindruck lesbischer Sexualität vermitteln.

Der folgende Abschnitt behandelt sexuelle Techniken, derer sich Frauen zur gegenseitigen Befriedigung bedienen können.

Sexuelle Techniken

Es ist unmöglich, eine Anleitung für das Liebesspiel mit einer anderen Frau zu geben, im Sinne von wo frau zuerst berühren oder welche Art von Berührung frau wählen sollte. Jede Frau ist anders. Das Wichtigste ist das Gefühl, das du vermitteln willst. Wenn du sie berührst, muß sie deine Lust und Bewunderung spüren können. Deine Hände und Augen liefern ihr den Beweis, daß du sie willst. Die meisten Frauen brauchen diese Bestätigung, ehe sie sich wirklich dem Genuß hingeben können. Du brauchst nicht still sein. Mach Komplimente, schmeichle, verlange. Du mußt nicht unbedingt höflich sein. Bettgeflüster kann die ganze Tonleiter von Poesie bis Schimpfwort umfassen.

Wenn sie dich berührt, sei genauso ausdrucksvoll. Beweg dich ihren Liebkosungen entgegen. Laß deine Hüften tanzen. Laß aus deinem Bauch und deiner Kehle Geräusche dringen. Bitte mit deinen Händen und deiner Stimme um das, wonach du Verlangen und Bedürfnis hast. Du brauchst deiner Erregung nicht auf Arten Ausdruck zu verleihen, die dir nicht ganz spontan kommen. Manche Frauen bewegen sich sehr viel und sind sehr geräuschvoll. Andere Frauen halten gerne ganz still und konzentrieren sich voll auf alles, was die andere tut.

Es gibt unzählige Arten, durch Körperberührung Empfindungen auszulösen. Du kannst sie kitzeln, massieren, beißen, küssen (überall), lecken (und warme Luft über die feuchte weiche Stelle blasen), leicht oder heftig kratzen, festhalten und sogar nicht mehr loslassen, kneten, streicheln und erforschen.

Manche Teile des Körpers sollen angeblich bei allen erogene Zonen sein – z.B. die Brüste. Aber manche Lesben finden, es macht ihre Partnerinnen mehr an, an ihren Brustwarzen zu saugen und herumzuspielen, als es *sie* anmacht. Wenn deine

Partnerin nicht auf Liebkosungen reagiert, die dich wild machen würden, hör auf so zu tun, als machtest du mit dir selbst Liebe. Mach mit *ihr* Liebe. Jede Frau hat Stellen, an denen sie besonders gerne berührt werden will. Empfindliche Stellen können sein: die Achselhöhlen, die Rippen, die Arschspalte, die Innenseite der Oberschenkel, Ohren, Füße, Kniekehlen oder Armbeugen. Geh auf die Suche. Du findest vielleicht ein oder zwei Stellen, die sie noch nie richtig gewürdigt hat.

Manche Frauen verwenden gerne viel Zeit auf die Liebkosung des ganzen Körpers, ehe sie sich auf Genitalstimulation konzentrieren. Es kann auch unheimlich antörnen, ihr die Kleider so schnell wie möglich abzustreifen, sich auf sie zu stürzen, egal, ob im Bett oder auf dem Boden, und ihr direkt an die Möse zu gehen. Jede der beiden Methoden kann langweilig werden, wenn du sie zu oft anwendest.

Es folgt eine Beschreibung verschiedener Arten von Genitalstimulierung.

Manuelle Stimulation. Manuelle Stimulation wird auch Handarbeit genannt. Es ist eine angenehme Technik, weil Hände so klug und gewandt sind. Es gibt keinen ungeschickten Übergang von der Liebkosung der Brüste, des Halses oder der Oberschenkel deiner Partnerin zur Liebkosung ihrer Genitalien.

Wenn du diese Technik zum ersten Mal mit einer neuen Partnerin ausprobierst, bitte sie, dir zu zeigen, wie sie sich am liebsten beim Masturbieren streichelt. Wenn ihr das unangenehm ist oder sie nicht onaniert, bitte sie, dir zu zeigen, welche Art von Berührung ihr bei anderen Frauen gefallen hat. Während du sie berührst, frag sie, wie es sich anfühlt. Erforsch zwei verschiedene Stellen und frag sie dann, wo ihre Genitalien empfindlicher sind.

Jede Frau bevorzugt einen anderen Druck, eine andere Geschwindigkeit und Stimulierung in anderen Teilen der Vulva. Experimentiere und finde heraus, worauf sie anspricht. Wenn sie zunehmend feucht wird, die Muskelspannung wächst und ihre übrigen Reaktionen darauf schließen lassen, daß sie sich dem Orgasmus nähert, konzentrier dich auf die Stimulation, die am wirksamsten zu sein scheint. Du kannst sie bitten, deine Hand mit der ihren zu führen, wenn es dir schwerfällt, ihre Reaktion zu interpretieren.

Gute Positionen für diese Technik sind nebeneinander zu liegen, zwischen ihren Beinen zu sitzen, während sie auf dem Rücken liegt, beide zu stehen, hinter ihr zu sitzen oder zu knien, während sie auf allen Vieren ist, einander gegenüberzusitzen oder sie in deinem Schoß zu wiegen.

Du magst vielleicht ein künstliches Gleitmittel benutzen wollen. Das wird verhindern, daß du ihre Klitoris und Schamlippen zu sehr reizt. Es wird auch etwaige Bedenken ihrerseits zerstreuen, nicht schnell oder nicht reichlich genug Schleim zu produzieren. Jedes der im Abschnitt über Selbstuntersuchung genannten Gleitmittel ist geeignet. Manche Frauen brauchen keine zusätzliche Lubrikation, doch es kann trotzdem eine Genußsteigerung sein.

Gieß dir etwas von dem Öl oder der Lotion in die Hände, wärm es an und reib es auf ihren Körper. Streichle sie und massiere sie. Wärm noch mehr von dem Gleitmittel an und verteil es auf ihren Genitalien. Du magst vielleicht nur einen Tropfen nehmen und noch was dazutun wollen, wenn er getrocknet oder verrieben ist – oder du magst vielleicht eine ganze Menge Gleitmittel auf einmal auf sie schütten und dich an dem schlüpfrigen, schmierigen Feuchter-als-sonst-Gefühl delektieren wollen.

Die meisten Frauen mögen nicht direkt auf der Glans der Klitoris berührt werden, aber manche mögen ganz nah daran stimuliert werden. Aus diesem Grund ist es gut, wenn etwas Licht da ist, besonders wenn du dich gerade mit den Vorlieben einer neuen Geliebten vertraut machst.

Manche Lesben sind der Meinung, Stimulation mit der Hand sei „genau wie Selbstbefriedigung", und stehen ihr deswegen ablehnend gegenüber. In der Tat ist ein anderer Ausdruck für diese Technik „gegenseitige Masturbation". Da Selbstbefriedigung gesund ist und Spaß macht, erscheint dies als ein dürftiger Grund, manuelle Stimulation nicht zu genießen. Wenn eine andere Frau anwesend ist und mit ihrer Phantasie und ihrem Talent zu dem Erlebnis beisteuert, unterscheidet sich diese Erfahrung doch ganz offensichtlich von Selbstbefriedigung.

Oraler Sex. Oraler Sex wird auch Cunnilingus, an jemandem runtergehen, jemanden kosten, lutschen oder verschlingen genannt. Bei dieser Technik werden Lippen, Zunge und Zähne (oder Zahnfleisch, wenn du dein Gebiß rausnehmen kannst) zur Stimulierung der Genitalien deiner Geliebten verwandt. Oraler Sex steigert deinen Sinnenkontakt mit der sexuellen Erregung deiner Partnerin. Du kannst ihre Erregung riechen und schmecken. Eine Zunge zusammen mit dem übrigen Mund erzeugt ganz andere Empfindungen als Hände oder Finger, und du hast das Gefühl, als würde eine Kostprobe von dir genommen. Da dein Mund naß ist, brauchst du dir keine Gedanken über zu starke Reizung oder ungenügende Schleimbildung zu machen.

Gute Positionen für oralen Sex sind: zwischen ihren Oberschenkeln auf dem Bauch liegen, während sie auf dem Rükken liegt; neben ihr knien und sich über sie zu beugen, während sie auf dem Rücken liegt; zu ihren Füßen knien, während sie gegen die Wand gelehnt steht; oder sie über deinem Gesicht knien lassen.

Hier sind einige Dinge, die du eine neue Partnerin fragen solltest, ehe du an ihr runtergehst: Mag sie es, wenn du an ihrer Klitoris lutschst oder reizt sie das zu stark? Weiß sie, welcher Teil ihrer Klitoris am empfindlichsten ist – oberhalb, an den Seiten, unterhalb – oder welche Bewegungen sie besonders mag? Mag sie es, beknabbert zu werden, oder möchte sie lieber, daß du deine Zähne für dich behältst? Mag sie das Gefühl deiner Zunge in ihrer Vagina?

Wenn du an ihr runtergehst, laß deinen Mund ausdrücken, was du für sie empfindest. Geräusche, die du machst, wenn du angetörnt bist, erzeugen in deinem Mund Vibrationen, die sich auf ihre Genitalien übertragen. Manche Frauen empfinden diese Schwingungen als himmlische Tantalusqualen. Der Streifen zwischen großen und kleinen Schamlippen ist sehr sensibel. Lange Liebkosungen von der Spitze der Klitorisvorhaut runter bis zum After fühlen sich da gut an. Manche Frauen mögen es, wenn man an ihren Schamlippen knabbert oder sanft lutscht. Nimm dir Zeit, all die Falten und Furchen der Vulva zu würdigen. Geh erst vorsichtig ran, später mit größerer Intensität.

Wenn eine Partnerin dich kostet, bleib in Kontakt mit ihr.

Nimm ihren Kopf zwischen die Hände, gib Laute von dir, beweg dich, laß sie wissen, was sich gut anfühlt und was nicht. Die meisten Frauen freuen sich über irgendeine Anleitung. Sie wollen, daß du dich wohl fühlst, und würden lieber keine Zeit mit Dingen verlieren, die wirkungslos oder unangenehm sind.

Es kann passieren, daß dir dein Kiefer beim Cunnilingus erlahmt oder daß du ein Schamhaar in den Mund bekommst. Komm hoch zum Luftholen. Lächel ihr zu, küß sie, laß dich von ihr eine Weile liebkosen. Es kann aufregend sein, Erregung bis kurz vor den Orgasmus aufzubauen, dann etwas abklingen zu lassen, um dann wieder voll aufzudrehen.

Der umgangssprachliche Ausdruck für gleichzeitigen Cunnilingus ist 69. Sie kann dabei in umgekehrter Richtung auf dir liegen, so daß ihr euch beide zur gleichen Zeit verschlingen könnt, oder ihr könnt nebeneinander liegen. Lesben, die 69 mögen, sagen, der Gedanke, daß ihre Partnerin die gleichen Empfindungen wie sie hat, törne sie an. Sie finden diese Erfahrung sehr erregend. Manche dieser Frauen setzen den gegenseitigen oralen Sex gerne so lange fort, bis beide Partnerinnen kommen. Es kann passieren, daß eine Frau einen Punkt erreicht, wo sie nicht mehr weitermachen oder es nicht mehr haben kann, und sie hört entweder auf, ihre Geliebte zu stimulieren, oder bittet ihre Geliebte, sie nicht mehr weiter zu reizen, damit die am stärksten Erregte der beiden kommen kann.

Negative Gefühle über Sex mit dem Mund hängen mit negativen Gefühlen über die weiblichen Geschlechtsteile zusammen. Wenn du die Vulva als etwas Schmutziges oder Häßliches betrachtest, wird es dir schwerfallen, an deiner Partnerin runterzugehen oder sie an dir runtergehen zu lassen. Du kannst Verschiedenes tun, um solche misogynen Gefühle abzubauen. Z.B. kannst du das nächste Mal, wenn du dich selbst befriedigst, deinen eigenen Saft probieren. Aller Wahrscheinlichkeit nach wird es nicht unangenehm sein. Frauen schmecken salzig und sexy. Jede Frau hat ihr eigenes Aroma (und Parfum). Wirklich unangenehmer Geruch ist gewöhnlich ein Zeichen für eine Scheideninfektion. Was du auch tun kannst, ist mit deiner Partnerin baden oder duschen, bevor ihr miteinander schlaft. Mach ein sinnliches Abenteuer daraus. Sprich lasziv mit ihr, seif sie ein, sieh zu, daß sie sich überall gut abspült, trockne sie ein bißchen gründlicher ab als es eigentlich nötig wäre. Manche Lesben verfeinern ihre Vagina oder Vulva gerne mit Fruchtsyrup, Schlagsahne, frischen Obststücken, Avodadocreme oder anderen Leckerbissen, ehe ihre Geliebten sie verschlingen. Ein Tuch kann zum Schutz für Bett oder Boden ausgebreitet werden. Mach dir keine Sorgen wegen der Schweinerei: die macht die Hälfte des Spaßes aus.

Worüber du mit deiner Partnerin sprechen solltest ist oraler Sex während der Menstruation. Es gibt Frauen, die den Geschmack von Menstruationsblut wirklich mögen, und sie sind enttäuscht, wenn die Freundin ihnen verbietet, an ihr runterzugehen. Andere Frauen ziehen es vor, daß ihre Partnerin während der Periode ein Tampon oder Diaphragma trägt, um das Blut aufzufangen. Manche Lesben bevorzugen während der Blutung ihrer Partnerin andere Techniken.

Tribadie. Viele Frauen wenden diese Technik an, ohne zu wissen, daß sie einen Namen hat. Umgangssprachliche Wendungen dafür sind z.B. Juckeln oder Rutschpartie. Unter Tribadie ist das Reiben der Vulva an Venusberg, Hüfte oder

Oberschenkel der Partnerin zu verstehen. Manche Lesben reiben sich auch gerne an den Pobacken oder anderen Körperteilen ihrer Geliebten.

Du kannst deine Partnerin bei Tribadie in den Armen halten oder sich auf den Bauch legen lassen, während du dir einen Platz auf ihrem Hintern aussuchst. Ihr könnt auch eine Scherenstellung einnehmen. Legt euch umgekehrt zueinander auf den Rücken, eine zum Kopfende, eine zum Fußende des Bettes hin, und verschlingt eure Beine ineinander, bis ihr euch gegenseitig an euren Genitalien reiben könnt.

Lesben, die mit Vorliebe Tribadie machen, schwärmen von dem Gefühl des Ganzkörperkontakts. Die Abstimmung der Hüftbewegung aufeinander, zusammen mit den spürbaren Regungen deiner Partnerin, macht es zu einem hocherotischen Erlebnis. Da es so sehr auf die Geschwindigkeit und Kraft der Bewegung ankommt, wechseln sich manche Lesben gerne beim Obensein ab, damit beide Partnerinnen abfahren können. Wenn ihr Tribadie in einer Seitenlage macht, könnt ihr trotzdem Pausen einlegen und euch beim Kommen abwechseln.

Diese Art des Liebesspiels wird als Imitation heterosexuellen Verkehrs abgestempelt. Es gibt mehrere bedeutsame Unterschiede zwischen Tribadie und Heterobumsen. Im Gegensatz zum Koitus beinhaltet Tribadie die direkte Stimulation der Klitoris. Es besteht kein sexistisches Erfordernis für eine Partnerin, passiv zu sein. Es handelt sich um eine aktive, kraftvolle Technik, die sich ideal für Frauen eignet, die ihre Hüften frei und rhythmisch bewegen müssen, ehe sie kommen können.
Tribadie ist besonders günstig, wenn ihr euch nicht ganz aus-

ziehen wollt. Du magst deine Partnerin vielleicht runterhalten und beobachten wollen, wie ihr Gesicht auf deine Hüftbewegung reagiert. Ihr könnt beide Gebrauch von all euren Muskeln machen und gegenseitig eure Kraft spüren. Es kann sehr lustig sein, euch mit einer Menge Babyöl einzuschmieren, bevor ihr Tribadie macht, und so eine Art von Ringkampf veranstaltet.

Vaginale Stimulation oder Penetration. Die meisten Frauen finden, daß sich Erregung und Orgasmus anders anfühlen, wenn sie etwas in der Vagina haben, ob beweglich oder unbeweglich. Manche Lesben mögen überhaupt keine Penetration und empfinden sie als ablenkend oder störend. Andere Frauen haben gern ein bißchen Penetration – vielleicht ein schwaches Gefühl von Bewegung am Scheideneingang oder ein kaum merkliches Gefühl von Völle und Druck. Wieder andere Frauen finden eine maximale Ausdehnung der Scheide schön, oder sie lieben sehr kraftvolle und schnelle Penetration.

Manche Frauen kombinieren gern oralen Sex, manuelle Stimulation oder Tribade mit Penetration. Andere bevorzugen Penetration als Vorspiel und hören kurz vor dem Orgasmus auf, um sich auf klitorelle Reizung zu konzentrieren. Einige wenige Lesben können ohne direkte Stimulierung der Klitoris zum Höhepunkt kommen, wenn sie die richtige Art von vaginaler Penetration erhalten.

Finger werden vermutlich häufiger als sonst etwas in die Möse gesteckt. Die Anzahl spielt oft eine Rolle, also frag, wie viele. Nimm nicht einfach an, daß es sich gut anfühlt, nur weil es gut paßt. Vergewissere dich auch wegen der Tiefe. Hat sie es am liebsten nur am Eingang? Mag sie Druck gegen die hintere Scheidenwand? Empfindet sie Berührung am Muttermund als lustvoll oder schmerzhaft? Bei fortschreitender Erregung mag sie vielleicht eine andere Art von Penetration lieber. Manche Frauen ziehen kräftigere Stimulation vor, wenn sie sich dem Orgasmus nähern. Andere bevorzugen ein konstantes, zuverlässiges, vorhersehbares Gefühl.

Manche Lesben nehmen auch Objekte zur Stimulierung der Vagina. Viele gewöhnliche Haushaltsgegenstände können zu diesem Zweck verwendet werden – Bürstengriffe, Küchenutensilien, der Griff eines Handspiegels – alles, was sauber, waschbar, ohne scharfe Kanten und nicht leicht zerbrechlich ist. Obst oder Gemüse können sich auch gut eignen. Ein wollüstiger Einkaufsbummel auf der Suche nach einer angemessen großen und formgerechten Banane oder Zucchini kann ein Heidenspaß sein.

Manche Frauen kaufen lieber für Penetration entworfene Sexspielzeuge. Sexspielzeuge sind leicht sauberzuhalten und können eine bessere Paßform haben als Dinge, die du auf deiner Kommode oder in der Küchenschublade findest. Da sie nur einem Verwendungszweck dienen, kannst du sie an einem vorgesehenen Platz aufheben und mit einiger Sicherheit bei Bedarf wiederfinden.

Viele batteriebetriebene Vibratoren sind der Form der Scheide angepaßt, eierförmig oder schmal genug, um in den After zu passen. Manche Lesben empfinden Vibratoren in der Vagina als angenehm. Sie sagen, das entspanne den Schließmuskel und beschleunige den Orgasmus. Anderen Frauen liegt nichts an Vibrationen, und sie machen sich nie die Mühe, ihre Vibratoren anzustellen oder leere Batterien auszuwechseln.

Wenn dir die schnelle, surrende Bewegung eines Vibrators nichts bedeutet, möchtest du vielleicht einen Dildo kaufen oder machen. Die in Sex-Shops erhältlichen Dildos sind meistens Phallusnachahmungen. Daher ziehen viele Lesben vor, ihre eigenen zu schnitzen oder zu gießen.

Dildos (in Sex-Shops auch „Kunstglied" genannt) sind wahrscheinlich die am stärksten tabuisierten Sexspielzeuge, die eine Lesbe in Erwägung ziehen kann. Relativ wenige Lesben haben je einen Dildo gesehen, was eigentlich sehr komisch ist, denn neun Zehntel der Menschheit sind fest davon überzeugt, daß Kunstglieder Hauptbestandteil lesbischer Liebesspiele seien.

Eine echte Lesbe, die mit einem Dildo spielen will, hat dafür Gründe, auf die kein Hersteller kommerzieller Erotika oder Psychologe je kommen würde. Sie phantasiert darüber, sie kann sich vorstellen, wie sie damit Spaß haben kann, sie will neue Wege zur Anregung ihrer Partnerin entdecken. Sie weiß, daß Frauen keinen Mann brauchen, um sexuell zu sein. Sie weiß auch, daß die einfache Weigerung, einen Dildo (oder irgendeine sexuelle Technik) anzuwenden, keine Frau von Minderwertigkeitskomplexen wegen ihres Geschlechts oder Selbstverachtung wegen ihrer Homosexualität befreien kann.

Einen Dildo zu benutzen rückt die Märchen über sie ins rechte Licht. Schließlich ist es nur ein Stück Plastik. Welche symbolische Bedeutung es auch immer haben mag – sie wurde ihm von unserer Kultur beigemessen.

Manche Dildos haben Gurte dabei, so daß sie um den Körper gebunden werden können. Lesben, die Anschnalldildos benutzt haben, sagen, sie könnten so besser Positionen wählen, die Ganzkörperkontakt ermöglichen. Sie ließen den Händen Spielraum zum wandern und erleichterten es, Klitoris und Vagina gleichzeitig zu stimulieren.

Jeder Gegenstand, den du in die Scheide einführst, sollte gut eingeschmiert werden. Reinige ihn nach dem Gebrauch. Führ nichts direkt von deiner Vagina in die Vagina einer anderen Frau ein – du könntest eine Scheideninfektion übertragen. Führ nie etwas in deine Vagina ein, das in irgend jemands After war. Die Bakterien, die im Rektum (Mastdarm) gedeihen, können in der Scheide Infektionen hervorrufen. Wenn du ein Objekt für vaginale Spiele kaufst, sei realistisch, was die Größe betrifft. Etwas Kleineres wird immer passen, während ein großes Objekt möglicherweise für Tage aufgehoben werden muß, an denen du ganz besonders scharf und entspannt bist.

In deine Partnerin hineinzugehen macht sie ziemlich verwundbar. Für manche Lesben ist dies ein besonders intensives Gefühlserlebnis – ein Vertrauensbeweis oder eine sichere Art, Gefühle der Hingabe und Besitzergreifung zum Ausdruck zu bringen.

Frauen, die Gefallen an vaginaler Penetration finden, haben deswegen vielleicht zwiespältige Gefühle und fragen sich, ob das nicht „irgendwie heterosexuell“ ist. Jede Technik, die zwei Frauen anwenden, um sich gegenseitig zu erregen und zu befriedigen, ist eine *lesbische* Technik. Es gibt keinen Grund, warum Frauen ihre Genitalien nicht innen wie außen besitzen sollten. Scheiden gehören nicht Männern – sie gehören Frauen!

Manche Lesben, die Vaginalstimulation in ihr sexuelles Spektrum einbeziehen, machen die Erfahrung, daß sie über Geschlechtswandel phantasieren. Solche Phantasien können leicht zu unnötigen Schuldgefühlen und Ängsten führen. In der herrschenden Kultur ist das Geschlecht ein geschlossenes Kästchen. Frauen werden definiert über die Merkmale, die sie nicht mit Männern gemeinsam haben. Dadurch entstehen unterdrückte Möglichkeiten, riesige Brachlandflächen voll potentieller Erfahrung, die zu erschließen wir uns alle sehnen.

Warum sollte jemand immer einem Geschlecht angehören müssen oder gemäß der in dieser Kultur gültigen Definition von Weiblichkeit Frau sein? Ich kann nichts Schlimmes daran finden, wenn du in deiner Phantasie ein Wesen von einem anderen Stern, ein Hermaphrodit, ein Schwuler, eine Boa, eine Jungfrau oder sonst irgend etwas bist, was dir gerade einfällt.

Analer Sex. Der After ist die verpönteste Öffnung des Körpers. Er soll der geheimste, schmutzigste, unanständigste und unannehmbarste Teil des Körpers sein. Infolgedessen sind starke Schamgefühle und Geheimniskrämerei eng mit dem Anus verbunden. Da die Ausscheidung in unserer Kultur ein in so hohem Maße ritualisierter, verschwiegener und obsessiver Vorgang ist, wird mit dem Anus außerdem eine starke Angst, die Kontrolle über sich zu verlieren, verknüpft. Die Einbeziehung des Anus in sexuelle Spielerei kann all diese Gefühle zu Tage fördern. Lesben, die gern analen Sex praktizieren, sagen, daß sich Erregung und Orgasmus bei Analstimulation, wie bei vaginaler Penetration, anders anfühlen.

Du kannst klitorelle und Analstimulation oder klitorelle, vaginale und anale Stimulation kombinieren; du kannst abwechselnd den Anus und die Vagina ausfüllen oder beide penetrieren und die Klitoris vorübergehend außer acht lassen. Seht ihr, wie viele zusätzliche Variationsmöglichkeiten euch ein weiteres Loch zum Spielen bieten kann?

Ein paar Sachen, die sich am After gut anfühlen, sind: ihn außen herum kitzeln, darauf blasen, ihn lecken, Druck auf ihn ausüben, einen Finger oder Gegenstand einführen oder innen Reibung erzeugen. Die Bürde seines schlechten Rufs macht den Anus sehr verkrampft, also behandle ihn liebevoll. Die Dammgegend – die Haut zwischen Vagina und After – ist sehr empfindlich. Viele Frauen lieben es, dort gestreichelt zu werden als Vorbereitung für Analspiel. Wenn du Druck auf das Arschloch ausübst oder reingehst, nimm ein dickes Gleitmittel. Vaseline ist o.k. für den Analgebrauch. Wenn du einen eingefetteten Gegenstand verwendest, paß auf, daß er dir nicht aus der Hand rutschen kann. Etwas, das sich unten verbreitert, eignet sich am besten. Es ist schwierig, im After verschwundene Objekte wiederzuerlangen.

Wenn erst einmal etwas im Rektum drin ist, kann es sein, daß du ein paar Kontraktionen und ein Gefühl des Unbehagens spürst. Versuch, tief durchzuatmen und dich zu entspannen. Wenn keine Bewegung oder Reibung, sondern nur Druck da ist, wird dein Anus sich allmählich öffnen und die Kontraktionen einstellen. Rein- und Rausbewegungen werden dann angenehmer sein.

Die meisten von uns lernen, daß Pisse und Scheiße dreckig sind. Viele Frauen machen daher die Erfahrung, daß sie erst ihre Angst vor Pisse überwinden müssen, ehe sie an einer anderen Frau runtergehen können. Eine ähnliche Barriere besteht bei analem Sex. Eine Art Phobie vor Scheiße hindert viele Frauen daran, den Anus als erogene Zone zu betrachten.

Warum haben wir so grundverschiedene Empfindungen über die Aufnahme von Nahrung und die Körperverfahren zur Absonderung von Giftstoffen oder zur Abkühlung? Essen, pinkeln, schwitzen und scheißen fühlt sich für einen gesunden Menschen alles gut an. Unsere negativen Gefühle über Scheiße scheinen völlig außer Proportion zu ihrer wahren Natur. Scheiße ist eine Substanz, die Schlamm nicht unähnlich ist. Sie hat einen eigenen Geruch und eine eigene Zusammensetzung, wie jede andere Substanz auch. Kleinkindern muß man beibringen, daß sie häßlich und ekelerregend ist. Ich wette, wenn Scheiße nach Veilchen riechen würde, sähen wir Veilchen als Unkraut an.

Paranoia beim Anblick oder bei Berührung von Kot wird gewöhnlich durch seine Gleichsetzung mit Krankheit gerechtfertigt. Ansteckende Krankheiten können bei analem Sex übertragen werden, besonders bei oralem Kontakt. Wenn deine Partnerin von vornherein gesund ist, brauchst du dir darüber keine Gedanken zu machen. Wenn deine Partnerin eine ansteckende Krankheit hat, läufst du Gefahr, dich zu infizieren, egal, welche Art von Sex du praktizierst.

Es gibt Möglichkeiten, negative Gefühle über After und Exkremente abzubauen, wenn du analen Sex ausprobieren willst. Der After kann außen mit warmem Wasser gesäubert werden. Durch die Einführung eines Fingers kommst du normalerweise nicht in Berührung mit Kot, da dieser viele Zentimeter von der Analöffnung entfernt gespeichert ist. Wenn du willst, kann deine Partnerin einen Einlauf (ein

Viertelliter Warmwasser dürfte reichen) zur Reinigung des Rektums nehmen.

Es gibt Frauen, die nach dem Versuch mit analem Sex beschließen, daß sie das Gefühl nicht besonders mögen. Andere Frauen genießen das Gefühl des Ausgeliefertseins, das leichte Unbehagen und die Vorstellung, unanständig zu sein oder etwas Verbotenes zu tun, oder das Gefühl, die Kontrolle zu verlieren. Eine neue Partnerin solltest du erst einmal fragen, besonders wenn es dir Spaß macht. Viele Lesben, die sich nicht zieren, nach anderen Arten von Sex zu fragen, zögern doch, Analspiel vorzuschlagen.

Gleichzeitige Orgasmen. Viele neigen dazu, simultane Orgasmen als ein Ereignis ganz besonderer Art anzusehen. Ihr Vorkommen soll ein Zeichen dafür sein, daß sich deine Partnerin und du ganz besonders nahestehen, daß ihr hervorragend aufeinander eingespielt seid und eine außergewöhnliche Kenntnis eurer gegenseitigen Reaktionen besitzt. Dies ist manchmal eine korrekte Beschreibung der Lage. Dennoch sind simultane Orgasmen mit ebenso hoher Wahrscheinlichkeit rein zufällig.

Die Bemühung um gleichzeitigen Orgasmus kann manchmal gutem Sex in die Quere kommen. Wenn du ein Ziel anpeilst, kann Leistungsdruck entstehen und Spontaneität abgewürgt werden. Gelingt euch die zeitliche Abstimmung nicht, kann es passieren, daß die Frau, die zuerst kommt, sich mangelnde Selbstbeherrschung vorwirft, während die Frau, die später kommt, sich wegen zu starker Hemmungen schilt.

Manche Lesben haben großen Spaß dabei, ihr Lieblingsspiel gleichzeitig zu treiben, zu sehen, wer es am längsten aushält, oder zu versuchen, zusammen zu kommen. Ich glaube, der entscheidende Faktor dabei ist, wieviel du und deine Partnerin in den Ausgang investieren. Wenn es wirklich keine Rolle spielt und du es genießen kannst, egal, ob eine zuerst oder beide gleichzeitig kommen, dann ist jeder simultane Orgasmus, wenn er eintritt, eine schöne Belohnung.

Ein vorsichtiger Ratschlag: Bevor du stöhnst: „Toll! Schon wieder gleichzeitig gekommen!" und dich zum Schnarchen umdrehst, check es erst mal ab. Vergewisser dich, daß sich die Erde für beide von euch bewegt hat.

Lesbische Beziehungen

Man hört oft, Lesben seien frei, enge Beziehungen einzugehen, die ihre persönliche Entfaltung fördern und auf ihre individuellen Bedürfnisse zugeschnitten sind, weil es keine Institution gibt, die irgendeine bestimmte Art von lesbischer Beziehung vorschreibt und forciert. Es stimmt zwar, daß Begriffe wie „Gütergemeinschaft", „Unterhaltspflicht", „Alimente" und „Ehebruch" im Fall lesbischer Paare ohne legale Bedeutung sind. Die Tatsache, daß es keine zuständigen Behörden und keine institutionalisierten religiösen Vorschriften gibt, hat Lesben jedoch nicht davon abgehalten, ihre eigene gesellschaftliche und kulturelle Moral zu entwikkeln. Die Meinungen und Bräuche unserer eigenen Subkultur können mehr Macht über unser Verhalten gewinnen als die Gesamtgesellschaft. Denn wenn wir Geächtete in unsere eigenen Gemeinschaft werden, wo sollen wir dann noch hin?

Die Maßstäbe für akzeptables Sexualverhalten variieren von Stadt zu Stadt. Wenn die lesbische Bevölkerung groß genug ist, variieren sie sogar von Clique zu Clique. Es gibt konservative Gemeinschaften, wo über häufigen Partnerwechsel die Stirn gerunzelt wird. Frauen, die gern Sex mit möglichst vielen Partnerinnen haben, können sich zu einem Lippenbekenntnis zur Monogamie gezwungen sehen (sie sind nur „auf der Suche nach der richtigen Frau") und verheimlichen oder zügeln vielleicht ihre sexuelle Aktivität. Single-Lesben fühlen sich bei gesellschaftlichen Anlässen vielleicht unwillkommen, weil alle anderen fest gepaart sind. In Kreisen, wo Monogamie als altmodisch und politisch suspekt beargwöhnt wird, mag eine Frau mit nur einer Geliebten ein schlechtes Gewissen und das Gefühl haben, sich rechtfertigen zu müssen. Zwingt sie sich dazu, nicht monogam zu sein, kann sie unter Eifersucht und Unsicherheit leiden. Eine sexuell aktive Lesbe, die opportunistisch ist und wenig Rücksicht auf die Gefühle ihrer Partnerin nimmt, kann sich der Kritik entziehen, indem sie ihr Verhalten als eine Reaktion auf besitzergreifende oder konservative Geliebte abstempelt.

Zusätzlich zur Moral der Gemeinschaft sind die Arten der Beziehungen, die wir eingehen, eingeschränkt durch unsere Kontaktfähigkeit, durch die gegebenen Möglichkeiten, andere Lesben kennenzulernen, durch unsere eigenen moralischen Wertvorstellungen, durch das Ausmaß an Erfahrung und den Grad der Vertrautheit mit unseren eigenen Bedürfnissen und durch unsere Auswahlkriterien für Frauen, die uns ansprechen.

Es kann außerordentlich schwierig sein, das Für und Wider von Monogamie, Polygamie und sexueller Abstinenz herauszufinden und zu entsheiden, welches für dich zu einem gegebenen Zeitpunkt deines Lebens das Richtige ist. Die Entscheidung wird dadurch erschwert, daß sie die Gefühle einer anderen Frau (oder anderer Frauen) mit betrifft. Jede dieser drei grundsätzlichen Entscheidungsmöglichkeiten wird nachstehend erörtert. Da dies ein Buch über Sexualität ist, habe ich mich auf die erotischen Aspekte jeder Art von Beziehung beschränkt. Natürlich gehört zu einer Beziehung mehr als Sex. Einandernäherkommen schließt gewöhnlich Gespräche und Entscheidungen über finanzielle Fragen, über Zusammenleben oder nicht, über Freundschaften außerhalb der Beziehung, über Hausarbeit, über Beziehungsangelegenheiten, die der Außenwelt vorenthalten werden, und tausend andere Dinge mit ein. Frau könnte (und sollte) ein ganzes Buch über lesbische Beziehungen schreiben.

Monogamie. Für manche Lesben ist der Treueschwur eine Vorbedingung für jede ernsthafte, lohnende Beziehung. Ihrer Meinung nach ist das sexuelle Monopol Teil jeder wahren Liebe. Monogamie ist die gesellschaftlich anerkannteste Form sexuellen Verhaltens. Manche Frauen sehen keine Veranlassung, die in ihrer Jugend erlernten Normen für Sexualverhalten abzulegen, nur weil sie lesbisch sind. Einige monogame lesbische Paare haben das Bedürfnis, ihre Beziehung durch Eheschließung vor einem Schwulenaltar zu untermauern oder ihren eigenen Schwur vor versammelten Freundinnen abzulegen.

Es gibt verschiedene Grade von Monogamie. Manche Frauen haben einen engeren Begriff davon als andere. Es gibt lesbische Paare, die keine individuellen Freundschaften schließen und nicht mit anderen Frauen tanzen oder flirten. Andere Paare gestehen sich zu, enge und sogar romantische Außenbeziehungen einzugehen, vorausgesetzt, daß sie nicht sexueller Art sind. Wieder andere Paare treffen Sonderarrangements für etwaige Ausnahmen von der Regel. Diese Ausnahmen können Besuche außerhalb der Stadt, das Auftauchen einer früheren (und noch immer begehrenswerten) Geliebten, Gruppensexparties oder kurzfristige Liebesabenteuer mit attraktiven Fremden umfassen.

Monogamie kann ein hohes Maß an Stabilität und Sicherheit bieten. Sie gibt zwei Frauen die Gelegenheit, sich gegenseitig mit ihrer Persönlichkeit, Geschichte und Sexualität sehr nah vertraut zu machen. Manchen Lesben erleichtert die Mongamie langfristige Pläne mit einer Geliebten. Diese Vertrautheit kann Schutz und Rückhalt bieten und tiefe Intimität fördern. Eine solche Beziehung läuft jedoch Gefahr, langweilig und vorhersehbar zu werden. Monogame Paare führen oft absichtliche Veränderungen in ihrer Routine herbei, um ihrer Romanze etwas Rätselhaftigkeit und Spannung zu verleihen. Häufiger Urlaub, Veränderungen im Aussehen, neue Hobbys oder neue sexuelle Abenteuer gehören zu den Dingen, die einige Paare ausprobieren. Hauptsache, du betrachtest deine Partnerin nicht als selbstverständlich.

Monogamie bietet keine Garantie gegen Einsamkeit, Langeweile oder innere Unruhe. Das kann keine Beziehung. Es gibt auch keine Garantie dafür, daß Monogamie die Eifersucht aus deinem Leben verbannt. Es gibt zwei Arten von Eifersucht. Eine ist ein Gefühl der Unsicherheit hinsichtlich deiner Beziehung. Du magst dich fragen: „Will sie und braucht sie mich noch?“ In diesem Fall ist es meist einfach, dir die notwendige Bestätigung zu holen. Die zweite Art von Eifersucht ist jedoch Unsicherheit über dich selbst. Wenn du anfängst, dich zu fragen, ob du begehrenswert oder liebenswert bist, kann die beruhigendste und geduldigste Liebhaberin der Welt dir deine Zweifel nicht nehmen.

Ganz allgemein kann man sagen, daß Monogamie am besten

funktioniert, wenn ein Höchstmaß an Einverständnis über grundsätzliche sexuelle Vorlieben und Lebensziele besteht. Ihr werdet wahrscheinlich Hilfe und Unterstützung von außen brauchen, um eure Beziehung zusammenzuhalten. Manche Paare finden es sinnvoll, in regelmäßigen Abständen eine Beraterin aufzusuchen, damit gewährleistet ist, daß ihre Kommunikation offen bleibt und ihre Schwierigkeiten beigelegt werden. Kontakte mit anderen Paaren können auch von Nutzen sein. Manche Lesben haben gemeinsame Bankkonten oder einigen sich, Haushaltseinkäufe gemeinsam zu erledigen, um ihre Bindung zu festigen.

Polygamie. Das Wort Promiskuität (häufiger Partnerwechsel) hat einen schlechten Beigeschmack. Es klingt nach mangelndem Unterscheidungsvermögen und Feingefühl. Die Dauer einer Beziehung ist eigentlich nicht immer ein Gradmesser für ihre Qualität. Manche Lesben finden, es wäre schade, all die Frauen, die für eine Liebesnacht oder -woche zur Verfügung stehen, nicht ebenso zu genießen wie all jene, die immer zur Stelle sind. Es gibt mehrere Arten von polygamen Beziehungen.

Manche Lesben haben eine Hauptpartnerin (mit der sie zusammenleben können oder nicht) und knüpfen unbedeutendere, eher zufällige Verbindungen mit anderen Frauen. Bei dieser Art von Beziehung tauchen drei Probleme auf. Das erste besteht darin, eine Geliebte zu finden, die es gut verkraftet, daß du mit anderen Frauen schläfst. Als zweites mußt du dir über deine eigenen Gefühle bezüglich ihrer anderen oder ihrem Mangel an anderen Geliebten im Klaren sein. Das dritte Problem ist die Frage, wie deine „Gelegenheitsverhältnisse" zu diesem Arrangement stehen. Dieses Modell ist attraktiv, weil es einen Kompromiß zwischen starrer, orthodoxer

Monogamie und sexueller Abstinenz darstellt. Im Idealfall genießen beide Frauen die Vorteile der Stabilität und Intimität mit einer Partnerin, zu der sie sich sehr hingezogen fühlen, und die Aufregung gelegentlicher (oder regelmäßiger) Abenteuer.

Manche Lesben haben etwas gegen die Einstufung ihrer Partnerinnen als wichtig und unbedeutend, haupt- und nebensächlich. Sie betrachten sich selbst als Singles und vermeiden jeden Paareindruck. Diese Frauen begegnen manchen Vorurteilen, die sich auf die Annahme gründen, die Weigerung, dauerhafte Beziehungen einzugehen, sei ein Zeichen von Unreife. Lesben, die eine Zweierbeziehung haben, können sich von Sololesben bedroht fühlen und ihre Nähe meiden.

Andere Lesben haben Hauptbeziehungen mit mehr als einer Partnerin. Drei oder mehr Frauen können sich im Einvernehmen als ein Liebesgespann und eine sexuelle Einheit betrachten. Dieses Arrangement entwickelt sich manchmal aus einer Zweierbeziehung, wenn sich beide Partnerinnen in dieselbe Frau verlieben und diese sich zu beiden gleichermaßen hingezogen fühlt. Dreiecks- und sonstige Mehrecksverhältnisse erregen manchen Unmut, da den meisten von uns anerzogen wird, erotische Energie als Strömung zwischen zwei Personen zu betrachten – nicht mehr und nicht weniger.

Keine Form von Polygamie gewährleistet Schutz vor einsamkeit. Du kannst zwanzig Geliebte haben und dann trotzdem am Samstagabend plötzlich allein dastehen. Wer sich einsam und niedergeschlagen fühlt, läßt sich leicht von dem Märchen einlullen, daß Paare stets füreinander da sind und einander immer vorbildlich Gesellschaft leisten. Das stimmt einfach nicht. Du kannst dir sehr wohl ungeliebt und einsam vorkommen, während die beste Freundin genau daneben sitzt. Gute Freundinnen und Geliebte können Kummer dämpfen, aber nicht aus der Welt schaffen.

Polygamie funktioniert am besten bei zwei Typen von Lesben: Frauen, die es eher anmacht als ärgert, wenn sie von den erotischen Eroberungen einer Geliebten hören, und Frauen, die nicht unbedingt von den erotischen Abenteuern ihrer Geliebten erfahren müssen. Geistige und finanzielle Unabhängigkeit sind auch von Nutzen.

Sexuelle Abstinenz. Eine bewußte Entscheidung, seine eigene Gesellschaft zu pflegen und sich einen Urlaub vom Sex zu gönnen, ist ab und zu ratsam. Für einige Lesben bedeutet sexuelle Enthaltsamkeit, überhaupt auf Orgasmen zu verzichten. Andere Lesben erfreuen sich weiterhin an Selbstbefriedigung, während sie romantischen Verstrickungen aus dem Wege gehen. Ich kenne sowohl Paare als auch einzelne Lesben, die sich für einen bestimmten Zeitraum zur Enthaltsamkeit entschlossen, und ein Paar beschloß sogar, Sex für immer aus seiner Beziehung auszuklammern. Manche dieser Paare waren in Konflikte verwickelt, die erst gelöst werden mußten, ehe sie sich sexuell wieder näherkommen konnten. Andere wollten das Verlangen nacheinander verstärken und meinten, etwas Enthaltsamkeit würde ihren Appetit wieder anregen. Wieder andere stellten fest, daß sie so ein schlechtes Gewissen hatten, weil sie miteinander schliefen, daß es zu Spannungen kam, die eine sonst angenehme und befriedigende Partnerschaft störten.

Frauen ohne sexuelle Beziehungen bekommen im allgemeinen noch weniger Unterstützung als Single-Lesben. Alle scheinen davon auszugehen, daß wer lebt und gesund ist, mit irgend jemand Sex haben muß, und Masturbation gilt in den meisten Kreisen noch immer nicht als „richtiger Sex". Es kann passieren, daß Freundinnen dich zu verkuppeln versuchen oder subtilere Formen der Kritik anbringen.

Verlaß dich auf dein eigenes Urteil. Kein anderer Mensch kann dir wirklich sagen, was das Beste für dich ist. Lesben, mit denen ich gesprochen habe, haben mir viele positive Apekte der sexuellen Abstinenz aufgezählt, z.B. daß sie mehr Zeit für sich selbst – zum Denken, Lesen oder Arbeiten – haben, sich mehr Zeit für Freundschaften nehmen können, alte Gewohnheiten und Beziehungen zu anderen Frauen überdenken können, alte Wunden heilen können und Selbstgenügsamkeit lernen.

Verträge. Wenn du eine Beziehung mit einer anderen Frau (oder anderen Frauen) eingehst, betrachte den Vorgang mehr als eine Vertragsaushandlung anstatt als eine Anpassung an Normen oder eine Aufstellung von Ultimaten. Denk daran, daß deine Partnerin ihre eigenen Vorlieben und Bedürfnisse hat, die sich wahrscheinlich nicht mit deinen dekken. Sei auf der Hut, wenn jemand dir das Gefühl vermittelt, daß kein Raum für Kompromisse da ist und daß deine Vorlieben unvernünfig und falsch sind. Ihr könntet zu unterschiedlich sein, um eine feste Beziehung miteinander zu haben. Manche Frauen finden es hilfreich, ihre Vertragsbedingungen tatsächlich schriftlich zu formulieren und sich darauf zu einigen, sie nach Ablauf einer bestimmten Zeit auszuwerten und neu auszuhandeln.

Rollenverhalten

Es ist innerhalb der lesbischen Gemeinschaft ein Klischee,

daß Rollenverhalten einst üblich gewesen, aber heute, da wir uns alle der Frauenbewegung angeschlossen haben, abgeschafft sei. Wohl muten Romane wie *Der Quell der Einsamkeit* oder Filme wie *The Fox* oder *The Killing of Sister George* moderne Lesben seltsam, übertrieben oder komisch an, weil sie Beziehungen mit recht extremem oder ritualistischem KV/Femme*-Rollenverhalten porträtieren. Ich glaube jedoch, daß die Pauschalisierung „Lesben üben kein Rollenverhalten" ein Märchen ist.

Ein wesentlicher Teil des Rauskommens ist die Kreation einer öffentlichen Persönlichkeit in der lesbischen Subkultur. Es galt einst als selbstverständlich, daß eine junge Lesbe für sich entschied, ob sie die maskulinen oder die femininen Merkmale ihrer Persönlichkeit und ihres Aussehens unterstreichen wollte. Dieser ganze Vorgang existiert noch, wenn auch in leicht abgewandelter Form. Die Sitten haben sich geändert, gesellschaftliches Auftreten und Etikette haben sich gewandelt, aber das ideologisch perfekte Gefüge von Männlichkeit und Weiblichkeit hat auch weiterhin Bedeutung in der Lesbenwelt. Die meisten Lesben können dir sagen (wenn ausdrücklich danach gefragt), welche ihrer Bekannten kesse Väter und welche Femmes sind. Manche Frauen lassen sich natürlich nicht einer bestimmten Kategorie zuordnen.

Nicht nur, daß die Rollen noch existieren – es haften ihnen bestimmte Werte an. Die heutige lesbische Subkultur mißt sexueller Aggressivität, Unabhängigkeit, Kompetenz, herausfordernder Persönlichkeit und dem Besitz „nicht traditioneller" beruflicher Fähigkeiten sehr hohen Wert bei. Es herrscht größere Toleranz gegenüber Frauen, die sich maskulin anziehen, als gegenüber Frauen, die in Röcken, mit zu viel Schmuck oder mit der leisesten Spur von Schminke an

* hierfür existiert keine Bezeichnung im Deutschen

der Bartheke aufkreuzen. Es ist unendlich viel erstrebenswerter, als sexuell aktive und erfahrene Frau zu gelten, als im Ruf von Passivität und Naivität zu stehen. Femmes sind suspekt. Sie sind vielleicht nicht wirklich lesbisch. Sie gelten als gefühlsabhängiger und wankelmütiger als KVs. Dieses Bewertungssystem hat zur Folge, daß als Femmes abgestempelte Frauen sich ärgern und manchmal wertlos vorkommen.

Rollenverhalten erfüllt viele Zwecke und Aufgaben. Es kann ein Spiel sein – eine Form erotischen Theaters. Manche Lesben manipulieren bewußt ihren Aufzug und ihr Auftreten und schaffen oder wählen den geeignetsten Rahmen, um einer Phantasiegestalt zu Lebendigkeit zu verhelfen. Durch das Ausleben eines Teils deiner Persönlichkeit, der normalerweise unter Verschluß gehalten wird, kannst du neue Erfahrungen sammeln und neue Situationen erproben. So gesehen, kannst du für einen Tag oder einen Abend in eine Rolle schlüpfen oder sie für eine ganz bestimmte Partnerin reservieren. Du magst vielleicht neue Einsichten in dich selbst gewinnen oder einfach dein Vergnügen für eine Stunde erhöhen wollen. Natürlich sind Maskulinität und Femininität nicht die einzigen Dimensionen einer solchen Rolle.

Eine im gesellschaftlichen Zusammenhang angenommene Rolle kann, muß aber nicht, in den sexuellen Bereich übergreifen. Die Frau, die Selbstverteidigungskurse gibt, ein Motorrad fährt oder ihre Stereoanlage selbst anschließt und deine Getränke bezahlt, möchte vielleicht, daß du sie auf den Boden wirfst und das Kommando übernimmst. Die Lady, die sich von dir zum Essen ausführen läßt, darauf wartet, daß du dem Taxifahrer sagst, wo es hingeht, und dir den Schlüssel überreicht, um die Haustür aufzumachen, kann dich hineinzerren und sich am Treppenansatz auf dich stürzen. Es ist üblicher, daß Frauen über ihre Kleidung und ihr Betragen zu signalisieren versuchen, was ihnen sexuell vorschwebt. Diese Signale sind schwer zu interpretieren, da sich viele Lesben scheuen, ihr aktives Sexualverhalten offen zuzugeben, und unsere Gemeinschaft hat keinen gut ausgearbeiteten Code, der unsere erotische Verständigung erleichtern könnte.

Für manche Frauen ist es ein wesentlicher Bestandteil ihres Selbstimage, sich auf eine Art und Weise zu kleiden oder zu verhalten, die sie als maskulin oder feminin ansehen. Sie fühlen sich nicht wohl oder nicht echt, wenn sie nicht so aussehen oder sich bewegen können, wie es ihrer bevorzugten Rolle entspricht, und sie haben wenig oder kein Interesse, die Charakteristika dieser Rolle zu verändern. Manche dieser Lesben haben Zweifel an ihrer Geschlechtszugehörigkeit und können als Transsexuelle bezeichnet werden. Andere mögen ihrem Lieblingskostüm einen erotischen Wert beimessen und könnten vielleicht als Transvestiten definiert werden. Wieder andere sind einfach Lesben, die ein Rollenverhalten drauf haben. Sie wählen ihre sexuellen Partnerinnen und Geliebten aus Trägerinnen der sie ergänzenden Rolle aus. Lesben, die bewußt Rollenverhalten üben, sind eine Blamage für die lesbische/feministische Gemeinschaft oft üble Erfahrungen. Sie werden auf der Straße belästigt und sind häufig Opfer von Diskriminierung bei der Arbeits- und Wohnungssuche. Ihre Probleme werden manchmal von anderen Lesben ignoriert, die der Meinung sind, sie wür lesbischen Gemeinschaft oft üble Erfahrungen. Sie werden auf der Straße belästigt und sind häufig Opfer von Diskriminierung bei der Arbeits- und Wohnungssuche. Ihre Probleme werden manchmal von anderen Lesben ignoriert, die der Meinung sind, sie würden besser behandelt, wenn sie sich „angemessener" kleiden oder verhalten würden.

Mir kommt es manchmal so vor, als würden diese Lesben nur deshalb so viel kritisiert, weil sie eine einfachere Zielscheibe sind als patriarchalische Institutionen. Wenn es zwei Frauen beliebt, wie KV und Femme miteinander zu verkehren, heißt das noch lange nicht, daß eine die andere unterdrückt. Sie haben ein System gefunden, das bei ihnen gut funktioniert, ihre sexuellen Phantasien befriedigt und ihre individuellen Fähigkeiten am besten zur Geltung bringt. Rollenverhalten in der lesbischen Gemeinschaft vollzieht sich mit größerer Flexibilität als die stereotype Geschlechterrollenverteilung in der Gesamtgesellschaft. Es gehört schon eine recht komplizierte Geistesgymnastik dazu, eine Frau, die andere Frauen als Sexpartnerinnen vorzieht, der Nachahmung Heterosexueller zu bezichtigen. Eine Femme-Frau, die eine KV-Frau als Liebhaberin will, würde sich nicht mit einem männlichen Partner zufriedengeben. Sie will einen bestimmten Typ von Frau. Sie ist eine Lesbe.

Das ganze Hin und Her über Rollenverhalten hat einen trennenden Charakter bekommen. Ältere und jüngere Lesben haben Kommunikationsschwierigkeiten untereinander, weil wir unterschiedliche Kriterien für Entwicklung, Ausdruck und Änderung sexueller Rollen haben. Eine Lesbe, die seit zwei Jahren dabei ist, hat von einer Lesbe, die seit zwanzig Jahren dabei ist, eine Menge über ihre eigene Kultur und deren Geschichte zu lernen. Ältere Lesben sollten nicht von neuen Entwicklungen und aktuellen Ereignissen isoliert werden, deren Urheberinnen ihre kulturellen und politischen Nachfahren sind. Es würde unsere Gemeinschaft stärken, wenn wir alle derartigen Unterschiede überwinden könnten.

Partnerinnen finden

Das erste Problem einer jeden Lesbe besteht darin, herauszufinden, daß sie schwul ist. Ihr zweites Problem ist herauszufinden, wer es sonst noch ist.

Wir reden oft von der „lesbischen Gemeinschaft“, ohne genau begriffen zu haben, was das ist, wie sie entstanden ist und wo ihre Grenzen sind. In größeren Städten besteht die lesbische Gemeinschaft aus formalen Organisationen, die zur Behandlung verschiedener lesbischer Belange ins Leben gerufen wurden, aus Bars oder Restaurants mit lesbischer Kundschaft, aus privaten Sozialdiensten oder „Freundschaftsfamilien“ und Teilen der männlichen Schwulensubkultur, die lesbische Teilnahme tolerieren oder begrüßen. Sogar in Großstädten können andere Lesben schwer zu finden sein, wenn du nicht weißt, wo du mit der Suche beginnen sollst. Außerhalb von großen Städten ist weibliche Homosexualität nahezu unsichtbar. Andere Lesben ausfindig zu machen ist ein gefährlicher und schwieriger Prozeß. Ländliche Lesbengemeinschaften setzen sich in der Regel aus Gruppen von Frauen zusammen, die sich in der Stadt organisiert, Geld aufgetrieben, Grund und Boden gekauft haben und zusammen aufs Land gezogen sind. Manchmal besteht der einzige Kontakt einer isolierten Lesbe mit anderen Lesben im gedruckten Wort – Zeitschriften, Zeitungen, Brieffreundschaften oder Briefe von Organisationen.

Solltest du Schwierigkeiten haben, in deinem Raum eine lesbische Gemeinschaft zu finden, frag dich zunächst, ob es realistisch ist, dies zu erwarten. Viele Lesben ziehen vor, in eine Stadt mit Lesbenbars und politischer Aktivität zu ziehen, weil sie die Isolation nicht ertragen. Ein solches Unterfangen kann problematisch und beängstigend sein. Schwulenorganisationen tun ihr Bestes, um Neuankömmlingen bei der Wohnungs-und Arbeitsbeschaffung zu helfen und um ihren Kontaktbedürfnissen gerecht zu werden, aber es ist eine ungeheure Aufgabe. Trotz der finanziellen und emotionalen Probleme, die mit einem Umzug verbunden sind, kann es sich bezahlt machen. Viele Lesben machen die Erfahrung, daß ihre Depressionen und ihr Selbsthaß dadurch verursacht wurden, daß sie sich einsam fühlten und von Menschen umgeben waren, die ihre Sexualität ignorierten, abwerteten oder attackierten.

Einfach Gruppen von anderen Lesben zu finden kann die gesellschaftlichen Kontaktschwierigkeiten vieler Frauen lösen. Sie können dann die in ihrer Kindheit und Jugend erlernten Fertigkeiten einsetzen, um Freundschaften zu schließen, Partnerinen kennenzulernen und Unterstützungsnetzwerke aufzubauen. Andere Lesben haben es schwerer. Manchen Frauen wird ihre Homosexualität (oder zumindest nichtvorhandene Heterosexualität) schon sehr früh klar. Das kann dazu führen, daß sie sich abkapseln oder von ihresgleichen isoliert werden, weil sie ein Interesse fürs andere Geschlecht nicht heucheln können. Heranwachsende, die sexuell aktiv sind, werden oft mit Strenge behandelt. Schwule Teenager haben wenig Gelegenheit zu lernen, wie man ein Rendezvous einfädelt, Freundschaften schließt oder Romanzen beginnt und beendet. Infolgedessen stellen einige Lesben wenig ausgeprägtes Selbstwertgefühl bei sich fest und kommen sich ungeschickt und verarmt vor, was ihnen als Erwachsene das Eingehen von Beziehungen erschwert.

Kontaktfähigkeit kann zu jeder Zeit erlernt werden. Durch die Konfrontation mit neuen Situationen und im Umgang mit ihnen erwerben die meisten von uns ihr Leben lang neue Fertigkeiten im gesellschaftlichen Umgang dazu. Es gibt eine Reihe von Dingen, die Lesben zur Erleichterung der Partnersuche gewöhnlich tun.

Als erstes solltest du dir darüber klar werden, daß die meisten Frauen, die du kennenlernst, die gleiche weibliche Konditionierung durchgemacht haben wie du. Das bedeutet, daß es den meisten Frauen schwerfällt, den ersten Schritt zu tun. Die Dame, die den ganzen Abend neben dir sitzt, ohne ein Wort zu sagen, möchte vielleicht für ihr Leben gern von dir angesprochen oder zum Tanzen aufgefordert werden. Es ist nicht leicht. Du weißt im voraus nicht, ob sie ja oder nein sagen wird. Aber irgend jemand muß ja den Anfang machen. Und es ist eine bessere Strategie, Frauen, die dich interessieren, herauszusuchen und anzusprechen als darauf zu warten, daß jemand auf dich zukommt. Du wirst nicht sterben, wenn sie nein sagt. Du wirst vielleicht gekränkt sein, dein Selbstvertrauen mag angeknackst sein, aber du wirst immer noch da sein, um's nochmal zu versuchen. Also gib nie auf – versuch's nochmal. Eine Ablehnung mag mit dir gar nichts zu tun haben. Sie ist vielleicht schon anderweitig engagiert. Sie hat möglicherweise keine Lust auf Gesellschaft. An einem anderen Abend wäre deine Einladung vielleicht angenommen worden.

Geh langsam ran. Sei so entspannt wie möglich. Fordere nicht jemanden zum Tanzen auf und bitte sie dann, mit dir nach Hause zu gehen und für immer zu bleiben. Wenn du einmal den ersten Schritt getan hast, hab keine Angst zu warten, daß sie den Faden aufnimmt. Wenn die Sache zu einseitig ist, tust du die ganze Arbeit und wirst nie sicher sein, was sie für dich empfindet.

Wenn du dich selbst in deiner Haut wohl fühlst und noch andere Quellen emotionalen Beistands hast, wirst du wahrscheinlich entspannter sein, und Ablehnungen werden dir weniger weh tun. Zu einem reichen, befriedigenden Leben gehört mehr als eine Liebhaberin. Umgib dich mit all den anderen Dingen, die dich glücklich machen. Halte dir vor Augen, daß Freundschaften im Leben oft wichtiger sind als Liebesbeziehungen. Freunde zu haben ist beruhigend und macht Spaß. Sie können dir aus Miseren heraushelfen, dich neuen Leuten vorstellen und dein Leben ganz allgemein erträglicher machen. Freunde sind Leute, denen du deine Aufmerksamkeit und Zuneigung schenken kannst. Manchmal ist es genauso schmerzlich, keine Liebe geben zu können, wie keine zu erhalten.

Wenn du eine Frau kennenlernst, die dich interessiert, und dir fällt nichts ein, worüber du mit ihr reden oder wohin du mit ihr gehen könntest, überlege, was du tun würdest, wenn sie eine gute Freundin wäre. Frag sie nach ihrem Leben, ihrer Arbeit, ihren Plänen für die Zukunft, wo und wann sie rausgekommen ist. Lade sie ein zu Dingen, die dir Spaß machen und die dich interessieren. Sollte es dir zu gewagt erscheinen, sie offiziell zum Stelldichein zu bitten, inszeniere ein Gruppenereignis. Lade sie zu einem Picknick am Strand, ins Kino, ins Museum, zu einem Tanzabend ein, und lade auch andere Freundinnen ein.

Es ist von vornherein eine schlechte Idee, irgend etwas zu tun, einzig um eine Sexpartnerin oder Geliebte zu finden, wie z.B. in eine Bar zu gehen, sich einer Gruppe anzuschließen, in einem Team zu spielen oder auf ein Fest zu gehen. Du wirst dich dauernd unter Druck fühlen, unausgeglichen wirken und einen beschissenen Abend verbringen. Du wirst sicher viel eher Frauen kennenlernen, mit denen du was gemein hast, wenn du dir solche Ereignisse aussuchst, die du um ihrer selbst willen genießen kannst.

Du wirst vielleicht feststellen, daß dir das nötige Können

oder Wissen fehlt, um aus einer bestimmten gesellschaftlichen Situation das Beste zu machen. Z.B. ist es schwer, sich in einer Bar zu amüsieren, wenn man nicht tanzen, Billard spielen, flippern oder Konversation machen kann. Wenn du etwas nicht weißt oder kannst, frag danach. Sie weiß vielleicht auch nicht, wie man tanzt oder Billard spielt, aber es wird ihr sicher Spaß machen, es mit jemandem zu probieren, die nicht den Experten rauskehrt. Besserwisser sind langweilig und nervtötend. Wenn du in einer Diskussionsgruppe bist, die Themen anschneidet, in denen du dich nicht auskennst, geh auf jemanden zu und frag sie, ob sie eine Literaturliste hat – oder noch besser, ob sie dich mit nach Hause nimmt und dir ein paar Bücher leiht, die dich über den Sachverhalt informieren.

Die Initiative zu ergreifen ist eine gewaltige Herausforderung. Indem du dich in eine neue Umgebung vorwagst, dich vorstellst, eine andere Frau anrufst und Pläne machst, mit ihr etwas zu unternehmen, setzt du deinen Stolz aufs Spiel. Aber es gibt zwei Arten, wie du nie Freundinnen oder Liebhaberinnen findest. Eine ist daheimzubleiben. Die andere ist irgendwo hinzugehen, dich in eine Ecke zu verziehen und ein unglückliches Gesicht zu machen. Wer nichts wagt, gewinnt nichts!

4

Kommunikation

Mehrere Dinge können uns daran hindern, über sexuelle Fragen und Bedürfnisse zu sprechen, wie wir gerne möchten. Vor allem sind wir weder mit dem nötigen Hintergrundwissen noch mit dem entsprechenden Vokabular ausgerüstet, um uns beim Gespräch über das Thema Sex wohlzufühlen. Einige von uns wissen nicht genau, was sie von einer Liebhaberin wollen, und haben Angst, unerfahren oder naiv zu wirken. Anderen Lesben mag es schwerfallen, ihre Bedürfnisse zu formulieren, weil es ihnen unangenehm ist oder weil sie sich ihrer aus irgendeinem Grund schämen. Ein weiteres schwerwiegendes Hindernis für die Einleitung eines Gesprächs über Sex ist die Angst, eine Partnerin könnte sich bedroht fühlen oder uns abweisen.

In diesem Kapitel werden vier verschiedene Übungen beschrieben, die einzelne Lesben, Paare oder Gruppen zur Förderung ihrer Kommunikationsfähigkeit anwenden können.

Sexuelle Ausdrücke

Eine Schwierigkeit bei der Diskussion über Sexualität ist die Sprache selbst. Für den Austausch sexueller Informationen stehen zwei sprachliche Ebenen zur Verfügung. Einmal gibt es medizinische oder klinische Fachausdrücke wie Klitoris, Vagina, Tribadie und Cunnilingus. Auf der anderen Seite gibt es einen umgangssprachlichen Wortschatz mit Ausdrücken wie „Lesbe“, „Möse“ und „vögeln“. Viele Frauen kommen sich bei der Verwendung klinischer Sexualtermini komisch vor, weil sie steril klingen und meistens recht lang sind. Die umgangssprachlichen Wendungen sind häufig benutzt worden, um Verachtung für Sex und Frauen auszudrücken, was sie für viele Lesben beleidigend erscheinen läßt.

Darüberhinaus gibt es für fast jede von uns eine Reihe von Sexualausdrücken, auf die wir automatisch negativ reagieren. Die Wörter selbst lösen ein ungutes Gefühl in uns aus, wenn wir sie wahrnehmen, egal, wer sie benutzt oder in welchem Zusammenhang sie auftreten. Man sagt von diesen Wörtern, sie seien „vorbelastet“ – vorbelastet mit negativer Energie.

Manche Lesben umgehen diese Schwierigkeiten, indem sie beim Gespräch über Sex nie eindeutige Ausdrücke verwenden. Sie flüchten in ausweichende Umschreibungen wie „es“ oder „da unten“ und teilen ihre Bedürfnisse durch nichtverbale Signale wie Geräusche, Blicke, Körperbewegung oder Gesichtsmimik mit. Bei einer außergewöhnlich scharfsinnigen Partnerin oder nach langen Irrfahrten kommt die Botschaft an. Ein paar Mißverständnisse sind dabei nicht zu vermeiden. Diese Art von Kommunikation macht die Beantwortung direkter Fragen über Sex unmöglich und bürdet deiner Partnerin eine Menge Detektivarbeit auf.

Direkte Kommunikation erspart Zeit und Energie, die besser zur Steigerung des sexuellen Erlebnisses eingesetzt werden könnten.

Lesben müssen als Einzelne und als Gruppe einen Wortschatz von Sexualausdrücken entwickeln, den zu benutzen uns Spaß macht. Es gibt zwei Möglichkeiten, ein lesbisches Sexvokabular aufzubauen oder zu erweitern. Wörter, die in sex- und lesbenfeindlicher Weise gebraucht wurden, können durch freie Wahl angeglichen werden. Indem wir Lesben sie mit Stolz benutzen, können wir sie von ihrer negativen Energie befreien und ihre Bedeutung ändern. Das Wort „Lesbe" wurde auf diese Weise schon „umgewandelt". Einige Ausdrücke für die weiblichen Genitalien, wie z.B. „Möse", gehen auch in die Lesbensprache über. Wir können außerdem unsere eigenen Termini erfinden. „Perle" für Klitoris, „Muschel" für Vulva und „lesbeln" für lesbisches Liebemachen sind neu geprägte, feministische Ausdrücke.

Um die Übung zur Sexualterminologie durchzuführen, nimm drei Blatt Papier. Schreib auf eins „weibliche Genitalien", aufs nächste „Selbstbefriedigung" und aufs dritte „lesbische Sexualität". Nimm ein Blatt nach dem anderen und schreib alle Wörter und Wendungen auf, die dir zu jeder Überschrift einfallen. Zensiere dich nicht. Schreib alle Ausdrücke auf, die du kennst oder benutzt, angenehm und unangenehm, pro-Frau und anti-schwul.

Wenn du die Liste fertig hast, geh sie durch und beurteile jeden Ausdruck. Welche gebrauchst du und sind für dich positiv? Welche sind für dich neutral? Welche Ausdrücke sind für dich negativ vorbelastet? Stell fest, wie viele Wendungen umgangssprachlich, wie viele medizinische Fachtermini und wie viele lesbischer Prägung sind. Wofür hast du die meisten Wörter zur Verfügung? Wofür die wenigsten?

Diese Übung kann dir die Inhalte deines eigenen Sexvokabulars bewußt machen. Sie kann auch anzeigen, welche Wörter für dich negativ vorbelastet sind. Wenn eine andere Frau diese Ausdrücke verwendet, fällt es dir vielleicht schwer, ihr zuzuhören oder ihr Recht auf Ausdrucksfreiheit anzuerkennen. Jede Frau hat einen anderen Sexwortschatz, zu dem sie eine positive Einstellung hat. Dieser Wortschatz variiert je nach Alter, Schicht, kulturellem Hintergrund und Region. Vom Gebrauch irgendeines Sexausdrucks abzuraten oder ihn zu verbieten bedeutet, es einigen Frauen noch schwerer zu machen, über Sex zu reden, als es ohnehin schon ist.

Wenn du dich mit einer anderen Lesbe über Sex unterhältst und sie sich sichtlich unwohl dabei fühlt, versuch, dieselbe Terminologie zu gebrauchen wie sie. Sie wird das sehr wahrscheinlich als Bestätigung empfinden und sich im Gespräch mit dir etwas mehr entspannen.

Sensibilitätsschaubild

Paus die schematische Zeichnung der Vulva auf ein weißes Blatt Papier. Nimm Farbstifte, Wachsstifte, Filzstifte oder Malfarben, um die Pauszeichnung in Übereinstimmung mit deiner Empfindlichkeit im Genitalbereich auszumalen. Du möchtest vielleicht dunklere Töne einer Farbe zur Kennzeichnung sehr empfindlicher Stellen und hellere Töne für weniger empfindliche Stellen benutzen, oder du magst mehr als eine Farbe benutzen wollen.

Es kann Spaß machen, dies zusammen mit einer Partnerin zu tun. Wenn ihr euch abwechselnd eure Zeichnung zeigt und erklärt, könnt ihr auf spannungsarme Weise herausfinden, wie ihr beide gerne berührt werdet.

Diese Übung verlangt von dir eine sehr präzise Beschreibung

deines Körpers. Es kann schwierig sein, genau zu erklären, wie du masturbierst oder wo genau deine Partnerin beginnen und ankommen soll.

Während du deine Zeichnung erläuterst, mag es notwendig werden, zusätzlich darüber zu informieren, wie sich deine Sensibilität bei steigender Erregung verändert, ob du deinen Vibrator lieber an einer, ihrer Zunge lieber an anderer Stelle magst, ob und wie viel Penetration dir zusagt.

Persönliche Sexualgeschichte

Du kannst diese Übung zu deiner eigenen Information niederschreiben oder sie mit anderen, die dir nahestehen, gemeinsam machen. Auf diese Weise läßt sich eure Vergangenheit, wie ihr heute eure Sexualität äußert und was ihr in Zukunft verändern wollt, gut vergleichen. Zu wissen, was uns als erstes über Sex erzählt wurde und welche frühen Erfahrungen wir damit gemacht haben, kann uns manchmal helfen, unsere Einstellung und Bedürfnisse als Erwachsene besser zu verstehen.

Zur Erstellung deiner Sexualgeschichte beantworte die folgenden Fragen:

1. Was ist das früheste sexuelle Erlebnis, Gefühl oder der früheste sexuelle Gedanke, woran du dich erinnern kannst? Wie hast du dich damals dabei gefühlt?

2. Was hast du als junger Mensch getan, wenn du mehr über Sex wissen wolltest?

3. Was für Eindrücke hast du z.B. über deine Sexualität vermittelt bekommen, als du noch im Heranwachsen warst?

4. Hast du dich als Kind selbst befriedigt oder mit anderen Kindern deine sexuelle Neugier gestillt? Bist du je erwischt worden? Hattest du irgendwelche freiwilligen oder unfreiwilligen Erlebnisse mit Erwachsenen?

5. Hast du heute Orgasmen? Wenn ja, wie fühlen sie sich an? Wie viele hast du gerne beim Masturbieren oder beim Sex mit einer Partnerin? Wenn du keine Orgasmen hast, beschreibe, wie du Sexualität ohne sie erlebst. Hättest du gerne welche? Wenn ja, was glaubst du könnte helfen, damit sie eintreten?

6. Wie war dein erstes sexuelles Erlebnis mit einer anderen Frau? Wenn du noch nie ein sexuelles Erlebnis mit einer Frau hattest, beschreibe, wie du es dir vorstellst.

7. Wenn du ein sexuelles Erlebnis mit einer anderen Frau hattest, wie lassen sich deine früheren Erfahrungen mit der Art und Weise, wie du heute mit anderen Frauen Sex hast, vergleichen?

8. Wie lange bist du schon ohne Sex mit einer anderen Person ausgekommen? Ohne zu onanieren? Wie war diese Erfahrung für dich?

9. Welches ist die größte Anzahl von Sexpartnerinnen, die du in der kürzesten Zeitspanne hattest?

10. Was ist das Ungewöhnlichste, das du sexuell je getan hast? Was hast du damals dabei empfunden? Wie denkst du heute darüber?

11. Welche Rolle spielt Selbstbefriedigung heute in deiner Sexualität? Wie masturbierst du jetzt (falls du es tust)? Wenn du nicht masturbierst, wie stehst du dazu?

12. Wenn du an deiner derzeitigen Sexualpraxis etwas ändern könntest, was würdest du tun?

13. Was hindert dich daran, zu bekommen, was du haben willst?

Wenn du diese Übung mit einer anderen Person machen willst, lies erst den Abschnitt über Grundregeln durch, bevor ihr gegenseitig eure Sexualgeschichte austauscht.

Grundregeln

Diese Richtlinien sollen einen sicheren Rahmen bilden, innerhalb dessen eine ehrliche Kommunikation stattfinden kann. Sie sind eine überarbeitete Version von Grundregeln, die vom Resource Center for Human Relations (eine Art Zentrum zur Ausarbeitung von Kommunikationshilfen) in Oakland, Kalifornien, entwickelt wurden. Gespräche zwischen Fremden oder Liebenden, Konfliktgespräche oder Gruppendiskussionen können durch die Annahme dieser Vorschläge erleichtert werden.

1. *Sprich aus eigener Erfahrung.* Es ist oft leichter, vage, allgemeine Behauptungen aufzustellen (wie z.B. „Lesben neigen zur Monogamie") als eine persönliche Aussage zu machen, was ein gewisses Risiko in sich birgt (wie z.B. „Ich will nicht, daß du ein Verhältnis mit Susi hast"). Für Verallgemeinerungen kann weder ein Beweis noch ein Gegenbeweis erbracht werden, so daß die Diskussion in eine Sackgasse führt. Beginn deine Stellungnahmen mit dem Wort „Ich". Sprich über deine eigenen Erfahrungen und übernimm die Verantwortung für deine eigenen Gefühle.

2. *Hör zu und antworte, ohne ein Urteil über die Erfahrung der anderen Frau abzugeben.* Wenn wir Aussagen, die uns Unbehagen einflößen, nicht hören wollen, stempeln wir die Sprecherin gerne als unreif, merkwürdig oder unwichtig ab. Du mußt nicht mit der Meinung einer anderen Frau übereinstimmen, aber es ist wichtig, daß du den Inhalt ihrer Mittei-

lung verstehst. Anstatt zu sagen: „Es ist wirklich komisch, daß du so empfindest", versuch's mal mit: „Was du sagst, verunsichert mich ein bißchen."

3. *Respektiere Vertraulichkeit.* Sexuelle Information kann brisant sein. Wirb nur um jemands Vertrauen, wenn du es verdienst. Die Preisgabe von Geheimnissen aus Rache oder Wichtigtuerei in Gesellschaft wird deine Glaubwürdigkeit zerstören.

4. *Halte dich an einen Kommunikationsablauf.* Der Kommunikationsablauf hat vier Stationen:

a. Die Sprecherin sendet eine Mitteilung an ihre Zuhörerin, wobei sie so klar und direkt wie möglich ist.
b. Die Zuhörerin empfängt die Mitteilung, wobei sie genau aufpaßt, was gesagt wird.
c. Die Zuhörerin erkennt die Mitteilung an.
d. Wenn die Mitteilung verstanden wurde, gibt die Zuhörerin eine angemessene Antwort auf ihren Inhalt. Wurde die Mitteilung nicht verstanden, paraphrasiert die Zuhörerin (wiederholt mit eigenen Worten, was sie gehört hat), um der Sprecherin die Möglichkeit zu geben, zu bestätigen oder zu berichtigen.

Wenn es mit der Kommunikation hapert und du dir nicht erklären kannst, wieso, versuch festzustellen, wo der Kommunikationszyklus zusammengebrochen ist. Häufig auftretende Probleme in den einzelnen Phasen sind: (1) Es liegt auf der Hand, daß jemand, die nicht klar und direkt ist, geringe Aussichten hat, verstanden zu werden. Ein absichtlicher Versuch, zu verwirren oder vage zu sein, ist manipulativ und unehrlich. (2) Wenn die Zuhörerin unaufmerksam oder ablehnend eingestellt ist, wird die Mitteilung entweder an ihr vorbeigehen oder grob entstellt werden. (3) Wenn die Zuhörerin die Sprecherin nicht bestätigt – durch bejahendes „Uh huh“, Kopfnicken oder Augenkontakt – gibt diese vielleicht auf oder fühlt sich so entmutigt, daß die Qualität der Mitteilung beeinträchtigt wird. Es gibt kaum etwas Unangenehmeres als die eigenen Gefühle vor einer Person auszubreiten, die gerade den Wert von *pi* errechnet oder ihre Einkaufsliste zusammenstellt. (4) Wenn du dir nicht die Mühe machst, die Mitteilung nach Empfang zu paraphrasieren, antwortest du vielleicht auf etwas, was die Sprecherin gar nicht gesagt hat. Überprüfe, wie genau du verstanden hast.

Die genaue Einhaltung des Kommunikationsablaufs verlangsamt die Sache etwas. Das kann helfen, Spannungen und Ängste auf ein Mindestmaß zu reduzieren. Wenn etwas wichtig ist, lohnt es sich, sich genug Zeit zu nehmen, um es erschöpfend und sorgfältig zu erörtern. Bei sexuellen Fragen wird mehr als Information ausgetauscht. Es geht um die Gefühle von Frauen.

5. *Fühl dich frei, über alles zu reden.* Gestattet euch gegenseitig, die Vielfalt und Unterschiedlichkeit lesbischer Sexualität zu erforschen. Frauen haben zu diesem Thema so lange geschwiegen, daß wir darüber wirklich sehr wenig wissen. Es wäre unsinnig, deinen Diskussionsumfang von vornherein zu beschränken oder anzunehmen, daß bestimmte Themen zwischen Lesben nie auftauchen. Jede Lesbe weiß, was es heißt, sich aus Selbstschutz zu zensieren. Willst du das einer anderen Frau antun? Unterstütz andere Lesben – nicht der Anpassung sondern der Ehrlichkeit halber.

HOMAGE TO

Gerda Wegener

1885-1940

Illustrator, born in Denmark, worked in Paris

5

Häufige sexuelle Probleme

In der herrschenden Kultur haben Arbeit, die in einem faßbaren Produkt resultiert, und Selbstaufopferung für ein langfristiges Ziel einen hohen Stellenwert. Jede Aktivität, die über das Vergnügen, an ihr teilzunehmen, hinaus keinen Zweck erfüllt, erregt Mißtrauen. Wir neigen dazu, unsere Körper als Maschinen zu betrachten, und schenken ihnen gerade so viel Beachtung, wie sie zum Funktionieren brauchen. Echte Entspannung ist eine Seltenheit. Sinnlichkeit ist ein Luxus geworden.

Wenn etwas mit unserem Körper nicht stimmt, sehen wir in der Regel das Problem als eine Krankheit oder ein Versagen an. Wir greifen mit größerer Wahrscheinlichkeit zu einem Medikament (auf Rezept oder selbstverschrieben) als zu einer Überprüfung unserer Lebensqualität. Wir bekommen vielleicht ein schlechtes Gewissen, „uns gehengelassen" zu haben, und treiben uns noch stärker an.

Ein sexuelles Problem ist nicht immer eine Krankheit oder ein Versagen. Viele Dinge können die Harmonie zwischen Geist und Körper stören und zu einer zeitweiligen Verfassung führen, in der Sex problematisch ist. Der Beginn einer neuen Arbeit, Prüfungen oder der bevorstehende Besuch von schwierigen Verwandten sind beispielsweise häufige Ursachen von Beunruhigung. Manchmal ist unser Körper den Anforderungen, die wir an ihn stellen, einfach nicht gewachsen. In diesem Fall ist es sinnvoller, auf gesündere Ernährung zu achten, öfter zu ruhen und zu spielen und Streß zu verringern als Schuldgefühle zu haben oder Medikamente zu schlucken.

Da die meisten von uns über ihr physisches Ich schlecht informiert sind und ein etwas paranoides Verhältnis zu ihrem Körper haben, löst ein sexuelles Problem, wenn es plötzlich auftaucht, größte Besorgnis aus. Negative Gefühle über unser Lesbischsein und Zweifel an uns selbst werden an die Oberfläche geschwemmt. Beunruhigung über das Problem kann Spannungen hervorrufen, die sexuellem Vergnügen in die Quere kommen. Das erhöht die Wahrscheinlichkeit, daß das Problem wieder auftaucht. Wenn dieser Prozeß nicht unterbrochen wird, kann ein kleinerer Hemmschuh zu einer Totalblockade heranwachsen. Dieser Teufelskreis kann durchbrochen werden, indem man den Druck verringert. Du mußt keine Leistung vollbringen, und du mußt nicht perfekt sein.

Manche sexuellen Probleme werden durch Mangel an Information verursacht oder verschärft. Mehr Wissen über lesbische Sexualität, weibliche Anatomie und Physiologie können manchmal den Weg aus einer sexuellen Sackgasse weisen.

Einige der häufiger auftretenden sexuellen Probleme von Lesben werden nachstehend erörtert. Entsprechende Vorschläge zum Umgang mit oder zur Änderung der Situation sind inbegriffen. Einige Probleme kommen wahrscheinlich nicht zur Sprache. Ich hoffe, wir werden innerhalb der lesbischen Gemeinschaft allmählich mehr über unsere Ängste und sexuellen Schwierigkeiten reden und Informationen darüber austauschen, wie wir mit ihnen fertig werden können. Wir wissen mehr über unsere Sexualität als die meisten

Forscher oder Therapeuten, und wir könnten eine Menge tun, um einander Rückhalt und Unterstützung zu geben.

Probleme mit dem Orgasmus

Kein Mensch weiß, wie viele Frauen niemals einen Orgasmus erlebt haben oder beim Sex mit einem Partner (oder einer Partnerin) nicht zum Höhepunkt kommen können. Kinsey (1953) fand heraus, daß eine von vier verheirateten Frauen beim Geschlechtsverkehr keinen Orgasmus hatte. Diese Zahl mag von geringer oder gar keine Bedeutung für Lesben sein, die ja andere sexuelle Techniken anwenden. In der Zeit, die seit Kinseys Studie vergangen ist, hat die sexuelle Aufklärung an Boden gewonnen, und die Frauenbewegung hat sich inzwischen mit großem Engagement für das Recht jeder Frau eingesetzt, über ihren eigenen Körper und ihr eigenes Sexualleben zu bestimmen. In meiner jüngsten Studie über lesbische Sexualität (1979) hatten 7 (2 %) von 286 befragten Lesben nie einen Orgasmus erlebt. Diese Statistik kann nicht zu einer verallgemeinernden Aussage über Lesbierinnen herangezogen werden (und zwar weil die Lesbenbevölkerung in der Verborgenheit lebt, und kein Mensch weiß, welche Merkmale eine lesbische Testgruppe aufweisen müßte, um repräsentativ für alle Lesben zu sein). Sie bestätigt jedoch, daß einige Lesben keine Orgasmen haben.

Dies ist nicht unbedingt ein Problem. Manche Frauen finden, daß sich das Konzentrieren auf den Orgasmus nicht mit Sinnlichkeit und entspanntem Liebesspiel verträgt. Sie fühlen sich befriedigt, wenn ein sexuelles Erlebnis liebevoll oder zärtlich ist oder andere angenehme Empfindungen auslöst, und sie sind nicht enttäuscht, wenn der sexuelle Höhepunkt ausbleibt.

Es gibt andererseits auch Lesben, für die eine sexuelle Begegnung ohne Orgasmus unbefriedigend und sinnlos ist. Einer solchen Frau kann es sehr schwerfallen zu akzeptieren, daß ihre Partnerin nicht kommt und auch keinen Wert darauf legt. Es kann sein, daß sie dann verzweifelt ihrer Partnerin einen Orgasmus „zu machen“ versucht, sich als Versagerin fühlt, wenn es ihr nicht gelingt, und ihrer Partnerin vorwirft, ihr nicht zu vertrauen oder sie nicht zu lieben.

In einer offenen, vertrauensvollen Beziehung können sich die Beteiligten über ihre sexuelle Befriedigung – oder Nichtbefriedigung – verständigen. Eine Frau, die ihre Partnerin bedrängt, zu kommen, kann zutiefst verunsichert und im Zweifel darüber sein, ob sie eine gute Liebhaberin ist. Sie braucht vielleicht die Bestätigung, daß ihre Geliebte glücklich und mit ihr zufrieden ist, und würde ihre Bestürzung mitteilen, wenn irgendwelche Probleme auftauchen.

Solltest du dich mit deiner/deinen Geliebten in einem Konflikt über dieses Thema befinden, gib dir besondere Mühe, in deiner sexuellen Kommunikation klar zu sein. Es hilft manchmal, wenn die nichtorgasmische Partnerin ihrer Geliebten zu verstehen gibt, wann sie genug Sex hat oder eine Pause einlegen will. Viele Lesben legen mit Orgasmen die Dauer oder das Ende des Liebesspiels fest. Ohne Orgasmen sind sie nicht sicher, wann sie beginnen, unterbrechen, beschleunigen oder verzögern sollen.

Manche Lesben sind frustriert, weil sie nie oder selten zum Orgasmus kommen. Sie wissen vielleicht nicht genau, wie sich ein Orgasmus anfühlt oder warum alle so einen Wind darum machen, aber sie würden gerne mitreden können.

Wie lernen Frauen, einen Orgasmus zu haben? In meiner

Studie über lesbische Sexualität antworteten 152 (53,1 %) der Befragten, daß sie ihren ersten Orgasmus beim Masturbieren erlebt hatten. Es ist in der Regel einfacher zu lernen, wie du bei der Selbstbefriedigung einen Orgasmus bekommst als beim Sex mit einer Partnerin. Wenn du allein bist, kann es dir egal sein, wieviel Zeit du brauchst, ob deine Partnerin sich langweilt oder nicht oder ob du es richtig oder falsch anstellst. Es gibt keine Wartezeit zwischen Wunsch und Erfüllung. Du kannst alles, was du dir schön vorstellst, tun, sobald es dir einfällt. Du brauchst nicht erst den Mut finden, einer anderen Person deine Vorstellung zu beschreiben. Du brauchst dir auch keine Gedanken darüber zu machen, wie du aussiehst, wenn du die Kontrolle verlierst. Es ist kein Mensch da, der dir zuschaut oder dich beurteilt, nur du allein.

Manche Frauen haben Schwierigkeiten, sich mit den Händen oder dem Finger zu befriedigen, weil sie ermüden und sich taub anfühlen. Manchmal hilft ein Elektrovibrator, da er nicht erlahmt und sehr stark stimuliert. Wenn du erst mal weißt, wie sich ein Orgasmus anfühlt, wird es leichter sein, mit der Hand oder mit einer Partnerin zu kommen. Vergiß nicht, daß du den Vibrator auch benutzen kannst, wenn du mit einer Partnerin zusammen bist.

Einige Frauen haben starke Hemmungen, sich selbst zu berühren, und wollen subtilere Stimulation. Es empfiehlt sich manchmal der Versuch, in der Badewanne zu masturbieren, indem du einen sanften, warmen Wasserstrahl auf deine Genitalien fallen läßt. Dies kann ein sehr beruhigendes und befreiendes Erlebnis sein.

Eingefahrene Verhaltensweisen und Gewohnheiten zu brechen ist nicht immer leicht. Manche Frauen sind erstaunt, auf wie viele Hindernisse sie beim Erlernen eines Orgasmus stoßen. Es kann schwierig sein, die notwendige Zeit zu finden, um verschiedene Antörnmöglichkeiten auszuprobieren. Alte Wunden und Ängste können aus der Versenkung auftauchen und den Lernprozeß komplizieren. Für diese Frauen stehen Guppen zur Verfügung, die Hilfestellung anbieten und Information über weibliche Sexualität bereitstellen. Sie nennen sich meistens *prä*-orgasmische statt *nicht*-orgasmische Fauengruppen wegen ihrer sensationellen Erfolgsquote. Du kannst solche Gruppen durch ein Frauenzentrum oder eine auf Sexualtherapie spezialisierte Klinik finden. (Bei uns gibt es diese Gruppen noch nicht – Anm. d. Verlags)

Wenn du mehr Fragen über prä-orgasmische Frauengruppen hast, lies Lonnie Garfield Barbachs Buch *For Yourself: Die Erfüllung weiblicher Sexualität.* Sie gehört zu den Frauen, die dieses Verfahren kreiert haben. In ihrem Buch schildert sie die Gruppen und die Erfahrungen, die lesbische, bisexuelle und heterosexuelle Frauen in ihnen gemacht haben.

Manche Lesben können beim Masturbieren leicht zum Orgasmus kommen, haben aber Schwierigkeiten, wenn sie mit einer anderen Frau zusammen sind. Es gibt Gruppen, ähnlich den prä-orgasmischen Frauengruppen, die Frauen helfen, ihre Sexualpraxis zu ändern.

Bei der Selbstbefriedigung findet eine Frau heraus, welche Stellung oder Stellungen für sie am bequemsten und lustförderndsten sind. Sie findet auch heraus, ob sie lieber mit einem Finger oder der ganzen Hand onaniert, ob ihr Penetration gefällt oder nicht und vieles andere. Lesben, die mit einer Partnerin nicht kommen, behalten diese Information oft für sich. Sie zögern vielleicht aus Bescheidenheit, aus Angst, ihre Partnerin zu verletzen, oder aus Schamgefühl, diese Informationen preiszugeben.

Selbstbefriedigung und Partnersex müssen nicht zwangsläufig zwei total verschiedene Sphären sein. Es kann sich bezahlt machen, deiner Partnerin zu zeigen, wie du masturbierst. Wenn sie einmal weiß, was dein Körper gewöhnt ist und gern hat, kann sie dieses Stimulationsmuster nachvollziehen. Du solltest sie jedoch nicht für deinen Orgasmus verantwortlich machen. Wenn ihr Liebe macht und du kommen willst, berühr ruhig selbst deine Genitalien. Es besteht kein Grund, frustriert zu sein, bis sie lernt „es richtig zu machen". Wenn du weißt, daß du jederzeit kommen kannst, egal ob mit oder ohne Partnerin, nimmt das eine Menge Streß von euch beiden ab. Sie wird sich freier fühlen, mit dir zu experimentieren und zu spielen. Dir wird es weniger wichtig erscheinen, ständig auf jede Kleinigkeit zu achten und dir den Kopf darüber zu zerbrechen, ob und wann „es" endlich passieren wird.

Lesben, die dieses Verfahren ausprobiert haben, berichten, daß sie an einem bestimmten Punkt angenehm überrascht sind, einen Orgasmus zu haben, während ihre Partnerin sie stimuliert. Danach geben sie nicht notwendigerweise Selbstbefriedigung auf, um sich auf Stimulation durch die Partnerin zu beschränken. Orgasmen mit einer Partnerin zu haben wird jedoch zunehmend leichter.

Manchen Lesben bereitet der Orgasmus auch dann noch Kopfzerbrechen, wenn sie sowohl beim Masturbieren als auch mit einer Partnerin kommen können. Sie würden die

Skala ihrer Möglichkeiten gern erweitern und mit einer Technik zum Höhepunkt kommen können, bei der sie im Augenblick keinen Orgasmus erreichen. Eine solche Frau hat vielleicht eine Partnerin, der oraler Sex großes Vergnügen macht. Sie würde gerne die Begeisterung ihrer Geliebten teilen und davon profitieren. Mit anderen Liebhaberinnen ist sie jedoch nur durch manuelle Stimulation zum Orgasmus gekommen. Sie fühlt sich frustriert, weil sie etwas, was sie brennend interessiert und reizt, nicht erleben kann.

Oft empfiehlt es sich, Masturbation zwecks Änderung deines sexuellen Reaktionsschemas zu betreiben. Versuch, über die betreffende Technik zu phantasieren, während du dich stimulierst. Am Anfang flechtest du die neue Technik vielleicht nur ab und zu in deine sonstige Lieblingsphantasie ein. Mit der Zeit beschäftigen dich vielleicht neue Phantasien, die ausschließlich um diese Technik kreisen. Du kannst auch versuchen, die Empfindungen, die sie in deiner Vorstellung auslöst, zu verdoppeln. Wenn du lernen willst, bei oralem Sex zu kommen, versuch's mal mit der Fingerspitze und einer Menge Gleitmittel: Bilde dir ein, dein Finger wäre eine Zunge. Wenn du lernen willst, bei Tribadie zu kommen, versuch, dich gegen deine ganze Hand oder ein zerknautschtes Kissen zu reiben.

Wenn du mit einer Partnerin Sex hast, fixier dich nicht auf die neue Technik. Betrachte sie als Teil einer Erfahrung, mit der du vertrauter bist. Es ist wichtig, daß du dich nicht in die Enge getrieben oder unter Druck fühlst. Du mußt davon überzeugt sein, daß du guten Sex haben kannst, ohne dabei nur auf eine im voraus festgelegte Technik abfahren zu können.

Das erste Mal wirst du wahrscheinlich völlig unerwartet

kommen, und der Orgasmus wird sich anders anfühlen als der, den du gewöhnt bist. Je nach Stellung oder Technik ändert sich das Orgasmusgefühl. Um zu lernen, wie du auf neue Arten kommen kannst, mußt du dich mit der Einzigartigkeit eines neuen Vergnügens vertraut machen.

Konflikte über Techniken

Es ist durchaus möglich, daß du eine sexuelle Technik wenig attraktiv findest oder überhaupt nicht leiden kannst. Wenn du sexuelle Beziehungen mit mehreren Partnerinnen hast, kannst du schon mal auf eine Frau stoßen, die deine Vorlieben nicht teilt. Diese Situation enthält einigen potentiellen Zündstoff. Flexibilität hat zweifellos ihre Vorteile, wenn es um Sex geht (und wohl auch sonst im Leben).

Wenn du nur die Dinge zu tun gewillt bist, die dir mit Sicherheit gefallen, beschneidest du dir vielleicht deine Auswahl an Partnerinnen. Indem du dich weigerst zu verhandeln, schränkst du deinen Spielraum für erotische Erfahrungen ein. Wenn ihr beide davon ausgeht, daß ein sexuelles Erlebnis für alle Beteiligten angenehm sein soll, bestehen gute Aussichten auf eine Einigung. Sprecht darüber. Versucht, über eure gegenseitigen Erfahrungen und Bedürfnisse nach Möglichkeit kein Urteil zu fällen, und leugnet nicht, daß ein Unterschied zwischen euch besteht. Der Abschnitt über Kommunikation enthält Vorschläge zur Erleichterung dieser Diskussion.

Es gibt viele mögliche Lösungen. Vielleicht habt ihr mit einer Technik beide gleich wenig Erfahrung, möchtet sie aber beide gern ausprobieren. Ihr beschließt möglicherweise, zusammen zu masturbieren. Ihr ladet vielleicht eine dritte Partei dazu ein. Du könntest dir auch vornehmen, deine Abneigung zu überwinden, um ihre Lieblingstechnik auszuprobieren.

Solltest du dich zu letzterem durchringen, kannst du einiges tun, um eine positive Erfahrung daraus zu machen anstatt eine Fügung in dein Schicksal. Versuch zu verstehen, warum dich eine bestimmte Technik nicht anmacht bzw. warum du sie nicht magst. Hast du Bedenken wegen der Hygiene? Badet oder duscht zusammen. Bitte sie, eine Scheidenspülung oder einen Einlauf zu machen. Findest du sie zu ausgeflippt, abartig oder falsch? Denk daran, daß das die vorherrschende Einstellung zu Lesbianismus ist. Wenn ihr beide Vergnügen an einer Sache findet und niemandem dabei Leid zuzufügen beabsichtigt, wie kann sie dann falsch oder schlecht sein? Machst du dir Gedanken darüber, es richtig zu machen? Frag sie danach, wie andere Frauen es gemacht haben. Sie sollte dir erklären, was sich gut anfühlt und wie gut es sich anfühlt, während du es machst. Vergiß nicht, daß es eine ebenso gute Entscheidung ist, keinen Sex zu haben.

Unterschiedliches Bedürfnis nach Sex

Manche Lesben wollen oder brauchen häufiger Sex als andere. Die Skala der unterschiedlichen Bedürfnisse ist breit. Einige Lesben, mit denen ich gesprochen habe, brauchen Sex nicht öfter als einmal alle paar Monate. Andere ziehen es vor, mindestens einmal am Tag Sex zu haben. Diese Unterschiedlichkeit ist häufig Anlaß zu Beziehungsproblemen, besonders wenn der Unterschied groß und die Beziehung monogam ist. Wenn du und deine Partnerin(nen) Konflikte wegen unterschiedlichem sexuellen Verlangen habt, könnt ihr vielleicht einen Kompromiß ausarbeiten, der die Spannungen auf ein Mindestmaß herabsetzt. Eine Möglichkeit ist, daß jede von euch ihre Sexualpraxis ein kleines bißchen ändert. Die Partnerin, die häufiger Sex braucht, wird vielleicht einsehen, daß sie ab und zu auch mal ohne auskommen kann. Die Partnerin, die seltener sexuelles Verlangen spürt, kann sich entschließen, dem Liebesspiel einen höheren Stellenwert beizumessen und sich mehr Zeit für erotische Aktivitäten mit ihrer Geliebten zu nehmen. Eine weitere Möglichkeit besteht darin, daß sich die Partnerin mit häufigem Bedürfnis andere Ventile sucht. Sie nimmt sich möglicherweise vor, öfter zu masturbieren. Wenn eure Beziehung nicht monogam ist, kann sie sich andere Partnerinnen suchen, entweder für kurzfristige oder dauerhafte Beziehungen. Die Erörterung des Themas wird einfacher, wenn ihr Werturteile über stärkeres oder geringeres Verlangen nach Sex unterlassen könnt. Versucht, eine Lösung zu finden, die den Bedürfnissen von euch beiden gerecht wird, anstatt darüber zu streiten, wer von euch das bessere Sexualmodell hat. Eine Frau, die häufiger Sex braucht als ihre Geliebte, sollte nicht mit der Folgerung beschämt werden, sie sei eine lesbische Nymphomanin. Eine Fraue, die seltener Bedürfnis nach Sex hat als ihre Geliebte, sollte sich nicht gegen Vorwürfe zur Wehr setzen müssen, sie sei unfrei oder verklemmt.

Wenn der Unterschied zu groß ist und eure Verbindung nicht flexibel genug ist, um diesen Unterschied auszugleichen, wird euer Verhältnis keinen Bestand haben. Beziehungen enden auf vielfache Weise. Manchmal (selten) entschließen sich die Partnerinnen zu einer Trennung, weil sich ihre Gefühle füreinander geändert haben und beide für die Veränderung nichts können. Meistens kommt es allerdings zu einem offenen Bruch voller Feindseligkeit und gegenseitiger Beschuldigungen. Es gibt auch rein äußerliche Beziehungen, aus denen alle Intimität und Wärme entschwunden ist. Eine Beziehung wird zu einer Formsache, wenn die Beteiligten ihre gegenseitige Individualität nicht mehr zu schätzen wissen. Ihre Interaktionen miteinander werden zu Transaktionen, die sich zwischen Fassaden abwickeln. Denk bei der Diskussion über dieses Thema daran, daß Anpassung jede Leidenschaft tötet.

Es gibt Probleme, die noch schwerwiegender sind als Meinungsverschiedenheiten über die Häufigkeit von sexuellen Beziehungen. Ich habe mit ein paar Lesben gesprochen, die sich beklagten, überhaupt kein Interesse an Sex zu haben. Sie berichteten, daß sie sich bei sexuellen Begegnungen taub, gelangweilt, desinteressiert oder gereizt fühlen. Wenn diese Frauen Geliebte haben, sind sie mit großer Wahrscheinlichkeit dann ganz besonders beunruhigt, wenn diese Situation eintritt. Frauen, die sexuelle Abstinenz als minderwertig oder Zeitverschwendung erachten, fällt es ebenfalls schwer, mit mangelndem Interesse an Sex fertig zu werden.

Mehrere Dinge können daran schuld sein, daß jemand die Fähigkeit verliert, Lustgefühle zu entwickeln. Für fast alle kann Abhilfe geschaffen werden.

Hast du gerade eine Menge von Krisensituationen zu bewältigen? Mach eine Liste von allen Dingen, die dir auf dem Magen liegen, und allen Problemen, die du zu lösen versuchst. Du stellst vielleicht fest, daß du dich mit zu vielen Problemen herumschlägst. Es reimt sich dann vielleicht besser, daß Sex auf deiner Prioritätenskala abgerutscht ist.

Nimmst du irgendwelche Medikamente? Arzneien zur Behandlung von Diabetes und hohem Blutdruck haben oft negative Auswirkungen auf das sexuelle Verlangen. Auch die regelmäßige Einnahme von Rauschdrogen kann die sexuelle Funktionsfähigkeit beeinträchtigen. Alkohol, Aufputschmitteln, Marijuana, Betäubungsmitteln und verschiedenen anderen Drogen sagt man diese Wirkung nach.

Wie sieht es in deiner Beziehung aus? Unterdrückter Ärger kann Erregung abwürgen. Gewöhnung auch. Wenn dein Sexualleben zu berechenbar geworden ist, mußt du vielleicht mal etwas Neues ausprobieren und ein paar Risiken eingehen, um deine Libido zu wecken.

Versuch möglichst, dir nicht selbst die Schuld aufzuladen. Dein Interesse an Sex wird wieder aufleben, wenn sich dein übriges Leben genug verändert hat, um dafür Platz zu machen. Solche Veränderungen treten nicht immer über Nacht ein.

Probleme mit der Lubrikation

Es gibt keinen objektiven Maßstab dafür, ob eine bestimmte Frau zuviel oder zuwenig Schleim produziert. Jede Frau hat eine andere Menge und Art von Vaginalschleim. Manche Frauen stellen fest, daß ihre Lubrikation an bestimmten Punkten des Menstruationszyklus reichlicher ist. Andere Frauen stellen wenig oder keine Veränderung fest.

Wenn du beim Sex zu Empfindlichkeit oder Wundsein neigst, muß deiner eigenen Schleimproduktion etwas nachgeholfen werden. Manche Lesben, die ihren Sexualsaft spärlich finden, haben immer eine Flasche von ihrem bevorzugten Gleitmittel neben dem Bett stehen. Wenn du mit einer neuen Freundin zusammen bist, reib dich selbst ein, damit

sie weiß, daß es da ist. Du magst ihr vielleicht auch sagen wollen, die Tatsache, daß du trocken bist, bedeute nicht, daß du keine Lust hast.
Falls du dir beim Sex schlabberig und schmierig vorkommst, hab immer ein Handtuch dort griffbereit, wo du öfter Liebe machst. Benutz es selbst, damit deine Partnerin weiß, daß es o.k. ist, dich abzutupfen. Verwende keine Papiertücher – sie lösen sich in eklige kleine, pappige Fetzen auf, und du kannst den Rest des Abends damit verbringen, sie aus deinem Schritt herauszulesen.
Die Vulva einer Geliebten einzuölen oder abzutrocknen kann ein sinnliches, erregendes Vergnügen sein. Geh dabei behutsam vor.
Es gibt ein Lubrikationsproblem, über das ich Lesben oft habe reden hören. Es wird nirgendwo in Sexualaufklärungsbüchern erwähnt. Manche Frauen berichten, daß beim Orgasmus eine merkliche Menge Flüssigkeit aus ihrer Scheide sprudelt. Diese Flüssigkeit ist kein Urin, wird aber gewöhnlich als dünner als das Sekret beschrieben, das die Vagina bei Erregung absondert. Nach den Beschreibungen hat sie auch einen säuerlichen Geschmack. (Nebenbei bemerkt, wenn dein BC-Muskel schwach ist, kannst du beim Orgasmus unfreiwillig urinieren. Das kommt manchmal vor, wenn eine erwachsene Frau ihren ersten Orgasmus erlebt. Normalerweise handelt es sich nur um ein paar Tropfen. Wenn dich das stört, kannst du das durch Kegels in den Griff bekommen.)
Ich habe keine zufriedenstellende Erklärung für dieses Phänomen finden können.* Es scheint kein Anzeichen für eine

* Inzwischen hat neuere Forschung erwiesen, daß es Frauen gibt, die bei Stimulierung eines Punktes, des sogenannten „Grafenberg Punktes“, einen Orgasmus mit Ejakulation aus der Harnröhre haben. Dies könnte eine Erklärung für die von Califia als unverständlich beschriebenen „Schwierigkeiten“ von Frauen mit unwillkürlichem Urinieren bei sexueller Erregung sein. (Anmerkung des deutschen Verlags)

Scheideninfektion oder eine Entzündung der Bartholinischen Drüsen zu sein. Möglicherweise ändert der Vaginalschleim seine Konsistenz, wenn das Schamgewebe stärker durchblutet wird. Bei manchen Frauen sammelt sich diese Flüssigkeit in dem Teil der Vagina, der sich auswölbt, wenn der Uterus in die Höhe geht (dies passiert während der Plateauphase des sexuellen Reaktionszyklus). Die Orgasmuskontraktionen drücken diese übriggebliebene, dünnere Substanz aus der Vagina hinaus. Ich habe keine Möglichkeit festzustellen, wie zuverlässig diese Theorie ist.

Frauen, die oralen Sex mögen, beklagen sich darüber, daß diese plötzliche Absonderung ihre Partnerinnen erschreckt und manchmal aus der Fassung bringt. Wenn du weißt, daß dir das beim Orgasmus passiert, sprich mit deiner Partnerin darüber, bevor ihr miteinander schlaft. Es kann vielleicht helfen, beim Sex einen Tampon, Finger oder Gegenstand in die Vagina einzuführen, um den Austritt der Flüssigkeit zu verhindern. Deine Partnerin mag wissen wollen, wann du kurz vor dem Orgasmus stehst, damit sie dich statt oral dann manuell stimulieren kann.

Du magst deine/n Gynäkologin/en aufsuchen wollen, um sicherzugehen, daß du keine Vaginalinfektion hast. Falls du nicht sicher bist, ob du Sexualflüssigkeit oder Urin absonderst, mach deine Kegels. Wenn du das nächste Mal einen Orgasmus hast, untersuch den Ausfluß, um zu sehen, wie er aussieht, sich anfühlt und schmeckt.

Hab kein schlechtes Gefühl über deinen Körper. Dies scheint bei einigen Frauen ein natürlicher Teil ihres sexuellen Reaktionszyklus zu sein. Du bist kein Einzelfall. Sei versichert, daß es Frauen gibt, die sich an Absonderungen, Säften und Flüssigkeiten delektieren, anstatt sie zu scheuen. Wenn du die Möglichkeit hast, such dir Partnerinnen, für die Nässe und sexuelle Sekrete kein Grund zu Beunruhigung oder Panik sind.

Kitzligkeit

Eine unserer bizarren kulturellen Auffassunge ist, daß Frauen zerbrechlich und folglich sanft sind. Viele Leute nehmen an, daß lesbische Liebe Frauen deswegen befriedige, weil sie äußerst behutsam und zart sei. Manche Lesben bevorzugen tatsächlich sehr leichte Berührungen beim Liebesspiel, aber es wäre ein Irrtum zu glauben, alle Frauen machten so miteinander Liebe.

Wenn du bei der Berührung deiner Partnerin kitzlig wirst, kann es sein, daß sie dich nicht fest genug berührt. Versucht, miteinander kraftvoller zu werden. Ringt miteinander, schubst und zerrt, strengt euch an!

Kitzelgefühl kann auch die Folge von Muskelspannung sein. Etwas Massage kann Verkrampfungen lockern und den Körper für mehr Stimulation empfänglich machen. Kitzligkeit kann auch eine Art Selbstschutz sein, wenn du dich nicht entspannt oder offen genug fühlst, berührt zu werden.

Wenn ein Teil deines Körpers ständig kitzlig zu sein scheint, kann es sich um eine sehr empfindliche Zone handeln. Versuch dir vorzustellen, diese Stelle wäre mit sexueller Energie geladen, sehnte sich nach Berührung und könnte leicht explodieren. Bitte deine Partnerin an einem bestimmten Punkt, wenn du schon sehr angetörnt bist, dich an diesem besonderen Hochspannungsfleck zu berühren. Das Ergebnis wird dich vielleicht überraschen.

Wenn irgend etwas erst mal anfängt zu kitzeln, ist es schwer, dies abzustellen. Legt eine Pause ein und eßt eine Kleinigkeit oder unterhaltet euch, bevor ihr mit Massage oder sonstwie das Kitzeln einzudämmen versucht.

Schmerzen

Die meisten Lesben, die Vaginal- oder Analpenetration als schmerzhaft empfinden, schließen diese Art der Stimulation einfach nicht in ihre sexuellen Aktivitäten ein. In dem Abschnitt über Partnerinnen stehen Vorschläge für Lesben, die Penetration dennoch ausprobieren wollen. Es wird auch darauf hingewiesen, wie Schmerzen zu vermeiden sind – viel Gleitmittel, viel Geduld, sich viel Zeit nehmen und mehr in den Vordergrund stellen, wie es sich anfühlt, als wieviel du drin hast.

Wenn du starke Schmerzen bei Penetration verspürst und keine der obengenannten Vorschläge hilft, solltest du wissen, daß solche Schmerzen auch medizinische Ursachen haben können. Sie sind nachstehend aufgeführt. Einige dieser Ursachen sind ziemlich selten, aber ich habe sie trotzdem, der Vollständigkeit halber, aufgezählt. Du magst vielleicht einiges auf der Liste abhaken können, aber versuch nicht, dir selbst eine Diagnose zu stellen. Falls du irgendwelche Fragen haben solltest, nimm die Liste mit zu deiner Ärztin (oder deinem Arzt) und bitte sie oder ihn nachzusehen, ob irgend etwas davon auf dich zutrifft.

1. Scheideninfektionen und Infektionen des Gebärmutterhalses, der Harnröhre, des Uterus oder der Bartholinischen

Drüsen können vaginale Stimulation schmerzhaft machen.

2. Hämorrhoiden können anale Stimulation oder Penetration unangenehm machen. Manche Frauen finden, daß sanfte Massage des Rektums den Blutkreislauf anregt und die Entspannung im Analbereich fördert, was beides zur Heilung von Hämorrhoiden beiträgt.

3. Dein Jungfernhäutchen könnte teilweise oder völlig unversehrt sein. Selbst bei manchen Frauen, die Geschlechtsverkehr hatten, ist das Hymen zwar ausgedehnt, aber noch an seinem Platz. Du kannst es in diesem Fall mit schmäleren Objekten oder weniger Fingern versuchen. Die Größe dessen, was sich in deiner Vagina gut anfühlt, läßt sich nach Belieben steigern, indem du mit der Zeit, während die Vagina sich zu entspannen lernt, größere Objekte oder mehr Finger einführst. Das Hymen läßt sich auch chirurgisch weiten. Dies kann in einer Arztpraxis vorgenommen werden. Einige Lesben mögen auf ihr Jungfernhäutchen stolz sein und es erhalten wollen. Es gibt keinen medizinischen Grund für die Ausweitung oder Entfernung eines Hymens, wenn du es nicht willst, es sei denn, die Öffnung ist so klein, daß kein Spekulum eingeführt werden kann. Das würde die Untersuchung des Beckens verhindern, und du könntest unmöglich regelmäßige Abstriche nehmen lassen.

4. Frauen, die die Menopause unmittelbar vor sich haben, sie gerade durchmachen oder sie hinter sich haben, klagen manchmal über Schmerzen oder sogar Blutungen bei vaginaler Stimulation. Das kann störend sein, wenn Vaginalstimulation ein wichtiger Bestandteil deiner Sexualität ist. Deine Eierstöcke produzieren immer weniger Östrogen, woduch die Scheidenwände dünn und glatt werden. Als Folge kann

weniger Sekret durch die Scheidenwände dringen. Du kannst diese verlorene Gleitsubstanz mit einer Lotion oder einem Öl ersetzen, und es gibt Cremes auf Östrogenbasis, die Ärzte zur Einreibung der Scheidenwände verschreiben können. Manche Frauen sind gegen eine leichtfertige Einnahme von Östrogenen. Es sind sehr starke Substanzen, deren Auswirkungen noch nicht vollständig erforscht sind. Frauen, die künstliche Östrogene ablehnen, ziehen vielleicht künstliche Gleitmittel vor. Ob so oder so, Hauptsache, du bleibst sexuell aktiv. Ein Orgasmus am Tag, entweder mit Partnerin oder durch Masturbation, hält die Beckenmuskeln in Form und die Vagina gesund.

5. Bei einer Entbindung oder Vergewaltigung können die breiten Bänder, die den Uterus stützen, reißen. Diese Risse werden oft bei einer Routineuntersuchung übersehen. Frauen, die solche Verletzungen haben, klagen oft über ein Gefühl, als würde ihr Inneres rausfallen. Wenn die Vagina oder irgendeine der stützenden Strukturen bei Vergewaltigung, illegaler Abtreibung, Entbindung oder Gebärmutterentfernung (Hysterektomie) beschädigt wird, können die zurückgebliebenen Narben bei Stoß oder Berührung schmerzen.

6. Entzündung der Gebärmutterschleimhaut (Endometriose) liegt vor, wenn das Gewebe des Uterus in andere Beckenbereiche wächst. Dieser Zustand kann auch Menstruationskrämpfe hervorrufen.

7. Übermäßige Scheidenspülungen oder Verwendung scharfer Seifen oder Deodorants auf der Vulva können das Membrangewebe austrocknen und starke Schmerzen oder Brennen verursachen.

8. Geschlechtskrankheiten, besonders Gonorrhoe, können

Gebärmutterhals, Uterus und Eileiter infizieren und Vaginalpenetration schmerzhaft machen. Geschlechtskrankheiten können auch das Rektum befallen. Für mehr Informationen über Geschlechtskrankheiten siehe das Kapitel über mit Sex zusammenhängenden Gesundheitsproblemen.

9. Tumore und Eierstockzysten sind weitere mögliche Ursachen für vaginale und rektale Schmerzen.

Manche Frauen klagen auch über Schmerzen bei klitoreller Stimulation. Das kann mehrere Ursachen haben. Es ist keineswegs ungewöhnlich, daß die Glans der Klitoris bei Berührung schmerzt, besonders nach dem Orgasmus. Versuch es mit mehr indirekter Stimulation. Es kann auch passieren, daß sich unter der Klitorisvorhaut Stoffe ansammeln und erhärten. Sieh immer zu, daß du die Klitorisvorhaut anhebst und dich darunter säuberst, wenn du deine Genitalien wäschst. Bei manchen Frauen ist die Glans mit der Vorhaut der Klitoris verwachsen, wodurch die Vorhaut nicht frei bewegt werden kann. Verwachsungen sind nicht immer schmerzhaft und beeinträchtigen nicht notwendigerweise die sexuelle Funktionsfähigkeit. Ein Arzt kann jedoch ein stumpfes Instrument behutsam zwischen Vorhaut und Glans schieben und die Verwachsung trennen, wenn sie zum Problem wird.

Es gibt noch andere Arten von Schmerz, die beim Sex auftreten können. Manche Frauen haben Muskelkrämpfe, besonders in den Fußgelenken, wenn sie sich dem Orgasmus nähern. Diese Frauen müssen Stellungen meiden, die ihre Beine zu sehr beanspruchen. Es hilft, wenn du bei fortschreitendem Liebesspiel die Muskeln beugst und entspannst. Andere Lesben klagen über dumpfe Kopfschmerzen nach dem Orgasmus. Diese Kopfschmerzen sind meistens eine Folge von Luftmangel. Einige Frauen vergessen bei starker Erregung zu atmen. Tiefes, regelmäßiges Ein- und Ausatmen bis zum und beim Orgasmus können Kopfschmerzen verhindern.

Drogen

Jede Droge, die geraucht, geschluckt, gespritzt, inhaliert, in den Anus eingeführt oder auf die Haut gerieben werden kann, ist mir schon als Aphrodisiakum empfohlen worden. Darunter auch Tetracycline* und Antibabypillen. Wenn ein Aphrodisiakum als die Psyche beeinflussende Substanz definiert wird, die immer oder in der Regel sexuelles Erleben verstärkt, merk dir, daß es so etwas nicht gibt. Jede Droge jedoch, die einen Einfluß darauf nimmt, wie du dich fühlst, wird wahrscheinlich irgendeine Auswirkung auf deine Sexualität haben, wenn du Geilheit und Highsein kombinierst. Manchmal wird in erster Linie der gesellschaftliche Rahmen beeinflußt. Drogengenuß zusammen mit anderen Frauen kann es einfacher machen, sie kennenzulernen, mit ihnen zu reden oder Sex einzuleiten. Viele Drogen wirken sich auch auf physische Wahrnehmungen und Körperfähigkeiten aus. Berührungen können sich anders anfühlen – intensiver, reicher.

Drogengenuß leistet nicht immer einen positiven Beitrag zum Sexualerlebnis. Das Problem ernsthaften Drogenmißbrauchs besteht durchaus in der lesbischen Gemeinschaft. Eine Lesbe mit Rauschgiftproblemen kann auf sehr große Schwierigkeiten bei der Suche nach professioneller Hilfe stoßen. Die meisten Behandlungsprogramme konzentrieren sich auf männliche Alkoholiker und Süchtige. In der lesbischen Subkultur wird die Existenz des Problems zudem nur

* Sammelbegriff für verschiedene Breitbandantibiotika

widerstrebend zugegeben. Die Auffassung der Gesellschaft, daß wir keine gesunden Frauen seien, hat uns in der Tat in die Enge getrieben. Es kann recht schwierig sein, psychotherapeutische Dienste zu verlangen, ohne diese Mär zu untermauern.

Die Erörterung aller möglichen Auswirkungen von gängigen Drogen auf die sexuelle Funktionsfähigkeit würde den Rahmen diese Buches sprengen. Solche Auswirkungen variieren je nach dem/der individuellen Gebraucher/in, der Dosis und Reinheit der Droge wie auch nach der Situation, in der sie genommen wird. Forschungen über Drogen in Verbindung mit Sex sind bisher kaum angestellt worden. Ein großer Teil der Information zu diesem Thema hat den Charakter von Volksweisheiten und kursiert unter jungen Drogenfans. Ein Teil dieser Information ist zuverlässig und brauchbar; ein Teil ist unkorrekt.

Es ist keine seltene Feststellung, daß die Orgasmusfähigkeit durch den Rausch beeinflußt wird. Allgemein kann man sagen, je zuer du bist, desto geringer die Wahrscheinlichkeit, daß du kommen kannst. Es kann auch sein, daß du weniger Vaginalschleim produzierst, ängstlich oder paranoid wirst und dich nicht richtig entspannen kannst. Das mag daran liegen, daß du Angst hast, die Kontrolle über dich zu verlieren, während du high bist. Es ist ratsam, sich an einem sicheren, behaglichen Ort zu berauschen, mit Leuten, die du kennst und denen du vertraust. Ein weiterer Vorteil ist, wenn du deinen Körper kennst und weißt, wie er verschiedene Stoffe verträgt. Wenn du zum ersten Mal eine neue Lieferung eines bestimmten Rauschmittels oder eine ganz neue Droge ausprobierst, versuch weniger anstatt mehr davon zu nehmen. Du kannst danach immer noch mehr nehmen, wenn du nicht abfährst, und du kannst dir vielleicht eine unerfreuliche Reaktion ersparen. Auf die Erhältlichkeit und Qualität von illegalen Drogen ist in der Regel kein Verlaß. Kauf möglichst nicht von Leuten, die du nicht kennst. Bleib Stammkundin bei Dealern, die dich gut bedienen.*

Manche Frauen benutzen häufig ihre Lieblingstrips, um ihren sexuellen Erlebnissen eine besondere Note zu verleihen oder um sie abzuwandeln. Nach einiger Zeit assoziieren sie dann guten Sex mit einer bestimmten Droge oder dem allgemeinen Zustand des Highseins. Nehmen wir einmal an – nur für Argumentationszwecke –, daß du so eine Frau bist. Deine Mutter weiß, du würdest nie sowas tun, und ich weiß, du würdest nie sowas tun, aber ich brauche ein Beispiel. Die Droge, um die es geht, kann Alkohol sein. Es kann auch Marijuana oder Kokain sein. Eines sonnigen Nachmittags befindest du dich in einer Situation, wo keine Drogen erhältlich sind. Du selbst hast keine. Deine Partnerin auch nicht. Deine gute Freundin um die Ecke ist blank. Oder du bist zufällig mit einer Frau zusammen, die ganz dufte zu sein schien, aber sich dann als eine Ova-Lachrimose-Vegetarierin am siebten Tag entpuppt, die nur an solchen Tagen high wird, wenn der Ozongehalt in die Höhe schnellt. Ihr beschließt, trotzdem Sex zu haben, aber es fällt dir schwer, angetörnt zu werden, und du bist nicht sicher, ob du dabei einen Orgasmus hattest oder nicht. Du versuchst dich mit einer Sardellenpizza zu trösten, und du bist äußerst beunruhigt.

Es kann passieren, daß du nicht mehr weißt, wie du eine Sache sexuell ins Rollen bringst, ohne high zu sein. Dein Körper gewöhnt sich an das Gefühl, stoned zu sein, und assoziiert dieses Gefühl mit Erregtsein und Sexhaben. Wenn du dich mit einem derartigen Problem konfrontiert siehst,

* Califia weist auf die Benutzung von Rauschmitteln und Medikamenten hin. Bezüglich Rauschmitteln existiert in Californien eine ganz andere Gesetzgebung als bei uns. Was Antibiotika etc. betrifft, halten wir den Gebrauch für den empfohlenen Zweck für gefährlich. (Dazu folgende Veröffentlichungen in unserem Verlag: Hexengeflüster und die Frauengesundheitszeitschrift Clio, insbesondere Nr. 10
(Anmerkung des deutschen Verlags)

kannst du es gewöhnlich lösen, indem du mit dir erstmal wieder ins Reine kommst. Mach eine Zeitlang ohne chemische Unterstützung Liebe. Es ist ähnlich wie der Versuch, mit einer anderen Technik zu kommen. Dein Körper wird sich umstellen, lernen, Sex mit anderen Reizen zu assoziieren als deiner bevorzugten Droge, und allmählich wieder Lust entwickeln.

Du solltest dich vielleicht fragen, ob du mit einem Rausch irgendwelche sexuellen Ängste oder Schuldgefühle verdrängst. Wenn du erst stoned sein mußt, um in Schwung zu kommen, werden dadurch deine Selbstachtung und die Zuneigung zu deiner Partnerin untergraben. Prüderie und Homophobie können leicht an den Rand der Drogenabhängigkeit führen. Du würdest deine Sexualität (und Highsein) wahrscheinlich wesentlich mehr genießen, wenn du diese Schuldgefühle und Ängste abschütteln könntest.

Natürlich kann dir niemand anders sagen, ob du eine Drogengebraucherin oder -mißbraucherin bist. Nur du weißt, welche Auswirkungen Highwerden auf dein übriges Leben hat.

Professionelle Unterstützung

Vielleicht hast du ein besonders gravierendes oder seit langem bestehendes sexuelles Problem. Deine eigenen Quellen sind erschöpft, und du hast den Eindruck, du brauchst mehr Hilfe als die Lektüre von sexuellem Aufklärungsmaterial, Selbsthilfeübungen oder Gespräche mit Freundinnen dir geben können. In diesem Fall empfiehlt es sich, die Hilfe einer Person in Anspruch zu nehmen, die mehr Erfahrung hat als du im Umgang mit sexuellen Schwierigkeiten – die neue Einsichten in deine Lage bringen kann.

Die Suche nach Therapie kann sehr problematisch sein. Zunächst gibt es Hindernisse praktischer Art. Eine Therapeutin finden, das Geld für die Beratung auftreiben und die entsprechende Zeit aufbringen kann ein schleppender und lästiger Prozeß sein. Du magst dich fragen, ob du mit deinem Problem nicht vielleicht etwas übertreibst, zu nachgiebig mit dir selbst oder zu faul bist oder dir nicht vielleicht zu viel versprichst von einem völlig fremden Menschen, nur weil er irgendein Zeugnis hat. Du kennst vielleicht sonst niemanden, die/der sich nach Beratung umgesehen hat, und glaubst womöglich, Therapie sei nur etwas für institutionalisierte, geistesgestörte Menschen. Vielen von uns wurde in der Jugend beigebracht, daß man mit emotionalen Problemen am besten durch erhöhte Selbstbeherrschung fertig wird. Möglicherweise wurde uns das Gefühl vermittelt, es sei eigensinnig oder schlimm, ein Problem zu haben, das wir nicht lösen können.

Psychotherapeuten bieten viele verschiedene Arten von Hilfe an. Therapie oder Beratung ist nicht nur Menschen, die an feststellbarer Geisteskrankheit leiden, vorbehalten. Durch Inanspruchnahme geeigneter Hilfe kann man mehr Geschicklichkeit im gesellschaftlichen Umgang erlernen, selbstzerstörerisches Verhalten in Beziehungen ändern und sexuelle Probleme bewältigen. Wirksame Beratung heilt alte Wunden und hilft dir, dich in deiner Haut wohlzufühlen. Es ist kein Sichgehenlassen, wenn man glücklich und gesund sein will.

Du hast bessere Aussichten, die richtige Hilfe zu finden, wenn du dir bei der Suche Zeit läßt. Ruf Frauenzentren oder

Schwulennotrufe und -beratungszentren an und laß dir die Namen von Therapeutinnen geben, die zur Behandlung deines Problems qualifiziert sind. Du magst eine Einzelberatung aufsuchen oder dich einer Gruppe anschließen wollen, die an demselben Problem arbeitet. Frag deine Freundinnen, ob sie irgendwelche kompetenten Psychotherapeutinnen kennen. Du kannst auch städtische oder regionale Therapiezentren anrufen und dich nach ihren Programmen erkundigen. Berufsverbände für Psychiater, Psychologen oder psychiatrische Sozialarbeiter liefern manchmal Kontaktadressen.

Hast du erst einmal eine Namensliste, dann ruf jede einzelne Beraterin oder Gruppentherapeutin an.

Nur weil du professionellen Beistand suchst, bedeutet das noch lange nicht, daß du etwas von deiner Macht abgeben mußt. Es steht dir zu, einer Therapeutin Fragen zu stellen, damit du entscheiden kannst, ob sie für dich die richtige Person ist. Einige Fragen, die du vielleicht stellen willst, sind:

1. Wie hoch ist ihr Honorar? Manche Therapeuten haben einen Einheitspreis für alle. Andere bedienen sich einer gleitenden Skala, wonach Leute mit geringem Einkommen weniger bezahlen. Einige psychologische Beratungsstellen bieten ihre Dienste gratis an.
2. Was für eine Art von Behandlung oder Beratung bieten sie an?
3. Was für eine fachliche Qualifikation oder Erfahrung haben sie für den bzw. im Umgang mit sexuellen Fragen? Die Bedingungen für die Zulassung als Berater sind nicht einheitlich. Nur wenige Länder verlangen eine umfassende Ausbildung auf dem Gebiet der menschlichen Sexualität. Versuch

jemanden zu finden, die auf diesem Gebiet gut ausgebildet ist und Erfahrung im Umgang mit sexuellen Problemen hat.

4. Haben Sie je lesbische Patientinnen gehabt? Es ist sehr wichtig, daß du dich bei deiner Beraterin gut aufgehoben fühlst. Du willst niemanden, die Lesbianismus für einen minderwertigen, neurotischen Lebensstil hält. Versuch, etwas über ihre allgemeine Einstellung zu Homosexualität herauszufinden, und frag sie, wieviel Erfahrung sie im Umgang mit lesbischen Patientinnen haben. Eine wohlwollende Therapeutin weiß eventuell nicht genug über Lesbianismus, um dir helfen zu können.

Manche Lesben zögern, eine Beraterin aufzusuchen, weil sie Angst davor haben, andere Leute könnten herausbekommen, daß sie lesbisch sind oder zur Behandlung gehen. Was zwischen Therapeutin und Patientin abläuft, fällt unter die Schweigepflicht und darf nicht an Dritte weitergegeben werden. Das ist natürlich keine Garantie für absolute Vertraulichkeit. Falls du deine Anonymität wahren mußt, brauchst du nicht deinen richtigen Namen zu nennen, wenn du am Telefon oder in ihrer Praxis mit ihr sprichst. Du kannst die Therapie bar bezahlen und Termine mit der Therapeutin persönlich ausmachen. Es ist höchst unwahrscheinlich, daß deine Anonymität durch den Besuch bei einer Beraterin gefährdet wird, aber manche Frauen können nicht das geringste Risiko eingehen. Das Gebot, anonym zu bleiben, sollte dich nicht davon abhalten, Hilfe zu suchen.

Psychologische und psychotherapeutische Beratungsstellen für Lesben (und andere sexuelle Minderheiten) stehen nicht so selbstverständlich zur Verfügung wie sie es tun sollten. Du wirst wahrscheinlich viel weniger Schwierigkeiten haben, gute Beratung zu finden, wenn du in oder nahe einer großen Stadt wohnst. Beratungsstellen auf dem Land sind dünn gesät. Der Kampf für die Einrichtung der Sozialdienste, die unsere Gemeinschaft braucht, ist ein Bestandteil der Schwulenbefreiungsbewegung. Mit zunehmender politischer Stärke werden wir in einer besseren Position sein, um diese Dienste von Regierungsbehörden fordern zu können. Es ist auch wichtig, daß Lesben sich Zugang zu den Gebieten der psychologischen Beratung und der Sexualerziehung verschaffen, damit wir unsere eigene Sexualtherapie und allgemeine Beratung stellen können.

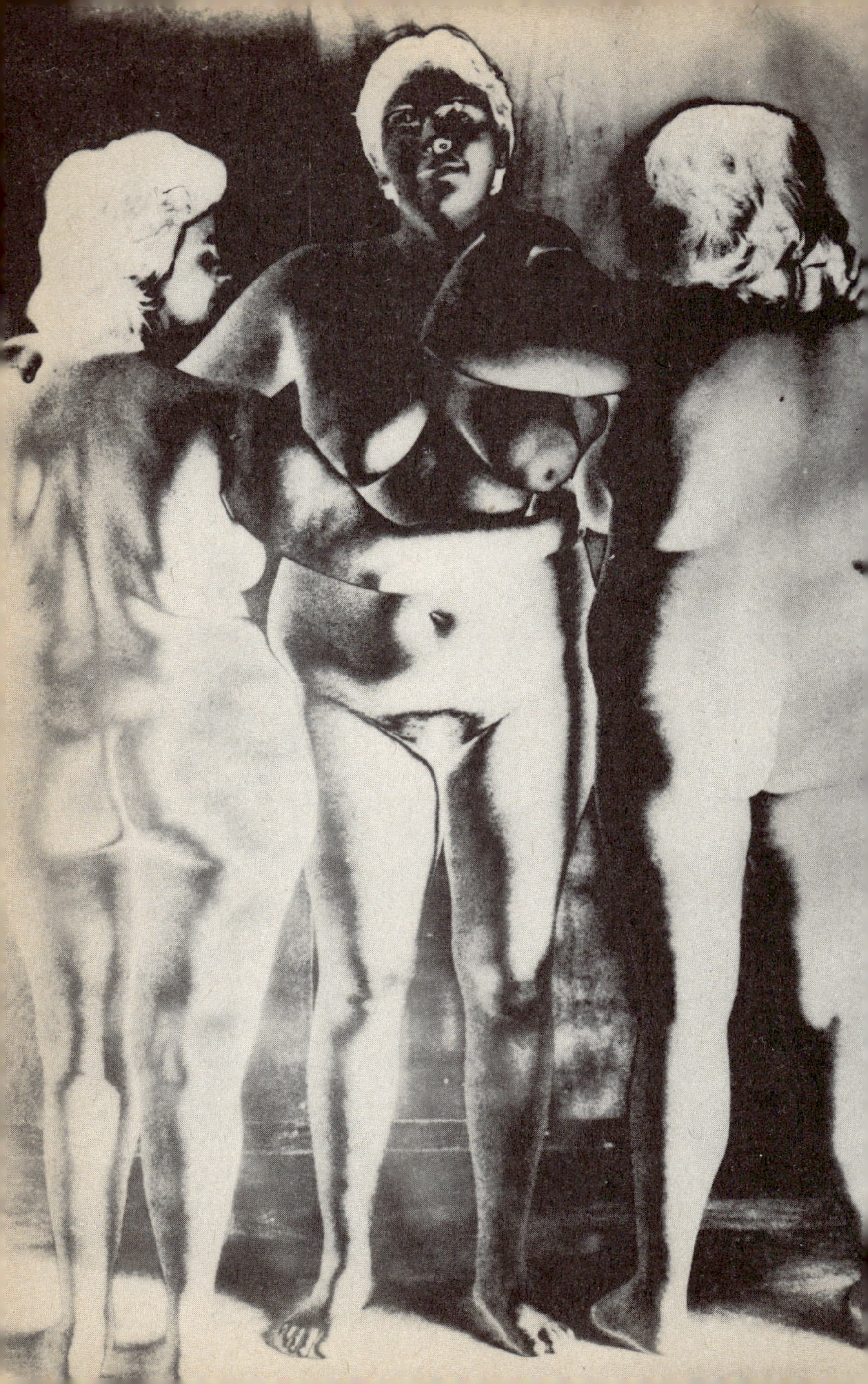

6

Jugend, Alter und Sex

Wir leben in einer Gesellschaft, die uns nach Geschlecht, sexueller Orientierung, Schicht und Alter trennt. Man hat separate (und größtenteils künstliche) Sphären für Kleinkinder, Kinder im Schulalter, Heranwachsende, junge Erwachsene, Menschen mittleren Alters und alte Leute geschaffen. Innerhalb jeder dieser groben Kategorien wird weitere Gruppenbildung vorangetrieben. Die meisten von uns haben selten enge Beziehungen zu Menschen, die bedeutend älter oder jünger sind als wir selbst. Jungen Leuten, Erwachsenen und älteren Menschen werden unterschiedliche Fähigkeiten, Bedürfnisse und Rechte zugesprochen. Sowohl jungen als auch älteren Menschen wird in der Regel der Status wirtschaftlicher Abhängigkeit zugewiesen, was sie in hohem Maße gesellschaftlicher Kontrolle ausliefert. Ein Großteil dieser gesellschaftlichen Kontrolle richtet sich auf die Sexualität.

Als Lesben haben wir eine einzigartige Gelegenheit, traditionelle Ansichten über Sexualität in Frage zu stellen. Dieses Kapitel untersucht das Thema Jugend, Alter und Sex von einem lesbischen Standpunkt aus.

Sex und Kinder

Kinder gelten als asexuell, weil sie unschuldig sind. Seltsamerweise werden Kinder im allgemeinen streng überwacht, um zu verhindern, daß sie sexuelle Spiele oder Forschungen treiben. Das „unschuldige“ kleine Mädchen wird anfangen, Fragen über sexuelle Dinge zu stellen, sobald es sprechen kann, und wird eine bemerkenswerte Neugier über seinen eigenen und anderer Leute Körper an den Tag legen. Sexuelle Neugierde, erotische Phantasien, Masturbation oder Doktorspiele dürften bei Kindern kaum vorkommen, wenn sie wirklich asexuell wären. Was wir bei Kindern Unschuld nennen, ist in Wahrheit Unwissenheit und Unerfahrenheit. Erwachsene erzeugen diese Unwissenheit, indem sie sich weigern, Fragen über Sexualität zu beantworten, und sie fördern die Unerfahrenheit, indem sie Selbstbefriedigung oder sexuelle Spiele bestrafen.

Kinder sind sexuell. Säuglinge sind schon oft bei der Erforschung und Stimulierung ihrer Genitalien beobachtet worden. Es herrscht etwas Uneinigkeit darüber, wann ein Orgasmus möglich wird. Ich habe mit Lesben gesprochen, die sich entsinnen, im Alter von zwei Jahren bis zum Orgasmus masturbiert zu haben. Da Geschlechtlichkeit ein so lebendiger und wesentlicher Teil kindlicher Erfahrung ist, werden Schuldbewußtsein und Ängste erzeugt, wenn man sie ignoriert oder unterdrückt. Wie soll ein kleines Mädchen sich lieben, wenn es in seinem eigenen Körper nicht leben und ihn nicht lieben darf? Anerkennung und Bejahung des körperlichen Ichs des Kindes können auf viele Weisen zum Ausdruck gebracht werden – durch Umarmen, Küssen, gemeinsame Nacktheit, Zusammen-Baden, Trockenrubbeln oder spielerisches Ringen.

Die meisten von uns erfahren etwas über Lust, indem sie ihren eigenen Körper erforschen. Einem Kind steht dieser Selbstentdeckungsprozeß zu. Kinder haben auch einen starken Drang, den Körper anderer Leute zu sehen und zu ergründen. Es gibt verschiedene Wege, mit kindlichem Sexualverhalten umzugehen. Manche lesbischen Mütter, mit denen ich gesprochen habe, sind der Meinung, alles, was mit Sexualität zu tun hat, sollte sich privatim abspielen. Sie sagen ihren Kindern, masturbieren ist o.k., bitten sie aber, es in ihren eigenen Zimmern zu tun. Einige von ihnen bringen sie von sexuellen Spielen mit anderen Kindern ab. Andere Mütter fühlen sich in Gegenwart des Kindes wohl, wenn sich eine/r von beiden selbst befriedigt oder mit anderen sexuell zusammen ist. Mütter, die ihren Kindern erlauben, Sexualität mit ihren Freunden zu erforschen, haben meistens das Bedürfnis, Richtlinien über das Wann und Wie solcher Aktivitäten festzulegen. Eine Mutter, mit der ich gesprochen habe, sagte, sie sei mit sexuellen Spielereien zwischen Kindern nur dann einverstanden, wenn die Mütter der anderen Kinder es gestatten. Sie sprach häufig mit den Kindern über das, was sie vorhatten, und gab ihnen zu verstehen, daß gefährliche oder unfreiwillige Aktivitäten verboten waren.

Manchmal können sich sexuelle Handlungen zwischen Kindern und Erwachsenen ergeben. Kinder müssen wissen, daß es ihnen jederzeit zusteht, „nein“ zu sagen, wenn sie sexuell nichts mit jemandem zu tun haben möchten. Manche Lesben sind der Ansicht, jede Art von Sexualität zwischen einem Kind und einem erwachsenen Menschen habe Zwangscharakter, weil Erwachsene Kindern körperlich überlegen sind und viel mehr gesellschaftliche Macht haben. Andere Lesben halten es nicht für abwegig, daß eine liebevolle Beziehung zwischen einer/m Erwachsenen und einem Kind auch eine erotische Komponente enthalten kann. Sie glauben, daß es ohne weiteres möglich ist, diese Erotik auf eine für das Kind angenehme und lustvolle Weise zum Ausdruck zu bringen. Sie sind auch der Meinung, daß Kinder in der Lage sind, sexuelle Beziehungen (mit Erwachsenen wie auch mit anderen Kindern) einzuleiten, da sexuelles Verlangen sowohl bei Kindern als auch bei Erwachsenen bestehen kann. Dies ist ein heikles und umstrittenes Thema, das wohl am besten nach dem Einzelfall beurteilt werden sollte. Die Schrecken des Kindesmißbrauchs sind eine Hauptsorge von Feministinnen. Wir sollten jedoch bei der Beschützung von Kindern nicht ihr Recht auf freie Entfaltung ihrer Sexualität übersehen.

Wenn Kinder Fragen über geschlechtliche Dinge stellen, brauchen sie präzise Antworten in für sie verständlicher Form. Diese Art von Sexualerziehung kann nur ein/e Erwachsene/r gewährleisten, die/der über menschliche Sexualität gut Bescheid weiß und frei darüber reden kann. Einige Themen, die Kinder betreffen, sind Masturbation, die Bedeutung verschiedener Sexualausdrücke, menschliche Physiologie und Fortpflanzung, erotische Phantasien und moralische Wertvorstellungen. In einer sexuell befreiten Welt hätten alle Kinder Zugang zu Informationen über das volle Spektrum menschlichen Sexualverhaltens. Viele Lesben sprechen von einem Gefühl, „anders" zu sein, das sie ihre ganze Kindheit hindurch zutiefst beunruhigte. Kinder müssen wissen, daß es viele akzeptable Lebensformen gibt, die Erwachsene glücklich machen. Dies könnte ihre Ängste verringern, ohne ihnen eine bestimmte Wahl aufzuzwingen. Bedauerlicherweise verbreiten nur wenige Eltern oder öffentliche Sexualaufklärungsprogramme vorurteilslose Information über Homosexualität.

Kindern, die in einer liberalen Atmosphäre aufwachsen, sollte gesagt werden, daß manche Kinder und Erwachsene auf jede Form sexuellen Ausdrucks negativ reagieren. Sie brauchen klare Richtlinien darüber, wann und wo es angebracht ist, über Sex zu reden oder sich sexuell zu betätigen.

Mütter sollten sich im Klaren darüber sein, daß ihre Kinder nicht immer ihrer Meinung sein werden über die Frage, was korrektes Sexualverhalten ist, oder sogar über Fakten menschlicher Physiologie. Kinder glauben am liebsten das, was ihren Bedürfnissen am ehesten entspricht.

Sex und heranwachsende Lesben

In diesem Kapitel bezieht sich „Heranwachsen" auf die Zeit zwischen Kindheit und Erwachsensein. Dieser Wechsel im Selbstimage sowie in gesellschaftlicher Stellung tritt je nach Frau in anderem Alter ein. „Pubertät" ist ein enger gefaßter Begriff, der sich auf die physiologischen Veränderungen als Begleiterscheinung des Heranwachsens bezieht. Die Pubertät setzt in der Regel zwischen dem 10. und dem 13. Lebensjahr ein. Aus noch nicht vollständig erfaßten Gründen beginnt die Hirnanhangdrüse (Hypophyse), eine erbsengroße endokrine Drüse an der Unterseite des Gehirns, FSH (Follikelstimulierendes Hormon) zu produzieren. FSH regt die Eierstöcke zur Östrogenproduktion an. Östrogen verursacht mehrere Veränderungen an den inneren und äußeren Geschlechtsorganen und am ganzen Körper. Die Brüste beginnen zu wachsen. Hüften und Hintern nehmen eine rundere Form an. Scham- und Achselhaare erscheinen allmählich. Hormone, die von den Nebennierendrüsen (gepaarte Drüsen, die sich direkt über jeder Niere befinden) abgesondert werden, und ACTH (Adrenocorticotrophe Hormone) aus der Hypophyse regen ebenfalls den Haarwuchs unter den Armen und im Schambereich an. Gesichtsakne ist wahrscheinlich die Folge erhöhter Östrogenabsonderung. Unter dem Einfluß von Östrogen vergrößern sich die Schamlippen. Androgene aus den Nebennierendrüsen vergrößern die Klitoris. Östrogen bewirkt, daß das Becken größer und breiter wird. Die langen Röhrenknochen wachsen ebenfalls und hören erst mit etwa 17 Jahren auf zu wachsen. Östrogen führt auch zum Wachstum von Gebärmutter und Scheide. Die Muskelwände des Uterus vergrößern sich, und die Gebärmutterschleimhaut entwickelt sich. Die Scheidenwände sind sehr östrogenabhängig. Ihre Dicke ist direkt proportional zur Östrogenmenge, die die Eierstöcke produzieren. Während der Pubertät verwandelt sich der pH-Wert (Wasserstoffionenkonzentration) des Vaginalsekrets von Lauge in Säure, und die Vagina wird befähigt, bei sexueller Erregung Schleim abzusondern.

Mit der Zeit vollzieht sich die Östrogenproduktion in Zyklen. Menstruation ist die Folge dieser zyklischen Östrogenproduktion. Menstruation tritt bei Frauen, weiblichen Menschenaffen und einigen weiblichen Affen auf. Die Brunst bei den meisten anderen Säugetieren wird nicht von Blutungen begleitet. Der menschliche Menstruationszyklus dauert im Durchschnitt 28 Tage. Er kann zwischen 26 und 34 Tagen betragen. Die Periode dauert gewöhnlich 3 bis 7 Tage.

Die vier Phasen des Menstruationszyklus sind *Follikelreifung (Proliferation), Eisprung (Ovulation), Gelbkörperbildung (Corpus-luteum-Phase)* und *Blutung (Menstruation).*

Follikelreifungsphase. Während dieser 14-tägigen Phase wächst die Gebärmutterschleimhaut (Endometrium) heran. Die Hypophyse sondert FSH ab, wodurch die Östrogenproduktion in den Eierstöcken erhöht wird. Unter dem Einfluß des Östrogens wächst die Gebärmutterschleimhaut, bis sie etwa 3,5 mm dick ist. Östrogen bewirkt auch die Reifung eines Eibläschens (Follikel) im Eierstock. Die Eierstöcke sind mandelförmige Organe von etwa den Ausmaßen 3,75 x 2 x 2,5 cm. Jeder Eierstock wiegt ungefähr 8 Gramm. Sie enthalten viele Follikel, und jeder Follikel enthält ein Ei (Ovum). In jeder Frau entwickeln sich etwa 400 000 Follikel, die sich in verschiedenen Reifestadien befinden. Nach derzeitiger medizinischer Ansicht produzieren die Eierstöcke nach der Pubertät keine Follikel mehr. Während der Reifungsphase produziert die Zervix (der Teil der Gebärmutter, der am Ende der Vagina zu sehen und zu fühlen ist) eine Menge dünnen, zähflüssigen, laugenhaften Schleims. Die vaginale Schleimhaut wächst und erreicht ihre größte Dicke während des Eisprungs.

Ovulation. Am 15. Tag des Zyklus wächst die Flüssigkeitsmenge in dem reifenden Follikel an, bis er platzt und ein reifes Ei freisetzt. Manche Frauen verspüren ein Stechen oder ein leichtes Unwohlsein, wenn sie ihren Eisprung haben. Eine winzige Blutmenge kann durch die Vagina ausgeschieden werden. Das Ovum wird in dem Fransentrichter des Eileiters (Tube) aufgefangen. Dies ist eine beachtliche Reise, wenn man bedenkt, daß das Ei so groß wie eine Nadelspitze und die Eileiteröffnung etwa so groß wie ein gedruckter Bindestrich ist.

Gelbkörperbildung. Infolge des erhöhten Östrogenspiegels sondert die Hypophyse LH (Luteinisierungshormon) ab. LH gelangt durch die Blutbahnen zu dem geplatzten Follikel und regt die verbleibenden Zellen zur Umwandlung in den Gelbkörper (Corpus luteum) an. Der Gelbkörper produziert noch mehr Östrogen und Progesteron, was die Drüsen im Endometrium zur Produktion von Nährflüssigkeit veranlaßt. Das geschieht am 18. Tag des Zyklus*. Das Ei ist durch den Eileiter in den Uterus gewandert und wird von dieser Flüssigkeit genährt. Der Uterus ist ein muskulöses Hohlorgan von der Form einer umgestülpten Birne. Er ist meistens nach vorne geneigt und etwa 7,5 cm lang, oben 5 cm breit und 2,5 cm dick. In dieser Phase vermehren sich die Blutgefäße in der Gebärmutter. Progesteron verhindert den Fluß von Gebärmutterschleim und vermindert die Dicke der Scheidenschleimhaut. Findet keine Befruchtung statt, so veranlassen das vom Gelbkörper abgesonderte Östrogen und Progesteron die Hypophyse zur Einstellung der Produktion von FSH und LH. Das Corpus luteum stellt dann seine Östrogen- und Progesteronproduktion ein und bildet sich zurück.

Menstruation. Über 3 bis 7 Tage hinweg wird die Gebärmutterschleimhaut durch den Gebärmutterhals und die Scheide abgestoßen. Die Vagina ist ein eingefallener, schlauchförmiger Muskel – eher ein potentieller als ein tatsächlicher Raum. In entspanntem Zustand mißt die Scheide entlang der vorderen Wände ca. 7,5 cm und entlang der hinteren ca. 10 cm. Das Oberflächengewebe in der Vagina ist wie die Haut im Inneren des Mundes. Bei der Menstruation werden etwa 60 g Blut, Schleim und Reste der Gebärmutterschleimhaut abgestoßen. Manche Frauen fühlen sich während ihrer Periode unwohl oder haben Schmerzen. Man weiß sehr wenig über die Ursache dieser Schmerzen. In der medizinischen Praxis ist es üblich, Schmerztabletten oder Beruhigungsmittel zu verschreiben, ohne nach den möglichen Ursachen zu forschen. Mit fortschreitendem Sinken des Östrogenspiegels beginnt die Hypophyse wieder, FSH zu produzieren, und der nächste Zyklus setzt ein.

Die Pubertät geht einher mit Veränderungen der sexuellen

* Die Festlegung auf einen bestimmten Tag des Zyklus ist insofern fraglich, weil die Eireifungsphase (Östrogen- oder Proliferationsphase) unterschiedlich lang ist, während die Progesteron- oder Corpus luteum-Phase ziemlich konstant bleibt.

(Anmerkung des deutschen Verlags)

Gefühle. Dieses Gebiet ist wissenschaftlich so wenig erschlossen, daß man praktisch kaum Aussagen darüber machen kann, welche dieser Veränderungen universell, welche das Ergebnis von Sozialisation oder kulturellen Erwartungen und welche biologisch gegründet sind. Manche Lesben, mit denen ich gesprochen habe, berichten, daß sich Orgasmen vor und nach der Pubertät anders anfühlten. Mit dem Eintritt der Menstruation kann sexuelles Verlangen zyklisch werden. Einige Lesben sprechen von einem Unterschied in der Qualität sexueller Begierde, die intensiver und zielgerichteter geworden sei. Anderen Frauen war ihre Sexualität vor dem Heranwachsen überhaupt nicht bewußt, und sie erlebten sie als eine neue, mächtige Kraft in ihrem Leben.

Vor dem Gesetz sind Heranwachsende manchmal Kinder, manchmal Erwachsene. Das Jugendstrafsystem wird oft zur Maßregelung sexuell aktiver heranwachsender Frauen angewandt. Die minderjährige Lesbierin ist in einer heiklen Lage. Wenn ihre Homosexualität bekannt wird, kann sie von ihresgleichen ausgestoßen werden und jegliche wirtschaftliche oder emotionale Unterstützung von Seiten ihrer Familie velieren. Es ist sehr schwierig für sie, sich Zugang zur lesbischen Gemeinschaft zu verschaffen. Minderjährigen ist der Zutritt zu Lesbenbars untersagt, und einige gesellschaftliche Gruppierungen verschließen sich minderjährigen Frauen. Ältere Lesben können Hemmungen haben, mit einer jungen Frau eine Freundschaft oder Liebesbeziehung einzugehen. Sie fürchten gesetzliche Strafen und Kritik von seiten anderer Lesben.

Trotz all dieser Schwierigkeiten können junge Frauen Lesben werden und tun es auch. Diese Selbstbezeichnung erfolgt manchmal sogar vor der Pubertät. Die etablierte Lesbengemeinschaft muß sich jüngeren schwulen Frauen öffnen. Sie sind unsere nachfolgende Generation, und die Heterogesellschaft ist außerstande, ihnen beim Aufbau eines gesunden Lebens als Lesbe zu helfen. Kommunikation mit jungen Lesben über ihre Lebensqualität und ihre Bedürfnisse ist unerläßlich, wenn unsere Bemühungen nicht im Sande verlaufen wollen.

Gesprächsgruppen, Pflegefamilien und Berater sind kein Eratz für Freunde und Geliebte. Manchmal finden junge Lesben zueinander und schließen enge Beziehungen mit gleichaltrigen Frauen. Für eine junge Frau ist es meist schwer, finanziell für sich selbst zu sorgen, eine Wohnung zu finden, Ausbildung oder Einarbeitung zu erhalten und ihr Privatleben und ihre Unabhängigkeit zu verteidigen. Diese praktischen Probleme müssen jede enge Beziehung, die sie eingeht, belasten. Aber zwei junge Lesben können durch gemeinsame Erfahrungen und Ziele und durch genug Liebe und gegenseitige Anziehungskraft verbunden sein, daß sie imstande sind, diese Hindernisse zu überwinden.

Eine minderjährige Lesbe kennt gewöhnlich viel mehr volljährige Lesben als gleichaltrige. Trotz gesellschaftlicher Barrieren kommt es häufig zu amourösen oder sexuellen Beziehungen zwischen Frauen ungleichen Alters. Es gibt Konflikte, die ausschließlich auf solche Beziehungen beschränkt sind. Es kann für Liebende in dieser Situation ganz hilfreich sein, auszuloten, welche Konflikte durch den Altersunterschied bedingt und welche persönlichkeitsbedingt sind.

Zwischen jüngeren und älteren Frauen bestehen kulturelle Unterschiede – abweichender Geschmack in Musik, Kunst, Kleidung und Unterhaltung. Sie haben auch andere Wertvorstellungen – über das, was höflich und unhöflich, was sexuell richtig und falsch, was politisch korrekt und unkorrekt ist. Jüngere und ältere Frauen befinden sich in unterschiedlichen Stadien ihres Lebens. Sie verfolgen zwangsläufig auf unterschiedliche Art ihre jeweiligen Lebensziele. Die ältere Partnerin hat in der Regel mehr Geld und finanzielle Sicherheit als die jüngere. Dies führt zu einem Machtungleichgewicht, das eine Quelle von Aggressionen sein kann. Die ältere Partnerin mag die Befürchtung hegen, ihre Geliebte könnte „erwachsen werden" und sie verlassen. Das kann der Beziehung einen Charakter von Verkrampftheit und Unsicherheit verleihen.

In sexueller Hinsicht bietet eine Beziehung zwischen einer jüngeren und einer älteren Lesbe Anlaß zu allerlei Frustrationen und Schuldgefühlen. Die ältere Partnerin mag sich fragen, ob ihre junge Geliebte wirklich lesbisch ist und ob sie sie vielleicht verdirbt, indem sie sie mit lesbischer Liebe bekannt macht. Sie mag sich fragen, ob sie vielleicht unreif ist, weil sie eine „unreife" Partnerin hat, oder sich sorgen, daß ihre junge Geliebte in ihr eine Muttergestalt sieht. Sie mag sich manchmal unter Druck fühlen, jünger auszusehen oder aufzutreten, als sie ist. Die jüngere Partnerin mag sich fragen, ob sie vielleicht nur wegen ihres Alters sexuell attraktiv ist, und befürchten, daß ihre Geliebte das Interesse an ihr verliert, wenn sie älter wird. Wenn sie gleichviel oder mehr sexuelle Erfahrung hat als ihre Partnerin, zögert sie vielleicht, ihr Wissen preiszugeben, aus Furcht, ihre Geliebte könnte sich dann unsicher, gehemmt oder altmodisch fühlen. Und falls sie keine umfangreichen sexuellen Erfahrungen gemacht hat, mag sie sich in der Rolle einer Naiven oder Anfängerin unwohl fühlen. Sie mag um die Anerkennung als vollwertige Person in der Beziehung kämpfen und elternhafte Bevormundung abwehren müssen. Falls sie diejenige war, die die Initiative zu der Beziehung ergriffen hat (was sehr wahrscheinlich ist angesichts der zögernden Bereitschaft älterer Lesben, mit jüngeren Sex zu haben), mag sie sich vorwerfen, die ältere Frau in eine sexuelle Beziehung hineingedrängt oder manövriert zu haben. Ihr mögen Zweifel kommen, ob die Frau auch ohne diesen Druck an ihr interessiert gewesen wäre.

Eine solche Beziehung wird auch von der Außenwelt bedroht. Familien und Behörden können in sie eindringen oder sie zerstören. Lesben, die eine solche Beziehung unterhalten, meinen oft, sie fühlten sich glücklicher und sicherer, wenn die gesetzlichen Bestimmungen über das Mündigkeitsalter abgeschafft und eine allgemeine Erwachseneneinwilligungsgesetzgebung angeregt würde. Die Paare, mit denen ich gesprochen habe, fühlen sich innerhalb der lesbischen Gemeinschaft mehr akzeptiert als anderswo. Sie haben jedoch auch den Eindruck, daß einige Lesben ihre Beziehung nicht ernst nehmen oder negativ dazu eingestellt sind.

Der Lohn für eine solche Beziehung kommt von den beteiligten Frauen selbst und ihren Gefühlen füreinander. In einer weniger homophobischen und gewalttätigen Welt wäre es selbstverständlich, daß die Älteren die Heranwachsenden die Kunst der Liebe ebenso wie die anderen Aspekte des Lebens lehrten. Wenn Heranwachsende nicht stereotyp als unverantwortlich, unreif und unzuverlässig abgestempelt würden, hätten Erwachsene vielleicht weniger Hemmungen, enge Beziehungen mit ihnen einzugehen. Es wäre dann klarer, daß eine solche Beziehung ein gegenseitiger Austausch ist statt ein hierarchisch, einseitiges Arrangement.

Sex und alte Lesben

Für den Zweck dieses Buches bezeichnet „Alter“ den Abschnitt im Leben einer Frau, der mit den Wechseljahren beginnt. Die Menopause ist das endgültige Ausbleiben der Menstruation infolge physiologischer Veränderungen, die mit dem Prozeß des Alterns zusammenhängen. Sie tritt zwischen dem 47. und 51. Lebensjahr ein. Eine Frau, die früh zu menstruieren anfängt, muß nicht auch früh in die Wechseljahre kommen. Vor der Menopause ist die Menstruation meist mehrere Jahre lang unregelmäßig. Die Hypophyse produziert weiterhin FSH, doch aus nicht geklärten Gründen läßt die Reaktion der Eierstöcke allmählich nach. Schließlich produzieren sie nur noch sehr wenig Östrogen. Das häufigste Symptom der Menopause (auch Klimakterium genannt) ist die fliegende Hitze. Es ist ein Gefühl der Wärme, das sich in Wellen über das Gesicht oder den Oberkörper ausbreitet. Schweißausbrüche und Schüttelfrost können folgen. Das Gefühl kann ein paar Sekunden oder länger anhalten. Wenn ein Ausbruch dieser Hitzewallungen mitten in der Nacht eintritt, kann die betroffene Frau davon aufwachen. Weitere unangenehme Auswirkungen der Menopause sind Kopfschmerzen, Schwindelgefühl, Herzklopfen, Gelenkschmerzen und Depressionen. Die meisten Autoren behaupten, nur 10 % aller Frauen litten unter klimakterischen Symptomen.

Ich habe keinen Untersuchungsbericht finden können, der diese Schätzung bestätigt. Gewiß spüren alle Frauen körperliche Veränderungen, wenn sie älter werden. Sie können mehr Schmerzen haben, leichter ermüden oder etwas Körperkraft einbüßen. Die Haut bekommt Falten und trocknet leichter aus. Die Brüste schrumpfen und verändern sich in ihrer Struktur, bis sie möglicherweise schlaff werden. Gymnastik und gesunde Ernährung können altersbedingte Beschwerden auf ein Mindestmaß beschränken. Manche Ärzte verschreiben Östrogen oder Östrogen/Progesteron-Kombinationen, um die Hormone zu ersetzen, die die Eierstöcke nicht mehr produzieren. Manche Frauen halten diese Hormontherapie für unbedenklich und wirksam gegen lästige Wechseljahrsymptome. Andere Frauen mißtrauen der Östrogenbehandlung, weil die langfristigen Auswirkungen nicht bekannt sind. Lesben, die sich der Menopause nähern, werden sich vermutlich über den neuesten Stand der Diskussion um dieses Thema informieren wollen, bevor sie sich für oder gegen eine solche Behandlung entscheiden.

Das Absinken des Östrogenspiegels wirkt sich auf die Geschlechtsorgane aus. Der Uterus schrumpft und die Gebärmutterschleimhaut verkümmert. Auch die Scheidenschleimhaut schrumpft. Die Vagina produziert weniger Schleim, und der Schleim wird dünner. Manche Frauen empfinden Vaginalstimulation als unangenehm oder schmerzhaft. Die Scheidenwände können bei Penetration reißen oder bluten. Je nach Schwere des Problems gibt es verschiedene Lösungsmöglichkeiten. Eine ist, Penetration aus deinem Sexualrepertoire auszuschließen. Du magst vielleicht kleinere Objekte oder weniger Finger nehmen oder Penetration weniger ungestüm gestalten wollen. Künstliche Gleitmittel können helfen. Du kannst dir Cremes, die Östrogene enthalten, zum Einreiben der Scheidenwände verschreiben lasen. Dies ist eine wesentlich kleinere Östrogendosis als die, die für die allgemeinen Wechseljahrbeschwerden verschrieben wird. Manche Lesben berichten, daß häufiges Masturbieren oder Orgasmen durch andere Quellen helfen, die Vagina gleitfähig und gesund zu halten.

In der Heterogesellschaft gelten ältere Frauen als sexuell neutral und prüde. Sexuelle Themen werden selten vor alten Frauen angeschnitten, in der Annahme, es würde sie beleidigen. Dieses „höfliche“ Schweigen hält ältere Frauen davon ab, sich als sexuelle Wesen zu betrachten. Die Furcht, sich lächerlich zu machen oder von anderen verurteilt zu werden, hindert viele alte Frauen daran, Sexpartnerinnen zu finden, erotisches Material zu erwerben und zu lesen, Sexspielzeug zu kaufen, sich selbst zu befriedigen oder über sexuelle Probleme und Sorgen zu sprechen. Zum Glück hat dieser Mythos in der lesbischen Gemeinschaft weniger Gültigkeit als anderswo. Die weißhaarige Lesbe ist oft ein Sexsymbol. Sie ist der lebende Beweis dafür, daß Lesbanismus keine schrullige Erfindung der Frauenbewegung ist. Sie ist der lebende Beweis dafür, daß Lesbischsein in frühen Jahren kein Verhängnis ist. Sie gilt oft als sexuell erfahren, sexbejahend und sehr attraktiv. Es ist nicht verwunderlich, daß „I Like Older Women“ (Ich mag ältere Frauen) ein beliebter Lesbenansteckknopf ist. Das negative stereotype Image von älteren Frauen wirkt sich jedoch auch auf Lesben aus. Z.B. mag die Frau, die sich nichts dabei denkt, eine 50-jährige Lesbe anzumachen, Hemmungen haben, mit ihrer 50-jährigen Mutter über Masturbation zu sprechen, und wäre schockiert, wenn sich ihre Oma eine/n Liebhaber/in nähme. Fast alle von uns haben irgendwelche Ängste bezüglich des Alterns und fragen sich, ob sie dann noch attraktiv und sexuell aktiv sein werden.

Es ist nichts Ulkiges oder Unnatürliches an einer alten Frau, die ein sexuell befriedigtes Leben führt. Das schließt unsere Großmütter, Mütter, Tanten und selbst unsere Geliebten, unsere Töchter und unsere Freundinnen ein. Viele Frauen erleben nach der Menopause eine Steigerung des sexuellen

Verlangens. Frauen, die eine solche Steigerung nicht erleben, wollen und genießen dennoch Liebesspiel und Selbstbefriedigung. Eine alte Lesbe hat Zeit gehabt, eine Vielfalt sexueller Erfahrungen und Beziehungen zu erproben. Sie mag weniger Zeit verlieren und weniger Enttäuschungen erleben, weil sie weiß, was sie will und was sie braucht. Eine ältere Lesbe ist nicht nur weit davon entfernt, sexuell neutral oder prüde zu sein, sondern kann darüberhinaus eine weisere, geschicktere und tolerantere Liebhaberin sein als eine jüngere Frau.

Ältere Lesben bauchen mehr als sexuelle Freiheit. Eine Lösung ihrer wirtschaftlichen Probleme steht noch aus. Das durchschnittliche Altersheim ist für niemanden eine warme, anheimelnde Umgebung, und auch das liberalste Altersheim ist noch nicht ausgerüstet für Frauentanzfeste oder Ausflüge zum Endspiel um die Lesbenliga-Fußballmeisterschaft. Die Lesbenbewegung hat für die Schaffung neuer Sozialeinrichtungen zur Erziehung von Kindern, zum Einkaufen, zur Erlangung von Gerechtigkeit, zum Druck lesbischer Literatur, zur Verbreitung lesbischer Nachrichten und zur Ausstellung unserer Kunst gekämpft. Im Laufe der Zeit werden wir vermutlich kollektiv verwaltete Heime für ältere Lesben einrichten. Junge Lesben könnten lernen, ihren Lebensabend zu organisiern, indem sie mit schon betagteren Lesben arbeiten und Kontakt pflegen.

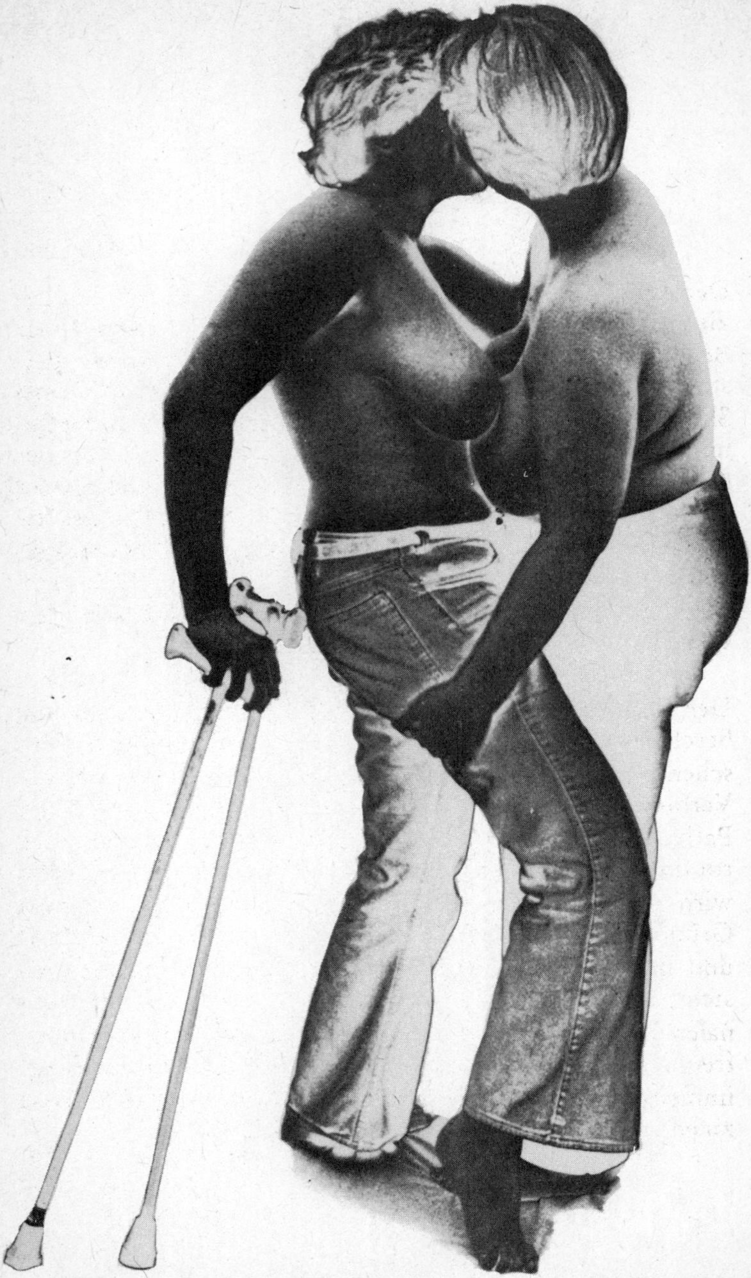

7

Behinderte Lesben

Der Ausdruck „Behinderung“, wie er hier benutzt wird, bezieht sich auf ein breites Spektrum geistiger und körperlicher Benachteiligungen. Hierzu zählen Taubheit, Blindheit, geistige Behinderung, Wirbelsäulenverletzungen, Multiple Sklerose, Gehirnlähmung und Kinderlähmung. Manche Behinderungen bestehen von Geburt an oder stammen aus der frühen Kindheit. Andere sind als Folge von Unfällen oder Krankheiten später im Leben eingetreten. Einige von uns leiden unter zeitweiligen Behinderungen, die dann zurückgehen, wie Rückenbeschwerden. Wir werden fast alle mindestens einmal in unserem Leben vorübergehend behindert sein.

Der Gedanke, daß sich behinderte Menschen mit Sexualität beschäftigen, ist für die meisten körperlich gesunden Menschen neu, ja schockierend. Die Unvorstellbarkeit von Sex in Verbindung mit Behindertsein sitzt so tief, daß viele Ärzte Patienten mit Herzbeschwerden oder mit hohem Blutdruck routinemäßig von sexueller Aktivität abraten. Dieser Rat wird manchmal eher aus moralischen als aus medizinischen Gründen erteilt. Das Bedürfnis nach sexueller Zuwendung und Entfaltung ist eigentlich in fast jedem Menschen existent, ungeachtet seiner physischen, geistigen oder emotionalen Fähigkeiten. Bei einer toleranten und experimentierfreudigen Einstellung zur Sexualität dürfte es in der Regel immer möglich sein, diesem Bedürfnis auf irgendeine Weise zu entsprechen.

Manche behinderten Frauen bevorzugen andere Frauen als Geliebte oder Sexpartnerinnen. Sie nehmen eine Sonderstellung in der Welt insgesamt sowie in der lesbischen Gemeinschaft ein. Behinderte Lesben sind – wie andere behinderte Menschen auch – bezüglich ihres Einkommens und ärztlicher Betreuung auf Sozialhilfe angewiesen. Es kann passieren, daß Sozialämter sie auf Grund ihrer Homosexualität diskriminieren oder ihnen einen Teil ihrer Ansprüche zu verweigern versuchen. In der medizinischen Praxis herrscht die Tendenz, Leicht- wie Schwerbehinderte in Heime und Anstalten einzuweisen. Die behinderte Lesbe, die ein unabhängiges Leben außerhalb einer Institution führen will, kann sich bei der Verwirklichung ihrer Vorstellungen mit einem aufreibenden Kampf konfrontiert sehen. Man könnte ihr Schwierigkeiten bei der Entlassung aus der Anstalt machen, wenn sie als sexuell abweichend eingestuft wird. Sie mag mehr als andere Frauen auf ihre Familie angewiesen sein und befürchten, ihre familiären Beziehungen zu strapazieren, wenn sie sich zu ihrer Homosexualität bekennt. Wenn sie arbeiten will, muß sie sich auf Diskriminierung gefaßt machen. Beweglichkeit kann ein weiteres Problem sein. Frauen im Rollstuhl können keine Treppen benutzen. Sie brauchen Rampen, Aufzüge, breitere Türöffnungen und Handgriffe oder Handläufe in Toilettenräumen. Blinde Frauen haben es oft schwer, sich zurechtzufinden, da sie keine Straßenschilder lesen können. Eine Frau mit Krücken, einem Stock oder Laufgestell mag es bei einem „Grün“ nicht über die Straße schaffen. Die Mobilität behinderter Frauen ist weiterhin durch die Gefahr möglicher Gewaltakte eingeschränkt. Alle Frauen fühlen diese Bedrohung, aber eine Behinderte (die zudem noch wie eine Lesbe aussieht) ist ganz besonders gefährdet. Kommunikation kann ebenfalls ein Problem sein. Nur wenige Leute, die nicht taub sind, lernen Zeichensprache. Viele Menschen wollen sich nicht die Zeit nehmen, jemandem zuzuhören, die/der sich nicht sofort verständlich ausdrücken kann. Selbst wenn eine behinderte Frau keine Sprachschwierigkeiten hat, mag es ihr schwerfallen, jemands Aufmerksamkeit auf sich zu lenken, da viele körperlich gesunde Menschen sich scheuen, Körperbehinderte direkt anzuschauen.

Die lesbische Gemeinschaft hat angefangen, sich mit der Lage von Behinderten auseinanderzusetzen. Viele feministische Gruppen bemühen sich, Büro- und Versammlungsräume ausfindig zu machen, die für Frauen in Rollstühlen zugänglich sind. Es wird für Frauengruppen zunehmend selbstverständlich, Dolmetscherinnen zu bestellen, die Reden und Vorträge für taube Zuhörerinnen übersetzen. Doch selbst wenn die lesbische Gemeinschaft ganz offen für behinderte Lesben wäre und sie sich darin wohlfühlten, müßten sie in der größeren Gesellschaft immer noch Diskriminierung erfahren. Deswegen ist es wichtig, daß sich Feministinnen und Lesben für die vollen Menschenrechte all derer einsetzen, die körperlich anders sind.

Ehe ich dieses Kapitel schrieb, habe ich mich lange mit zwei behinderten Lesben im Center for Independent Living (Zentrum für unabhängige Lebensführung) in Berkeley, Kalifornien, unterhalten. Sie beschrieben mir verschiedene Themen, die sie für wesentlich bezüglich der Sexualität behinderter Lesben hielten. Ich habe ihre Ausführungen zusammengefaßt und umformuliert und Informationen aus weiteren Quellen hinzugefügt. Es ist sehr wenig über Sexualität und behinderte Frauen geschrieben worden, so daß die nachstehenden Informationen unvollständig erscheinen mögen. Ich habe mir zwar alle Mühe gegeben, jeden Eindruck von

„Gesundkörpertum“ zu vermeiden, aber es wird für behinderte lesbische Leserinnen wahrscheinlich offenkundig sein, daß ich aus der Sicht einer nichtbehinderten Frau schreibe. Behinderte Lesben sind natürlich die letzte Instanz, wenn es um ihre Sexualität geht. Ich hoffe, dieses Kapitel wird sie ermuntern, mehr über dieses Thema zu schreiben und vorzutragen.

Körperimage

Wir haben einen sehr eng gefaßten Begriff von Attraktivität. Die lesbische Gemeinschaft erkennt eine andere Art von Schönheit an als die heterosexuelle Gesellschaft. Das lesbische Ideal - die starke, aktive, athletische Frau - mag in behinderten Lesben jedoch den Eindruck hinterlassen, daß sie unattraktiv sind.

Wenn die Behinderung schon in frühen Jahren bestand, wird dem Körper der behinderten Lesbe schon viel Aufmerksamkeit seitens der Ärzte gewidmet worden sein, und für die Eltern wird er Anlaß zu Sorge und Verzweiflung gewesen sein. Sie mag ihren Körper daher eher als ein Problem als einen Teil ihrer selbst ansehen. Frauen, die sich erst später im Leben ihre Behinderung zuzogen, mögen Wut auf ihren Körper haben, weil er nicht mehr so reagiert und funktioniert, wie er es früher tat. Vielleicht geben sie ihrem Körper die Schuld an der Verletzung oder dem Unfall und fühlen sich von ihm entfremdet.

Ein gesundes Körperimage kann durch eine optimale Ausnutzung der Begabungen und Fähigkeiten des Körpers entwickelt werden. Für eine Behinderte ist es wichtig, so aktiv wie nur möglich zu sein und Unzulänglichkeits- oder Minderwertigkeitsgefühle in Bezug auf ihren Körper weitestgehend abzubauen. Sich selbst zu akzeptieren ist schwierig, aber es ist auch die Voraussetzung für Selbstliebe. Manche behinderten Lesben glauben, Frauen mit gesundem Körper scheuten sich davor, sie anzusehen, und bemerkten deshalb neue Kleider oder Haarfrisuren nicht. Wir alle brauchen verbale Anerkennung und ernstgemeinte Komplimente.

Gehstöcke, Stützen, Rollstühle und andere Hilfsvorrichtungen für körperbehinderte Frauen sind meist weniger nach ästhetischen Gesichtspunkten als nach dem Prinzip der Zweckmäßigkeit entworfen. Körpergesunde Frauen müssen ihre Empfindlichkeit beim Anblick und Gebrauch von mechanischen Hilfsmitteln abbauen. Lesbische Erotika enthalten zunehmend Bilder von behinderten Frauen mit ihren Stöcken und Rollstühlen. Dieser Trend wird vermutlich eine Menge dazu beitragen, unsere Auffassung von sexuell anziehenden Körpertypen zu erweitern.

Partnerinnen finden

Eine Behinderte mag sich nicht als sexuelle Person betrachten, oder sie mag sich auf Selbstbefriedigung beschränken, weil es zu schwierig erscheint, eine Partnerin zu finden, und zu bedrohlich, eventuell abgelehnt zu werden. Behinderte Frauen brauchen Unterstützung voneinander und von ihren nichtbehinderten Freundinnen, um sich selbst als sexuelle Frauen ansehen und die Initiative zur Partnersuche ergreifen zu können. Einfach auf die richtige Frau zu warten legt dem Schicksal zuviel Macht in die Hand.

Eine behinderte Lesbe wird ziemlich viel Geduld und Beharrlichkeit aufbringen müssen, um mit den folgenden eventuellen Problemen fertig zu werden: (1) Zugänglichkeit. Wird es ihr möglich sein, zu der Party, dem Tanzvergnügen oder der Bar hin- und dann heimzukommen? (2) Wird die Toilette für sie benutzbar oder zugänglich sein? (3) Wenn sie an den Rollstuhl gefesselt ist, werden Frauen über sie stolpern oder hinwegsehen, weil sie nicht in Augenhöhe ist? (4) Wenn sie blind ist, wie werden Frauen reagieren, wenn sie darum bittet, zum kalten Buffet, zur Bartheke oder zur Treppe geleitet zu werden? (5) Wird irgend jemand Zeichensprache können? (6) Wenn sie am Stock geht oder im Rollstuhl sitzt, werden andere Frauen lachen oder wird es ihnen peinlich sein, wenn sie tanzt? (7) Wird irgend jemand mit ihr tanzen?

Nach dem Eindruck behinderter Lesben, mit denen ich gesprochen habe, widerstrebte es körpergesunden Lesben, in ihnen potentielle Sexpartnerinnen oder Geliebte zu sehen. Es war ein äußerst frustrierender Einsatz für sie, auszugehen, um andere Frauen kennenzulernen, wenn den Frauen, die sie kennenlernten, der Gedanke an Sex nie in den Sinn kam. Es ist klar, daß die meisten körpergesunden Lesben daran arbeiten müssen, ihre Einstellung zu behinderten Lesben zu ändern. Sie gehen aus dem gleichen Grund wie nichtbehinderte Frauen in eine Schwulenbar oder in ein Konzert: um an lesbischer Kultur teilzunehmen, Freundschaften zu schließen und auf die Pirsch zu gehen.

Weil es so schwierig ist, Partnerinnen zu finden, mag eine Behinderte zögern, eine unbefriedigende Beziehung aufzulösen. Sie mag Bedenken haben, eine Veränderung zu verlangen, aus Angst, von ihrer Geliebten verlassen zu werden. Dies kann zu einer Menge Verärgerung führen, ohne daß je direkt darüber gesprochen wird. Die körpergesunde Partnerin einer Behinderten mag ihren eigenen angestauten Ärger haben, wenn sie glaubt, ihre Partnerin wird nicht in der Lage sein, einen Konflikt auszutragen. Diese übertriebene Schonung kann schnell in Feindseligkeit umschlagen. Es gibt noch weitere Umstände, die häufig Probleme in Beziehungen zwischen behinderten und nichtbehinderten Lesben hervorrufen. Eine ist das Schuldgefühl der körpergesunden Partnerin über die Behinderung ihrer Geliebten. Wenn das Gebrechen schmerzhaft oder fortschreitend in seiner Natur ist, braucht sie eventuell professionellen Beistand, um ihre Ängste und ihr Mitleid für die Partnerin in den Griff zu bekommen. Es mag ihr vielleicht schwerfallen, die Behinderung realistisch zu sehen, so daß sie entweder eine Abhängigkeit schafft, indem sie ihre Partnerin verhätschelt, oder Ansprüche stellt, die ihre Partnerin nicht erfüllen kann. Die behinderte Frau mag es verdrießen, ihre körperlichen Unterschiede oder Probleme erklären und behandeln zu müssen. Sie mag sich fragen, ob sich ihre Geliebte ihrer insgeheim schämt oder Angst hat, mit einer behinderten Partnerin gesehen zu werden.

Manche behinderten Frauen gehen untereinander Beziehungen ein. Solche Beziehungen können sehr eng und bestärkend sein, weil diese Frauen sich gegenseitig auf eine Weise verstehen, wie körpergesunde Frauen es nicht können. Beziehungen dieser Art haben ihre eigenen Schwierigkeiten. Viele behinderte Frauen hegen ein gewisses Maß an Selbsthaß oder Schwermut ob ihres Gebrechens. Es kann schwierig sein, einer anderen Behinderten ebensoviel Vertrauen und Anerkennung entgegenzubringen wie einer körpergesunden Partnerin. Wenn eine Behinderte negative Gefühle über ihr Leben im allgemeinen oder ihre Behinderung im besonderen zum Ausdruck bringt, mag es ihrer Partnerin schwerer fallen, sie aufzuheitern, als in ihr Klagelied mit einzustimmen.

Das Wissen um mögliche Probleme sollte einer potentiellen Verbindung oder einem sexuellen Erlebnis mit einer behinderten Lesbe nicht im Wege stehen. Schließlich ist sie viel mehr als ihre Behinderung. Sie ist eine einzigartige und womöglich faszinierende Frau. Freundinnen und Liebhaberinnen von behinderten Frauen sind beeindruckt oder hingerissen von ihrer Intelligenz, ihrer Persönlichkeit, ihrem Witz, ihrem Sex-Appeal, ihrer physischen Schönheit oder anderen geschätzten Merkmalen. Es kann schwierig sein, eine behinderte Lesbe als Frau anstatt als Krankengeschichte zu betrachten, doch ist dies meistens nicht zu erreichen, indem wir ihr Gebrechen übersehen, sondern indem wir lange und leidenschaftslos genug hinsehen, um es in ein vollständiges Bild des Menschen zu integrieren, der sie ist.

Sexuelle Techniken

Körpergesunde Lesben mögen zu der Annahme neigen, alle behinderten Frauen besäßen die gleichen Fertigkeiten. Behinderte Lesben haben nicht nur unterschiedliche körperliche Fähigkeiten, sondern auch unterschiedliche sexuelle Vorlieben. Die Kommunikation, die diesbezüglich zwischen einer Behinderten und ihrer/n Partnerin/nen stattfinden sollte, unterscheidet sich nicht wesentlich von der Kommunikation zwischen irgendwelchen Frauen, die zum ersten Mal miteinander schlafen. Es mögen andere Fragen sein, aber im Grunde versuchen doch die Partnerinnen nur herauszufinden, was sie tun wollen und können und was ihnen am meisten Spaß macht. Es handelt sich dabei nicht um einen einseitigen Prozeß, denn auch die behinderte Frau muß sich mit den Erfahrungen und Bedürfnissen ihrer Partnerin näher vertraut machen.

Einige Behinderungen werden unten im einzelnen erörtert. Es ist weder eine komplette Liste noch sind die Informationen über sexuelle Reaktionsweisen und die Vorschläge zur Technik erschöpfend dargestellt. Sollten du oder deine Partnerin eine Frage über Sex haben, die in diesem Abschnitt nicht beantwortet wird, wendet euch an eure Ärztin. Sie mag vielleicht keine Antwort wissen, aber fragen rückt das Thema ins Bewußtsein. Da so wenig über Sex und behinderte Frauen geschrieben worden ist, wirst du mit Geduld, durch Ausprobieren und mit viel Liebe die Antworten eventuell selbst finden müssen.

Asthma. Manche Frauen, die an Asthma leiden, haben Schwierigkeiten, einer Partnerin körperlich nah zu sein oder sich von ihr in den Armen halten und liebkosen zu lassen. Diese Nähe löst in ihnen Platz- oder Erstickungsangst aus. Wenn es sich um schweres Asthma handelt, können bei sexueller Aktivität manchmal Anfälle von Atemnot auftreten. Manche asthmatischen Lesben nehmen ihre Medikamente vor oder während sexueller Aktivität, um ihre Angstgefühle zu vermindern oder um Atembeschwerden vorzubeugen. Lernen, sich in der Nähe einer anderen Frau zu entspannen, kann ebenfalls helfen, da Aufregung zu Asthma beiträgt. Sexuelle Erregung bringt automatisch flaches, schnelles Atmen mit sich. Man kann durchaus lernen, dieses Gefühl zu erleben, ohne es mit einem asthmatischen Anfall zu assoziieren.

Blindheit und Taubheit. Keine dieser Behinderungen hat normalerweise irgendeinen Einfluß auf sexuelle Funktionsfähigkeit an sich. Blinde Lesben müssen sich beim Liebesspiel mehr auf Wort- und Tastkommunikation anstatt auf visuelle Eindrücke verlassen, während taube Lesben mehr auf visuelle und taktile Kommunikation angewiesen sind als auf verbale. Sexuelles Aufklärungsmaterial, feministische Literatur und Erotika sind für blinde Lesben nicht auf Band erhältlich.

Diabetes. Einigen Quellen zufolge wird das sexuelle Verlangen zuckerkranker Männer durch die ihnen verordneten Medikamente beeinträchtigt. Ich habe keine Auskunft darüber bekommen können, ob das auch auf diabetische Frauen zutrifft. Während Diabetes die genitale Empfindlichkeit nicht vermindert, wirken sich wiederholte Fälle von Scheidenentzündung (Vaginitis) bei manchen Frauen störend auf den sexuellen Genuß aus.

Hoher Blutdruck und Herzbeschwerden. Manche Ärzte raten Patienten mit hohem Blutdruck oder Herzbeschwerden routinemäßig von jeglicher sexueller Betätigung ab. Sollte dir deine Ärztin oder dein Arzt einen solchen Rat geben, magst du ihr oder ihm vielleicht Fragen zu dieser Auffassung stellen oder einen anderen Arzt konsultieren wollen. Wenn dein Leben sonst frei von Streß ist und du auf die Behandlung ansprichst, kann sexuelle Aktivität, wenn sie nicht anstrengend oder angsterzeugend ist, sogar Unruhe und Spannung reduzieren und die Genesung fördern. Manchen Quellen zufolge vermindern Medikamente gegen hohen Blutdruck das sexuelle Verlangen.

Infantile Enzephalopathie (In der Kindheit aufgetretene hirnorganische Schädigungen). Dieses Leiden kann verschiedene Formen annehmen und sich auf Bewegungssteuerung, Persönlichkeit, Wahrnehmung, Lernfähigkeit, Sensibilität und Gefühlskontrolle auswirken. In schweren Fällen können die Betroffenen außerstande sein, Gegenstände zu halten oder zu laufen. Die Muskeln, die gegen die Schwerkraft wirken sollen, können sich der Streckung widersetzen. Primitive Reflexe können über die Kindheit hinaus fortbestehen. Diese spezielle Art physischer Anomalie wird manchmal „Spastizität" genannt. Augenlicht, Gehör und räumliche Wahrnehmung sind manchmal wenig entwickelt. Sexuelle Erregung kann zur Verschlimmerung von Spasmen beitragen. Die Einnahme eines leichten Beruhigungsmittels (in der Regel Valium) vor sexueller Aktivität kann das verhindern helfen. Wenn die an infantiler Enzephalopathie Leidende ihre Hand- und Kopfbewegungen nicht kontrollieren kann, wird sie wahrscheinlich nicht in der Lage sein, ihre Partnerin oral oder manuell zu stimulieren. Manuelle Masturbation kann auch ausgeschlossen sein. Tribadie oder das Reiben der Genitalien gegen weiche Gegenstände sind manchmal eine Alternative. Ein Vibrator, der aufs Bett gelegt und eingeschaltet wird, oder ein Wasserstrahl in der Badewanne können auch zur Selbstbefriedigung verwendet werden.

Kinderlähmung. Diese Krankheit wird durch einen Virus hervorgerufen, der im allgemeinen nur junge Menschen befällt. Sie kann verschiedene Grade von Lähmung, meistens in den Gliedern, verursachen, beeinflußt jedoch selten die genitale Empfindlichkeit. Beweglichkeit kann ein Problem sein. Wenn die Arme gelähmt sind und manuelle Stimulation unmöglich ist, sind oraler Sex und Tribadie gute Techniken zum Ausprobieren.

Multiple Sklerose. Dies ist eine fortschreitende Krankheit, deren Ursache noch nicht ermittelt ist. Ihre Entwicklung zieht sich über Jahre hin. Manchmal treten Symptome wie zeitweilige Sehstörungen oder Ataxie auf, die dann wieder verschwinden. (Ataxie ist eine Störung bei der Koordination der Kraft und Größe von Bewegungen. Dinge halten, laufen und Dinge aufheben kann schwierig werden.) Multiple Sklerose führt zu einer Degeneration der Nervenfaserscheiden des Rückenmarks. Das Rückenmark erhärtet, und manchmal ist auch das Gehirn betroffen.

Da die Diagnose sehr schwierig ist, mag die Frau, die Multiple Sklerose hat, angenommen haben, ihre Symptome seien psychosomatisch. Sie mag sich deswegen einer Behandlung unterzogen haben oder emotional schwer gelitten haben. Die Krankheit kann sich auf ihre Persönlichkeit auswirken, so daß es für ihre Freundinnen und Geliebten nicht leicht wird, mit ihr umzugehen. Die häufigen Schwankungen des Gesundheitszustandes lösen Zyklen von Hoffnung und Verzweiflung aus, die zu erleben oft äußerst nervenaufreibend ist.

Die Krankheit kann, muß aber nicht, Auswirkungen auf die Genital- und Hautempfindlichkeit haben. Wenn die Sensibilität im Geschlechtsbereich nicht beeinträchtigt ist, bleibt die Orgasmusfähigkeit bestehen. In jedem Fall bleibt das sexuelle Verlangen stark. Leichte Beruhigungsmittel können zur Verhinderung von Beinkrämpfen bei sexueller Aktivität verschrieben werden. Manche Mediziner empfehlen eine Operation, bei der die Sehnen an den spasmischen Muskeln durchgeschnitten werden, falls das Problem besonders gravierend ist. Eine Frau mit M.S. kann die Kontrolle über ihre Blase völlig verlieren. Eine Partnerin muß dies als Teil ihrer körperlichen Realität akzeptieren können. Die Partnerinnen werden Positionen wählen müssen, bei denen die Beine möglichst geringer Belastung ausgesetzt sind und die Gefahr von Muskelkrämpfen reduziert ist.

Muskeldystrophie. Dies ist eine fortschreitende Krankheit, die die quergestreiften (vom Willen gesteuerten) Muskeln befällt. Manche Autoren halten sie für vererblich, zumindest in Einzelfällen. Wenn sie bei jungen Menschen auftritt, verzögert sie die Pubertät und unterbricht die psychosexuelle Entwicklung. Bei später auftretenden Formen stellen sich oft leichte Hormonstörungen ein, die sich auf die sexuelle Begierde auswirken können. Da die quergestreiften Muskeln schwach sind, wird eine Frau mit Muskeldystrophie vermutlich Hilfe bei sexuellem Stellungswechsel brauchen. Manchmal ist auch das Herz in Mitleidenschaft gezogen. In einigen wenigen Fällen ist das Herz der Anstrengung und Aufregung bei sexueller Aktivität nicht gewachsen.

Rheumatismus. Dies ist eine Bezeichnung für mehrere Gelenkerkrankungen. Die betroffene Partnerin muß sich eine Position wählen, die ihr möglichst wenig Beschwerden verursacht. Druck auf oder übermäßige Beanspruchung der befallenen Gelenke sollte vermieden werden. Sie muß vor sexueller Aktivität vielleicht eine Schmerztablette nehmen. Muskelkontraktionen und steife Gelenke können bisweilen ein Problem sein. Wenn die Hände schwer betroffen sind, ist Selbstbefriedigung mit der Hand oder manuelle Stimulation einer Partnerin ausgeschlossen. Vibratoren sind manchmal nützlich, und eine gute Position für oralen Sex ist, wenn sich die gesunde Partnerin über das Gesicht ihrer Geliebten kniet. Bei einer Form von Rheumatismus (Sjögrensches Syndrom) trocknen die Schleimhäute aus, was natürlich auch die Scheide betrifft. Frauen mit dieser Krankheit werden entweder auf vaginale Stimulation verzichten wollen oder sich künstlicher Gleitmittel bedienen müssen.

Spina bifida. Dieser Ausdruck bedeutet wörtlich „zweigeteilte Wirbelsäule". Die Wirbelbögen sind nicht geschlossen. Wenn die Öffnung klein ist, wird das Rückenmark nicht in Mitleidenschaft gezogen. Ein Kind, das mit Spina bifida geboren wird, hat eine schlaffe oder steife Geschwulst am Rükken. Wenn die Geschwulst nur Haut, Rückenmarkmembrane und Flüssigkeit enthält und wenn das Rückenmark unversehrt ist, kann der Auswuchs entfernt werden. Wenn die Geschwulst einen Teil des Rückenmarks, der Cauda equina (Nervenfasern, die zum oder vom Rückenmark führen und normalerweise durch die Wirbelsäule geschützt sind) oder von beiden enthält, wird ein chirurgischer Eingriff problematisch. Sollte das Rückenmark betroffen sein, kann das verschiedene Auswirkungen haben: Lähmung unterhalb der Geschwulst, Verlust der Hautempfindlichkeit, Verlust der Kontrolle über Blase und Rektum, deformierte Hüftknochen oder Füße, Verlust genitaler Empfindlichkeit oder der Orgasmusfähigkeit. Da viele Menschen mit Spina bifida auch einen Wasserkopf haben, der die Intelligenz beeinträchtigt, sind viele von ihnen institutionalisiert. Die unten genannten Vorschläge für Rückenmarksschädigungen können hilfreich sein.

Rückenmarksschädigungen. Unfälle, Geburtsfehler, Entzündungen oder Infektionen, Tumore oder unterbrochene Blutversorgung können zu einer Querschnittslähmung oder einer Unterbrechung in den zum Rückenmark hin- und von ihm wegführenden Nerven führen. Die Auswirkungen der Läsion auf den übrigen Körper hängen davon ab, wo und wie weitreichend sie ist. Im allgemeinen besteht eine Lähmung unterhalb der Schädigung. Am Anfang ist die Lähmung schlaff. Die Betroffenen können die gelähmten Muskeln nicht bewegen. Später kann die Lähmung - muß aber nicht - spastisch werden, d.h. einige Körperbewegungen können gemacht werden, ohne jedoch von der Erkrankten kontrolliert zu werden. Empfindlichkeit für Berührung oder Schmerz kann unterhalb der Läsionshöhe verloren gehen. Die Blase kann oft nicht mehr oder nicht zuverlässig kontrolliert werden. Manche Frauen mit Rückenmarksschädigungen lernen die Urinausscheidung zu kontrollieren, indem sie auf den Unterleib drücken oder klopfen und so eine Reflexkontraktion auslösen, die die Blase entleert. Andere Frauen benutzen Katheter. Ein Katheter ist ein Röhrchen, das in die Harnröhre eingeführt wird; der Urin wird in einem Beutel aufgefangen. Es gibt verschiedene Arten von Kathetern für Männer, aber nur eine für Frauen. Mit einem Katheter zu leben erhöht die Gefahr von Scheiden- oder Harnröhreninfektionen und macht Hygiene besonders wichtig. Sexpartnerinnen müssen den Katheter als Teil des Körpers ihrer Partnerin akzeptieren, müssen wissen, wie er funktioniert und was zu tun ist, wenn er rausfällt. Katheter sind nicht entworfen worden, um schön zu sein, aber sie müssen deswegen sexuelle Aktivität nicht verhindern. Es kann der behinderten Frau schwerfallen, ihre Partnerin über den Katheter aufzuklären oder darauf zu warten, daß sie sich daran gewöhnt, wenn sie selbst schon deswegen befangen und über seine Anwesenheit irritiert ist. Beide Partnerinnen müssen miteinander Geduld haben. Nach einer Rückenmarksschädigung kann die Periode für sechs bis acht Monate ausbleiben. Wenn sie wieder einsetzt, kann sie kürzer oder unregelmäßig sein.

Eine Rückenmarksschädigung hat keinen Einfluß auf das Verlangen nach Sex. Es macht allerdings genitale Orgasmen unmöglich. Körperstellen oberhalb der Läsion werden manchmal sehr empfindlich; sie können stimuliert und dazu trainiert werden, erogene Zonen zu werden. Die Brustwarzen und der Nacken sind zwei solcher Stellen, die häufig sensibilisiert werden. Manche querschnittsgelähmten Frauen benutzen gerne Vibratoren, weil sie stark und kontinuierlich stimulieren. Das Gefühl, begehrt zu werden, das Verlangen nach ihrer Partnerin, das Vergnügen ihrer Partnerin, ihr gegenseitiger Austausch von Leidenschaft und Zuneigung und die Stimulation nichtgenitaler erogener Zonen - das alles kombiniert kann ein sexuelles Erlebnis für eine Frau mit einer Rückenmarksschädigung bedeutungsvoll und genußreich machen.

Eine Frau mit dieser Behinderung wird Hilfe brauchen, um in sexuelle Positionen zu kommen. Manche Frauen mögen Tribadie, weil sie sich gerne in den Armen gehalten fühlen. Andere Frauen befriedigen ihre Partnerin gerne mit dem Mund, besonders wenn ihre Arme und Hände von der Schädigung betroffen sind. Manchmal zucken die Beinmuskeln bei sexueller Erregung. Leichte Beruhigungsmittel können das bisweilen verhindern.

Die Sorge um das Körperimage geht mit dieser Behinderung oft einher. Beim Liebesspiel zwischen Lesben sollen beide Partnerinnen gleichwertig und engagiert teilnehmen. Dieses Ideal schließt eine Frau, die ihre Geliebte bitten muß, ihre Arme zu heben und um sie zu legen, aus. Frauen mit Rükkenmarksschädigungen haben oft den Eindruck, daß andere Frauen Angst vor ihrem Körper haben - Angst, ihn anzusehen, Angst, ihn zu berühren, Angst, sie könnten ihm wehtun. Eine solche Frau mag zusätzliche Bestätigung von ihrer Partnerin brauchen, bevor sie glauben kann, daß ihr Sexualleben für beide befriedigend und die Zuneigung ihrer Partnerin echt ist.

Das Fortbestehen sexueller Bedürfnisse bei Frauen mit Rükkenmarksschädigungen beweist, daß menschliche Sexualität nicht lediglich eine Frage von Genitalkontakt ist. Die sexuelle Reaktion umfaßt den gesamten Körper, das Herz und den Verstand.

Institutionen

In unserer Kultur wird jede/r, die/der anders ist, geächtet. Viele körperlichen Unterschiede sind „Handikaps, weil unsere Welt konstruiert wurde, um Behinderte auszuschließen. Heime und Anstalten sollen behinderten Menschen angeblich angemessene ärztliche Pflege und eine sichere, gemütliche Umgebung bieten. Außerdem nehmen sie nichtbehinderten Menschen die Unannehmlichkeit ab, mit Leuten umzugehen, die sich so sehr von ihnen unterscheiden, und verewigen die Vorstellung, daß Behindertsein gebrandmarkt werden muß.

Viele behinderte Frauen – darunter auch Lesben – sind in Institutionen eingeschlossen. Die meisten dieser Einrichtungen unterbinden Selbstbefriedigung oder bestrafen tatsächlich Patienten, die ihr nachgehen. Patienten/innen können sogar daran gehindert werden, enge Beziehungen miteinander zu schließen. Behinderten Frauen Sexualität zu verweigern, dient keinem guten Zweck. Es ist auch keine Lösung, behinderten Frauen zu sagen, sie seien sexuell noch brauchbar, weil sie passive Partnerinnen bei heterosexuellem Verkehr sein können. Dies gibt einer Frau, die an ihrem eigenen Vergnügen oder dem Vergnügen einer Partnerin interessiert ist, nicht den mindesten Rückhalt.

Erotische Materialien sollten für behinderte Frauen in Anstalten erhältlich sein. Es gibt Rehabilitationsprogramme, um behinderten Frauen beizubringen, ohne Hilfe zu essen, sich selbst anzukleiden oder zu lesen. Diese Programme sollten Anleitungen darüber einschließen, wie man einen Vibrator gebraucht oder sich anderer Masturbationstechniken bedient und wie man mit einer Partnerin Sex hat. Wenn Patienten vom Pflegepersonal Hilfe brauchen, um sich selbst zu befriedigen oder um ihre Körper in eine geeignete Position zu bringen, um miteinander Sex zu haben, sollte diese Hilfe erhältlich sein. Erziehungsprogramme für behinderte Kinder sollten ausführliches Material über Sexualität einschließen, das auf ihre körperlichen und emotionalen Bedürfnisse zugeschnitten ist.

Ärzte und Betreuer brauchen dringend Schulung zu diesem Thema, und die Praxis von Pflegeanstalten für Behinderte muß geändert werden. Körpergesunde Menschen müssen aufhören, diese Institutionen als Abladeplätze zu benutzen. Wenn immer es möglich ist, sollten behinderte Menschen ein unabhängiges Leben in ihrer eigenen Gemeinschaft führen können.

HOMAGE TO

Leonor Fini

born in 1908

Painter and Illustrator, lives and works in Paris

8

Varianten

Es gibt viele verschiedene Arten, lesbisch zu sein. Dieses Kapitel beschreibt einige sexuelle Besonderheiten, die mit Lesbianismus koexistieren können. Es wurde für mehrere verschiedene Interessengruppen geschrieben. Für einige Frauen kann ihr Engagement für eine bestimmte Variante (vielleicht Gruppensex oder S/M) wichtiger sein als die Tatsache, daß sie sexuell auf andere Frauen ansprechen. Bei anderen Lesben kann ein Einzelerlebnis (vielleicht ein sexuelles Vorkommnis mit einem Tier) Angstschauer oder Schuldgefühle heraufbeschwören, die sich auf ihre tagtägliche Sexualität auswirken. Wieder andere Lesben wollen mehr Information über eine bestimmte sexuelle Aktivität, damit sie besser entscheiden können, ob sie ihre diesbezüglichen Phantasien ausleben wollen oder nicht, oder damit sie Freundinnen besser verstehen können, die von der lesbischen Norm abweichen.

Die in diesem Kapitel besprochenen Arten von Sexualität sind noch verpönter als Feld-Wald-und-Wiesen-Lesbianismus. Diese Mißbilligung besteht sowohl innerhalb als auch außerhalb der lesbischen Gemeinschaft. Manche Lesben halten es für nötig, einen Strich zwischen akzeptablem und unakzeptablem Sexualverhalten zu ziehen. Sie halten es vielleicht für statthaft, Frauen nur dann als Lesben anzuerkennen, wenn ihre Sexualität nicht ungewöhnlich oder „pervers“ ist. Die Ansiedlung des Trennungsstrichs zwischen normaler und abweichender lesbischer Sexualität mag eine

Frage des persönlichen Geschmacks sein („Ich mag keine Fesseln, weil mich die Vorstellung, angebunden zu sein, nicht anmacht.“) oder moralischen und politischen Hintergrund haben („Frauen, die S/M betreiben, leben patriarchalische Rollen aus.“).

Wir sollten uns hüten, Allgemeinurteile über den Wert der sexuellen Praktiken einer anderen Lesbe abzugeben, besonders wenn es um ein Verhalten geht, das wir nicht verstehen oder nie ausprobiert haben. Kein erotischer Akt hat eine Bedeutung aus sich heraus. Eine spezifische sexuelle Aktivität mag in der Mehrheitskultur einen ganz bestimmten Sinn, für Mitglieder einer sexuellen Subkultur oder einer religiösen Sekte einen anderen Sinn und für die direkt daran Beteiligten noch einen ganz anderen Sinn haben. Auch der Rahmen, in dem sich ein erotischer Akt abspielt, kann dessen Bedeutung verändern.

Während einige dieser Varianten ungewöhnlich scheinen mögen, ist doch keine von ihnen unüblich, und vermutlich waren sie schon immer ein Bestandteil menschlicher Sexualität. Das heißt nicht, daß sie für alle erstrebenswert oder befriedigend sind. Es ist für eine Lesbe viel einfacher zu entscheiden, ob eine bestimmte Variante zu ihrer eigenen Sexualität gehört oder nicht, als zu entscheiden, ob sich irgendeine Lesbe daran erfreuen sollte oder nicht. Natürlich erstrecken sich die großen Ungleichheiten in unserer Gesellschaft auch auf die Sexualität, und kein Lebensstil bzw. keine Aktivität sollte vor Kritik und Bewertung verschont bleiben. Wir sollten jedoch daran denken, daß Lesben verfolgt wurden, weil wir uns der heterosexuellen Moral nicht beugen wollten. Bevor wir unsererseits sexuelle Verbote aussprechen, muß gewiß erst einmal nachgewiesen werden, daß ein zwingender Grund für ein derartiges Vorgehen besteht. Wir dürfen nicht annehmen, daß wir frei von Vorurteilen sind, nur weil wir Opfer sexueller Unterdrückung sind. Wenn wir genau überlegen, auf wie viele verschiedene Arten Frauen lesbisch sein können, müssen wir zu dem Schluß kommen, daß jede einzelne sexuelle Besonderheit wesentlich für das Glück mancher Lesben ist.

Folgende Varianten werden untersucht: Sex mit Fetischen, Sex mit Tieren, Faustficken, Gruppensex, Sadomasochismus, Sekt und Kaviar und Transsexualität. Hiermit sind nicht alle Möglichkeiten erschöpft, aber dadurch wir hoffentlich die Diskussion über alle abweichenden sexuellen Praktiken in der lesbischen Gemeinschaft belebt.

Fetische

Ein Fetisch ist jeder Gegenstand, Stoff oder Körperteil, der in sich und aus sich selbst heraus sexuell erregend ist. Einige der bekannteren Fetische sind Leder, Gummi, Satin, Samt, Seide, Haar, Füße, Levis mit geknöpftem Hosenlatz, Stiefel, Stöckelschuhe und Reizwäsche. Praktisch alles kann ein Fetisch sein. Das Anziehende daran kann sein, wie es aussieht, wie es sich anfühlt oder wie es riecht. Man kann einem Fetisch unterschiedlich stark verfallen sein. Die meisten von uns finden irgendwelche Stoffe, Gegenstände oder Körperteile erregender als andere. Manche Frauen macht es besonders an, wenn ihre Geliebten Strumpfhalter und hochhackige Schuhe tragen. Manche Lesben finden Jeansstoff attraktiver als Polyester oder bevorzugen Frauen mit einer bestimmten Frisur oder von einer bestimmten Statur. Viele Lesben haben Schwierigkeiten, eine sexuelle Begegnung zu genießen, wenn nicht mindestens einer ihrer Fetische vorhanden ist. Für andere Lesben verkörpert vielleicht irgend etwas Sex schlechthin, und sie mögen es lieber, wenn sich sexuelle Begegnungen auf ihren Fetisch konzentrieren. Relativ wenige Lesben bezeichnen das, was sie anmacht, unabhängig von dessen Besitzerin oder Trägerin, als Fetisch. Das mag daran liegen, daß unter Sexualforschern, Psychologen und Psychiatern das weitverbreitete Märchen kursiert, leblose Objekte oder einzelne Körperteile erregten Frauen nicht sexuell.

Der erste Schritt zum Ausleben fetischistischer Phantasien ist die Besorgung des Materials oder Dings, auf das du abfährst. Je nach Beschaffenheit deines Fetischs kann es darum gehen, 10 Pfennig in einer Eisenwarenhandlung auszugeben oder dich nach England einzuschiffen. Manche Frauen, besonders wenn sie einen teuren Geschmack – wie Leder – haben, lernen, ihre Fetischkleidung selbst herzustellen, um Geld zu sparen und alles genau so zu haben, wie sie es wollen. Fetische können sehr spezifisch sein. Wenn du schwarze, im Schritt offene Seidenslips magst, dann tut's ein rauchblauer Tanga eben nicht. Wenn du auf abgeschnittenen Jeans stehst, werden dich atlasseidene Jogging-Shorts kalt lassen. Um manche Fetische (Leder- und Gummikleidung und extrem hohe Stöckelschuhe sind die besten drei Beispiele) haben sich regelrechte Subkulturen entwickelt. In einigen Schwulenmagazinen oder Spezialzeitschriften, die in Sex-Shops verkauft werden, finden sich Werbeannoncen für Kataloge oder Klubs.

Die Benutzung von Fetischen beim Masturbieren ist äußerst verbreitet. In deinem stillen Kämmerlein kannst du dich deiner Phantasie entsprechend kleiden oder dein Lieblingsutensil zur Stimulation verwenden. Es kann auch aufregend sein, eine Partnerin ins Fetischspiel miteinzubeziehen. Frag sie, ob sie sich gerne verkleiden würde, und erzählt euch gegenseitig, welche Kostüme ihr für besonders sexy haltet. Du kannst eine Partnerin genauso bitten, einen Fetisch ins Liebesspiel einzuschließen (ein Lederhandschuh, ein Pelzmuff, eine Sterling-Silber-Haarbürste mit Monogramm), wie du sie darum bitten würdest, einen Vibrator oder ein anderes Sexspielzeug auszuprobieren. Der Gebrauch eines Fetischs mag für dich Teil einer bestimmten Phantasie sein, die mit Rollen und Dialogen verbunden ist. In diesem Fall magst du deiner Partnerin vorschlagen wollen, daß ihr ein paar sexuelle Theaterstücke spielt. Sie hat vielleicht selbst ein paar Bühneneinfälle. Es ist im allgemeinen leichter, eine Partnerin zu finden, die eine Maskerade mitmacht oder Fetischobjekte benutzt, als eine Partnerin mit einem ganz bestimmten äußeren Erscheinungsbild. Vielleicht sind einige Frauen bereit, ihr Haar wachsen oder schneiden (oder sogar scheren) zu lassen, zuzunehmen, abzunehmen oder diese Charakteristika an dir zu bewundern oder darauf abzufahren. In denselben Heften, die für Fetischwarenkataloge Reklame machen, können auch Inserate von Einzelpersonen stehen, die Partner/innen für ganz bestimmte sexuelle Aktivitäten suchen. Durch diese Inserate kannst du möglicherweise gleichgesinnte Partnerinnen finden.

Einige Fetische, besonders Leder und Gummi, werden in den Köpfen der meisten Leute mit Sadomasochismus assoziiert. Diese sexuellen Besonderheiten können sich überschneiden, können jedoch genauso gut voneinander getrennte, eigene Sphären sein. Eine Frau, die Leder erotisch findet, mag es einfach nur tragen wollen, wenn sie ausgeht oder mit jemandem schläft. Wie Leder riecht und sich anfühlt, erregt sie, und sie hat kein Interesse an Fesselung oder Schmerz. Weil Fetische und S/M so oft miteinander assoziiert werden,

verkaufen Firmen, die Gummi- oder Lederwaren herstellen bzw. vertreiben, oft S/M-Ausstattung, und Leute, die mit Fetischsex zu tun haben, können mit S/M-Fans bekannt sein oder verkehren.

Tiere

Mit dem wortstarken Ausdruck „Bestialität" bezeichnet man sowohl aktive als auch passive sexuelle Handlungen mit einem Tier. Die Kliniker, die diesen Terminus verwenden, machen sich selten Gedanken darüber, daß wir eigentlich auch Tiere sind. Unser Gattungschauvinismus offenbart sich auch in unserem Gebrauch der Ausdrücke „Bestie", „Tier" oder „Vieh" für Menschen, die sich grausam oder verabscheuenswürdig verhalten.

Die unverhohlene Erotik, die Tierchen zur Schau stellen, kann auf Menschen sehr erregend wirken. Andere Tiere sind offensichtlich freier als wir im Äußern ihres körperlichen Genusses und ihres Berührungsbedürfnisses. Sie haben auch weniger Hemmungen, mangelnde Begeisterung für Dinge zu bekunden, die sich nicht so toll anfühlen, und laufen entweder weg, beißen, kratzen oder schlafen ein, wenn das, was vorgeht, sie nicht mehr sonderlich fesselt.

Phantasien, in denen Tiere vorkommen, sind sehr verbreitet. Die sinnliche Ausstrahlung des Tieres plus der Hauch des Verbotenen eines solchen Erlebnisses kann diese Phantasien sehr aufregend machen. Was die Wirklichkeit betrifft, so wird es dir vielleicht nicht leicht fallen zu sagen, ob du je ein tierisches Erlebnis hattest. Macht es dich an, deinen Collie zu streicheln? Hast du eine Katze, die gerne auf deiner Brust liegen bleibt, während du masturbierst? Manche Erfahrungen haben einen eindeutigeren Sexualcharakter. Kinder untersuchen oft die Geschlechtsteile des Haustiers oder lassen ein Tier an ihren Genitalien riechen und lecken. Falls du ein Haustier hast, massierst du ihm vielleicht die Genitalien, wenn es in Hitze kommt ud mit einem Artgenossen keinen Geschlechtskontakt haben darf. Vielleicht gestattest du deinem Lieblingstier, im Zimmer zu bleiben, wenn du dich selbst befriedigst oder mit jemandem schläfst. Hunde interessieren sich besonders für sexuelle Geräusche und Gerüche, und es kann passieren, daß sie sexuelle Säfte oder Schweiß auf deiner Haut und Vulva probieren wollen, ohne daß du sie irgendwie dazu ermunterst.

Sexuelle Handlungen mit Tieren können einige Ängste hervorrufen, in erster Linie die Angst vor Mißbilligung und Lächerlichkeit. Andere Bedenken sind leichter auszuräumen. Wenn du das Tier nicht dazu zwingst, deine Aufmerksamkeiten über sich ergehen zu lassen, und zärtlich bist, wirst du ihm keinen emotionalen oder physischen Schaden zufügen. Bedenken bezüglich der Hygiene können dadurch gemildert werden, daß du dich und deinen kuscheligen, vierbeinigen Freund wäschst. Empfängnis infolge sexueller Beziehungen zwischen Menschen und Tieren anderer Spezies ist nicht möglich.

Sollten sexuelle Handlungen mit einem bestimmten Tier ein fester Bestandteil deines Lebens sein, magst du dich vielleicht fragen, ob das normal ist. Da wir eigentlich gar nicht wissen, was Leute sexuell so treiben, ist das schwer zu beantworten. Es ist einfacher, deine Lebensqualität allgemein unter die Lupe zu nehmen, um festzustellen, ob diese eine Erfahrung sich in irgendeiner Weise auf sie niederschlägt. Wenn du Schwierigkeiten hast, mit anderen Frauen Beziehungen einzugehen oder dich ihnen sexuell zu nähern, fragst du dich vielleicht, ob da irgendein Zusammenhang besteht. Es ist kaum anzunehmen, daß die Unterlassung sexueller Handlungen mit deinem Haustier es dir leichter machen wird, Beziehungen zu Frauen zu knüpfen. Die gesellschaftlichen Fertigkeiten von Lesben, um Partnerinnen zu finden, sind schon früher in diesem Buch beschrieben worden, zusammen mit Vorschlägen zur Entwicklung und Verfeinerung dieser Fertigkeiten. Du mußt nicht zwischen Liebe mit Tieren und Liebe mit Frauen wählen. Der emotionale und sexuelle Gehalt dieser beiden Erfahrungen ist nicht zu vergleichen. Frauen haben kein Fell, schnurren nicht und belästigen dich nicht damit, jeden Morgen Gassi gehen zu wollen. Tiere sprechen nicht, verdienen sich nicht ihren eigenen Lebensunterhalt, pressen keine Orangen aus oder schreiben auch keine Liebesgedichte.

Kurzum, die meisten Frauen haben irgendwann in ihrem Leben einmal irgendwelche sexuellen oder sinnlichen Gefühle im Zusammenhang mit Tieren. Es ist nicht ungewöhnlich, daß solche Gefühle geäußert werden. Nichterzwungene sexuelle Handlungen mit einem Haustier bergen kaum körperliche Risiken. Die Angst vor gesellschaftlicher Ächtung und Schuldgefühle können es jedoch schwer machen, ein solches Erlebnis zu genießen, besonders als festen Bestandteil deines Sexuallebens. Trotz der Risiken finden es einige Lesben durchaus in Ordnung, sexuelle Gefühle gegenüber Tieren zu äußern oder Tieren zu erlauben, ihre sexuellen Impulse gegenüber einem Menschen zu bekunden.

Faustficken

Die meisten Lesben denken, wenn sie diesen Ausdruck hören, an eine große, trockene Faust, die in eine kleine, widerstrebende Öffnung gezwungen wird. Dies ist keine besonders sinnliche Vorstellung. Es scheint keinen passenden Ausdruck für die Einführung einer ganzen Hand in eine Sexpartnerin zu geben, aus dem hervorgeht, daß es sich gut anfühlt. Aus diesem Grund betreiben manche Lesben Faustficken, ohne es bei irgendeinem Namen zu nennen. Vielleicht könnten wir das Wort „fäusteln" einführen. Schwule Männer haben für Faustficken eine Slangterminologie und eine Reihe von Sicherheitsmaßnahmen entwickelt, so daß viele Informationen in diesem Abschnitt aus Gesprächen mit schwulen Männern kommen. Da Faustficken unter Lesben immer beliebter wird, ist es ratsam, von denen zu lernen, die schon eine Menge Erfahrung darin haben.

Faustficken ist eine extreme Form von Penetration und sollte vorsichtig gemacht werden. Die „Obere" oder einfach „O" (die Frau, die ihre ganze Hand in ihre Geliebte stecken will) sollte ihre Hände darauf vorbereiten. Scharfe Hautrisse oder Nietnägel müssen geschnitten werden, und die Fingernägel sollten so kurz wie möglich und glattgefeilt sein. Wenn du noch soviel Fingernagel dran hast, um dich an der Nase zu kratzen, könntest du damit deine Partnerin verletzen. Am besten ist eine Feilbewegung über den ganzen Nagel hinweg zum Handgelenk hin. Ein weiterer Grund für die Maniküre sind eventuell schmutzige Nägel. Frauen, die gerne einen oder mehrere Finger zur Penetration benutzen, sollten ebenfalls ihre Nägel schneiden und feilen, um Schnittverletzungen oder Infektionen zu vermeiden.

Eine Frau, die von ihrer Partnerin in solchem Maße penetriert werden will (die „Untere" oder kurz „U") muß laufend gewahr sein, wie entspannt und geöffnet ihre Vagina oder ihr Anus ist. Es kommt weit häufiger vor, daß Frauen vaginales als daß sie anales Fäusteln praktizieren. Es besteht allerdings kein physiologischer Grund, warum der Anus mit der Zeit nicht langsam gedehnt und entspannt werden kann, bis er etwas von der Größe einer Hand enthalten kann. Eine Frau, die Kinder hatte oder ein Höchstmaß an Pentration gewöhnt ist, mag weniger Zeit für Vorbereitung und Entspannung brauchen als eine Frau, die keine Entbindung hatte oder gerade erst anfängt, soviel Ausdehnung zu genießen.

Ob du jemands Vagina oder jemands Anus öffnest, du mußt auf jeden Fall ein künstliches Gleitmittel benutzen, um Fäusteln angenehm und sicher zu gestalten. Ein dickes, nichtwasserlösliches Gleitmittel wird deine Hand polstern und auch eine Reizung oder Verletzung der Schleimhäute verhindern. Weiches Backfett oder Margarine sind gute Gleitmittel für Faustficken. Nimm eine Menge davon. „Eine Menge" bedeutet mehrere Handvoll. Sei kühn. Verbrauch die ganze Dose oder Packung! Die Schweinerei gehört zum Spaß mit dazu.

Diese Art von Sex klappt am besten mit ständiger Kommunikation. Die O mag eine Phantasie aussprechen wollen, daß die Vagina oder der After sich öffnen und ihre Hand regelrecht hineinsaugen wird. Die U sollte ihrer Geliebten jede Reizung, Wundheit oder Enge mitteilen und sie bitten, zurückzugehen oder sie auf andere Art zu stimulieren. Sie kann die O auch wissen lassen, wann sich die Penetration gut anfühlt und es Zeit wird, weiter vorzudringen. Die O muß sich ihrerseits auf ihr eigenes Gefühl dafür verlassen können, wie entspannt oder fest die Vagina oder der Anus ist. Während die O die U ermuntert, ihr schmeichelt und sie dazu verführt, ihre ganze Hand anzunehmen, sollte sie nicht drängen. Es kommt darauf an, wie es sich anfühlt, und nicht, wie weit du reinkommst.

Manche Frauen finden, daß Amyl- oder Butylnitrit* zur Entspannung der Schließmuskeln beiträgt und die Penetration dadurch erleichtert. Andere Drogen, die oft beim Faustficken verwendet werden, sind Methyldiamphetamin, Kokain und Quaalude. Drogen können die Empfindungen beim Faustficken verstärken, aber sie können auch die Verletzungsgefahr erhöhen. Vagina und After sind nicht sehr schmerzempfindlich. Stoned zu sein setzt die Schmerzempfindlichkeit noch mehr herab, so daß sich eventuelle Schädigungen nur schwer feststellen lassen.

Wenn du mit analem Faustficken experimentierst, wirst du dir wahrscheinlich einen Spülungsschlauch zulegen wollen. Ein flexibles Stück Plastikschlauch kann an deinen Badewannenhahn angeschlossen werden und ähnlich wie ein Klistierbeutel benutzt werden. Stell die Wassertemperatur so ein, daß sie weder kalt (das spannt den Darm an) noch heiß ist (das kann brennen), und füll dein Rektum mit Wasser. Um den Dickdarm auszuspülen, wirst du diesen Vorgang fünf- oder sechsmal im Lauf etwa einer Stunde wiederholen müssen. Der Darm sollte aus Sicherheits- wie auch aus ästhetischen Gründen gereinigt werden. Abfallprodukte sind kiesig und können die Wände des Rektums abschürfen. Manche Leute, die regelmäßig faustficken, fasten entweder am Tag vor einer Fäustelrunde oder essen Gerichte, die sich zügig verdauen lassen, ohne Verstopfung oder Durchfall zu verursachen.

Zu bedenken sind auch die im Darm befindlichen Mikroorganismen. Manche von ihnen sind Krankheits- oder Infektionserreger. Sieh also zu, daß du nach dem Fäusteln deine Hände mit antiseptischer Seife wäschst, besonders vor jeglicher Vaginalpenetration.

* Gefäßerweiternde, spasmenlösende Flüssigkeit, die bei Angina pectoris und Migräne angewandt wird.

Es ist möglich, daß der Darm verletzt wird, ohne daß es die U merkt. Weniger wahrscheinlich, dennoch möglich, ist das auch in der Scheide. Sollten irgendwelche Blutungen nach der Faustpenetration auftreten, geh sofort zum Arzt. Kleine Risse in der Vagina oder im Rektum können lokalisiert und genäht werden. Unbehandelte Kratzer oder Risse können Infektionen oder sogar Bauchfellentzündung hervorrufen. Du magst vielleicht einen befreundeten männlichen Schwulen nach einem einfühlsamen, kundigen Arzt fragen wollen. Sollte die Ärztin oder der Arzt dich fragen, wie das passiert ist, erklär ihr oder ihm, daß dich deine Sexpartnerin unabsichtlich verletzt hat. Sie müssen keine Einzelheiten herausquetschen, bevor sie dich behandeln. Ein paar Ärzte fragen dich vielleicht, ob du ein Opfer sexueller Gewalt geworden bist. Dank ihnen für ihr verständnisvolles Interesse und sag nein. Es kann passieren, daß der Arzt, den du aufsuchst, dir zu verstehen gibt, daß sie/er deine sexuelle Aktivität mißbilligt. Nimm jemanden zur Verstärkung mit. Laß dich durch die Angst vor Mißbilligung nicht davon abhalten, behandelt zu werden.

Eine sexuelle Verletzung kann sowohl traumatisch als auch körperlich schmerzhaft sein. Sie kann das Vertrauen erschüttern. Du magst dir Gedanken darüber machen, ob deine Partnerin behutsam genug ist, und sie mag sich sorgen, ob du in der Lage bist, deine Grenzen mitzuteilen. Das schlimmste, was ihr tun könnt, ist über einen derartigen Vorfall zu schweigen und zunehmend mißtrauischer in eurer Beziehung zueinander zu werden. Sprecht über das sexuelle Erlebnis, das zu der Verletzung geführt hat. Wenn eine von euch zu ungeduldig oder stoned war, wollt ihr vielleicht an eurer sexuellen Praxis etwas ändern. Denk dran, daß wir mit zunehmender Erregung schmerzunempfindlicher werden.

Ungestüme Stimulation im Genitalbereich kann als erregend empfunden werden. Es gibt viele verschiedene sexbedingte Verletzungen, und sie kommen bei allen möglichen Arten sexueller Betätigung vor. Diese Art von Unfall ist besonders bestürzend, weil die sexuelle Aktivität stigmatisiert ist. Nachdem du die ganze Angelegenheit mit deiner Partnerin besprochen hast, kommt ihr vielleicht zu dem Schluß, daß niemand an dem Unfall schuld war.

Faustficken kann ohne Risiko stattfinden, wenn beide Partnerinnen verantwortungsvoll ihren körperlichen Empfindungen nachgehen und die obengenannten Sicherheitsmaßnahmen einhalten. Es ist eine gute Technik für Frauen, die Penetration ganz toll finden und nicht genug davon bekommen können. Wenn eine ganze Hand reinpaßt, besteht kein vernünftiger Grund, draußen zu bleiben.
Faustficken vermittelt das intensive Gefühl, daß jemand in dich hineinkommt und von dir Besitz ergreift, welches im gesamten Körper zu spüren ist. Es ist ein beeindruckendes Erlebnis, deine ganze Hand im Körper einer anderen Frau verschwinden zu sehen und zu fühlen. Du nimmst sie, und gleichzeitig wird deine Hand reingenommen und festgehalten. Es ist, als würdest du langsam einen heißen, engen, feuchten Satinhandschuh überstreifen. Die Hand schließt sich unwillkürlich, wenn sie in die Vagina eintritt, bis die Knöchel oben gegen den Muttermund stoßen.

Die O mag vielleicht Schwierigkeiten haben, mit der Vagina oder dem Anus ihrer Partnerin in engem Kontakt zu bleiben und ihr gleichzeitig die Klitoris zu stimulieren. Die U mag entdecken, daß ihre Klitoris sehr empfindlich und eigensinnig geworden ist, und es daher vorziehen, sich selbst zu stimulieren.

Ein paar Lesben, die Faustficken mögen, haben sich einfallen lassen, ein rotes Taschentuch in ihre hinteren Taschen zu stecken (rechts, wenn sie Us sind, links wenn sie Os sind), um diese Vorliebe zu bekunden. Die Benutzung von farbigen Tüchern, um sexuelle Besonderheiten zu signalisieren, wird vielleicht ein lesbischer Gag.

Gruppensex

Es ist nicht ausgeschlossen, daß dir eine oder beide der folgenden Situationen in deiner lesbischen Laufbahn begegnet sind.

(1) Du machst mit deiner Partnerin gerade Liebe. Du bist mit beiden Händen und dem Mund beschäftigt. Ihr seid beide ganz wild. Aber es gibt noch genügend ungefüllte Öffnungen oder unberührte Stellen. Du fragst dich, wie es sich wohl anfühlen würde, wenn eine andere Frau sachte deine Klitoris streichelt, während du an deiner Geliebten runtergehst, oder du stellst dir vor, wie eine andere Frau den wartenden, begierigen Mund deiner Geliebten unter ihrer Möse begräbt. Die Phantasie mag dich ein bißchen beunruhigen, aber du hast einen explosiven Orgasmus. Sie auch (vielleicht bei der gleichen Phantasie).

(2) Du hast eine langjährige Geliebte, mit der du eine sehr enge, erotische Beziehung hast. Da ihr beide sexuell aktiv und aufgeschlossen seid, interessiert ihr euch auch für andere Frauen. Der Gedanke, deine Geliebte könnte weggehen, um mit einer anderen Frau zu schlafen, ist für dich schmerzlich und bedrohlich. Ihr redet viel über diese erotischen Neigungen zu anderen Frauen, und eines Tages stellt ihr fest, daß ihr beide einen Faible für eine Freundin des Hauses habt. Es ist

ein heikles Dilemma. Versucht ihr – du und deine Geliebte – diese Neigung zu ignorieren oder sie wegzureden? Konkurriert ihr um die Aufmerksamkeit einer neuen Flamme und zerstört euer Vertrauen ineinander? Die dritte Frau ist in einer dummen Lage: Sie mag euch beide und fühlt sich von beiden angezogen, will aber keiner von euch wehtun. Wäre es nicht schön, wenn ihr drei irgend etwas austüfteln könntet – zusammen?

Gruppensex ist möglicherweise eine der verbreitetsten lesbischen Sexualphantasien. Aber er kommt kaum vor (im Vergleich zu wievielmal er vorkommen könnte oder sollte). Ein Grund dafür ist, daß viele Lesben soviel Nachdruck auf monogame Zweierbeziehungen legen. Ein weiterer Grund ist die Abneigung vieler Lesben, Sex nur zum physischen Vergnügen oder aus Neugier zu suchen, ohne auch gefühlsmäßig beteiligt zu sein. Selbst nichtmonogame Lesben ziehen es meist vor, ihre Geliebten der Reihe nach dranzunehmen. Für diese Frauen steht gelegentlicher Gruppensex nicht zur Debatte. Er kann jedoch eine pikante, bestrickende Phantasie bleiben.

Wenn du ein Gruppensexerlebnis arrangieren willst, wirst du wahrscheinlich selbst die Sache in die Hand nehmen und in die Wege leiten müssen. Es passiert durchaus nicht selten, daß eine Gruppe von Freundinnen zusammenkommt, high und geil wird und dann am Ende des Abends jede ihre eigene Wege geht. Gruppensex ist so tabu, daß irgend jemand alle anderen dazu verführen muß, wenn er stattfinden soll. Da Gruppensex eine Katastrophe sein kann, wenn man nicht sorgfältig auf Angst, Stolz, Eifersucht, Empfindsamkeit und Einsamkeit achtet, sind Vorausplanung und Vorbereitung unerläßlich. Was hat es für einen Sinn, eine Menge guten Sex zu haben, wenn Wut und Schuldgefühle am nächsten Tag alles kaputtmachen?

Du kannst ein Gruppensexerlebnis auf mehrere verschiedene Arten einfädeln. Wie und wann du den Vorschlag dazu machst, hat viel damit zu tun, ob die Sache stattfinden wird oder nicht. Nimm zuerst einmal deinen eigenen sexuellen Lebensstil unter die Lupe. Wenn sich deine Freundin mit jeder anlegt, die dich zum Tanzen auffordert, werden sich andere Frauen zweifellos vor deiner Einladung hüten. Wenn du allerdings von der unabhängigen, abenteuerlustigen Sorte bist, vielleicht auch als ausgeflippt und weibstoll bekannt bist, wird dein Angebot weniger bedrohlich sein. Falls der Vorschlag von dir und deiner Geliebten oder besten Freundin stammt, solltet ihr beide das Thema Gruppensex aufbringen. Dann wissen die anderen Beteiligten, daß ihr beide es wollt, und werden kein ungutes Gefühl dabei haben. Denk ein bißchen über die anderen beteiligten Frauen nach. Würde ein Gruppensexerlebnis ihre Stabilität gefährden? Haben sie sexuell ausschließliche Beziehungen? Ist eine von ihnen in dich verliebt? Wenn ja, wird ihr ein lockeres Erlebnis, das nicht auf eine Zweierbeziehung hinausläuft, wehtun? Du wirst mehr Glück mit Frauen haben, die solo sind oder offene Beziehungen haben, oder mit Frauen, die in deiner Gegend nur für kurze Zeit zu Besuch sind.

Unterbreite deinen Vorschlag in eindeutiger und sinnlicher Form. Dein Ansinnen wird weniger erschrecken, wenn ihm ein anregendes Gruppenerlebnis wie gemeinsames Tanzen, Kiffen oder ein Massagekurs vorausgegangen ist. Du kannst so etwas Ähnliches sagen wie: „Ich fühl' mich ziemlich angetörnt von euch allen, und ich würde gerne was dagegen tun," oder „Es wäre eigentlich unheimlich schade, wenn wir die ganzen guten Gefühle so im Sand verlaufen ließen. Bleiben wir doch zusammen und machen was draus."

Du bekommst vielleicht gemischte Reaktionen. Einer Frau mag die Idee Unbehagen bereiten oder zu anstrengend sein, und sie sagt vielleicht, ihr sollt alleine weitermachen. Andere Frauen wollen vielleicht erst über den Vorschlag reden und sich ein klareres Bild von den eventuellen Folgen machen, ehe sie ja oder nein sagen. Wenn dein Angebot abgelehnt wird, werden die anderen Frauen hoffentlich erkennen, wie verwundbar dich dein Vorschlag gemacht hat, und ihre Ablehnung schonend und vorurteilsfrei formulieren. Sollten sie deine Einladung annehmen, wirst du wahrscheinlich ein Fallgefühl in der Magengrube spüren, während du dir sagst: „O meine Göttin – es passiert wirklich. Was mach' ich jetzt bloß?"

Am besten, ihr zieht euch an einen ruhigen, privaten Ort zurück und führt ein paar Vorverhandlungen. Sprecht vor allen Dingen über Vertraulichkeit. Will irgend jemand, daß das Erlebnis geheim bleibt? Man kann aus verschiedenen Gründen wollen, daß Diskretion gewahrt wird, z.B. aus Angst, von anderen Lesben als pervers oder sonderbar angesehen zu werden. Eine der anwesenden Frauen macht vielleicht gerade Urlaub von einer monogamen Beziehung. In letzterem Fall ist es wichtig, daß die anderen Beteiligten davon erfahren, damit sie entscheiden können, wie sie zu ihrer Mitwirkung stehen. Alle werden sich in der Regel freier fühlen, wenn sie das Ereignis nicht vertuschen müssen und später damit diskret ein bißchen angeben können, aber es gibt eben nicht immer eine Idealsituation. Es ist nichts dagegen einzuwenden, ein paar Sachen geheimzuhalten, um sich zu schützen.

Ihr solltet auch über eure Empfindungen füreinander sprechen. Falls du dich zu einer bestimmten Frau hingezogen fühlst, wirst du aufpassen müssen, daß sich niemand übergangen vorkommt. Wenn ihr noch nie Sex miteinander gehabt habt, unterhaltet euch ein bißchen darüber, wie ihr am liebsten berührt werdet und zum Orgasmus kommt. Falls du irgendwelche Wunschvorstellungen über den Verlauf des Abends hast, schildere sie. Eine davon könnte alle anderen verlocken und ein Einstieg für die nächtlichen Aktivitäten werden. Jetzt ist ein guter Zeitpunkt, deine schlimmsten Befürchtungen vorzutragen und dir versichern zu lassen, daß alle gut zueinander sein werden und niemand vom Donner gerührt sein wird. Sucht euch eine gemütliche Ecke aus. Die meisten Betten bieten nur zwei Frauen bequem Platz, so daß ihr euch vermutlich auf dem Teppichboden einrichten und mit Kissen und Schlafsäcken Nester bauen müßt. Falls mehr als eine Frau einen Vibrator benutzen will, sorg für Verlängerungsschnüre. Stell ein paar Flaschen Öl oder Cremedosen als Gleitmittel bereit. Handtücher sind eine gute Idee sowie ein paar kalte Getränke. Wenn du eine Stereoanlage hast, magst du vielleicht etwas passende Musik aussuchen wollen.

Gespräche über sexuelle Wünsche und Vorstellungen erzeugen gewöhnlich eine aufreizende, feucht-nasse Stimmung. Ihr könnt diese Stimmung durch Tanzen steigern, indem ihr euch gegenseitig mit sinnlichen Leckerbissen wie Erdbeeren, Käse oder Avodado füttert oder indem ihr euch teilweise auszieht oder erotisch verkleidet.

Wenn der Zug dann tatsächlich abfährt, können die Weichen auf viele verschiedene Weisen gestellt werden. Ihr mögt vielleicht abwechselnd im Mittelpunkt stehen wollen, wobei die Frau in der Mitte beschreibt, welche Art von Zärtlichkeiten sie haben möchte. Manchen Frauen macht es Spaß, sich selbst zu befriedigen oder nur zuzuschauen, während die anderen Liebe machen. Es kann lustig sein, im Kreis oder Seite an Seite zu liegen und gemeinsam zu onanieren oder sich einen abzusurren. Ihr könnt euch auch in Paare oder andere Kleingruppen aufteilen und vielleicht im Lauf des Abends Partnerinnen wechseln.

Wenn ihr sehr lange zusammen seid, wollt ihr möglicherweise Pausen einlegen und darüber reden, was so abläuft, euch gegenseitig den Rücken massieren, schmutziges Geschirr raustragen oder etwas essen oder trinken. Im Idealfall sollte jede, die sich fürchtet, langweilt oder unglücklich fühlt, es auch sagen und darüber sprechen können, was sie von den anderen anwesenden Frauen braucht.

Es kann passieren, daß du dich in einer Gruppensexsituation befindest und anfängst, dich von den anderen Frauen entfremdet zu fühlen. Es mag gar nicht an ihnen liegen, daß du dich so fühlst. Du magst auch einen unerfreulichen Austausch mit jemandem gehabt haben. Wie auch immer, du amüsierst dich nicht und möchtest weggehen. Nach Gruppensexetikette geht niemand so weg, daß es anderen Frauen den Spaß verdirbt. Geh nicht zu deiner Geliebten hin, wenn sie gerade mit einer anderen Frau zusammen ist, und kündige an, daß du weggehst. Mach dich nicht einfach ohne eine Erklärung aus dem Staub. Alle werden sich Gedanken darüber machen, warum du gegangen bist und wo du bist, und das Schlimmste befürchten. Du wirst vielleicht noch eine Weile dableiben müssen, bis eine Pause eingelegt wird oder bis du wenigstens eine Person erwischst, der du erklären kannst, daß du keine Lust mehr hast und gehen willst.
Denk daran, daß es vielleicht gar nicht nötig ist, wegzuge-

hen, um dich wohler zu fühlen. Gruppensexparties haben meistens für alle Beteiligten ihre Höhen und Tiefen. Du fühlst dich vielleicht deprimiert und isoliert, weil du keinen Sex hast oder nicht den Sex bekommst, den du erwartet hast. Das gilt möglicherweise nicht für den ganzen Abend. Versuch, mit deiner Energie etwas anzufangen. Übernimm die musikalische Gestaltung, mach einen Obstsalat, sieh nach, ob jemand eine Assistentin, einen Vibrator oder ein Handtuch braucht. Wenn du keinen abgerückten oder unglücklichen Eindruck machst, werden dich andere Frauen eher interessant und anziehend finden.

Gruppensex funktioniert am besten, wenn du dir davon nicht dasselbe versprichst, was du vom Zweiersex mit deiner Lieblingspartnerin erwartest. Eventuell gewöhnst du dich erst nach mehreren Erfahrungen mit Gruppensex daran, daß dir andere Frauen beim Heißwerden und Abfahren zusehen. Es dauert eine Weile, bis du lernst, in einer Gruppe auf die Pirsch zu gehen bzw. sexuelle Angebote abzulehnen. Je mehr Frauen bei dem Ereignis dabei sind, desto komplexer und riskanter ist die Sache. Also geh langsam ran.

Ihr wollt vielleicht ein Post-Orgien-Workshop abhalten. Wenn alle über Nacht bleiben, könnt ihr das bei Kaffee und Croissants am nächsten Morgen erledigen. Dies ist eine großartige Gelegenheit, ein bißchen dick aufzutragen. Versichert euch gegenseitig, daß es allen toll gefallen hat, und beglückwünscht euch zu eurer Ungezwungenheit. Bedankt euch bei der Frau, die die Energie aufgebracht hat, euch allen einen schönen Abend zu bereiten. Falls es irgendwelche Unstimmigkeiten gegeben haben sollte, sprecht darüber, was eurer Meinung nach schiefgegangen ist, und macht Verbesserungsvorschläge für das nächste Mal. Denkt daran, daß ein bißchen Kritik eine große Reichweite hat, wenn es um die Beurteilung einer so raren und heiklen Erfahrung geht wie dieser.

Es empfiehlt sich immer, Hilfe beim Aufräumen anzubieten. Vergiß nicht, anzurufen oder eine kurze Mitteilung zu schikken, um dich bei der Gastgeberin für die Organisation des Festes zu bedanken.

Paare, die zusammen an Gruppensex teilgenommen haben, werden die Angelegenheit vermutlich unter sich verarbeiten müssen, unabhängig von ihrer Diskussion mit der Gruppe. Es wird vielleicht mehr als ein Gespräch notwendig sein, um alles auszuwerten, was ihr aus der Erfahrung gelernt habt. Um Eifersucht zu vermindern und diese Lageeinschätzung zu erleichtern, haben manche Paare als Regel eingeführt, daß sie Gruppensexparties zusammen verlassen und anschließend miteinander schlafen. Das verdeutlicht, daß ihr trotz eurer sexuellen Aktivitäten mit anderen Frauen noch zusammengehört.

Wenn du einem Gesellschaftskreis angehörst, der ein solches Ereignis unterstützen würde, magst du vielleicht eine große Gruppensexparty organisieren wollen. Ein Gesellschaftskreis dieser Art kann sich aus einer Gruppe von Freundinnen entwickeln, die sich untereinander an flotten Dreiern erfreuen, oder er kann von einem Paar aufgebaut werden, das gerne andere Frauen verführt und zu offener sexueller Entfaltung ermuntert. Sex in größeren Frauengruppen läuft etwas anders ab als in kleinen Gruppen von engen Freundinnen. Einladungen sollten sehr frühzeitig abgeschickt werden. Eine passende Einladung wäre eine Kostprobe lesbischer Erotika mit einer wollüstigen Beschreibung der abendlichen Feierlichkeiten. Die Umschläge sollten undurchsichtig sein. Führe auf der Einladung aus, ob Essen, Getränke oder Rauschmittel bereitgestellt werden. Es kann schwierig werden, ausreichenden Platz für ein solches Fest zu finden. Falls kein großes Privathaus zur Verfügung steht, kannst du vielleicht in einem Schwulenbadehaus oder einer privaten Einrichtung Räumlichkeiten mieten. Wenn du Geld für Miete ausgeben mußt, ist es durchaus zulässig, deinen Gästen einen kleinen Unkostenbeitrag abzuverlangen. Es wird normalerweise als selbstverständlich vorausgesetzt, daß wer auch immer zu einer Orgie kommt, von ihrer Partnerin die Erlaubnis dazu hat und sich selbst um vertrauliche Behandlung kümmert. Paare, die zusammen an einer Orgie teilnehmen, können unterschiedliche Vereinbarungen über ihre Teilnahme getroffen haben. Sie mögen in einem öffentlichen Rahmen vielleicht nur miteinander Sex haben wollen. Sie mögen sich geeinigt haben, nur dann mit einer anderen Frau zu schlafen, wenn jede von ihnen eine Partnerin hat. Es liegt an ihnen, potentiellen Partnerinnen diese Übereinkunft mitzuteilen, was sie mit etwas Taktgefühl tun sollten.

Bei großen Festen kommt es selten zu einer Lagebesprechung oder einem Gruppengemenge. Die Frauen drehen gewöhnlich ihre Runden, einigen sich paar- oder dreierweise, fahren ab, lösen den Vertrag und gehen dann weiter auf die Pirsch nach einem neuen Abenteuer. Es gehört sich nicht, von einer Frau zu erwarten, daß sie den ganzen Abend mit dir verbringt, es sei denn, ihr habt euch vorher darauf geeinigt. Es gehört sich auch nicht, ausfallend zu werden, wenn sich irgend jemand an dich ranmacht, oder unhöflich zu sein, wenn du einen Annäherungsversuch machst. Wenig Dampf ist der Schlüssel zu einem angenehmen Erlebnis. Wenn du jemandem den Hals massierst und sie wegrückt, laß sie in Ru-

he und such dir jemanden, die bereitwillig ist. Wenn eine Frau um dich herumtanzt und du nicht interessiert bist, sag mit einem Lächeln: „Ich mach' gerade eine Pause", oder „Tut mit leid – jetzt nicht". Es ist praktisch, wenn du das, was du willst, in einen kurzen Satz fassen kannst: „Ich würde für mein Leben gern deine köstliche Muschel verschlingen". oder „Ist dein bezaubernder Arsch nicht wild darauf, verwöhnt zu werden?" Es ist meistens einfacher, jemanden aus einer aktiven Position heraus anzumachen, da es dich weniger verletzlich macht.

Diese Erfahrung ist den meisten Lesben noch nicht ohne weiteres zugänglich. Große Gruppensexparties für Frauen gewinnen jedoch an Boden, Beliebtheit und Anerkennung. Es hätte verschiedene Vorteile, wenn Gruppensexparties zu einer lesbischen Einrichtung würden. Der Grad von Frustration und Alkoholkonsum in Lesbenbars könnte drastisch gesenkt werden. Frauen könnten leichter gelegentlichen Sex haben, und zwar auf offene, angenehme, nicht manipulative Weise. Vielleicht könnte sogar die Lebensdauer von Zweierbeziehungen erhöht werden. Wenn deine Geliebte außerplanmäßige Abenteuer auf einer Gruppensexparty finden kann, wäre das für dich vielleicht weniger bedrohlich, als wenn sie eine langfristige sexuelle Beziehung mit einer anderen Frau eingeht.

Sadomasochismus

Um diese sexuelle Variante kreisen allerlei Ängste und Unwahrheiten. Beziehungen, in denen ein/e Partner/in die/den andere/n körperlich mißhandelt oder emotional beherrscht, werden oft als sadomasochistisch beschrieben. Lustmörder oder Vergewaltiger als Sadisten abzustempeln gehört schon zur Presseroutine. Amateurpsychologen bezeichnen Freunde, die sich häufig in Situationen hineinmanövrieren, die sie unglücklich machen oder an den Rand des Selbstmords bringen, mit Vorliebe als Masochisten.

Es gibt ohne Zweifel ungesunde Beziehungen, Gewaltverbrechen mit einer genitalen oder sexuellen Komponente und selbstzerstörerisches Verhalten. Aber in diesem Abschnitt wird unterschieden zwischen erzwungenen oder selbstmörderischen Aktivitäten und sexuellem Sadomasochismus. Sadomasochismus wird hier definiert als ein erotisches Ritual um das Ausleben von Phantasien, in denen eine Partnerin sexuell dominiert und die andere Partnerin sich sexuell unterwirft. Diesem Ritual geht ein Verhandlungsgespräch voraus, in dem die Beteiligten ihre Rollen auswählen, ihre Grenzen festlegen und einige der Aktivitäten, die stattfinden sollen, näher ausführen können. Die Dynamik, die sexuellem Sadomasochismus zugrunde liegen, ist ein ins Erotische übertragener Machtaustausch – nicht Gewalttätigkeit oder Schmerz.

Eines der vielen Märchen über Sadomasochismus oder S/M ist, daß Lesben so etwas nicht tun. S/M wird als eine Aktivität unter männlichen Schwulen oder Heterosexuellen stereotypisiert. Lesben haben zwar keine Bars oder Privatklubs mit speziell S/M-orientierter Kundschaft, und wir haben auch keine Zeitschriften voller Sexannoncen und Schnappschüsse von lesbischen Dominas. Einige Lesben haben sich jedoch entschlossen, ihre fortdauernden, starken S/M-Phantasien auszuspielen, oder täten es gerne, wenn sich eine Gelegenheit böte. S/M unter Lesben ist eher ein Undergroundbrauch als nicht existent. Aversionen gegen S/M von innerhalb und außerhalb der lesbischen Gemeinschaft halten ihn im Underground.

Anti-S/M-Gefühle unter Feministinnen haben einige Berechtigung. Wir kämpfen noch immer gegen die eingefahrene psychoanalytische Theorie, nach der Frauen von Natur aus masochistisch und passiv sind. Diese These wird zur Rechtfertigung der sexuellen, gesellschaftlichen und wirtschaftlichen Ausbeutung von Frauen herangezogen. Der widerwärtige Gedanke, daß Frauen Vergewaltigung oder sexuellen Mißbrauch herausfordern, freiwillig mitmachen und insgeheim genießen, paßt hervorragend ins frauenfeindliche Bild.

Diese frauenfeindliche Propaganda kann in einer Lesbe, die S/M-Phantasien hat, schwere Gewissensbisse hervorrufen. Spielt ihre Libido dem Feind in die Hand? Ist es ihr irgendwie nicht gelungen, ihre Macht als Frau zurückzugewinnen? Eine S/M-Phantasie zu haben und mit einem 2. Klasse-Status in einer männerbeherrschten Gesellschaft fertig zu werden, sind eigentlich zwei total verschiedene Dinge. Frauen arbeiten in schlecht bezahlten Jobs, weil sie überleben müssen und außer diesen Jobs meist kaum etwas zu haben ist. Eine S/M-Phantasie wird aus einem Spektrum möglicher erotischer Themen ausgewählt. „Ja, Herrin" zu einer Geliebten zu sagen, die dich vor Lust fast um den Verstand bringt, ist nicht dasselbe wie „Jawohl" zu einem Chef zu sagen.

Manche feministischen Theoretikerinnen setzen die Rolle der „Oberen" oder Sadistin mit Männlichkeit und männlicher Vorherrschaft gleich und die Rolle der „Unteren" oder Masochistin mit Weiblichkeit und dem niedrigen Status von Frauen in dieser Kultur. Sie sehen in S/M die logische Fortsetzung (vielleicht sogar die Verkörperung) von Sexismus und gehen davon aus, daß er durch sexuelle Schuldgefühle und Zorn oder Haß auf die Sexpartnerin hervorgerufen wird.

Die dominierende Rolle bei S/M basiert nicht auf wirtschaftlicher Kontrolle oder körperlichem Zwang. Die einzige Macht, die eine O hat, wird ihr für kurze Zeit von der U gegeben. Diese Macht wird also immer durch die Bedürfnisse und Fähigkeiten der U eingeschränkt. Die dominierende Rolle kann durch feminine Verkleidung und Verhaltensweisen genausogut zum Ausdruck gebracht werden wie durch betonte Männlichkeit. Eine O kann auch androgyn sein. Dasselbe gilt für den unterwürfigen Part. Die U braucht nicht selbstzerstörerisch veranlagt zu sein, und sie ist auch nicht wirklich hilflos. Es ist sehr wahrscheinlich, daß sie ihre eigenen sexuellen Phantasien und Vorlieben nur zu gut kennt und außergewöhnlich geschickt darin ist, das zu bekommen, was sie will. Die Macht, die sie ihrer Sexpartnerin verleiht, ist für sie weder auf immer verloren noch wird ihre Fähigkeit, im übrigen Leben zurechtzukommen und Erfolg zu haben, dadurch in irgendeiner Weise beeinträchtigt. Beide Partnerinnen profitieren vom S/M-Austausch, weil beide sexuelles Vergnügen daraus ziehen.

Sadomasochismus als sexistisch zu bezeichnen ist so, als würde man eine Armee oder ein Internat homosexuell nennen. Es mögen durchaus erotische Gefühle und sexuelle Aktivitäten zwischen Angehörigen des gleichen Geschlechts in einem Gefängnis, in einer Kaserne oder in einer reinen Mädchen- oder Knabenschule bestehen. Doch unterscheiden sich solche Gefühle und Aktivitäten sowohl quantitativ als auch qualitativ von denen jener Menschen, die ihre homosexuelle Identität frei wählen. Die Lesbe, die sich selbst als Sadomasochistin bezeichnet, benutzt Rollen, Machtaustausch und intensive Empfindungen zur sexuellen Befriedigung. Sie hat nichts gemein mit der Klasse von Menschen (Männer), die sich gesellschaftlicher Institutionen, Polizeimacht und wirtschaftlicher Ungleichheit bedient, um die halbe Menschheit (Frauen) in Abhängigkeit zu halten.

Wenn S/M eine Folge männlicher Vorherrschaft ist, warum ist er dann so verpönt und nicht die offizielle Form sexuellen Verkehrs? Es trifft eher zu, Sadomasochismus als eine sexuelle Minderheitsvariante zu bezeichnen. S/M-Leute, die ihre Sexualität nicht geheimhalten, sehen sich von beruflicher Diskriminierung, öffentlicher Fertigmache, Belästigung auf der Straße und Gewalttätigkeit bedroht. Die Frauen, die S/M betreiben, weigern sich, die herrschenden Definitionen dessen zu akzeptieren, was Sex sein und wie er gemacht werden soll. S/M ist eine Form sexueller Auflehnung. Er wird zum großen Teil aus denselben Gründen unterdrückt, aus denen Homosexualität unterdrückt wird. Er ist nicht auf Fortpflanzung gerichtet, bestreitet jeglichen Zusammenhang zwischen Männlichkeit und sexueller Aggressivität auf der einen und Weiblichkeit und sexueller Passivität auf der anderen Seite und verwendet nichtgenitale Objekte als Lustquellen.

Psychoanalytiker pflegten zu sagen, Lesbierinnen seien narzistisch, hätten eine paranoide Angst vor sexueller Penetration und seien unreif und neurotisch, weil sie sich der Ehe und Mutterschaft versagten. Argumente, wonach S/M durch sexuelle Schuldgefühle hervorgerufen werde, liegen auf einer ähnlichen Linie. Es gibt keine Anzeichen dafür, daß Sadomasochisten mit mehr Schuldgefühlen bezüglich ihrer Sexualität aufgewachsen sind als andere Menschen, und nichts berechtigt zu der Annahme, sie würden ihren Partnern/innen Ressentiments oder Haßgefühle entgegenbringen.

Es führt oft in die Irre, wenn man seine eigenen Werte als

Maßstab nimmt, um das Verhalten anderer Frauen zu interpretieren. Was in einer S/M-Begegnung gefährlich oder gewalttätig aussieht, ist wahrscheinlich sorgfältig geplant und ausgeführt worden. S/M ist eine Sprache der Leidenschaft mit ihren eigenen Regeln, Signalen und sexuellen Techniken. In den folgenden Ausführungen werden verschiedene Komponenten des Sadomasochismus beschrieben. Sie werden Lesben, die bereits S/M betreiben, und Frauen, die ihn gerne erforschen würden, vermutlich eine große Hilfe sein. Sie bringen vielleicht auch Lesben, die ein mehr akademisches Interesse an dem Thema haben, neue Einsichten. Die am einfachsten erhältlichen Bilder über S/M finden sich in kommerzieller Pornographie. Dieses Material porträtiert oft unfreiwillige Aktivitäten und kann Leute bei Handlungen zeigen, die nicht ungefährlich sind. Die meisten S/M-Anhänger spielen nicht auf solche Arten. Es wird großer Wert auf Sicherheit, Wohlbefinden und Erregung der U oder Unterwürfigen gelegt. Im Gegensatz zu den Märchen um diese Variante haben Frauen, die S/M-Sex bevorzugen, oft enge, liebevolle Beziehungen. Herkömmliche Erotika entstellen S/M ganz ähnlich, wie sie Lesbianismus entstellen. Dieser Abschnitt wird hoffentlich eine präzisere Vorstellung davon geben, wie S/M-Lesben Partnerinnen finden, Liebe machen, Konflikte lösen und Zuneigung im Rahmen einer S/M-Beziehung ausdrücken.

Kommunikation. Weil S/M so umstritten ist, kann es schwierig sein, das Thema gegenüber einer Geliebten anzuschneiden oder einer zufälligen Sexpartnerin vorzuschlagen. Es ist oft einfacher, das Gespräch auf einer abstrakten Ebene zu beginnen, anstatt rauszuplatzen mit: „Wie wär's, wenn du mich heute nacht wie deine Sklavin behandeln würdest?"

Du kannst deine Partnerin fragen, was sie allgemein von S/M hält, ihr ein paar S/M-Erotika, wie *Die Geschichte der O, Nine and a Half Weeks* oder Auszüge aus *A Womans Touch,* zu lesen geben oder vorschlagen, daß sie dieses Kapitel liest und dir ihre Meinung dazu sagt. Diese Art von Gespräch kann dir einen Eindruck davon vermitteln, wie sie theoretisch über S/M denkt, wird aber vielleicht nichts darüber aussagen, ob sie Phantasien darüber oder schon Erfahrungen damit hatte. Es ist auch möglich, daß sie sich negativ oder gleichgültig über S/M äußert, wenn sie sich noch nicht allzusehr damit beschäftigt hat oder sich vor Kritik schützen will.

Du kannst sie über S/M aufklären und ihre Neugier wecken; aber wenn du es wirklich tun willst, wirst du irgendwann wohl direkt über deine Bedürfnisse sprechen müssen. Das Gespräch läßt sich gut anfangen, indem du fragst, ob sie jemals S/M-Phantasien hatte und ob es sie schockieren würde zu erfahren, daß du welche hast. Wenn ihre Antwort beruhigend ist, drück dich klarer aus. Du magst vielleicht so etwas sagen wollen wie: „Ich habe schon seit vielen Jahren S/M-Phantasien, und ich hab' genug Vertrauen zu dir, daß ich sie mit dir ergründen möchte. Ich würde wirklich unheimlich gerne wissen, wie es ist, wenn du mich fesselst oder mir sagst, was ich im Bett tun soll." Eine andere mögliche Einleitung ist: „Es gibt Augenblicke, da empfinde ich soviel Leidenschaft für dich, daß ich dich wirklich beherrschen und ganz für mich besitzen will. Würde es dich erschrecken, wenn wir irgendwanneinmal so täten, als gehörtest du mir, damit ich ein paar von diesen Gefühlen zum Ausdruck bringen kann? Könnte dir so etwas gefallen?"

Sie mag mit einem spontanen, entschlossenen „Ja!" antworten, oder sie mag vielleicht darüber reden oder nachdenken müssen, bevor sie sich auf den Versuch einläßt. Sobald die Enscheidung gefallen ist, laßt euch Zeit, euch gegenseitig mit euren Erwartungen und Befürchtungen vertraut zu machen, und setzt ein paar Grenzen fest, innerhalb derer die Szene oder Sitzung stattfinden kann. Ihr könnt z.B. drei Listen machen. Auf eine Liste tragt ihr alle sexuellen Sachen ein (S/M und Nicht-S/M), die ihr schon gemacht habt und die euch Spaß machen. In die zweite Liste tragt ihr sexuelle Dinge ein, auf die ihr neugierig seid und die ihr vielleicht gerne ausprobieren würdet. Die dritte ist eine Liste der sexuellen Dinge, die ihr nicht tun wollt – Aktivitäten, die nicht in Frage kommen. Tauscht eure Listen aus und seht nach, in wie vielen Punkten ihr übereinstimmt. Das folgende Informationsmaterial über Rollen, Fesselung, Schmerz und Demütigung gibt euch vielleicht noch ein paar Ideen für euer Abenteuer.

Wenn du mit der Ergründung von S/M anfängst, wirst du wahrscheinlich entdecken, daß dadurch ein paar unerwartete, starke Empfindungen freigelegt werden. Du magst mit alten Wunden, begrabenem Schmerz, Mächten, von denen du dir nie hättest träumen lassen, in Berührung kommen oder Wünsche in dir entdecken, die dich überraschen. Oft müssen während einer Szene Pausen eingelegt werden, um die Rollen fallen zu lassen und über eure Reaktionen zu sprechen.

Das ist besonders wichtig, wenn du dich von deiner Partnerin entfremdet fühlst oder wenn sie besorgt ist, weil du widerspruchsvoll warst oder geweint hast. Nachfolgende Szenen werden besser ablaufen, wenn ihr euch nach jeder Sitzung darüber aussprecht, was gut geklappt hat, was hätte besser gehen können, was für Auswirkungen es auf euer Selbstimage und eure Gefühlsregungen hatte und was für Ideen es euch fürs nächste Mal gegeben hat.

Zu einigen S/M-Phantasien gehört es, daß die U protestiert und sich wehrt. Sie mag vielleicht so tun wollen, als werde sie gefangen, unterworfen oder verführt. Wenn es die Rolle deiner Geliebten verlangt, „Nein! Nein! Hör auf! Bitte hör auf!“ zu schreien, mußt du wissen, wann sie spielt und wann sie es erst meint. Ihr solltet euch auf ein Codewort einigen (manchmal auch Sicherheitswort genannt), das keine von euch aus Versehen gebrauchen wird. Es kann ein Wort wie „Gurke“ oder „Rosenknospe“ sein. Wenn eine von euch das Codewort sagt, heißt das, daß das Spiel aufhören soll. Du magst vielleicht auch nur eine Pause einlegen wollen.

Es kann passieren, daß dir deine betreffende Partnerin – trotz sorgfältiger Vorbereitung und einer diplomatischen Einladung, die Freuden von Beherrschung und Unterwerfung auszukosten – eine Absage erteilt. Wenn sie eine Gelegenheitspartnerin ist und du noch jemanden hast, die du fragen kannst, oder wenn dein Interesse an S/M gering ist, kannst du ihre Ablehnung ohne allzu große Seelenqualen verkraften. Wenn sie eine Haupt- oder einzige Geliebte ist oder wenn sie dir sagt, S/M sei zum Kotzen und dein Vorschlag sei eine Beleidigung, wirst du vermutlich von Selbstzweifeln und Konflikten geplagt werden.

Denk daran, daß es vollkommen in Ordnung ist, jemanden zu fragen, ob sie ein bestimmtes sexuelles Erlebnis mit dir teilen möchte. Das schließt das Lutschen an ihren Zehen, das Spritzen von Schlagsahne auf ihre Klitoris sowie das Versohlen ihres wohlgeformten Hinterns ein. Wenn sie nicht mitmachen will, bedeutet das nicht, daß deine Phantasien schlecht oder abartig sind. Es bedeutet lediglich, daß sie nicht mitmachen will – mehr nicht. Eine Abweisung mit der Absicht, dich zu kränken, ist unfair und unverdient. Viele

Frauen würden auf einen sexuellen Antrag von einer anderen Frau feindselig reagieren, und wir wissen alle, daß an so einem Antrag nicht Schlimmes oder Falsches ist.

Angesichts der Weigerung einer Haupt- oder einzigen Partnerin, an S/M teilzunehmen, hast du mehrere Möglichkeiten zur Auswahl. Du kannst versuchen, sie umzustimmen. Vielleicht kannst du das erreichen, indem du das Thema ständig wieder anschneidest und dich mit ihren Einwänden auseinandersetzt. Das wird dich bestimmt mancherlei Frustration und Ohnmachtsgefühl kosten, und du wirst dich vielleicht ärgern, daß sie soviel Macht über deine Sexualität hat. Vielleicht gelingt es dir, einen Kompromiß auszuhandeln. Eine Möglichkeit wäre, eine andere Partnerin oder andere Partnerinnen für S/M zu suchen. Eventuell ist sie auch bereit, S/M-Phantasien auszusprechen, während du mit ihr Liebe machst oder masturbierst. Es mag ein paar sexuelle Techniken geben, die auf der Grenze zwischen Allerwelts- und S/M-Sex liegen (beißen, an den Haaren ziehen, die andere Frau runterhalten, heftige Penetration, analer Sex), die ihr Spaß machen und in die sie öfter einwilligen kann.

Du und deine Partnerin sollten daran denken, daß Beziehungen über solche Streitthemen oft in die Brüche gehen. Sex gehört zu den wichtigsten Aspekten einer Beziehung. Wenn der Sex für beide Partnerinnen nicht befriedigend ist, solltet ihr die Beziehung vernünftigerweise ändern. Es kann sehr schmerzlich sein, sich von einer Geliebten zu trennen oder eine Liebesbeziehung in eine Freundschaft umzuwandeln, aber manchmal ist es nicht zu umgehen. Es gibt kaum etwas, was mehr Ärger verursacht, als sexuelle Frustriertheit. Eine Beziehung aufrechtzuerhalten, wenn eure sexuellen Bedürfnisse unvereinbar sind, kann aller Achtung oder Zuneigung, die ihr vor- bzw. füreinander empfindet, schaden.

Rollen. Du hast vielleicht schon die Rolle, die du spielen willst, im Auge, wenn du zum ersten Mal das Thema S/M aufbringst. Du magst diese Rolle gewählt haben, weil du dich in deinen sexuellen Phantasien mehr mit ihr identifizierst oder dich stärker in sie einfühlen kannst als in andere. Deine Wahl mag auch mit deiner Erfahrung zusammenhängen. Bei einer Partnerin, die noch Anfängerin ist, entschließt sich oft die erfahrenere Frau, die O zu spielen, zumindest die ersten paar Male, weil sie sich besser in S/M-Techniken auskennt. Wenn ihr beide noch Neulinge seid und keine von euch eine besondere Vorliebe hat, könnt ihr euch einigen, eine Weile zu spielen und dann die Rollen zu tauschen.

Bei der Übernahme einer Rolle könnt ihr auf verschiedene Weisen vorgehen. Vielleicht wollt ihr die Sache unkompliziert gestalten und euch damit begnügen, daß eine Befehle erteilt oder die andere Frau fesselt und dann mit ihr Liebe macht. Ihr wollt eventuell einige S/M-Gepflogenheiten übernehmen und Regeln festsetzen, wonach es der U verboten ist, die O anzusehen, oder die U verpflichtet ist, die O mit „Herrin" anzureden oder zu knien, wenn sie den Raum betritt. Ihr mögt so tun wollen, als wärt ihr Gestalten in einer bestimmten Phantasie. Einige beliebte Charaktere sind Lehrerin und Schülerin, Elternteil und Kind, Doktor und Patient, Herrin und Dienerin oder Sklavin, Priesterin und reuige Sünderin, Amazonenkriegerin und Gefangene, Verhörerin und Häftling. Ihr mögt Dialog und Handlung improvisieren oder euch an einen Text halten wollen, auf den ihr euch vor der Szene geeinigt habt.

Jede Rolle hat ihre Schwierigkeit, Verantwortung und Belohnung. Die Frau unten muß ihrer Partnerin großes Vertrauen entgegenbringen. Sie wird wahrscheinlich von ihrer Gebieterin die Bestätigung brauchen, daß sie vorsichtig sein, ihre Grenzen nicht überschreiten wird und die ihr angebotene Macht wirklich annehmen will. Die Frau oben wird sich wahrscheinlich fragen, ob die U sie ernst nimmt, besonders wenn sie eine unerfahrene Domina ist. Viele Os finden, es hilft ihnen, ihre Rollen mit mehr Stil und Selbstvertrauen zu übernehmen, wenn sie sich für ihren Part verkleiden. Die O fühlt sich auch bestätigt, wenn sie weiß, daß ihre Partnerin angetörnt ist, an dem Geschehen Spaß hat und es nicht mißbräuchlich oder gewalttätig findet. Die U hat zu gehorchen, die Befehle ihrer Gebieterin unverzüglich und ergeben auszuführen, so erregt, sexuell verfügbar und begehrenswert wie nur möglich zu sein und der O zu verstehen zu geben, wann sie sich körperlich unwohl fühlt oder eine Pause braucht. Eingeschlafene Hände oder Füße, ein Muskelkrampf, eine juckende Nase, ein Haar im Mund oder frieren sind alles Stimmungsdämpfer, die erst korrigiert werden sollten, ehe die Sache weiterläuft. Die U muß auch bereitwillig auf alles eingehen – sie muß der O ihre Gefühle und Reaktionen in allen Einzelheiten enthüllen. Der O fällt es zu, eine Szene zu konstruieren, die sich im Rahmen der Möglichkeiten der U hält, obwohl es zulässig ist, den Rahmen zu erweitern, wenn sie plötzlich merkt, daß sie weiter gehen kann als je zuvor. Die Hälfte der Verantwortung für Sicherheit lastet auf der O. Sicherheit schließt die körperliche und emotionale Verfassung der U ein. Eine O sollte nichts versuchen, wenn sie nicht weiß, wie es geht. Nach einer Szene muß die U wieder in den Bewußtseinszustand versetzt werden, den sie vor dem Drama hatte. Ihre Eigenverantwortlichkeit muß wieder hergestellt werden.

Partnerinnen in einer S/M-Szene fragen sich oft, was die andere Frau davon hat. Ein Rollentausch kann aufklärend sein. Die Belohnung der U sind sexuelles Vergnügen und Katharsis.* Sie gewinnt ihre Lust daraus, beherrscht zu werden, intensive physische Empfindungen und verbotene Gefühlsregungen zu erleben, und daraus, daß die O Zeugin ihrer Opfer ist. Die Belohnung der O sind die Bestätigung ihrer Macht und die sexuellen Dienste, die sie von der U erwiesen bekommt. Sie vollzieht die Verzückung und die Verzweiflung ihrer Untergebenen innerlich nach. Das Wissen um die Bereitschaft einer anderen Frau, dir zu vertrauen, sich dir zu ergeben und für dich zu leiden, ist ein berauschendes Erlebnis.

Es gibt einige verbreitete Bedenken bezüglich S/M, die mit der jeweiligen Rolle zusammenhängen. Eine Frau, die mit Vorliebe die U bzw. Unterwürfige spielt, mag einigermaßen beunruhigt darüber sein, wie weit sie ihrer Gebieterin nachgibt. Sie mag sich fragen, wie weit sie tatsächlich gehen wird, und mag um ihre Unabhängigkeit und Selbstbestimmung fürchten. Mit der Zeit, während sie mit S/M vertrauter wird und entdeckt, daß er ihre sonstige Lebenstüchtigkeit in keiner Weise beeinträchtigt, verblaßt meistens diese Besorgnis. Es hilft auch, wenn sie ihre Ängste mit ihrer Partnerin oder ihren Partnerinnen besprechen kann und wenn diese ihr hinlänglich beweisen, daß sie sie weder ausnutzen noch ihr wehtun wollen. Eine lesbische Masochistin mag sich auch über den gesellschaftlichen Status ihrer Rolle Gedanken machen, einmal, weil Masochismus mit Weiblichkeit assoziiert wird, und zum anderen, weil Us gegenüber Os tendenziell in der Überzahl sind. Die Zugehörigkeit zu einer S/M-Lesben-Gruppe kann solche Statusbedenken ausräumen. Beide Partnerinnen sind gleich wichtig, wenn eine Szene gut sein soll. Eine gute U hat den gleichen Status wie eine gute O. Us, die

* Geistig-seelische Läuterung durch erinnerndes Bewußtmachen und Abreagieren vergessener traumatischer Erlebnisse.

sich darum sorgen, Partnerinnen zu finden, entschließen sich manchmal, auch ab und zu die Domina zu spielen, damit sie sich nicht festgelegt oder in eine Sackgasse getrieben fühlen, wenn keine beherrschende Partnerin zur Stelle ist.

Auch eine Frau, die vorzugsweise O bzw. Domina spielt, kann sich fragen, wie weit sie wohl gehen wird. Diese Besorgnis kann durch die kulturelle Assoziierung von sexuellem Sadismus mit Gewalt und Brutalität verschärft werden. Während die Masochistin sich Sorgen macht, einen niedrigeren Status zu haben als die O, sorgt sich die O, daß ihr nötigendes oder schädigendes Verhalten vorgeworfen wird. Der Unterschied zwischen einer Domina und einem Gewalttäter liegt in ihren Motiven und ihrer Lustquelle. Die Lust einer O ist an die Lust der Unterwürfigen gebunden. Wenn die U nicht angetörnt ist, fährt die O nicht ab. Solange diese Verbindung intakt ist, kann eine Domina-Lesbe sicher sein, daß sie die Grenzen der Unterwürfigen nicht überschreitet. Os fühlen sich auch manchmal unter Leistungszwang, weil so viele Us zur Verfügung stehen. Eine O muß auf ihrem Recht bestehen, nur mit solchen Frauen Sex zu haben, von denen sie sich angezogen fühlt bzw. an denen sie interessiert ist.

Lesben, die keine der beiden Rollen vorziehen, werden oft „Duals" genannt. Sie beschweren sich, daß sie nicht ernst genommen werden, und fühlen sich oft unter Druck gesetzt, sich für eine Rolle zu entscheiden und dabei zu bleiben. Mit großer Wahrscheinlichkeit werden sie auch dazu gedrängt werden, Os zu spielen, und das Gefühl haben, ihr Unterwerfungsbedürfnis wird ignoriert. Es ist vollkommen legitim, deine Rolle aussuchen zu wollen, je nach Situation und Partnerin oder deinen momentanen Bedürfnissen. Es ist genauso legitim, nach der Erfüllung beider Seiten deines Wunsches zu streben. Die meisten S/M-Lesben tauschen in der Tat ihre Rollen aus.

Fesselung. Eine Geliebte zu fesseln ist wahrscheinlich das beliebteste und das am wenigsten kontroverse sexuelle Spiel. Frauen, die körperliche Bewegungseinschränkung mit tatsächlicher Versklavung assoziieren, macht Fesselung nicht an. Bei dem Spiel geht es darum, deine Partnerin zeitweise deiner Gnade auszuliefern, nicht, sie in ein Stück Eigentum zu verwandeln. „Deiner Gnade" heißt, daß dieses Spiel ein hohes Maß an Einfühlungsvermögen verlangt, wenn es funktionieren soll.

Bevor du deine Partnerin fesselst oder sonstwie in ihrer Bewegungsfreiheit einschränkst, sind einige simple Vorsichtsmaßnahmen zu beachten. Gib acht auf Hand- und Fußgelenke. Wickel ein Handtuch oder Schal um das Gelenk und binde nur über der Polsterung Knoten. Achte darauf, daß du Fesseln nicht so lange dran läßt, daß Hände oder Füße einschlafen. Die U muß zusehen, daß sie in Bewegung bleibt, damit das Blut in den Extremitäten weiter zirkuliert, und muß ihrer O zu verstehen geben, wenn sie kalt oder taub werden. Kurze Massagen an Händen und Füßen können den Toleranzzeitraum für Fesselung verlängern, aber länger als eine halbe Stunde dürften es Anfängerinnen wohl nicht ohne weiteres aushalten, festgebunden zu sein. Falls du die O spielst, vergewissere dich, daß deine Knoten leicht zu lösen sind oder daß etwas griffbereit liegt, um den Strick durchzuschneiden. Meide Nylonkordel, da sie leicht verrutscht und einschnüren kann. Gewöhnliche Baumwoll-Wäscheleine eignet sich hervorragend. Lederhandfesseln zum Zuschnallen und mit Ringen, an denen ein Strick oder eine Kette befestigt werden kann, bieten großartigen Schutz für die verletzlichen Gelenke. Leider kostet das Paar zwischen 70,- und 100,- DM in Spezial-Ledergeschäften. Vor einer größeren Investition wirst du sicher erstmal mit billigerem Strick experimentieren wollen.

Manche Frauen haben sehr spezifische Fesselungsphantasien, die mit einer bestimmten Postition (stehend festgebunden oder mit gespreizten Beinen auf ein Bett gefesselt zu sein) oder einer bestimmten Art von Fessel verbunden sind (Ketten und Leder haben vielleicht einen höheren erotischen Wert als Baumwollseil, oder vielleicht zieht sie seidene Fesseln vor). Du kannst jemanden auch an ein Bett binden, wenn es keine vier Pfosten hat – indem du nämlich die Füße des Betts benutzt. Du kannst auch Haken in den Holzrahmen, wenn es einen hat, ins Bettgestell oder in den Fußboden schrauben. Eine an der Tür angebrachte Stange, um den Kopf hochzuhalten, oder ein diskreter (vielleicht von einer Hängepflanze verdeckter) Zierhaken können für Standfesselung benutzt werden. Du kannst auch jeweils eine Hand an die beiden Türgriffe der Schlafzimmertür binden oder deine Geliebte an einen Stuhl schnüren.

Eine andere Zwangsmaßnahme, die viel Bewegungsfreiheit zuläßt, sind ein Halsband und eine Leine. Sie sind in jeder Tierhandlung preiswert zu haben. Schick deine Partnerin hin, um ein passendes Halsband zu finden. Manche haben Schnallen, die einrasten. Es gibt sie in pastellenen Lederfärbungen mit dekorativen Ringen und bunten Glassteinen.

Handschellen lassen sich schnell überstreifen, und du brauchst dich nicht mit lästigen Knoten herumzuschlagen. Falls du dir Handschellen besorgst, gib ein paar Mark mehr aus für ein Modell, das in einer Position festzustellen ist und somit nicht enger werden kann. Laß dir gut erklären, wie dein spezielles Paar funktioniert – wo sie geöffnet und wie sie festgestellt werden. Und besorg dir einen Ersatzschlüssel.

Wenn du *irgend etwas* mit einem Schloß benutzt, vergewissere dich, daß du den Schlüssel hast, ehe du es zuschnappen läßt. Sollten deine Phantasien mit der Verwendung von Ketten und Schlössern verbunden sein, besorg dir einen Satz Vorhängeschlösser, die alle mit demselben Schlüssel zu öffnen sind. Mit mehreren winzigen Vorhängeschlössern, die alle einen anderen Schlüssel haben, wirst du in der Hitze des Gefechts nicht fertig.

Wenn du eine Dominaanfängerin bist, mag dich die ganze Sachkenntnis, die von dir erwartet wird, einschüchtern. Ein Tip, um deine Misteriösität zu erhöhen: Binde ihr die Augen zu. Ein erstklassiger Verband oder ein schwarzes Tuch funktionieren sehr gut; sie wird mit äußerster Spannung auf deinen nächsten Schritt warten. Du kannst dann Stricke entwirren und Schlüssel suchen, während du ihr laszive Drohungen zuzischst, um die Geräusche zu übertönen.

Du magst sie außer in ihrer Bewegungsfreiheit und ihrer Sicht auch noch in ihren verbalen Äußerungsmöglichkeiten einschränken wollen. Du kannst einen Knoten in ein Tuch binden, ihn ihr in den Mund legen und ihr das Tuch um den Kopf binden, oder einen speziell angefertigten Knebel kaufen. Ein durch einen Gummiball gezogener Lederriemen gibt einen wirksamen Knebel ab. Frag sie jedoch extra um Erlaubnis, bevor du sie knebelst. Der Knebel hat eine symbolische Bedeutung, zu der viele Us zusätzlich ihre Zustimmung geben müssen. Manche Frauen mögen überhaupt nicht geknebelt werden. Knebel nie jemanden, die betrunken ist oder irgendwelche Atembeschwerden hat, und knebel sie nie so fest, daß sie gar keinen Ton mehr hervorbringen kann. Gib ihr irgendwie die Möglichkeit, die Handlung zu unterbrechen, wenn sie das Codewort nicht sagen kann. Sag ihr, sie soll ihren Körper schlaff und regungslos machen, wenn sie aufhören will.

Ein paar abschließende Sicherheitsvorschläge: Üb nie Druck auf jemands Hals aus, laß nie eine Gefesselte alleine, leg eine gefesselte Frau nie bäuchlings auf einen weichen Untergrund. Heb nie jemanden an Hand- oder Fußgelenken hoch. Aufhängung kann durch einen Flaschenzug erfolgen, aber das ist ein Spiel für Fortgeschrittene, das du besser erst von einer erfahrenen S/M-Anhängerin lernst. Wenn du physische Zwangsmaßnahmen roh und unkultiviert findest oder wenn sich überraschend eine Gelegenheit zu einer heißen Szene ergibt, aber keine Ausrüstung zur Verfügung steht, magst du vielleicht psychologische Fesselung ausprobieren wollen. Befiehl deiner U, in einer bestimmten Stellung zu verharren. Plazier sie so, daß du dich an ihr weiden kannst oder sie dir dienstbar ist. Sprich in bestimmtem, beruhigendem Ton zu ihr, damit sie sich bewundert und beherrscht fühlt.

Manche Frauen lassen sich ein-, zweimal fesseln, finden es uninteressant und lassen es dann sein. Andere Frauen mögen Zwangsmaßnahmen, wenn sie in einer besonderen Stimmung sind, oder nur bei einer bestimmten Partnerin. Für andere Lesben stellt Gefesseltsein oder eine Partnerin anzubinden einen festen Bestandteil ihres Sexuallebens dar. Fesselung kann ein unterhaltsames Spiel oder Ausdruck für irgendwelche ernsten, starren Rollen sein, und sie kann mit mehreren verschiedenen Phantasien einhergehen. Nicht jede, die Fesselung mag, findet auch Gefallen an Schmerz oder anderen S/M-Spielen. S/M-Vorlieben können genauso speziell und unterschiedlich sein wie jede andere sexuelle Vorliebe.

Körperlicher Streß und Schmerz. Ein häufiger Einwand gegen S/M ist: „Ich will, daß Sex sich gut anfühlt. Ich versteh' nicht, wie Schmerz erotisch sein kann." S/M wird in der Regel mit Schmerz assoziiert. Es ist übrigens sehr wohl möglich, mit Beherrschen und Beherrschtwerden zu spielen, ohne körperlichen Streß oder Schmerz in den Sex mit einzubeziehen. Die Rollen von Beherrscherin und Beherrschter können auf vielfache Weise zum Ausdruck gebracht werden – z.B. durch verbale Befehle, Fesselung und verschiedene Kostüme. Für manche S/M-Lesben können bestimmte Arten körperlichen Unbehagens oder Schmerzes erotisierend sein, wenn sie Macht oder Ohnmacht symbolhaft darstellen.

Was ist Schmerz? Geläufige Synonyme sind Leid und Qual. Die Medizin definiert Schmerz als ein Warnsignal, das der Körper als Reaktion auf eine Verletzung oder Schädigung des Organismus gibt. Wie und wann wir Schmerz empfinden, ist – physiologisch wie psychologisch – noch nicht vollständig geklärt. Es ist schwer, eine objektive Beschreibung von Schmerz zu geben, weil er eine subjektive Empfindung ist. Je nach Zusammenhang und Situation kann jeder Reiz Lust oder Schmerz provozieren. Einem Sportler, der wenige Sekunden vor Spielende noch verzweifelt um Punkte kämpft, mag eine ernsthafte Verletzung überhaupt nicht weh tun. Wenn dich eine Frau umarmen will, auf die du sauer bist, kann dir ihre Berührung so lästig sein, daß sie weh tut.

Intensive Empfindungen im Zustand der Erregung sind nicht mit chmerzen infolge eines verstauchten Zehs oder zerschnitteten Fingers zu vergleichen. Auf jeden Fall verändert die Erregung die Schmerzempfindlichkeit. Je mehr wir uns dem Orgasmus nähern, desto weniger nehmen wir Schmerz wahr. Eine Geliebte, die dir in die Brustwarze beißt oder dir einen Klaps auf den Hintern verpaßt, schädigt dich oder verletzt dich auch nicht. Die meisten Frauen, denen intensive Empfindungen oder ungestümer Sex Spaß machen, bezeichnen ihr Verhalten nicht als S/M. Oft entdecken wir am Morgen nach einem tollen Sexerlebnis blaue Flecke oder Kratzer an uns und wissen gar nicht mehr, wie wir dazu gekommen sind. Einen Gegenstand wie eine Brustwarzenklammer oder eine Peitsche zu benutzen, um sexuellen Schmerz hervorzurufen, bedeutet irgendeine Linie zu überschreiten. Dir von einem Lover die Möse beknabbern zu lassen, bis es weh tut, ist ein heißer Tip unter Eingeweihten. Dir eine Wäscheklammer auf die kleinen Schamlippen setzen zu lassen ist Sadomasochismus. Der Unterschied zwischen den beiden Situationen liegt nicht in den erzeugten Empfindungen; er liegt im Grad der Selbstverständlichkeit der Teilnehmenden.

Unbehagen, Körperstreß oder tatsächliche Schmerzen können bei manchen Frauen zum sexuellen Vergnügen beitragen. Diese Empfindungen steigern in erster Linie die Spannung, beschleunigen den Atem und vervielfältigen oder intensivieren viele der mit Erregung verbundenen physiologischen Veränderungen. Außerdem kannst du auf diese Weise einer Geliebten dein Vertrauen und deine Hingabe beweisen (wenn du von ihrer Hand Schmerzen annimmst) oder sie auf eine alles in den Schatten stellende, übersinnliche Reise schicken (wenn du die Strapazen steuerst). Geistige und physische Schranken zu durchbrechen erzeugt ein Gefühl von Seligkeit. Manche lesbische Masochistinnen fühlen sich, indem sie höhere Schmerzpegel zu ertragen und zu genießen lernen, nach ihren eigenen Worten mächtiger und selbstsicherer. Das Drama des Schmerzzufügens und -erleidens kann auch zu einem Ritual werden, das zur Kartharsis führt.

Es gibt noch weitere Gründe, physische Leiden auf sich zu nehmen, als wegen der damit verbundenen Empfindungen. Manche S/M-Lesben hinterlassen oder erhalten gerne Zeichen, die die Begegnung überdauern und an sie erinnern. Bei solchen Zeichen handelt es sich meistens nur um blaue Flekke oder Kratzer. Gelegentlich wird eine O ihrer U ein permanentes Andenken hinterlassen, wie eine Narbe, ein durchstochenes Ohrläppchen oder eine Tätowierung. Diese dauerhaften Male sind Symbole der Beziehung und können mit dem Austausch von Ringen oder Schwüren verglichen werden.

Bei einer S/M-Szene liegt der Schwerpunkt auf der emotionalen Wirkung und auf sexuellem Vergnügen, nicht auf körperlicher Schädigung. Infolgedessen sind S/M-Lesben ständig auf der Suche nach neuen Arten der Gefühlssteigerung, die keine unerwünschten Spuren oder Verletzungen hinterlassen. Einige der populärsten Techniken und Spielzeuge sind nachstehend beschrieben, zusammen mit ein paar Sicherheitsmaßnahmen.

Eine empfehlenswerte Grundregel heißt: Halte die Kommunikation aufrecht. Die Linie zwischen Erregung und Ernüchterung kann hauchdünn sein. Die U muß ihre O wissen lassen, ob eine Aktivität ihr Toleranzvermögen berührt oder überschreitet. Der O muß klar sein, was sie von ihrer U verlangt. Im Idealfall hat sie das gleiche Spiel schon selbst als U erlebt oder außergewöhnliches Einfühlungsvermögen in die Frau, mit der sie spielt.

Peitschen und Stöcke. Vergiß nicht, daß die Schmerzempfindlichkeit mit steigender Erregung nachläßt. Bau langsam auf. Fang an, indem du mit deinem Spielzeug was Sinnliches tust. Streich ihr damit über die Haut. Kitzel sie. Rede darüber, was du zu tun gedenkst. Wenn du eine lederne neunschwänzige Katze hast, wickel sie um ihr Gesicht und befiehl ihr, den Ledergeruch einzuatmen. Wenn du eine Reitpeitsche hast, laß sie zwischen ihren Beinen durchgleiten und streif mit der Spitze über ihre Schamlippen. Schlag leicht zu, dann etwas fester. Streu Pausen zwischen deinen Hieben ein, damit sie Luft holen kann und du die gerötete Haut streicheln kannst. Schlag nie jemanden mit einer Peitsche oder einem Stock ins Gesicht, auf Kopf, Hals oder Kehle. Meide den Streifen zwischen Brustkorb und Hüften, da die inneren Organe ungeschützt liegen und Rippen zerbrechlich sind. Falls sie auf dem Bauch liegt, solltest du nie auf die Zone zwischen ihren Schulterblättern und dem Steißbein zielen, sonst könntest du das Rückgrat verletzen. Die Brüste, Pobacken, Oberschenkel und Fußsohlen eignen sich besonders gut für diese Art von Stimulation. Solltest du noch nie eine Peitsche benutzt haben, probier sie auf einem Kissen aus, um sicherzugehen, daß du auch triffst, worauf du zielst. Mit Reitpeitschen werden Anfängerinnen am einfachsten umgehen können. Wenn du eine Katze nimmst, solltest du wissen, daß die größte Kraft in den Quasten liegt, und wo die Quasten landen, tut es am meisten weh. Du kannst Kissen zu beiden Seiten deiner Geliebten legen und so schlagen, daß die Spitzen auf die Kissen fallen. Vergiß nicht, nach Striemen zu fragen, bevor du loslegst. Wenn sie keine will, geh langsam und leicht ran. Es ist relativ einfach, jemanden zu zeichnen, die noch nie gepeitscht wurde. Mit der Zeit wird eine U immer unanfälliger für Striemen.

Klistiere. Das Gefühl von warmem Wasser, das ins Rektum einläuft, ist noch extremer als einfache Analpenetration. Je langsamer du das Wasser fließen läßt, desto mehr wird deine U fassen können. In einem S/M-Ritual symbolisiert jemandem ein Klistier machen, daß du die Kontrolle über ihre Ausscheidung übernimmst. Die Entscheidungsgewalt darüber, wann und ob sich jemand entleeren darf, stellt ein großes Machtpotential dar.

Klammern und Klemmen. Supermärkte, Haushaltsabteilungen in Kaufhäusern und Papierwarenhandlungen führen eine bunte Auswahl an Klammern und Klemmen. Experimentiere mit ihnen, um herauszufinden, was du ertragen kannst und was nicht. Wäscheklammern sind gut für den Anfang, da sie billig und überall erhältlich sind. Du kannst die Federn mit einer Zange dehnen, wenn sie zu fest sitzen. Klammern können überall angebracht werden, wo genug lose Haut da ist, um sie zu halten. Als Faustregel gilt, je mehr die Klammer faßt, desto weniger tut es weh. Klammern sollten nicht länger als 20 Minuten anbehalten werden. Nachdem sie eine Weile drauf waren, tun sie weniger weh, weil das Gewebe taub geworden ist. Leicht dagegenzuschnippen bringt das Blut wieder zum Zirkulieren, und das Gefühl kommt plötzlich wieder. Bereite dich auf eine Gefühlswallung vor, wenn die Klemme entfernt wird. Es kann sich gut anfühlen, die Stelle, an der die Klammer war, zu lecken, zu drücken oder zu reiben. Eine Art von Klammerspiel ist, der U eine Belohnung zu versprechen, wenn sie die Klammern für eine bestimmte Zeit anbehält. Ihre Belohnung kann ein Orgasmus, eine Mandarine oder die Chance sein, deine Möse zu lecken.

Dildos, Vibratoren und Plugs. Dies sind Spielzeuge, die auch außerhalb einer S/M-Situation benutzt werden können. Wenn sie in einer Szene benutzt werden, verwandeln sie sich in Zaubermittel, die nach Belieben der O von der U Besitz ergreifen. Du magst deine Sklavin im Rahmen einer Phantasie, in der du sie zum Orgasmus bringen willst, mit einem Vibrator bearbeiten wollen. Du möchtest vielleicht, daß sie einen Dildo in der Scheide oder einen Stöpsel im Arsch trägt, während sie eine einfache Aufgabe für dich erledigt. Im allgemeinen braucht man etwas Training, bis sich der Arsch weit genug öffnet, um einen Plug (Stöpsel) aufzunehmen. Arschstöpsel haben gewöhnlich eine Diamantenform. Der Sphinkter (Schließmuskel) schließt sich um den schmalen Hals des Pfropfens, so daß der größere Teil fest sitzt. Sie sind in manchen Sex-Shops und in Leder-Spezial-Shops in verschiedenen Größen zu haben. Du magst einen Gürtel oder Gurt konstruieren wollen, damit Dildos und Plugs an Ort und Stelle bleiben.

Kerzenwachs. Zigaretten und Streichhölzer können entzündete Brandwunden verursachen. Man kann Hitze zur Erzeugung von Schmerz verwenden, ohne daß Verbrennungen entstehen. Am besten eignen sich unparfümierte Kerzen, die nicht aus Bienenwachs sind, z.B. Haushaltskerzen. Sie sind fast überall erhältlich. Das Gefühl von heißem Wachs, das auf die Haut spritzt , erschreckt zwar, aber nur ganz kurz. Bis die U auf den Schmerz reagiert, ist er schon vergangen.

Andere Objekte mit S/M-Potential sind Eiswürfel, Kaninchenfell, Klebeband, Plastikhundebürsten und Samt. Ein Kaninchenfellhandschuh und Samt können eine U erzittern lassen, wenn sie über einen frisch versohlten Hintern gestreift werden. Klebeband, das um haarlose Körperstellen gewickelt wird, kann langsam oder mit einem Ruck abgezogen werden. Tierbürsten aus Kunststoff passen in die Handfläche und können zum leichten Kratzen oder für stärkere Stimulation verwendet werden. Mit Eiswürfeln kannst du jemandem Tantalusqualen auferlegen. Wenn sie gefesselt ist und die Augen verbunden hat, kann sie den Unterschied zwischen heißem Wachs und Eiswürfeln möglicherweise gar nicht feststellen. Ein Interesse an S/M kann die Eisenwarenhandlung in deiner Nähe erotisieren. Jeder kleine Krimskrams, den du in der Haushaltsabteilung siehst, kann eine neue Bedeutung bekommen.

Stoned zu sein kann die Schmerztoleranz der U beeinflussen. Sie mag mehr ertragen, und sie mag vielleicht weniger ertragen können. Die Verständigung wird auf jeden Fall problematischer werden. Os sollten besonders vorsichtig spielen, wenn sie high sind. S/M unter Drogeneinfluß ist nicht immer riskant oder katastrophal, aber es kann sich negativ auswirken. Urteile nach deinem Gewissen.

Die Empfindlichkeit einer U für Unbehagen oder Streß hängt auch von ihren Gefühlen für ihre Partnerin ab. Wenn du wenig Vertrauen zu deiner O hast oder nicht auf ihr stehst, wirst du nicht viel Schmerz von ihrer Hand ertragen können. Du solltest dich unter allen Umständen nur Frauen hingeben, bei denen du dich ganz sicher fühlst. Du mußt nicht bestimmte Handlungen ausführen, nur um eine gute U zu sein. Es ist völlig in Ordnung, komplizierte oder intensivere Spiele fürs nächste Mal oder für die nächste Frau aufzuheben.

Demütigung. Im Zusammenhang mit S/M wird Demütigung definiert als eine absichtliche Herabsetzung des Status der U. Die Statuserniedrigung ist nicht dauerhaft, und ihr Zweck ist die Steigerung der sexuellen Erregung der U wie auch der O. Die U kann wie ein Objekt, ein Tier, eine Sklavin oder die Untergebene der O behandelt werden. Die O kann der U befehlen, ein Tisch zu sein, um ihre Stiefel auf ihren Rücken zu legen. Sie mag vielleicht so tun, als sei die U ihr Hund oder Pferd, ihr ein der Rolle entsprechendes Zaumzeug anlegen und sie ein Übungsritual durchlaufen lassen, um der U ihre Tiernatur vor Augen zu führen. Sie mag sie zwingen, aus einem Teller auf dem Boden zu trinken oder auf ihrem Rücken zu reiten. Die U mag so behandelt werden, als wäre sie rein sexuell oder genital, und wegen ihres starken Sexualverlangens geneckt oder beschämt werden. Manche körperlichen Empfindungen oder Aktivitäten mögen von der U vielleicht als demütigend erlebt werden, wie z.B. ein Klistier zu bekommen, der O den After zu lecken, ihre Pobacken oder Brüste entblößt zu bekommen, weibliche Kleidungsartikel zu tragen, einen Teil des Hauses sauberzumachen, sich selbst nicht befriedigen zu dürfen oder ihre Unterwürfigkeit von anderen Frauen bezeugt zu haben.

Demütigung ist das emotionale oder psychologische Gegenstück zu physischem Unbehagen oder Schmerz. Eine O, die körperlich nicht stark ist, kann eine ganz schöne Despotin sein, wenn sie sich neue, wirksame Methoden zur Demütigung der U einfallen läßt. Da Erniedrigung eine ebenso große Wirkung haben kann wie Schmerz, müssen bei beiden Techniken die Grenzen erkannt und respektiert werden. Bei einer S/M-Szene erlittener physischer Schmerz kann der U bewußt machen, wie sie in anderen Situationen mit Schmerzen umgeht – ob sie stoisch leidet, sich völlig außer Proportion zu dem Geschehenen beklagt, damit sie aufhören, oder sie ihnen zuviel Gewicht beimißt, weil sie Angst davor hat. Demütigung kann der U deutlich vor Augen führen, wie wert- und hilflos sie sich fühlt. Es ist wichtig, daß die O nach einer solchen Szene ihre U sehr sanft und respektvoll behandelt und ihr unmißverständlich klarmacht, daß die Beleidigungen und Frotzeleien nur zum Zweck der Erotik ausgeteilt wurden.

Die meisten von uns empfinden irgendwelche Schuldgefühle oder Scham über ihre Sexualität und mögen unsicher über ihren Wert als Menschen sein. S/M ist eine Möglichkeit, die Existenz dieser Gefühle anzuerkennen, wenn sie in einem sexuellen Rahmen auftreten, und hilft oft auch, sie zu lösen. Die U, die Vergnügen daraus zieht, beschämt oder gedemütigt zu werden, triumphiert über diese Degradierung. Unsere negativen Gefühle über Sex und über uns selbst werden häufig wie schmutzige Geheimnisse behandelt. Befreite Frauen dürfen nicht das Gefühl haben, Sex sei etwas Schlechtes, oder sich Gedanken darüber machen, ob sie hemmungslose Schlampen sind. Die O fungiert als Beichtmutter und Verhörerin, indem sie diese Geheimnisse enthüllt, für vage Verbrechen konkrete Bestrafung erteilt und die U vom Zwang befreit, unter ihren Schuldgefühlen zu leiden.

Erwachsenen in dieser Gesellschaft wird beigebracht, ein unheimliches Konkurrenzdenken zu entwickeln und sich ständig bedroht zu fühlen. Wir werden alle bedrängt, zu kämpfen, erfolgreich zu sein und uns gegen den Ehrgeiz anderer zur Wehr zu setzen. Hierdurch entsteht eine große Angst vor Unterlegenheit oder Schwäche und ein paradoxes Verlangen danach, zu unterliegen, wenn dies eine Atempause vom Konkurrenzkampf mit sich bringt. Dieser Teufelskreis läßt sich für manche Frauen mittels S/M durchbrechen.

Die O bezwingt die U, setzt sie auf den Status herab, den sie fürchtet, und ermöglicht ihr dann, einen Lustgewinn daraus zu ziehen. Dies vermindert die Angst auf ein kontrollierbares Maß, zumindest kurzfristig.

Frauen, die häufig O spielen, sprechen oft von der Befriedigung, die sie über die Mißachtung des gesellschaftlichen Gebots, passiv, schwach und ohnmächtig zu sein, empfinden. O zu spielen ist für diese Frauen ein Weg, um ihre Angst vor dem Hinweggeschwemmt- oder Besiegtwerden in den Griff zu bekommen. Sexuelle Macht ist kein Ersatz für politische oder wirtschaftliche Macht, aber sie kann ein Stabilisierungsfaktor und eine Quelle von Kraft sein.

Obwohl die Wirkung von S/M therapeutisch sein kann, sollte er nicht fälschlich für eine Therapie gehalten werden. Therapie ist auf langfristige Veränderungen der Persönlichkeit und des Verhaltens gerichtet. S/M hat ein kurzfristiges Ziel: Vergnügen.

Unterstützung finden. Es ist wichtig, daß Angehörige jeder Mindeheit Kontakt mit ihresgleichen suchen. S/M-Lesben können sich innerhalb der lesbischen Subkultur isoliert und unterdrückt fühlen. Eine Homosexuelle, die in eine Lesbenbar kommt, fühlt sich durch die Anwesenheit so vieler anderer schwuler Frauen bestärkt. Eine S/M-Lesbe, die in dieselbe Bar eintritt, ist sich der Tatsache , daß sie hier kein Leder, keine Handschellen, kein Hundehalsband oder sonstige S/M-Accessoires tragen kann, ohne die meisten Gäste zu schockieren, nur allzu bewußt. Wegen dieser Entfremdung sind Lesben manchmal Stammgäste in Lederbars für schwule Männer. Manche Männerbars verweigern Frauen den Zutritt. Andere akzeptieren Frauen in S/M-Kleidung, besonders wenn sie in Begleitung von schwulen männlichen Freunden sind, die dort zur Stammkundschaft gehören. Eine Lederbar für männliche Schwule kann freundlicher als eine Lesbenbar sein, aber es ist unwahrscheinlich, daß eine S/M-Lesbe dort andere Frauen kennenlernt.

Du magst dich fragen, ob du dich durch das Verfolgen deiner S/M-Interessen nicht selbst beschränkst. Denk daran, daß Lesben oft Selbstbeschränkung vorgeworfen wird, weil sie sich nur für die Hälfte der Menschheit interessieren. Das zu kriegen, was du willst, ist nicht einschränkend, sondern belohnend. Wenn es dir gelingt, soviel S/M-Sex zu bekommen, wie du willst, magst du durchaus entdecken, daß du noch immer Interesse an und Bedürfnis nach Allerweltssex hast. S/M braucht dich nicht zu verschlingen. Du kannst so viel oder so wenig davon erforschen, wie für dich sicher und gesund ist.

Sekt und Kaviar

„Sekt" ist ein Jargonausdruck für Sexspiele, die mit Urin oder Klistieren zu tun haben. „Kaviar" ist ein Jargonausdruck für Sexspiele, die mit Kot zu tun haben.

Pisse und Scheiße können mit den Genitalien assoziiert und erotisiert werden. Sie werden im allgemeinen als Tabustoffe abgetan, die in aller Stille produziert und nie gehandhabt oder untersucht werden. Diese Einstellung zu Abfallprodukten ist in manchen Leuten so tief verwurzelt, daß sie sich ihrer Ausscheidungsstoffe nicht entledigen können, wenn die Möglichkeit besteht, daß sie jemand sehen oder hören könnte. Menschen scheinen so konstruiert zu sein, daß alles, was verboten oder in Abgeschiedenheit zu verrichten ist, sexuell erregend werden kann; vielleicht besteht auch eine Tendenz, alles, was möglicherweise erotisch ist, zu verbieten und zu mystifizieren.

Das Gebot bzw. Verbot, Pisse oder Scheiße zu produzieren, hängt mit Disziplinierung in der Kindheit und mütterlicher Fürsorge zusammen. Kinder spielen oft mit ihrem Urin oder Kot oder betrachten die Ausscheidung von Abfallstoffen als ein angenehmes, sexuell stimulierendes Erlebnis. Mit Pisse spielen kann ein spaßiges, kindliches Erlebnis sein. Auf jemanden oder auf jemands Befehl zu urinieren bedeutet einen Verlust der Kontrolle und Hemmungen, was oft aufregend und befreiend sein kann. Da Pisse und Scheiße mit Dreck gleichgesetzt werden, können sie auch symbolisch zur Erniedrigung eingesetzt werden. Die Intimität, die in der Kontrolle über jemands Ausscheidung liegt, kann bewirken, daß sich deine Partnerin hilflos, akzeptiert und geborgen fühlt.

Urin ist steril. Man kann den Urin eines gesunden Menschen trinken, ohne sich zu gefährden. Wenn du eine größere Menge Urin trinkst, kann es dir etwas schlecht werden, weil Urin Harnstoff enthält. Durch das Trinken größerer Mengen Wasser wird der zusätzliche Abfallstoff aus dem Körper rausgespült.

Kot ist nicht steril. Er enthält Bakterien, Viren und andere Mikroorganismen. Gelbsucht, Shigellenruhr, Amöbenruhr und andere ansteckende Krankheiten können durch oralen Kontakt mit dem Kot einer Frau, die eine solche Krankheit hat, übertragen werden. Wenn die Einnahme von Scheiße zu deinen sexuellen Spielereien gehört, solltest du deine und die Gesundheit deiner Partnerinnen sorgfältigst überwachen.

Eine gute Investition für Sekt-und-Kaviar-Fans ist eine

Gummiunterlage, um den Boden oder dein Bett zu schonen. Sollte dir das kalte, klebrige Gefühl des Gummis unangenehm sein, leg ein Bettuch darüber. Die Dusche oder Badewanne eignen sich bestens für Sekt- oder Kaviarspiele, besonders bei empfindlichen Anfängerinnen, weil der Urin bzw. Kot gleich weggespült werden kann. Einige Lebensmittel, wie Kaffee und Spargel, verfärben den Urin und geben ihm einen unangenehmen Geruch, so daß die O in einer Sekt-Szene diese Substanzen vielleicht lieber meiden will.

Transsexualität

Material über Transsexualität ist deshalb in diesem Buch eingeschlossen, weil einige vor ihrer Operation weibliche Transsexuelle, die sich ihrer Transsexualität nicht bewußt sind, als Lesben leben, und einige Transsexuelle nach ihrer Umwandlung zur Frau ein Leben als Lesbe wählen.

In der feministischen Presse herrscht derzeit eine lebhafte Diskussion darüber, ob chirurgische Umwandlung als Behandlungsmethode für Geschlechtsdysphorie vertretbar ist (Geschlechtsdysphorie ist der klinische Ausdruck für das Gefühl, daß das wahre Geschlecht eines Menschen nicht mit dessen Körper übereinstimmt). Manche Frauen glauben, Mann-zu-Frau-Transsexuelle seien wirklich Männer, die ihre Homosexualität oder ihre Feminität nicht akzeptieren können. Sie sind der Meinung, daß sich mit der Lockerung der gesellschaftlichen Geschlechterrollen und der zunehmenden Aufgeschlossenheit gegenüber Homosexualität die Zahl biologischer Männer, die eine Geschlechtsumwandlung wollen, abnehmen wird. Manche Frauen glauben auch, daß Mann-zu-Frau-Transsexuelle, die sich als Feministinnen und Lesben bezeichnen, in Wirklickeit keines von beiden sind und daß ein biologischer Mann auch nach einem chirurgischen Eingriff ein Mann bleibt. Aus diesem Grund möchten sie Mann-zu-Frau-Transsexuelle aus Frauenbars, -organisationen und -veranstaltungen ausschließen. Frau-zu-Mann-Transsexuelle sind in der lesbischen bzw. feministischen Presse bisher kaum oder gar nicht erwähnt worden.

Es trifft gewiß zu, daß manche Männer, die starke Komplexe wegen ihrer Homosexualität haben, der Meinung sind, sie wären besser Frauen geworden, ebenso wie einige Männer, die in ihrer Erscheinung oder ihrem Auftreten feminin wirken. Die meisten Kliniken, die Geschlechtsdysphorie behandeln, haben jedoch ein Prüfverfahren entwickelt, um diese Personen von jenen zu unterscheiden, die in ihr Wahlgeschlecht umgewandelt werden sollen. Chirurgische Geschlechtsumwandlung wird einem Mann, der als biologisch männlicher Mensch andere Männer liebt, nicht helfen, noch wird sie einem feminen Mann etwas nützen, der sich mit dem männlichen Geschlecht identifiziert und einfach Verhaltensweisen drauf hat, die gesellschaftlich nicht akzeptabel sind.

Es ist auch eine Tatsache, daß das genetische Geschlecht eines Menschen nicht geändert werden kann. Frauen haben XX-Chromosomen, Männer haben XY-Chromosomen. Keine Chirurgie kann daran etwas ändern. Wenn man Geschlecht einfach als eine Frage von Chromosomen definiert, ist Transsexualität eine Farce.

Allerdings sollten die Gefühle und Erfahrungen von Transsexuellen bei der Erörterung dieses Themas nicht übergangen werden. Transsexuelle haben nach ihren eigenen Angaben das sehr deutliche, starke Gefühl, im falschen Körper zu wohnen. Dieses Gefühl besteht meistens schon seit der frühen Kindheit. Als Folge davon leiden viele Transsexuelle unter seelischen Qualen und Gefühlsverwirrung. Wenn sie ihre Gefühle offenbaren, werden sie von ihrer Umgebung und ihren Familienangehörigen nicht selten belächelt und belästigt. Manche Transsexuelle masturbieren nicht und entsagen dem Partnersex, weil sie ihre Genitalien oder ihren übrigen Körper nicht als Teil ihres wahren Ichs akzeptieren können.

Manche Transsexuelle versuchen durch Flucht in ein Homosexuellendasein mit ihrem Gefühl falscher Geschlechtszugehörigkeit fertig zu werden. Das Märchen, daß Homosexuelle eigentlich lieber dem entgegengesetzten Geschlecht angehören möchten, ist weit genug verbreitet, um diese Wahl plausibel erscheinen zu lassen. Ein Leben als Homosexueller löst in der Regel nicht die Probleme eines Transsexuellen. Ein biologisch weiblicher Mensch, der als Mann mit anderen Frauen Beziehungen und Sex haben möchte, ist keine Lesbierin. Noch ist eine heterosexuell ausgerichtete Mann-zu-Frau-Transsexuelle ein Schwuler. Die Frage nach der Geschlechtsidentität – d.h. welchem Geschlecht wir uns zugehörig fühlen – ist zu unterscheiden von der Frage nach der sexuellen Orientierung – d.h. ob wir männliche oder weibliche Geschlechtspartner bevorzugen oder mit Männern wie Frauen schlafen können. Wenn dem nicht so wäre, gäbe es keine Homosexualität. Biologische Männer würden immer biologische Frauen als Geschlechtspartner bevorzugen, und umgekehrt auch.

Das Gefühl der Isolierung und des Andersseins in den meisten Transsexuellen ist noch stärker als bei schwulen Männern und Frauen, bevor sie rauskommen. Wenn ein transsexuelles Individuum entdeckt, daß es noch andere Menschen mit den gleichen Konflikten bezüglich ihres Geschlechts gibt und daß eine Möglichkeit besteht, diese Konflikte zu lösen und als das Geschlecht zu leben, zu dem man sich zugehörig fühlt, erscheint das wie eine Offenbarung.

Es liegt auf der Hand, daß es jemandem, die/der sich diesem Prozeß unterziehen will, sehr ernst mit der Geschlechtsumwandlung sein muß. Vor allen Dingen ist die Behandlung sehr kostspielig. Sie kann mehrere tausend Mark kosten. Einige wenige Transsexuelle können finanzielle Unterstützung von Krankenversicherungsanstalten bekommen. Die Geschlechtsumwandlung kann sich über mehrere Jahre hinziehen. Die meisten Spezialisten für Geschlechtsdysphorie bestehen darauf, daß ihre Patienten mindestens ein Jahr lang vor einer endgültigen Operation als das Geschlecht leben, zu dem sie sich zugehörig fühlen. Die/der Transsexuelle muß also vor einer dauerhaften Umwandlung ihres/seines Körpers der Feindseligkeit und Ignoranz von Behörden, Vermietern, Freunden, Verwandten und Arbeitgebern ins Auge sehen. (Frau-zu-Mann-Transsexuelle bilden insofern eine Ausnahme, als sie sich gewöhnlich vor ihrem Leben als Mann das Fettgewebe aus den Brüsten entfernen und die Brustwarzenlage korrigieren lassen.)

Zusätzlich zur Übernahme der Lebensform und Kleidung des Geschlechts ihrer Wahl bekommen Transsexuelle künstliche Hormone. Mann-zu-Frau-Transsexuelle nehmen Östrogene. Diese regen die Entwicklung der Brüste an, ändern die Form der Hüften und rufen einige andere Veränderungen im Körper hervor. Außerdem erhalten Mann-zu-Frau-Transsexuelle Elektrolysebehandlungen zur Entfernung von Bart- und Körperhaaren. Frau-zu-Mann-Transsexuelle machen die Erfahrung, daß Androgene ihren Bart- und Körperhaarwuchs anregen und die Muskulatur im

Oberkörper kräftigen. Sie können auch die Klitoris vergrößern und die Stimme tiefer machen.

Manche Transsexuelle lassen es hierbei bewenden. Die chirurgische Umwandlung der Genitalien ist ein schmerzhafter und radikaler Prozeß. Einige Transsexuelle wollen sich dieser Operation nicht unterziehen, bevor sie nicht wesentlich verbessert worden ist. Für diejenigen, die den Prozeß zu Ende führen wollen, gibt es verschiedene Verfahren zur Umwandlung der Genitalien. Alle führen im Endeffekt zu äußerlich leicht abgewandelten männlichen oder weiblichen Geschlechtsteilen. Mann-zu-Frau-Transsexuelle werden kastriert. Die äußere Haut des Penis bleibt unversehrt und wird umgestülpt und in den Körper zurückgestopft zur Bildung einer künstlichen Vagina. Frau-zu-Mann-Transsexuelle erhalten Penisse. Eine verbreitete Methode ist die Herstellung eines Hautpfropfens vom tiefer gelegenen Unterleib bis zum Oberschenkel, der dann am Oberschenkel abgeschnitten und zu einem Phallus geformt wird. Die Klitoris kann an ihrem Platz gelassen werden, um sexuelle Empfindungen auszulösen. Es gibt wesentlich mehr Mann-zu-Frau-Transsexuelle als umgekehrt, so daß das Operationsverfahren für erstere besser entwickelt ist.

Abgesehen von den Kosten und Schmerzen des chirurgischen Eingriffs müssen Transsexuelle, die schwul sind, während ihrer gesamten Behandlung unter der Tarnkappe bleiben. Die meisten Spezialisten werden schwulen Transsexuellen eine Geschlechtsumwandlung verweigern. Während die Transsexuellen ihre sexuelle Orientierung vor ihren Ärzten und Psychologen verbergen, verheimlichen sie oft anderen befreundeten Homosexuellen ihr genetisches Geschlecht. Sie sind folglich ständig „im Schrank“.

Wenn sich in einer Gruppe von Lesben eine Transsexuelle befindet, müssen alle Beteiligten darüber nachdenken, wie eine Frau definiert wird. Nach ihrer Fortpflanzungsfähigkeit? Wenn ja, sind dann genetisch weibliche Menschen, die Empfängnisverhütung betreiben, Lesben, die keine Kinder haben wollen, oder Frauen, denen die Gebärmutter entfernt wurde, keine Frauen mehr? Nach weiblicher Kleidung und Verhaltensweise? Viele genetisch Weibliche lehnen beides ab. Nach einer allgemeinen Konditionierung oder ideologischen Beeinflussung, die uns in das stereotype Frauenbild preßt? Wenn ja, hören wir dann auf Frauen zu sein, wenn die Geschlechterrollen aufgehoben sind?

Mann-zu-Frau-Transsexuelle sind sicher nicht in demselben Sinn Frauen wie genetisch weibliche Menschen. Sie teilen mit uns nicht die Geschichte unserer gesellschaftlichen Dressur zur Weiblichkeit. Durch ihre Entscheidung, als Frauen zu leben, haben sie eine beträchtliche Menge ihrer Männerprivilegien eingebüßt. Ihre Entscheidung, als Lesben zu lieben, kostet sie ihr Privileg als Heterosexuelle. Sie teilen mit uns unseren Status als Bürger zweiter Klasse.

Manche Transsexuelle unterscheiden sich äußerlich von genetisch weiblichen Menschen. Sie können größer als die meisten Frauen sein oder größere Hände und tiefere Stimmen haben. Dies macht es genetisch weiblichen Menschen unter Umständen noch schwerer, sie als Frauen zu sehen und zu akzeptieren.

Gehören Mann-zu-Frau-Transsexuelle in die lesbische Gemeinschaft? Sollte eine Lesbe weiterhin mit einer Person befreundet oder liiert bleiben, die zu dem Schluß kommt, daß sie eine Frau-zu-Mann-Transsexuelle ist? Wie du zu diesem

Thema stehst, hängt davon ab, wie du Geschlecht, wie du Feminismus und Lesbianismus definierst und wie weit du dich in ein transsexuelles Wesen hineinfühlen kannst.

Es ist unschön mitanzusehen, wie sich Frauen über dieses Thema spalten. Manche Frauen sind der Meinung, Transsexuelle würden in die Frauenbewegung eindringen, und geben ihnen die Schuld an Konflikten und Streit. Andere Frauen machen die verantwortlich, die Transsexuelle nicht tolerieren können, und weisen darauf hin, daß es sehr wenige lesbische Mann-zu-Frau-Transsexuelle gebe. Wieder andere Frauen hielten es für besser, wenn Transsexuelle ihre eigene Bewegung und Gemeinschaft gründeten. Das dürfte ziemlich schwer zu verwirklichen sein. Wieviel Gemeinsamkeit besteht zwischen einer radikalen lesbischen Transsexuellen und einer heterosexuellen Transsexuellen, die ein Häuschen im Grünen, einen Ehemann, der jeden Tag zu Arbeit in die Stadt fährt, und vier adoptierte Kinder haben will? Die meisten Transsexuellen wollen in der Mehrheitskultur aufgehen und ihr Leben vor der Geschlechtsumwandlung der Vergessenheit anheimfallen lassen. Die kleine Zahl von Transsexuellen und die Tatsache, daß sie übers ganze Land verstreut sind, sind weitere Hindernisse für die Bildung einer transsexuellen Gemeinschaft.

Es ist schwer zu sehen, wie ein Versuch, Transsexuelle aus der Frauenbewegung oder lesbischen Gemeinschaft auszusperren, Aussicht auf Erfolg haben kann. Schließlich ist die Bezeichnung „feministisch“ nicht urheberrechtlich geschützt. Es gibt sogar Männer, die sich so bezeichnen, und es gibt homosexuellenfeindliche Heterofrauen, die sich als Feministinnen definieren. Wollen wir etwa genetische Geschlechtstests als Vorbedingung für die Zulassung zu einem reinen Frauenfest einführen? Wenn wir so etwas nicht tun wollen, dann sind die einzigen Transsexuellen, gegen die jemand etwas haben könnte, diejenigen, die sich zu erkennen geben oder erwischen lassen. Sie werden dann wegen ihrer Offenheit ausgeschlossen werden, nicht wegen ihrer Transsexualität.

Das Problem der Transsexualität ist eng verbunden mit der feministischen Forderung nach Selbstbestimmung über unsere Körper. Da sich Feministinnen für die Freigabe der Abtreibung, für Empfängnisverhütung und für die Rechte von homosexuellen Männern und Frauen einsetzen, warum können Feministinnen nicht für die freie Wahl des Geschlechts eintreten? Es ist möglich, daß das transsexuelle Individuum sein eigenes Geschlecht besser kennt als es die Gesellschaft tut, genauso wie eine Lesbierin weiß, wohin ihre Liebe und ihre Lust sie ganz natürlich ziehen – zu anderen Frauen.

Fragen wie: „Glaube ich, daß diese Person eine Frau ist?" und: „Habe ich zu dieser Person Vertrauen?" lassen sich nur individuell beantworten. Wenn gefordert wird, daß sich alle Transsexuellen zum Wohl der Bewegung verziehen sollen, klingt das ganz ähnlich, wie wenn Heterofeministinnen über offenkundig lesbische Feministinnen ausflippen. Einige von uns wollen wahrscheinlich aus dem gleichen Grund keine Transsexuellen um sich haben, wie sie auch sonst Leute, die anders sind, am liebsten von sich fernhalten würden. Wir verstehen sie nicht, sie stellen unsere grundsätzliche Lebensauffassung in Frage, sie bringen Dinge in Unordnung, die wir lieber klar und einfach gehalten hätten, und sie machen uns Angst.

HOMAGE TO

Margit Gaal

active around 1921

Illustrator

9

Durch Sex übertragbare Krankheiten

Bei meinen Forschungsarbeiten zu diesem Kapitel begegnete ich immer wieder folgendem Märchen: Lesben bekommen keine Geschlechtskrankheiten. Daran glauben viele Lesben, und leider auch einige Gesundheitsbeamte. Es ist sehr wenig über durch Sex übertragbare Krankheiten speziell im Hinblick auf Lesben geschrieben worden, und auch das Personal im medizinischen Bereich ist über dieses Thema nicht besonders gut informiert. Liberale staatliche Aufklärungsbroschüren über Geschlechtskrankheiten sprechen von Heterosexuellen und schwulen Männern; Lesben werden unterschlagen. Das ist eine Gefahr für die Gesundheit von Lesben.

Dieses Märchen mag in der Auffassung wurzeln, daß Frauen nicht wirklich sexuell seien, daß lesbische Beziehungen nicht sexuell seien und deswegen keine Gefahr bestünde, ansteckende Krankheiten oder Seuchen zu übertragen. Es mag auch aus der Annahme hervorgegangen sein, daß Sex mit Männern schmutzig und Sex mit Frauen sauber sei. Die Wahrheit ist, daß jede Frau sich beim Sex mit einer anderen Frau eine ansteckende Krankheit holen kann, wenn ihre Partnerin diese Krankheit hat.

Bei der Suche nach Informationsmaterial für dieses Kapitel bin ich auf eine weitere Schwierigkeit gestoßen: die öffentliche Einstellung zu sexuell übertragenen Krankheiten. Sie gelten als Strafe Gottes für häufigen Partnerwechsel oder unmoralisches Sexualverhalten. Es werden nur sehr wenig öffentliche Gelder für die Forschung nach den Ursachen und nach Behandlungsmethoden von Geschlechtskrankheiten zur Verfügung gestellt, und es wird nur wenig Geld für deren Behandlung ausgegeben. Tripper (Gonorrhoe) ist in den USA wie in der BRD die Geschlechtskrankheit Nummer eins und hat in den USA epidemische Ausmaße erreicht – etwas, was die amerikanische Öffentlichkeit nie dulden würde, wenn die Krankheit nicht mit Sex verbunden wäre. Es gibt noch keine Immunisierung gegen Syphilis oder Gonorrhoe, obwohl die Erreger schon ziemlich lange bekannt sind. Als Folge dieser Einstellung zu Geschlechtskrankheiten werden unzulängliche Diagnosen gestellt, und es kann der Betroffenen schwer fallen, den Weg zum Arzt zu finden.

Du bist vielleicht der Ansicht, das Thema sei zu deprimierend und gehöre nicht in ein sexbejahendes Buch. Ich halte es für unverantwortlich, wenn sich eine sexuell aktive Frau nicht umfassend über dieses Thema informiert. Es geht um die Gesundheit deiner Partnerinnen wie auch um dein eigenes Wohlbefinden.

Es folgen ein paar Bemerkungen über allgemeine Hygiene und Vorbeugung sowie Anschauungsmaterial zu bestimmten Krankheiten, die durch sexuellen Kontakt übertragen werden können. Ich habe mich bemüht, darauf hinzuweisen, wo Quellen abweichende Informationen liefern und wo ich sachkundige Vermutungen anstelle. Teile dieses Materials mögen zum Zeitpunkt, da du es liest, gemessen am Stand der laufenden medizinischen Forschung, vielleicht überholt sein; laß also andere Informationsquellen über Geschlechtskrankheiten nicht außer acht. Ich habe nicht nur zusammengefaßt, was über die Ursachen jeder Beschwerde bekannt ist, sondern darüberhinaus die herkömmliche ärztliche Behandlung sowie alternative, natürliche oder Kräuterheilmethoden beschrieben. Ich bin weder Ärztin noch Kräuterexpertin; ich kann daher keine Garantie auf die Sicherheit oder Wirksamkeit irgendeiner der erwähnten Kuren geben. Wenn du ein Gesundheitsproblem zu haben glaubst, such zur Sicherheit jemanden auf, die/der in Diagnose und Behandlung erprobt ist.

Allgemeine Hygiene und Krankheitsvorbeugung

Einige der folgenden Informationen wurden schon an anderer Stelle in diesem Buch gegeben. Sie werden für Schnellleserinnen wiederholt. Ich schlage vor, ihr lest das Ganze wie brave Schülerinnen durch.

Achte auf Reinlichkeit. Wisch nach dem Urinieren oder Stuhlgang immer von vorne nach hinten. Dadurch werden Abfallprodukte aus der Urethra und Vagina ferngehalten. Wasch deine Vulva mindestens einmal am Tag mit warmem Wasser. Nimm keine Intimsprays; sie können wund machen, die Schleimhäute austrocknen oder Allergien hervorrufen. Durch das Kurzschneiden der Schamhaare kann Geruch auf ein Mindestmaß beschränkt werden. Eine gesunde Vagina riecht nicht unangenehm. Übler Geruch könnte ein Warnsymptom für eine Scheideninfektion sein. Schaumbäder und handelsübliche Vaginalduschen können auch Wundsein hervorrufen. Eigentlich brauchst du überhaupt keine Scheidenspülungen vorzunehmen, denn die Vagina reinigt sich selbst durch geringe tägliche Sekretion und sorgt selbst für ihr chemisches Gleichgewicht. Solltest du aus Überängstlichkeit oder Narzißmus dennoch das Bedürfnis haben, Vaginalduschen zu nehmen, dann tu es nicht öfter als einmal im Monat.

Einfaches, lauwarmes Wasser eignet sich am besten. Du kannst auch vier Eßlöffel destillierten weißen Essig in einem Liter Wasser auflösen. Andere Arten von Essig enthalten Zucker, der Hefewachstum fördert. Eine weitere gute Duschlösung ist die Auflösung von einem Eßlöffel destillierten weißen Essig und zwei Eßlöffel einfachem, biologischem Joghurt in einem halben Liter Wasser. Nimm keinen Joghurt mit Geschmack, da er Zucker enthält. Wenn du vaginal duschst, häng den Wasserbeutel nicht höher als deine Taille und laß das Wasser langsam in die Scheide einlaufen. Meide Applikatoren und andere Spritzvorrichtungen. Wasser, das unter Druck in die Scheide gespritzt wird, kann in die Gebärmutter oder in die Bauchhöhle gepreßt werden (was allerdings ziemlich starken Druck voraussetzt). Schwangere sollten nie Scheidenspülungen vornehmen. Wenn du badest oder duschst, vergiß deine Klit nicht. Zieh die Klitorisvorhaut zurück und reinige dich darunter mit einem weichen Waschlappen. Trockne deine Genitalien nach dem Abspülen gründlich. Meide Nylonstrumpfhosen und -slips, da sie die Vulva nicht atmen lassen. Baumwollunterhosen sind gut, ebenso gar keine Unterhosen (vorausgesetzt, du trägst Rökke oder wechselst deine Hosen oft). Benutz dein Vaginalduschgerät oder Sexspielzeug für Penetration nicht gemeinsam mit einer anderen Frau. Steck nichts in deine Scheide, was in deinem oder im After einer anderen Frau war. Verwende keine Duschbeutel für Klistiere.

Achte auf deine Sexpartnerinnen. Vermeide Sex mit Frauen, die nicht gesund oder reinlich sind. Laß niemanden mit Wunden um die Lippe herum an dir runtergehen. Wenn deine Partnerin schmutzige Finger, Verletzungen oder auffallende Warzen an den Fingern hat, sollten ihre Finger aus deiner Scheide oder deinem Anus draußen bleiben. Versuch, von allen deinen Sexpartnerinnen Vornamen und Telefonnummer zu erfahren, damit du ihnen Bescheid sagen kannst, wenn sich herausstellt, daß du eine durch Sex übertragbare Krankheit hast. Solltest du je mit einem Mann schlafen, sei dir im Klaren darüber, daß es viel leichter ist, von einem Mann einen Tripper angehängt zu bekommen als von einer Frau, und denk an Empfängnisverhütung. Es dauert nur zehn Minuten, Präservative und eine spermizide Creme in der Apotheke zu besorgen. Du brauchst kein Rezept, und wenn du beide zusammen verwendest, hast du eine 90-prozentige Sicherheit. Du magst dir komisch vorkommen, diese Artikel zu kaufen und dabei einen Lesbenansteckknopf am Revers zu tragen, aber du wirst dir viel komischer vorkommen, wenn du Formulare in einer Abtreibungsklinik ausfüllst.

Laß dich bei deiner Routineuntersuchung auch auf Geschlechtskrankheiten hin überprüfen. Wenn du dir einen Abstrich machen läßt, verlang auch einen Syphilis-Bluttest und eine Vaginalkultur für Gonorrhoe. Solltest du den Verdacht hegen, daß du eine Geschlechtskrankheit hast, stell dich nicht als Sexpartnerin zur Verfügung und laß dich sofort behandeln. Wenn du mit vielen Frauen Sex hast, laß dir zwei- oder dreimal im Jahr diese Tests machen. Jährliche Tests für Syphilis und Gonorrhoe empfehlen sich auch, wenn du monogam bist. Beide sind gefährliche Krankheiten, die sich in der Regel schnell heilen lassen. Du kannst nie wissen, was deine monogame Partnerin getrieben hat, als sie Weihnachten zuhause war.

Untersuche regelmäßig deine Brust. Fast keine der Lesben, mit denen ich gesprochen habe, machte diese simple Untersuchung regelmäßig. Das ist schwer zu verstehen, zumal die

Untersuchung nur etwa zehn Minuten in Anspruch nimmt und dein Leben retten kann. Keine Frau sollte erwarten, daß ihre Ärztin oder ihr Arzt automatisch irgendwelche Veränderungen in ihrem Brustgewebe feststellen kann. Brüste sind von unterschiedlicher Größe, Form und Beschaffenheit. Du bist diejenige, die am ehesten etwaige Veränderugen und Anomalitäten an deinen Brüsten erkennen kann.

Nach der Menopause sollten Frauen ihre Brüste am ersten jedes Monats untersuchen. Führ die Selbstuntersuchung vor der Menopause eine Woche nach deiner Periode durch. In der Regel sind deine Brüste zu dieser Zeit weder gespannt noch besonders weich. Frauen, deren Gebärmutter entfernt wurde, werden wahrscheinlich künstliche Hormone nehmen und sollten mit ihren Ärzten klären, wie oft sie ihre Brüste untersuchen sollen. Geh nach einem bestimmten Muster vor, das du nicht vergißt, und halte es kontinuierlich ein.

Die Selbstuntersuchung hat drei Schritte. Beginn unter der Dusche oder in der Badewanne. Seif dir die Hände und Brüste ein. Leg eine Hand hinter den Kopf. Nimm die linke Hand zur Untersuchung der rechten Brust und umgekehrt. Führ deine Finger zusammen, taste mit ihnen sanft die ganze Brust ab, indem du sie abflachst und preßt, und such nach Verhärtungen, Knoten oder Verdickungen.

Der zweite Schritt sollte vor dem Spiegel stattfinden. Laß die Arme entspannt an den Seiten herabhängen und betrachte deine Brüste. Heb beide Arme über den Kopf und betrachte dich nochmal. Kannst du irgendwelche Veränderungen in den Konturen beider Brüste feststellen? Erkennst du irgendwelche Anzeichen von einer Schwellung, von Grübchen oder Pünktchenmuster auf der Haut oder Veränderungen der Brustwarze? Zeigen die Brustwarzenspitzen in völlig verschiedene Richtungen, oder scheint eine Brustwarze schief zu sein? Leg die Hände auf die Hüften und drück fest nach unten. Dadurch werden die Brustmuskeln angespannt. Untersuch deine Brüste nochmal auf die oben beschriebenen Veränderungen hin. Linke und rechte Brust sind selten gleich groß; mach dir also keine Gedanken über irgendwelche Größenunterschiede, es sei denn, es treten Veränderungen auf.

Um den dritten Schritt durchzuführen, leg dich irgendwo bequem hin. Tu dir ein Kissen unter eine Schulter. Leg die Hand auf dieser Seite unter den Kopf. Dadurch wird die Brust flach und das Gewebe gleichmäßig verteilt. Preß mit den Fingern der anderen Hand leicht in kleinen, kreisenden Bewegungen. Arbeite dich in kleinen Kreisen zur Brustwarze vor. Im unteren Teil der Brust wirst du wahrscheinlich auf eine feste Gewebestruktur stoßen. Das ist normal. Du solltest mindestens drei Kreise im Abstand von ungefähr 1,5 cm bilden. Wiederhol diesen Vorgang bei der anderen Brust.

Als letztes solltest du die Brustwarzen sanft zwischen Daumen und Zeigefinger pressen. Eine etwaige Absonderung, ob klar oder blutig, sollte dem Arzt gemeldet werden.

Solltest du auf eine Verhärtung oder Verdickung stoßen, die dir ungewöhnlich erscheint, mach einen Termin mit deiner Ärztin oder in einer Klinik aus, und laß es überprüfen. Wenn du die Untersuchung hinausschiebst, wirst du nur noch besorgter. Die meisten Knoten sind nicht bösartig. Manche Frauen neigen dazu, gutartige Knoten, Zysten genannt, zu bekommen, die im Lauf eines Monatszyklus auftauchen und wieder verschwinden.

Lerne, dein Becken selbst zu untersuchen. Selbstuntersuchungen sind nicht nur für heterosexuelle Frauen. Sie können Lesben helfen, ihren Monatszyklus zu verfolgen, Veränderungen an den Scheidenwänden, Ausfluß, der ein Zeichen für Infektion sein könnte, oder Zervixpolypen festzustellen.

Vor allem in den USA wurde zwischen 1940 und 1971 Frauen, denen eine Fehlgeburt drohte, ein künstliches Östrogen verschrieben, DÄS (Diäthylstilböstrol), das, wie sich herausstellte, zwar nichts zur Verhinderung von Fehlgeburten beitrug, aber dafür bei den Töchtern dieser Frauen oft schon in der Pubertät Vaginalkrebs erzeugte. Diese Erkrankung war vor 1970 äußerst selten und trat so gut wie nie bei Frauen unter 50 auf.

Wenn dein Geburtsdatum in diesen Zeitraum fällt, solltest du dich erkundigen, ob deiner Mutter während ihrer Schwangerschaften(en) dieses Präparat verabreicht wurde. Bei der gynäkologischen Routineuntersuchung sind die schädlichen Nebenwirkungen von DÄS nicht festzustellen. Sie können nur mittels einer Kolposkopie und einer Schillerschen Jodprobe aufgespürt werden, was nicht nur sehr kostspielig ist, sondern auch alle sechs Monate wiederholt werden muß.

In der BRD war DÄS in einem Präparat, Cyren B, enthalten, das als „Pille-Danach" verschrieben, aber inzwischen vom Markt gezogen wurde. Tragödien wie die Verschreibung von DÄS sind eine Folge der Gleichgültigkeit gegenüber Frauen seitens des etablierten Ärztetums, das unsere Körper als unfreiwillige medizinische Versuchsobjekte benutzt. Wir müssen alle so viel wie möglich über die Nebenwirkungen von Medikamenten und neuen ärztlichen Methoden erfahren – in anderen Ländern ebenso wie in unserem eigenen Land. Versuche mit Labortieren zeigen nicht immer alle potentiellen Gefahren für den Menschen auf, und solche Testergebnisse werden oft ignoriert. Staatliche Überwachungsbehörden werden oft von den Konzernen, die sie überwachen sollen, teilweise kontrolliert. Wir müssen es uns zweimal überlegen, ehe wir irgendeine vom Arzt verschriebene Pille einnehmen.

Durch Sex übertragbare Krankheiten

Parasiten. Die drei am häufigsten auftretenden Parasiten, die durch sexuellen Kontakt übertragen werden können, sind Läuse, Krätzmilben und Spulwürmer.

Läuse

Es gibt drei Arten von Läusen. Sie werden alle durch Körperkontakt verbreitet. Ihr Vorkommen bedeutet also nicht, daß deine Sauberkeit zu wünschen übrig läßt. Es bedeutet lediglich, daß du jemandem nahe gekommen bist, bei der/dem das der Fall war. Obwohl Läuse äußerst lästig sind, kann man sie relativ leicht loswerden. Da die Behandlung je nach Art variiert, werden die Arten im folgenden einzeln erörtert.

Filzläuse leben fast ausschließlich im Schamhaar. Die Schamhaare wachsen in einem anderen Abstand als die übrigen Körperhaare, welcher für diese Laus gerade ideal ist. Sie hält sich an zwei Haaren fest und gräbt sich ein. Sie bleibt dort sitzen und legt ihre Eier (Nissen) an Ort und Stelle, und normalerweise geht sie nicht auf Kleider oder Bettwäsche über. Wenn du oralen Sex mit einer Frau mit Filzläusen hast, kannst du dir eventuell ein paar zuziehen, die dann ein mühseliges Dasein in deinen Augenbrauen fristen, aber das passiert sehr selten. Du kannst dir meist selbst die Filzlausdiagnose stellen, da sie mit dem bloßen Auge zu erkennen sind. Sie sehen aus wie winzige Sommersprossen. Die Nissen sind wie kleine Häkchen oder Knötchen am Haar. Doch ehe du sie siehst, wirst du sie spüren. Sie erzeugen einen unerträglichen Juckreiz im Schritt.

Filzläuse werden fast ausschließlich durch sexuellen Kontakt übertragen. Ausgewachsene Läuse können nur drei Tage ohne Wirt leben. Die Nissen leben zwei Wochen. Sie werden nur sehr selten durch Toilettenbrillen, Handtücher, Bettwäsche oder Kleider verbreitet.

Um sie loszuwerden, wirst du sie vergiften müssen, am besten mit Jacutin Emulsion, die angenehmer und milder ist als das beißende, wenn auch schneller wirkende Cuprex, das jedoch eher eine Strafe ist. Beide sind ohne Rezept erhältlich.

Halte dich an die Anweisungen auf der Packung des gewählten Produkts. Wasch deine Unterwäsche, Handtücher, Bettwäsche und Hosen in heißem Wasser. Sexpartnerinnen und Mitglieder deines Haushalts sollten sich ebenfalls untersuchen oder die Behandlung zusammen mit dir machen. Wenn du nicht alle mitbehandelst, wirst du dir die Läuse gleich wieder von jemandem aus deiner Umgebung einfangen.

Du kannst auch deine Schamhaare abrasieren. Ohne ihren Unterschlupf werden dich die Parasiten bald verlassen. Nimm eine milde Seife oder Rasierschaum, und paß auf, daß du dich nicht schneidest. Du magst die Haare vielleicht erst kurzschneiden wollen, ehe du sie abrasierst, um den Rasierapparat nicht zu verstopfen. Nach dem Rasieren werden die großen Schamlippen anschwellen. Es kann sein, daß du ein paar nach innen gewachsene Haare hast, die jucken werden. Zwei gegen den Juckreiz empfohlene Kräutertinkturen sind:

1. Maisstärke, Buttermilch oder Weizenkeimöl können auf die juckende Stelle gerieben werden.

2. Brennessel. Gib zwei gehäufte Teelöffel Brennessel in eine Tasse kochendes Wasser und laß es 20 Minuten ziehen. Abkühlen lassen, durchsieben und auf die betroffene Stelle spritzen.

Kleiderläuse nähren sich an allen Teilen des Körpers und leben in den Säumen und Nähten von Kleidern und Bettzeug, wo sie auch ihre Eier ablegen. An ihrem Aufenthaltsort kannst du sie von Filzläusen unterscheiden. Wenn sie sich in den Nähten deiner Schlafanzüge befinden (die Eier sehen aus wie Sandkörner) und nicht in deinem Schritt, hast du Kleider- und keine Filzläuse. Es wird dich an verschiedenen Stellen jucken anstatt nur in der Schamgegend.

Kleiderläuse können bei sexuellem Kontakt übertragen werden, verbreiten sich aber eher durch Austauschen von Kleidern oder Schlafen im selben Bett. Wenn sie entdeckt werden, muß das ganze Haus samt Bewohnern behandelt werden. Kleiderläuse können Typhus, Wolhynisches Fieber und Europäisches Rückfallfieber übertragen, verlier also keine Zeit.

Alle sollten Jacutin benutzen. Reib JEDEN ZENTIMETER deiner Haut damit ein und laß es 24 Stunden einwirken. Du wirst stark befallene Bettwäsche oder Kleider vernichten und das Haus desinfizieren müssen. Sonstige Kleider- oder Wäscheartikel sollten gekocht und mit Insektenvertilgungsmittel (DDT) behandelt werden. Schick alles zur Reinigung weg, bevor du Jacutin benutzt, damit du dich nicht von neuem infizierst. Wenn du das Zeug nach 24 Stunden abwäschst, hab frische Kleider und Bettwäsche bereit.

Kopfläuse sind der Grund, warum deine Mutter nicht wollte, daß du deinen Kamm ausleihst. Kopfläuse leben an den Haarwurzeln, vorzugsweise in langem Haar. Viele Ärzte sind der Auffassung, Angehörige der Mittelschicht bekämen keine Läuse, und sie diagnostizieren Fälle von juckender, verkrusteter Kopfhaut fälschlich als Ekzeme oder Ausschlag. Kopfläuse verbreiten sich besonders schnell in Gruppenwohnsituationen. Sie gehen nicht auf Schamhaare oder andere Teile des Körpers über. Du kannst Jacutin oder Cuprex nehmen und alle Kopfbedeckungen chemisch reinigen lassen. Alle, mit denen du lebst oder sexuell verkehrst, sollten sich vom Arzt untersuchen lassen. Bezieh Kissenbezüge, Kämme und Bürsten in deine Säuberungsaktion mit ein. Kopfläuse legen mehr Eier als Filz- oder Kleiderläuse, also reib den Kopf gründlich ein. Die Nissen müssen mit einem Läusekamm ausgekämmt werden. Rückinfizierung ist häufig.

Krätze

Die Krätzmilbe ist wesentlich kleiner als eine Laus. Sie bohrt Gänge in die Oberhaut, die wie grauschwarze Streifen aussehen und bis zu einem Zentimenter lang sind. Wenn die Milbe ihre Eier legt, bildet sich ein winziges Bläschen von etwa der Größe eines Stecknadelkopfes. Mit dem Ausschlüpfen neuer Milben, die sich dann weitergraben, treten die Bläschen oft gruppenweise auf. Die Milben hinterlassen Kotballen in den Gängen unter der Haut, die eine allergische Reaktion hervorrufen.

Der Juckreiz bei Krätze kann dir Tränen in die Augen treiben und es dir unmöglich machen, zu arbeiten oder zu schlafen. Du kratzt dich fast unwillkürlich. Doch durch Kratzen überträgt man Eier und Larven, die sich unter den Fingernägeln festsetzen, auf andere Körperstellen. Die Krätzmilbe bevorzugt besonders zarte, empfindliche Haut, wie z.B. Vulva, Brustwarzen, Achselhöhlen, Armbeugen und Ellbogen, Fußgelenke, den inneren Fußrand und die Haut zwischen Fingern und Zehen.

Krätze kann übertragen werden, indem du mit einer befallenen Person in einem Bett schläfst oder Sex hast. In seltenen Fällen können Hunde sie an Menschen weitergeben. Du solltest jedoch auf keinen Fall ein Tier mit Jacutin behandeln. Bring es zum Tierarzt. Die Milbe, die bei Hunden die Räude hervorruft, gehört zu einer anderen Art und geht nicht an Menschen.

Krätzmilben können als starke Ekzeme oder Eiterflechten oder als psychosomatische Beschwerden diagnostiziert werden. Wenn du die oben erwähnten Symptome hast, bitte deine Ärztin, dich auf Krätze zu untersuchen.

Zur Behandlung von Krätze wird Jacutin Emulsion angewandt. Nimm ein heißes Vollbad mit viel Seife und reib danach jeden Quadratzentimeter deines Körpers unterhalb des Kiefers mit der Emulsion ein. Paß auf, daß dir nichts in die Augen oder den Mund kommt. Laß sie 24 Stunden einwirken. Wasch deine Hände nicht. Schneide die Fingernägel kurz, und reib dann eine Menge Jacutin darunter.

Einigen Quellen zufolge kann Krätze nicht durch Bettwäsche übertragen werden. Andere behaupten das Gegenteil. Da es sich um eine so leidige Angelegenheit handelt, mach eine Großwäsche und hab frische Leib- und Bettwäsche bereit, nachdem du das Jacutin abgewaschen hast. Wiederhol die Einreibung am nächsten Tag und wechsel nochmal die Wäsche. Du wirst noch zwei bis drei Wochen lang unter Allergien und Juckreiz leiden. Es wird dich also beruhigen, wenn du weißt, daß deine Wäsche immer sauber ist. Mitbewohner und Sexpartnerinnen sollten sich mitbehandeln, auch wenn bei ihnen keine Symptome festzustellen sind.

Untersuch dich nach geröteten Stellen, Furchen oder Bläschen. Solltest du irgendwelche finden, muß die Behandlung wiederholt werden.
Manche Frauen lehnen die Benutzung von Jacutin selbst gegen Krätze ab und greifen zu Kräutermitteln. Solche Mittel sind oft nicht so stark wie Chemikalien oder Medikamente und wirken nicht so schnell. Ein Kräuterrezept hängt von der Qualität und Frische der Kräuter, deiner Ernährung und Gesundheit und deiner Kunstfertigkeit bei der Auswahl des geeigneten Krauts ab. Solltest du ein alternatives Heilmittel gegen Erkrankungen anwenden, die durch Sex übertragen werden, laß deine Sexpartnerinnen oder Wohnungsgenossen die Behandlung mitmachen, um eine Rückinfektion zu vermeiden.

Ein Kräuterrezept gegen Krätzmilben ist das Aufbrühen von zwei Teelöffel Wacholderbeeren in einem halben Liter Wasser. Sie müssen eine halbe Stunde lang kochen. Teil die Lösung in vier Teile auf, und trink viermal am Tag einen Teil. Wiederhol die Zubereitung und bade in der Lösung, um den Juckreiz loszuwerden und die Parasiten zu vertreiben. Als weiteres Mittel wird empfohlen, sich mit Desinfektions-Seife zu waschen, um die Gänge zu öffnen, dann eine Salbe zuzubereiten und sie sorgfältig auf den betroffenen Stellen zu verreiben. Drei bis vier Tage lang soll die Unterwäsche nicht gewechselt noch gebadet werden; dann sind alle Kleider und die Bettwäsche zu kochen. Die Salbe besteht aus einem viertel Teelöffel Zinksulfat, Schwefelblüten, Basilium, Rizinusöl und Styraxharz.

Spulwürmer

Diese Parasiten heißen auch Madenwürmer und Pfriemenschwänze. Es sind winzige weiße Würmer, die kaum dicker als ein Faden und etwa 7 mm lang sind. Sie finden sich meistens im Dickdarm, können aber auch Juckreiz in der Vagina hervorrufen. Viele Menschen haben sie, ohne es zu wissen. Das häufigste Symptom ist Juckreiz im After. Die Würmer entfalten nachts und bei Vollmond ihre größte Betriebsamkeit, indem sie sich bewegen und Eier legen, was den Juckreiz erzeugt.

Wenn du Spulwürmer bei dir vermutest, wird dich die Ärztin wahrscheinlich bitten, dir ein Stück Tesafilm an den After zu heften und es dann auf ein Glasplättchen zu kleben. Das Glasplättchen wird mikroskopisch untersucht, um zu sehen, ob Eier da sind. Du wirst das vielleicht über zwei oder drei Tage durchführen müssen, um ganz sicher zu gehen.

Sollten Spulwürmer festgestellt werden, unterziehen sich am besten alle Mitglieder deines Haushalts und alle Sexpartnerinnen einer Behandlung. Spulwürmer übertragen sich sehr leicht, gewöhnlich über die Hände. Vergiß nicht, dir nach der Toilette die Hände zu waschen, um eine Reinfektion zu vermeiden. Als Kräuterrezept gegen Spulwürmer kannst du drei Tage lang täglich eine Knoblauchzehe essen. Trink am dritten Tag eine Tasse Senn- und Pfefferminztee. Hierzu mußt du einen halben Teelöffel Sennablätter und einen viertel Teelöffel Pfefferminzblätter mit einer Tasse kochendem Wasser aufgießen und zugedeckt drei bis fünf Minuten ziehen lassen. Der Tee kann nach Belieben mit Honig gesüßt werden. Der Knoblauch schwächt die Würmer, und der Tee wirkt als Abführmittel, das sie rausspült. Wiederhol die Behandlung nach einer Woche, um frisch ausgeschlüpfte Larven loszuwerden, und nochmals nach einer weiteren Woche.

Piperazin und Cyaninfarbstoffe (z.B. in Molevac und Vermox) werden gegen Spulwürmer verschrieben. Beide Substanzen sind mild und wirksam. Die Behandlung sollte nach einer Woche wiederholt werden, um Larven zu töten.

Spulwürmer in der Vagina können durch Sitzbäder herausgezogen werden, wobei knapp zwei Tassen Magnesiumsulfat in fünf Liter Wasser aufgelöst werden. Du solltest das drei Tage lang zweimal am Tag tun und Zinkoxydsalbe auf den Scheideneingang, den After und den Damm reiben.

Scheideninfektionen (Kolpitis, Vaginitis). Es gibt mehrere verschiedene Organismen, die Infektionen in der Vagina hervorrufen können. Da in der Scheide viele verschiedene Mikroorganismen leben, kann es schwierig sein, festzustellen, welche davon Beschwerden verursachen. Einige Symptome für Scheidenentzündungen können Gonorrhoe oder Syphilis ähneln, so daß es sich empfiehlt, zusätzlich zu den Untersuchungen auf weniger ernste Beschwerden auch Tests für diese Krankheiten zu verlangen. Behandel dich niemals mit einem Hausmittel, bevor du nicht sicher bist, was für eine Infektion du hast. Die meisten Scheideninfektionen neigen leider dazu, wieder aufzutreten.

Moniliasis („Pilze")

Diese Beschwerde wird durch den Hefepilz Candida albicans hervorgerufen. In einer gesunden Vagina ist dieser Hefepilz immer anzutreffen. Bakterien und der leicht säuerliche pH-Wert (Wasserstoffionenkonzentration) der Vagina halten ihn normalerweise unter Kontrolle. Bestimmte Umstände können dazu führen, daß sich die Candida albicans explosionsartig vermehren, wie z.B. die Einnahme von Antibiotika, der Pille und anderer Steroidmedikamente, Schwangerschaft, Streß und Erschöpfung, Menstruation, übermäßige Scheidenspülungen, Diabetes (die Hefepilze ernähren sich von der Glukose im Urin Zuckerkranker).

Die Symptome einer Pilzerkrankung sind laut Handbuch ein säuerlicher, hefeartiger Vaginalgeruch, ein zähflüssiger, weißlicher Ausfluß, der sich an den kleinen Schamlippen festsetzen kann, Juckreiz und Anschwellen der Vulva und eventuell Schmerz oder Brennen beim Urinieren. Die Symptome sind nicht immer so eindeutig. Eine Pilzerkrankung wird festgestellt, indem man aus der Scheidenabsonderung eine Kultur anlegt. Die Kultur sollte angelegt werden, wenn du nicht menstruierst.

Die Pilzerkrankung kann von selbst heilen, wenn ihre Ursachen beseitigt werden. Ein Arzt wird dir ein lokales Antibiotikum in Form von Vaginaltabletten oder -gel geben, das Nystatin enthält. Diese Medikamente töten sowohl die Hefepilze als auch Scheidenbakterien. Du solltest daher während der Einnahme die Zufuhr von Zucker herabsetzen und biologischen Joghurt essen, um die Milchsäurebakterien zu ersetzen, die die Hefepilze auf natürliche Weise unter Kontrolle halten. Du kannst auch eine Scheidenspülung mit Spuman machen, einer rezeptfreien Vaginaldusche, die Bakterienwachstum fördernde Milchsäure produziert.

Einige Alternativrezepturen sind nachstehend aufgeführt.
1. Knoblauchzäpfchen: Schäl eine Koblauchzehe. Schneide sie nicht ein, sonst brennt sie. Leg sie in die Mitte von einem etwa 30 cm langen und 8 - 10 cm breiten Stück Mull. Falte den Mull zu einem Tampon. Du kannst das Ende des Tampons in Pflanzenöl tauchen, um die Einführung zu erleichtern. Wechsel den Tampon alle 12 Stunden über drei bis vier Tage hinweg.
2. Vaginalspülung mit Joghurt: Nimm vier Eßlöffel einfachen Joghurt auf einen Liter Warmwasser. Führ die Lösung fünf Tage lang zweimal am Tag in die Scheide ein, oder so lange, bis die Symptome verschwinden, und noch einige Tage darüber hinaus. Du kannst mit einem Applikator (der zur Einführung spermizider Gels verkauft wird) zwei Eßlöffel gewöhnlichen Joghurt in die Scheide einführen; benutz einen Tampon, damit er drin bleibt. Du kannst die Vagina auch mit einem Spekulum öffnen und den Joghurt mit einem Löffel einführen.
3. Milchsäurebakterien (Döderleinsche Stäbchen): Gib zwei Eßlöffel milchsäurehaltigen Joghurt (wenn du biologischen Joghurt aus dem Reformhaus vor Gebrauch zwei Tage bei Zimmertemperatur stehen läßt, vermehren sich die Milchsäurebakterien) und zwei Eßlöffel destillierten weißen Essig in einen Liter lauwarmes Wasser. Mach damit zwei Wochen lang zweimal täglich Scheidenspülungen.
4. Gentianaviolett: Du kannst dieses Gemisch in der Apotheke kaufen. Gib ein paar Tropfen davon in einen Liter lauwarmes Wasser und nimm es zur Scheidenspülung. Auf Rezept gibt es Gentianaviolett auch in Zäpfchenform. Es funktioniert sehr gut, nur färbt es alles, womit es in Berührung

kommt, knallviolett. Am besten trägst du nach der Spülung oder nach Einführung der Scheidentablette Binden.

Pilzinfektionen können auf Sexpartnerinnen übertragen werden. Benutz also Vaginalduschapparaturen oder Sexspielzeug nicht gemeinsam mit einer Partnerin. Steck deine Finger nicht zuerst in die eigene Vagina und dann in deine Partnerin. Einer Quelle zufolge können Pilzinfektionen nach oralem Sex mit einer infizierten Partnerin im Hals auftreten. Das kommt jedoch sehr selten vor und ist mit oraler Einnahme von Nystatintropfen oder Gentianaviolett zu behandeln.

Trichomoniasis (Trichomonadeninfektion)

Diese Scheideninfektion wird durch Flagellaten (Geißeltierchen), einzellige Parasiten, hervorgerufen, die Trichomonas vaginalis heißen und zu den Protozoa gehören. Es ist verschiedentlich behauptet worden, Trichos seien nur schwer an eine weibliche Sexpartnerin weiterzugeben. Vorsicht ist die Mutter der Porzellankiste. Manche Autoren sagen, Trichos könnten durch nasse Handtücher, Badeanzüge oder Waschlappen nicht übertragen werden, während andere Quellen das Gegenteil behaupten. Benutz diese Artikel zur Sicherheit lieber nicht gemeinsam mit einer infizierten Partnerin.

Wie Pilze sind auch Trichomonaden in einer gesunden Vagina zu finden. Wodurch sie zum Gesundheitsproblem werden, ist noch nicht geklärt. Es sollten mehr Forschungen auf diesem Gebiet gemacht werden, da eine natürliche Kontrolle für Trichos entdeckt werden könnte. Das wäre besonders begrüßenswert, weil das bevorzugte Präparat gegen Trichos, Clont, im Verdacht steht, krebsfördernd zu sein, und weil

Frauen, die Trichomonaden hatten, sich öfter Tripper zuziehen als Frauen, die keine hatten.

Die klassischen Symptome für Trichomoniasis sind gelblicher oder grün-gelblicher, übelriechender Ausfluß, der dünnflüssig und schaumig sein kann, Anschwellen der Vulva und entzündete rote, wunde, juckende Schamlippen. Trichos können auch Entzündungen der Harnwege verursachen, wenn der Ausfluß in die Urethra geschmiert wird. Pilzerkrankungen treten oft gemeinsam mit Trichoinfektionen auf.

Clont, das dir deine Frauenärztin bzw. dein Arzt wahrscheinlich automatisch zu verschreiben versuchen wird, ist ein sehr starkes und teures Medikament, das von *einem* Pharmakonzern patentiert wurde. Es ist auch als Metronidazol bekannt. Du darfst es nicht nehmen, wenn du irgendwelche Blutkrankheiten, Magengeschwüre, eine Erkrankung des zentralen Nervensystems oder eine andere Infektionskrankheit neben Trichos hast. Clont tötet einige der weißen Blutkörperchen und wird deine körperliche Widerstandskraft gegen andere Krankheiten beeinträchtigen. Wenn du die Trichos nach einer Clontbehandlung nicht los bist und sie wiederholen mußt, sollte deine Ärztin bzw. dein Arzt vor, während und nach der zweiten Kur ein weißes Blutbild machen. Trink während der Einnahme von Clont keinen Alkohol. Zu den Nebenwirkungen dieses Medikaments zählen eine Verfärbung des Urins, Übelkeit, Krämpfe, Durchfall und Schwindelgefühl. Es kann in der Scheide auch die Voraussetzungen für eine Pilzinfektion schaffen. Wenn du schwanger bist oder stillst, solltest du Clont-Vaginaltabletten der oralen Einnahme des Präparats vorziehen.

Wenn dieses Buch erscheint, gibt es auf dem Markt vielleicht schon Tinidazol zur Behandlung von Trichomonaden. Dieses Medikament hat (wie Clont) bei Versuchstieren zu Genmutationen, Geburtsschäden und Krebs geführt. Manche feministischen Gesundheitsberaterinnen sind der Meinung, Frauen sollten nach Möglichkeit beide Medikamente meiden.

Trichomonaden sind eine so unangenehme Infektion, daß nur wenige Frauen sie so lange ertragen wollen, bis sie ein alternatives Heilmittel gefunden haben. Wenn dir danach zumute ist, kannst du es mit Vaginaltabletten wie Tiberal oder mit Vaginalgels versuchen. Das unter Moniliasis beschriebene Knoblauchzäpfchen und die Spülung mit Essig und milchsäurehaltigem Jogurt sind manchmal wirksam. Ein Antiseptikum namens Betaisodona ist in Drogerien und Apotheken erhältlich. Ein Eßlöffel Betaisodona, aufgelöst in einem halben Liter Warmwasser, kann zweimal täglich über drei Tage, dann einmal täglich über sieben Tage als Vaginaldusche benutzt werden. Wenn es reizt, mach es seltener. Führ am vierten Tag auch Joghurt ein. Wiederhol die Joghurtspülung alle zwei Tage, bis die Behandlung abgeschlossen ist. Das verhindert die Pilzinfektion, die oft eine Begleiterscheinung von Trichos ist.

Wenn du nur eine leichte Infektion hast, wird dein Arzt vielleicht eine geringere Clontdosis verordnen wollen oder dir sagen, du sollst es über weniger Tage als normal nehmen. Wenn du die Infektion jedoch nicht los wirst, wird sie bald wiederkommen. Falls du eine verminderte Dosis Clont nimmst, bade zusätzlich, nimm die Vaginaltabletten über Nacht, trag lockere Kleidung (da Lufteinwirkung die Parasiten vernichtet) und meide Tampons, Vaginalduschen und Intimsprays.

Unspezifische Kolpitis

Gelegentlich ist der Arzt nicht in der Lage, einen bestimmten Organismus als Ursache für eine Scheideninfektion auszumachen. Gewöhnlich wird dann eine Sulfacreme oder Vaginaltabletten wie Mysteclin, Tampovagan oder Albothyl verabreicht. Ein Symptom für unspezifische Kolpitis kann ein weißlicher oder gelblicher Ausfluß sein, der möglicherweise mit Blut durchsetzt ist. Die Scheidenwände können mit schaumiger Flüssigkeit oder Eiter bedeckt sein. Frühe Anzeichen einer unspezifischen Kolpitis können einer Blasenentzündung ähneln (die noch später besprochen wird).

Einigen Quellen zufolge soll unspezifische Kolpitis von Bakterien verursacht werden. Ein Bakterium namens Haemophilus vaginalis ist kürzlich als Erreger einer Scheideninfektion ausgemacht worden, die Trichomoniasis ähnelt. Der Ausfluß neigt dazu, cremefarben oder gräulich zu sein. Dieses Bakterium wird durch Verwendung eines Spezialnährmediums nachgewiesen – einer Mischung aus Scheidenausfluß und einer Salzlösung, die mikroskopisch untersucht wird. Solltest du eine hartnäckige Scheideninfektion haben, deren Ursache nicht festzustellen ist, bitte deine Ärztin, dich auf diesen Organismus hin zu untersuchen.

Haemophilusbakterien (und unspezifische Kolpitis) können auf deine Sexpartnerin übertragen werden; sie sollte also nach Symptomen Ausschau halten. Es kann passieren, daß eine vaginale Infektion zwischen zwei oder mehr Sexualpartnerinnen ewig hin- und herwandert, wenn sich nicht alle Beteiligten behandeln lassen. Gegen Haemophilus werden Nitrofurazon (auch Furacin genannt) oder Sulfatabletten verschrieben.

Alternativrezepte sind im folgenden aufgeführt:

1. Nimm zwei Eßlöffel destillierten weißen Essig in einem Liter warmem Wasser dreimal pro Woche über zwei Wochen als Vaginalspülung. Füg eine zerdrückte Knoblauchzehe bei ganz hartnäckigen Fällen hinzu.

2. Koche zwei Wurzeln der Ammoniakpflanze und 15 g Alaunwurzel 30 Minuten lang in einem Liter Wasser und spül die Scheide zweimal die Woche über zwei Wochen damit aus.

3. Nimm das unter Moniliasis beschriebene Knoblauchzäpfchen.

Viren. Viren sind kleiner als Bakterien. Es sind derartig einfache Organismen, daß gelegentlich noch darüber debattiert wird, ob sie wirklich leben. Antibiotika wirken gegen Bakterien, töten jedoch Viren nicht ab. Wenn du dir einen Virus zuziehst, solltest du grundsätzlich ruhen und auf deine Ernährung achten, um deinem Körper bei der Abwehr der Krankheit zu helfen. Vermeide möglichst, deine Krankheit anderen weiterzugeben. Weiße Blutkörperchen und Antikörper gegen Viren können in der Regel mit einer Virusinfektion fertig werden, wenn die Erkrankte gut auf sich aufpaßt. Einige Virusinfektionen werden meistens oder oft durch sexuellen Kontakt übertragen. Zwei davon, Gelbsucht und Herpes, werden im folgenden beschrieben.

Hepatitis (Gelbsucht, Leberentzündung)

In der Medizin unterscheidet man zwei Arten von Gelbsucht. Einige Forscher vertreten neuerdings die Theorie, daß es eine dritte Art von Hepatitis geben kann, doch ist dies noch nicht zuverlässig belegt worden. Serumhepatitis (Erreger ist der Hepatitis-Virus B) kann nur übertragen werden, wenn der Virus unter die Haut gespritzt wird. Sie wird meistens beim Spritzen von Drogen oder bei Transfusionen von verseuchtem Blut übertragen. Hepatitis epidemica (Erreger ist der Hepatitis-Virus A) kann auch auf diesem Weg übertragen werden; sie wird jedoch meist auf andere Art verbreitet. Die häufigste Art der Übertragung ist durch unreines Trinkwasser. Der Kot einer an Hepatitis epidemica erkrankten Person enthält den Virus, so daß Trinkwasser verseucht werden kann, wenn Abwässer nicht völlig vom Trinkwasser getrennt sind. Schalentiere aus verseuchtem Wasser sind eine weitere Infektionsquelle. Du kannst dir Gelbsucht auch durch oralen-analen Kontakt mit einer erkrankten Person holen. Unglücklicherweise ist Hepatitis am ansteckendsten während der Inkubationszeit, wenn die Erkrankten keinerlei Symptome aufweisen.

Die Symptome entwickeln sich zwei Wochen bis sechs Monate nach der Ansteckung. Sie können der Grippe ähneln – Fieber, Krankheitsgefühl, Frösteln, Kopfschmerzen und Appetitlosigkeit kommen häufig vor. Es kann passieren, daß du zu schwach wirst, um ohne Hilfe aus dem Bett zu steigen. Du magst Übelkeit, Erbrechen oder Durchfall erleben. Manche Leute bekommen Unterleibsschmerzen oder einen Ausschlag. Dein Urin wird körnig und bierbraun. Der Stuhl wird heller und blaß-gräulich werden, weil die Leber nicht mehr voll funktionsfähig ist. Wenn deine Haut allmählich gelb wird, fühlst du dich wahrscheinlich besser, aber immer noch sehr schwach.

Wenn dir eine Sexualpartnerin mitteilt, daß sie eine Leberentzündung hat, solltest du gleich zum Arzt gehen und dir eine Gamma-Glubolin-Spritze geben lassen, um deine Widerstandskraft zu erhöhen. Du solltest auch ein Blutbild machen lassen. Selbst wenn sich bei dir keine Symptome zeigen, könntest du die Krankheit weitergeben.

Die Genesung nach Leberentzündung dauert ein bis vier Monate. Während dieser Zeit solltest du dein Badezimmer allein benutzen oder es, wenn du es mit anderen teilst, desinfizieren lassen. Du solltest keinen Partnersex haben. Deine Eß- und Kochutensilien sollten nach jedem Gebrauch desinfiziert werden.

Deine Ärztin bzw. dein Arzt wird dir wahrscheinlich ein paar Ernährungsratschläge geben. Du wirst Gebratenes oder Tierfette vielleicht meiden müssen, da die Leber sie nicht abbauen kann. Du solltest jedoch viele Proteine in anderer Form zu dir nehmen.

Nach Hepatitis epidemica (H.-Virus A) erwerben die daran Erkrankten eine lebenslange Immunität gegen sie. Bei Serumhepatitis (H.-Virus B) ist das nicht der Fall.

Herpes simplex Typ 2

Es gibt verschiedene Arten von Herpes-Viren. Herpes Simplex Typ 1 verursacht Reizbläschen auf den Lippen und um den Mund herum. Typ 2 verursacht ähnliche Bläschen an den Genitalien, in der Vagina und manchmal am Gebärmutterhals. Es ist noch keine endgültige Heilung für Herpes bekannt. Wenn du ihn einmal bekommst, wird er wahrscheinlich dein ganzes Leben lang wieder auftreten. Daher ist es von größter Wichtigkeit, daß Frauen, die ihn haben, ihn nicht an andere weitergeben.

Die Bläschen erscheinen zwei bis zwanzig Tage nach der Infektion. Am Anfang können sie wie Pickel aussehen. Sie entstehen auf gerötetem Grund und schießen in Gruppen hervor. Sie können sowohl an den kleinen wie an den großen Schamlippen zum Vorschein treten und sich auf Oberschenkel, Pobacken, After und Damm ausbreiten. Sie können auch an den Scheidenwänden und am Gebärmutterhals auftreten. Du kannst grippeähnliche Symptome (wie leichtes Fieber und vergrößerte Lympfknoten) haben. Die Vulva schwillt an, und die Wunden sind sehr schmerzhaft. Es kann dir unmöglich werden, mit geschlossenen Beinen zu sitzen, oder zu laufen. Urinieren kann ebenfalls schmerzen und den Juckreiz verstärken. Du wirst möglicherweise Beruhigungsmittel zum Schlafen sowie schmerzlindernde Medikamente brauchen.

Rückfälle sind in der Regel weniger gravierend als die Erstinfektion mit Herpes. Die Zeitabstände zwischen dem Wiederauftreten der Krankheit neigen dazu, sich mit wachsendem Alter zu vergrößern. Rückfälle können durch übermäßige Sonneneinwirkung, leichtes Fieber, Angst- und Spannungszustände, Erschöpfung, Wundheit im Genitalbereich, Eisprung, Störungen des Hormongleichgewichts, Menstruation, exzessive Koffeinzufuhr, Weckamine oder Anti-Baby-Pillen provoziert werden. Wenn keine offenen Bläschen zu sehen sind, kannst du wahrscheinlich niemanden anstecken. Während der Erkrankung solltest du auf Partnersex verzichten.

Einige wenige Glückspilze bekommen Herpes einmal und nie wieder. Der Virus lebt jedoch in ihrem Gewebe fort. Es gibt Anzeichen dafür, daß Frauen, die Herpes gehabt haben, öfter an Gebärmutterhalskrebs leiden als Frauen, die keinen hatten. Du solltest daher, auch wenn du nur ein Herpesvorkommen hattest, auf jeden Fall regelmäßig einen Krebsabstrich und eine Beckenuntersuchung vornehmen lassen.

Herpes wird normalerweise einfach durch das Erscheinungsbild der Bläschen diagnostiziert. Er wird gelegentlich fälschlich als Feigwarzen, ein Ausschlag oder Syphilis diagnostiziert, meist von medizinischem Personal, das noch nie Herpes gesehen hat. Du kannst einen kostspieligen Bluttest machen lassen zur Feststellung von Antikörpern gegen den Herpes-Virus in deinem Organismus. Das würde darauf hinweisen, daß du schon mal infiziert worden bist. Weitere, weniger verläßliche Tests sind der Tzank-Test, bei dem die Absonderung aus den Bläschen untersucht wird, und eine Virusgewebekultur. Zum Nachweis von Herpes in der Vagina oder an der Zervix kann eine Kolposkopie durchgeführt werden.

Herpes wird gewöhnlich durch genitale Berührung mit den Wunden übertragen. Der Virus kann mittels Finger von den befallenen Stellen auf gesunde Geschlechtsteile übertragen werden und sie infizieren. Typ 1 kann gelegentlich die Genitalien befallen, oder Typ 2 kann den Mund infizieren und von dort aus auf die Genitalien einer anderen Frau übergehen. Aufgrund dieser Überschneidung zwischen Typ 1 und Typ 2 empfiehlt es sich, nie jemanden mit Fieberbläschen an dir runtergehen zu lassen.

Die Behandlung gegen Herpes zielt auf eine Linderung der Symptome ab. Die Blasen heilen in zwei bis sechs Wochen ab. Paß auf, daß du die Wunden nicht kratzt; du könntest sie entzünden. Wenn du Schmerzen beim Urinieren hast, versuch, dich zum Urinieren in eine Wanne mit kaltem Wasser zu setzen. Die Wunden schmerzen weniger, wenn sie naß sind. Dies verlangsamt allerdings den Heilungsprozeß. Trockne dich daher anschließend gut ab. Einige Rezepturen zur Schmerzlinderung sind unten angegeben.

1. Ringelblumentinktur: Du kannst sie im Naturkostladen oder in der Apotheke kaufen oder sie aus Topfringelblumen selbst herstellen. Pflück frische Blüten und stopf sie fest in ein Glas. Bedeck sie mit Äthylalkohol (die Sorte, die man trinken kann). Er ist in der Apotheke erhältlich; du kannst ihn auch durch Wodka oder klaren Schnaps ersetzen. Schüttel das Glas vierzehn Tage lang einmal täglich und sieb dann die Flüssigkeit ab. Verdünn sie zehnfach mit Wasser und verwende sie nach Belieben.
2. Bestrahl die infizierte Stelle mit einer Höhensonne aus etwa 50 cm Entfernung. Laß sie viermal täglich 30 Sekunden an, über drei Tage. Du kannst die Bestrahlung auf dreimal täglich eine Minute über drei Tage erhöhen, und dann auf dreimal täglich zwei Minuten über drei Tage.
3. Aloe-Vera-Gel kann Schmerzen lindern und die Heilung fördern.
4. Der Arzt mag dir örtliche Steroide, Antihistamine oder andere Medikamente für die Heilung verschreiben.
5. Einige Quellen schlagen vor, Äther auf die Wunden zu tupfen. Das tut zwar weh, doch etliche Herpesleidende berichten, daß dadurch die Bläschen schneller zurückgehen. Es kann hierdurch auch zu einer Mutation des Virus kommen, die ein Wiederauftreten verhindert.
6. Manche Ärzte bestreichen die Genitalien mit lichtempfindlichem Farbstoff und setzen sie Lichtstrahlen aus. Diese Behandlung steht im Verdacht, krebsfördernd zu sein.

Einige nichtverschreibungspflichtige Schmerzmittel, die bei

Herpes helfen sollen, sind Xylocaine und Zinkpuder. Rezeptpflichtig sind dagegen Präparate mit dem Wirkstoff Idoxuridin (z.B. in Synmiol und Idexur).

Es mag dir gelingen, Rückfälle zu vermeiden, wenn du herausbekommst, was sie auslöst. Meide Erschöpfungszustände oder Erkältungen. Wenn Sonnenbrand, Fieber oder Eisprung zum Wiederauftreten von Herpes beiträgt, nimm in solchen Fällen ein Aspirin, um deine Körpertemperatur zu senken. Über 30-Jährige bekommen selten Erstinfektionen mit Herpes; es kann also sein, daß mit der Zeit eine gewisse Immunität erworben wird.

Frauen mit Herpes sollten wissen, daß sie ein ungeborenes Kind infizieren können. Sollten während der letzten Schwangerschaftsmonate aktive Bläschen auftreten, kann der Fötus bei der Entbindung mit dem Virus in Kontakt kommen. Einige Autoren behaupten, eine Mutter, die sich vor oder während der ersten sechs Monate der Schwangerschaft Herpes zuzieht, werde genug Antikörper entwickeln, um sie dem Fötus weitergeben zu können. Aber das ist nicht sicher. Ein infizierter Säugling kann blind, mit Geistesschäden oder psychomotorischen Störungen geboren werden, oder er kann an schwerer Infektion oder Hämorrhagie sterben. Da die Sterblichkeitsrate von Säuglingen, die durch einen infizierten Geburtskanal kommen, bei 60 % liegt, wird dein/e Gynäkologe/in wahrscheinlich eine Entbindung durch Kaiserschnitt vorschlagen, wenn du gegen Ende der Schwangerschaft offene Bläschen hattest.

Gonorrhoe (Tripper)

Tripper ist die weitaus häufigste Geschlechtskrankheit. In

der BRD erkranken jedes Jahr etwa 60 000 Menschen an Gonorrhoe. Die meisten wissen nicht, daß sie sie haben. Die Mehrzahl derer, die sie haben und es nicht wissen, sind Frauen. Wenn Tripper früh genug entdeckt wird, kann er mit Antibiotika behandelt werden. Leider sind die beiden Tests, die bei Frauen zur Feststellung von Gonorrhoe angewandt werden (mikroskopische Untersuchung und Vaginalkultur) nicht zuverlässig. Es ist daher wichtig, bei jeder gynäkologischen Routineuntersuchung auch einen Gonorrhoe-Test zu verlangen.

Erreger dieser Krankheit sind Gonokokken namens Neisseria gonorrhoeae. Sie lassen sich schwer im Labor züchten, da sie zum Überleben einen Spezialnährboden brauchen. Sie bevorzugen feuchte, warme Schleimhautoberflächen – Geschlechtsorgane, Rektum und Rachen.

Trippersymptome bei Frauen können Scheidenausfluß, Jukken oder Brennen in der Harnröhre, Unbehagen vor und nach dem Stuhlgang, Durchfall oder ein Völlegefühl bei tatsächlich leerem Rektum sowie Halsschmerzen sein. Du kannst dir Gonorrhoe zuziehen, ohne irgendwelche Symptome zu bemerken. Wenn du Symptome hast, treten sie zwei bis fünf Tage nach der Ansteckung auf.

Wie und wann Gonorrhoe übertragen wird, ist nicht ganz unumstritten. Die eine Seite besteht darauf, daß die Bakterien zu empfindlich seien, um durch leblose Objekte oder über anderen sexuellen Kontakt als heterosexuellen Geschlechtsverkehr, Analverkehr oder Fellatio übertragen zu werden. Die andere Seite ist der Auffassung, daß Gonorrhoe übertragen werden kann, wenn infizierter Vaginalschleim über die Finger auf die Genitalien gelangt, und daß die Bakterien in dem Schweißfilm, der sich beim Sex auf der Haut bildet, zu Stellen schwimmen, wo sie gedeihen können. Ein Autor behauptete, daß Gonokokken nach der Erstinfektion auf der äußeren Vulva herumhängen und in dieser Zeit auf den Rachen einer Frau übertragen werden können, die mit der infizierten Person oralen Sex hat. Einer anderen Quelle zufolge werden die Bakterien in der Nähe der Vaginalöffnung durch Lufteinwirkung getötet. Da die Bakterien nicht an den Scheidenwänden wachsen, sondern sich um den Gebärmutterhals scharen und dann zum Uterus und zu den Eileitern wandern, wäre es schwierig (nach dieser Quelle), sich durch oralen Sex mit einer erkrankten Frau einen Tripper zu holen.

Die Informationen sind konfus, weil es an Forschungen auf dem Gebiet durch Sex übertragbarer Krankheiten mangelt und weil die meisten Mediziner keine klaren Vorstellungen davon haben, wie Lesben Liebe machen. Da unsere Gesundheit auf dem Spiel steht, sollten wir uns meiner Meinung nach auf die Seite der Vorsicht schlagen. Der durch Erregung entstehende Vaginalschleim könnte Gonorrhoe auf das Rektum übertragen. Aus diesem Grund könnte es ratsam sein, zusammen mit dem Krebsabstrich auch eine Rachenkultur, eine Rektalkultur und eine Vaginalkultur anlegen zu lassen. Verschwende keine Zeit auf eine mikroskopische Untersuchung; sie ist so gut wie zwecklos. Laß eine Kultur anlegen. Wenn sie negativ ist und du guten Grund zu der Annahme hast, Tripper zu haben (d.h. wenn eine Sexpartnerin entsprechend diagnostiziert wurde), laß den Test nach ein paar Wochen sicherheitshalber wiederholen. Schwangere sollten immer auf Gonorrhoe untersucht werden. Säuglinge können die Bakterien in die Augen bekommen, wenn der Geburtskanal infiziert ist.

Auf dem Gesundheitsamt sind die Tests für Geschlechtskrankheiten gratis. Du magst dich mit dem Arzt streiten müssen, um diese Tests gemacht zu bekommen, da die meisten Ärzte es vorziehen, Gonorrhoe bei Frauen durch die Untersuchung ihrer männlichen Geschlechtspartner zu diagnostizieren. Die Tests für Männer sind wesentlich zuverlässiger.

Wenn bei dir Gonorrhoe festgestellt wird, besteht die Behandlung in einer einmaligen starken Dosis Penicillin. Solltest du eine Allergie gegen dieses Antibiotikum haben, wird man dir ein anderes verschreiben. Wenn dir je ein Intrauterinpessar eingesetzt wurde und du es dir aus irgendeinem Grund nicht entfernen lassen hast, wirst du es vor der Penicillinbehandlung tun müssen. Aus noch nicht geklärten Gründen verhindert das Pessar die Wirkung von Penicillin im Uterus. Die Penicillindosis ist so stark, daß sich sogar bei Frauen, die nicht allergisch dagegen sind, ein Hautausschlag, Juckreiz, Gesichtsschwellung oder Atembeschwerden einstellen können. Sollte irgendein Symptom von Allergie auftreten, laß dich sofort auf der nächsten Erste-Hilfe-Station behandeln.

Frauen, die eine Hysterektomie hatten (Gebärmutterentfernung), sollten außer einer vaginalen, rektalen und Rachenkultur auch eine Harnröhrenkultur anlegen lassen.

Wenn Gonorrhoe nicht erkannt und behandelt wird, schädigt sie die Fortpflanzungsorgane. Bei etwa 20 % der Frauen, die Tripper haben, befallen die Bakterien die Gebärmutter, Eileiter und Eierstöcke. Das führt fast immer zu Sterilität, da das entstehende Narbengewebe die Eileiter blockiert. Im Unterleib können Symptome auftreten, die an Beckenentzündung oder akute Blinddarmentzündung erinnern.

Es sollte endlich ein Immunstoff gegen diese Krankheit entwickelt werden, und man sollte ein landesweites Untersuchungsprogramm auf die Beine stellen, um sie auszurotten.

Syphilis (Lues)

Im 16. Jahrhundert wurde ganz Europa von einer Syphilisepidemie heimgesucht. Die Krankheit verlief damals wesentlich bösartiger als die Form, die wir heute kennen. Sie wütete nur einige Wochen lang und tötete fast immer ihre Opfer. Man nimmt heute an, daß nur die schwächeren Bakterienstämme der Syphilis ihre Opfer lang genug am Leben erhielten, um sie auf einen anderen Wirt zu übertragen. Die kräftigeren Stämme töteten sich selbst ab, zusammen mit den von ihnen befallenen Menschen.

Syphilis ist nicht so häufig wie Gonorrhoe. 90 % aller wegen Syphilis behandelten Frauen erinnern sich jedoch nicht, irgendwelche Frühsymptome bemerkt zu haben. Die einzige Möglichkeit, sich vor dieser Geschlechtskrankheit zu schützen, ist, bei der Routineuntersuchung auch einen Bluttest für Syphilis machen zu lassen. Wenn du sexuell sehr aktiv bist, solltest du diesen Bluttest mindestens zweimal im Jahr machen.

Der Erreger der Syphilis ist ein zu den Spirochäten zählendes Bakterium namens Treponema pallidum, welches (anders als bei Gonorrhoe) durch eine Korkenzieherbewegung in die Haut eindringen kann. In der Regel tritt es dort in die Haut ein, wo sexueller Kontakt am heftigsten war. Wo die Bakterien eintreten, schwillt die Haut an und entzündet sich. Das erste sichtbare Zeichen von Syphilis ist eine Erosion auf harter Basis (bei geschwürigem Zerfall „harter Schanker“ genannt), die meistens drei Wochen nach der Infektion auftritt. Sie kann wie ein Pickel, eine Blase oder eine Wunde aussehen. Meistens ist sie kleiner als ein 5-Pfennig-Stück. Der Schanker schmerzt nicht, blutet nicht und eitert nicht. Er riecht nicht und sieht sauber aus. Schanker können überall dort auftreten, wo die Spirochäte in den Körper eindringt – an Fingern, Lippen, Brüsten, Vulva, im Innern der Vagina, um den After herum oder im Rektum. Sie werden häufig wegen ihrer Lage übersehen oder aufgrund ihrer Schmerzlosigkeit ignoriert. Der Schanker verschwindet nach ein paar Wochen. So lange er sichtbar ist, wird durch jede Berührung damit die Krankheit mit hoher Wahrscheinlichkeit weitergegeben. Dies wird als das Primärstadium der Syphilis (Lues I) bezeichnet. Ein Bluttest wird in dieser Phase negativ ausfallen, doch lassen sich bei der mikroskopischen Dunkelfelduntersuchung der Geschwürflüssigkeit vorhandene Spirochäten nachweisen.

Nachdem der Schanker zurückgegangen ist, spricht man vom „Sekundärstadium" (Lues II). Während dieses Stadiums, das sich über drei bis acht Wochen oder länger nach dem Rückgang des Schankers hinziehen kann, bekommst du wahrscheinlich einen nichtjuckenden Ausschlag. Er kann wie Pickel, ein Hitzeausschlag oder Masern aussehen oder aus erbsengroßen Papeln (Hautknötchen) bestehen. Diese können sich auf den Genitalien, an der Stelle des Schankers oder an anderen Körperstellen bilden. In dieser Phase breiten sich die Spirochäten im gesamten Körper aus. Sie können luische Papeln hervorrufen, die groß und fleischig sind, meist an den Genitalien sitzen und eine Flüssigkeit absondern, die fast genauso ansteckend ist wie der Schanker. Diese Papeln werden auch breite Kondylome genannt. Sie können sich entzünden, dadurch übel riechen und wund werden. Syphilis kann auch Blasen auf der Kopfhaut hervorrufen, die zu Haarausfall führen. Handteller und Fußsohlen können von dunklen Flecken (papulöse Syphilide) befallen werden, die jucken und später verkrusten. Syphilis kann in der Sekundärphase grippeähnlich verlaufen. In der Mundhöhle oder Vagina können sich Flecken auf der Schleimhaut bilden. Diese Plaques muquenses sind gräulich-weiß schimmernd und können zu 5-Pfennig-Stück großen Geschwüren werden. Sie schmerzen nicht; wenn sie jedoch den Kehlkopf befallen, können sie zu Heiserkeit führen. Lues II kann auch auf die Leber übergreifen und Gelbsucht hervorrufen – ein seltener Effekt.

Diese Symptome können sich ohne Behandlung zurückbilden. Allerdings ist die Syphilis nicht geheilt. Nach der Sekundärphase wird sie latent, d.h. unsichtbar. Im Blut ist sie nachweisbar. Ansonsten sind keine Symptome vorhanden, und sie ist nicht ansteckend. In der Latenzphase kann die Lues an ein ungeborenes Kind weitergegeben werden. Die Spirochäten setzen sich an einem lebenswichtigen Organ deines Körpers fest und können es schwer beschädigen.

In der vierten Phase, dem Terziärstadium der Syphilis (Lues III), richten die Bakterien bei etwa einem Drittel der Nichtbehandelten schwerwiegende Schäden an. Die terziäre Lues kann die Erscheinungsform fast jeder gefährlichen Krankheit annehmen. Die Bakterien zerstören normales Gewebe und ersetzen es durch ein Narbengewebe, das Gumma („Gummiknoten") genannt wird. Gummata können große Teile der Leber, Hautoberfläche, Zunge, Knochen usw. ersetzen. Die Spirochäten können Hirngefäße vernichten und Wahnsinn hervorrufen.

Wenn die Krankheit in diesem Stadium erkannt wird, kann

der weitere Verlauf durch Antibiotika gestoppt werden, aber bereits entstandene Schäden können nicht rückgängig gemacht werden.

Syphilis wird, wie Gonorrhoe, mit einer einzigen starken Dosis Penicillin behandelt. Manche Leute nehmen vorbeugend eine Penicillindosis, ehe sie mit Fremden schlafen oder an Gruppensex teilnehmen. Dies bewirkt in der Regel lediglich eine Erhöhung ihrer Widerstandsfähigkeit gegen das Antibiotikum, da sie selten die richtige Menge oder Art des Medikaments einnehmen.

Es gibt keine Möglichkeit der Immunisierung gegen Syphilis und Tripper. Du kannst sie immer wieder bekommen.

Minderjährige können ohne Zustimmung ihrer Eltern behandelt werden. Wenn du minderjährig bist und auf eine Geschlechtskrankheit hin untersucht werden mußt, ruf in einer Klinik für Haut- und Geschlechtskrankheiten (oder bei einer Fachärztin bzw. einem Facharzt) an, und erkundige dich nach ihrer Handhabung bei der Behandlung von Minderjährigen. Vergewisser dich, daß die Behandlung vertraulich ist. Du hast im allgemeinen in einer Fachklinik eine bessere Behandlung zu erwarten als beim Privatarzt. Wenn du keine Behandlung mit der Garantie der Vertraulichkeit ausfindig machen kannst, laß dich trotzdem untersuchen und behandeln. Je nachdem, wie deine Beziehung zu deiner Familie und deren Einstellung zu Sexualität sind, mag dies eine qualvolle Erfahrung sein. Aber die Schäden, die diese Krankheiten in deinem Körper anrichten können, sind weit schlimmer als die Mißbilligung deiner Familie.

Die meisten öffentlichen Kliniken für Haut- und Geschlechtskrankheiten sind männliche Schwule als Patienten gewöhnt. Sie mögen über deine Homosexualität nicht sonderlich begeistert sein, dürften dir aber keine Schwierigkeiten machen. Nimm eine Freundin zur Unterstützung mit. Du wirst wahrscheinlich nach den Namen deiner sexuellen Beziehungen gefragt werden, und du bist gesetzlich verpflichtet, ihnen mit dieser Auskunft zu helfen.

Feigwarzen (Spitze Kondylome)

Feigwarzen werden von einem Virus hervorgerufen. Sie sind nicht zu verwechseln mit den breiten Kondylomen bei Syphilis. Feigwarzen neigen dazu, zu vereitern und sich zu entzünden, so daß sie sehr schmerzhaft werden und übel riechen. Sie können auf eine Sexualpartnerin übertragen werden und breiten sich gerne von einer Genitalzone zur anderen aus.

Feigwarzen sind weiche, rosa, fleischige Gebilde auf der Haut der äußeren Geschlechtsteile. Manchmal treten sie in der Vaginalöffnung, an der oder um die Zervix herum, oder um den After herum auf. Bisweilen sehen sie aus wie auf Stengeln und können zusammenwachsen, bis sie wie rosa Blumenkohl aussehen. Jede vaginale Infektion wird sich auch auf die Kondylome übertragen. Je nachdem, wo sie wachsen, können sie den Stuhlgang schmerzhaft machen oder sogar bluten. Sie können auch Harnverhaltung und Entzündung der Harnröhre zur Folge haben. Wenn sie nicht behandelt werden, sind sie entstellend und sehr schmerzhaft. Es gibt Hinweise darauf, daß sie möglicherweise Hautkrebs verursachen, wenn sie nicht behandelt werden.

Die herkömmliche Behandlung von Kondylomen ist eine

Bepinselung mit Podophyllin. Diese Tinktur sollte nach vier bis sechs Stunden abgewaschen werden. Sie kann brennen, wenn sie zu dick aufgetragen wird. Du wirst sie wahrscheinlich mehrmals einpinseln lassen müssen, ehe den Warzen die Blutzufuhr abgeschnitten ist und sie sich abzulösen beginnen. Ärzte ätzen sie auch elektrisch weg (nach Lokalanästhesie), vereisen sie oder entfernen sie chirurgisch.

Laß dich auf jeden Fall auch auf Syphilis untersuchen, ebenso in Vagina und After auf innere Warzen. Kondylome werden manchmal mit Zervixpolypen verwechselt.

Meide Sex mit deiner/n Partnerin/nen, bis die Warzen verschwunden sind und deine Ärztin dir grünes Licht gibt.

Weicher Schanker, Lymphogranuloma inquinale und Granuloma venereum. Achtung, eingefleischte Individualistinnen! Ihr könnt euch eine Geschlechtskrankheit holen, ohne der Herde zu folgen. Diese drei venerischen Krankheiten wurden in jüngerer Zeit entdeckt (vor ungefähr 100 Jahren), werden selten beobachtet, könnten sich aber ausweiten. Es ist nicht sehr viel darüber bekannt, so daß die Informationen darüber knapp sein werden.

Diese Krankheiten wurden zuerst in tropischen Zonen beobachtet. Die Erregerorganismen scheinen in heißen, feuchten Teilen der Welt besonders gut zu gedeihen. Allerdings treten sie zunehmend weiter nördlich in Erscheinung.

Ulcus Molle (Weicher Schanker)

Diese Krankheit ähnelt der Syphilis in manchen Phasen. Ihr

Erreger ist ein Streptobazillus mit dem Namen Haemophilus Ducreyi. Er breitet sich nicht im Körper aus, sondern bleibt in der Scham- und Leistengegend. Als erstes Symptom entsteht eine Geschwürwunde dort, wo der Bazillus in den Körper eingedrungen ist. Anfangs eine kleine, gerötete Stelle, entwickelt sie sich bald zu einer eitrigen Blase, die sich dann öffnet. Schließlich verwandelt sie sich in ein größeres, glattes, weiches Geschwür mit zackigen, roten Rändern. Im Gegensatz zu dem trockenen Schanker der Syphilis zieht es Eiter und schmerzt. Der weiche Schanker kann After, Oberschenkel, Vulva und gelegentlich Hände oder Mund befallen. Nur selten tritt er an den Scheidenwänden oder an der Zervix auf.

Infolge des Widerstands gegen diese Infektion entzünden sich die Lymphknoten und schwellen an. Die Lymphknoten der Leistengegend sind besonders anfällig. Ein entzündeter Lymphknoten wird Bubo genannt. Die weichen Schanker können große Abszesse in der Leiste hervorrufen, die durch die Haut brechen und eitern. Zu diesem Zeitpunkt hat die Erkrankte Fieber. Wenn die Geschwüre sich weiter vermehren können, entstellen sie die Genitalien; aber sie sind so schmerzhaft, daß die meisten medizinische Abhilfe suchen, lange bevor es so weit kommt.

Weicher Schanker wird durch einen Abstrich des Geschwürgrundes und eine Kultur dieses Materials oder eine Biopsie (Gewebetest) nachgewiesen. Tests für Syphilis sollten ebenfalls gemacht werden, da der harte und weiche Schanker verwechselt werden können.

Ulcus molle wird mit der oralen Einnahme von Sulfonamiden behandelt. Aus entzündeten Lymphknoten muß der Eiter abgezogen werden. Die Erkrankte sollte sich jeder sexuellen Aktivität mit Partnerinnen enthalten, bis die Krankheit ausgeheilt ist.

Lymphogranuloma inquinale (L.I.)

Erreger dieser Krankheit ist ein Chlamydozoen-Organismus, der als ein Zwischending zwischen Virus und Bakterium beschrieben worden ist. Die Inkubationszeit schwankt zwischen einigen Tagen und mehreren Monaten. An der Stelle, wo der Organismus in die Haut eingedrungen ist, bildet sich eine kleine Blase, die meist unbemerkt bleibt. Der Organismus wandert zu den Lymphknoten der Leistengegend und entzündet sie. Diese Bubonen können eitrig durch die Hautoberfläche brechen. Die Leiste schwillt an, ist weich und schmerzt. Außerdem können Frösteln, Fieber und ein allgemeines Gefühl von Krankheit und Unbehagen auftreten.

Ohne Behandlung werden alle Lymphknoten der Leistengegend und die Oberschenkel in Mitleidenschaft gezogen. Geschwollene Bubonen und aufgestaute Lymphflüssigkeit verstopfen alle Lymphwege. Vulva und Oberschenkel schwellen in einer Art von Elephantiasis an. Die Haut der Vulva kann sich verfärben, eitrig entzünden oder mit warzenähnlichen Verwachsungen übersät werden. Diese langfristigen Folgen entwickeln sich jedoch erst nach Monaten. Und es kann passieren, daß die Krankheit irgendwann von selbst zum Stillstand kommt und verschwindet.

Zu den später auftretenden Komplikationen zählt die Beeinträchtigung der Ausscheidungsfunktion durch eine Verengung der Harnröhre und des Rektalkanals. Die Geschwüre können sogar bösartig werden und sich in Hautkrebs verwandeln.

Die Untersuchung auf L.I. ähnelt einem Tuberkulose-Test. Es werden Abwehrstoffe gegen die Krankheit injiziert. Achtundvierzig bis zweiundsiebzig Stunden später wird die Injektion auf eine Reaktion untersucht. Von der Flüssigkeit aus einem Bubo kann auch eine Kultur angelegt und auf den Erregerorganismus hin untersucht werden.

Mehrwöchige orale Einnahmen von Antibiotika können das Fortschreiten der Krankheit unterbinden. Gewebeschäden sind nicht rückgängig zu machen.

Granuloma venereum (Donovaniosis)

Über die Frage nach der Übertragbarkeit dieser Krankheit durch sexuellen Kontakt herrscht keine Einigkeit. Da es sich um eine gefährliche Erkrankung handelt, sollte eine Frau, bei der Granuloma venereum diagnostiziert wurde, auf jeden Fall sexueller Aktivität mit Partnerinnen entsagen.

„Granuloma" bedeutet ein exzessives Wachstum von Narbengewebe. Der Erreger dieser Krankheit, ein gewisses Donovansches Bakterium – in medizinischen Handbüchern als Donovaniana granulomatis bezeichnet –, befällt das Leistengewebe und verursacht ständig weiterwachsende Vernarbung und Vernichtung normalen Gewebes.

Zu Beginn der Krankheit taucht eine Gruppe von Pusteln auf. Sie zerfallen geschwürig zu einer fleischigen, erhöhten, körnigen Masse. Sie breiten sich auf benachbarte Stellen der Leiste aus. Kontakt mit Oberschenkeln oder Pobacken kann sie dahin übertragen (sogenannte Abklatschgeschwüre). Einer Quelle zufolge können sie durch oralen Kontakt auf Mund und Lippen übertragen werden. Diese Pusteln sind fast immer schmerzlos und werden aus diesem Grund oft ignoriert. Sie verschwinden jedoch nicht wie Schanker. Sie breiten sich immer weiter aus und können zusammenwachsen, wobei sie riesige Flecken von Narbengewebe hinterlassen, wenn sie nicht rechtzeitig behandelt werden.

Diese Krankheit wird nach ihrem einzigartigen Erscheinungsbild diagnostiziert, oder es werden mittels einer Biopsie oder eines Geschwürabstrichs Donovansche Bakterien nachgewiesen. Sie wird mit wochenlangen oralen Einnahmen von Antibiotika behandelt. Es dauert länger, diese Krankheit zum Stillstand zu bringen als andere sexuell übertragbare Erkrankungen. Zerstörungen des Beckengewebes, die vor der Behandlung eingetreten sind, sind nicht mehr zu beheben.

Nichtansteckende Erkrankungen im Genitalbereich

Es werden drei Erkrankungen im Genitalbereich beschrieben, die nicht an eine Sexualpartnerin weitergegeben werden können.

Abszesse der Bartholinischen Drüsen. Die Bartholinischen Drüsen befinden sich auf beiden Seiten des Scheideneingangs. Sie sind zu winzig, als daß ihre Öffnungen zu sehen wären. Kein Mensch weiß genau, was ihre Funktion ist. Vielleicht steuern sie eine geringe Menge von Schleim bei sexueller Erregung bei. Die Drüsen sind Blindsäcke. Ihr einziger Ausgang ist der zur Vulva. Heftige vaginale Penetration oder mangelnde Hygiene können normale Hautbakterien in die Drüsen drücken.

Wenn die Drüsen sich entzünden, schwellen sie an. Sie können so groß wie Trauben werden. Sie werden rot, schmerzen bei Berührung und können eitern. Eine oder alle beide Drüsen können sich entzünden. Urinieren und jede Art von Stimulation im Vulva- oder Analbereich werden schmerzhaft. Als Folge der Infektion können sich leichtes Fieber und ein allgemeines Krankheits- und Elendsgefühl einstellen.

Ein Arzt wird die Drüsen reinigen und den Eiter ablassen. Zur Eindämmung der Infektion können Antibiotika verabreicht werden. Normalerweise geht die Schwellung zurück, ohne daß die Genitalien entstellt werden. Allerdings neigt diese Art von Entzündung dazu, wieder aufzutreten. Denk daran, daß du kraftvolle Vaginalstimulation nicht verträgst, und leg besonderen Wert auf Reinlichkeit im Genitalbereich. Bitte deine Partnerinnen, deine Vagina sanft zu behandeln, oder meide vaginale Penetration.

Hämorrhoiden. Diese erweiterten, geschwollenen Krampfadern im After oder im unteren Teil des Rektums können Schmerzen beim Stuhlgang und bei vaginaler oder analer Penetration verursachen. Jeder Druck, der auf sie ausgeübt wird, kann sie zum Bluten bringen oder Entzündungen hervorrufen, je nachdem, wie empfindlich sie sind. Wenn dir deine Hämorrhoiden nur geringe Probleme bereiten und du analen Sex sehr gerne hast, verwende eine Menge steriles Gleitmittel, z.B. Vaseline. Schwere Fälle von Hämorrhoiden sollten ärztlich behandelt werden. Du solltest wissen, daß rektale Tripperinfektionen Auswirkungen auf Hämorrhoiden haben und sie verschlimmern können. Es schadet nichts, wenn du von deiner Ärztin bzw. deinem Arzt eine Gonorrhoe-Kultur anlegen läßt.

Es gibt viele mögliche Ursachen für Hämorrhoiden. Verstopfung ist eine davon. Weitere Ursachen können Spannungen oder Streß sein. Manche Menschen reagieren auf Streß mit Rückenschmerzen, steifem Hals, rheumatischen Anfällen oder Magengeschwüren. Andere mögen den Schließmuskel oder das Rektum zusammenkneifen oder anspannen und den Streß auf sie verlagern. Frauen mit Hämorrhoiden sollten nach Möglichkeit Verstopfung und Anspannung beim Stuhlgang vermeiden. Ein Warmwassereinlauf wird dir sicher wohler tun als Verstopfung. Sanfter, analer Sex, der sich gut anfühlt – eine anale Massage – kann die Blutzirkulation im Gewebe anregen und die Heilung von Hämorrhoiden fördern.

Zystitis (Blasenentzündung). Manuelle Stimulation der Genitalien, durch die die Harnröhrenöffnung gereizt wird oder durch die Bakterien in die Urethra gedrängt werden, kann eine solche Entzündung hervorrufen. Die Bazillen können in der Harnröhre bleiben oder zur Blase wandern. Zystitis kann auch durch eine vaginale Trichomonadeninfektion oder durch unachtsames Wischen nach dem Stuhlgang verursacht werden. Kolibakterien aus dem Darm können sich in der Blase, die normalerweise keine Bakterien enthält, wie wild vermehren. Zystitis kann sich auch entwickeln, während du gegen andere Beschwerden behandelt wirst. Chirurgische Behandlung der Genitalien oder Fortpflanzungsorgane, Entbindung und Einführung eines Katheters können eine Blasenentzündung heraufbeschwören. Es gibt auch eine Theorie, nach der Zystitis sich häufiger bei Frauen einstellt, die nicht oft urinieren. Von kleinen Mädchen erwartet man nicht selten, daß sie es länger „einhalten" können als Jungen. Erwachsene Frauen finden die Toiletten an ihrem Arbeitsplatz oft ungünstig plaziert oder machen die Erfahrung, daß Toilettengänge von ihren Arbeitgebern ungern gesehen werden. Dies legt Streß auf die Harnwege und kann eine Zystitis verschlimmern oder dafür mitverantwortlich sein.

Eine Blasenentzündung muß behandelt werden. Wenn die Infektion bis zu den Nieren vordringt, kann das schwerwiegende gesundheitliche Folgen für dich haben.

Die ersten Anzeichen einer Zystitis sind gewöhnlich Veränderungen beim Harnlassen. Du wirst plötzlich alle paar Minuten zur Toilette gehen müssen. Der Urin wird dann herausschießen. Die Harnröhre kann jucken oder brennen. Die Harnausscheidung wird sich unkontrollierbar oder krampfartig anfühlen. Manche Frauen beschreiben ein Brennen oder Schmerzen oberhalb des Beckenknochens oder geben an, der Urin habe einen merkwürdigen, starken Geruch, wenn sie morgens zum erstenmal urinieren. Es können sich Blut- oder Eiterspuren im Urin finden.

Mehrere tägliche heiße Bäder und heiße Wärmflaschen auf Unterleib und Rücken können die Symptome etwas lindern. Meide Kaffee, Tee, Alkohol und Gewürze, da sie die Blase reizen. Trink viel Wasser, genug, um alle Stunde reichlich urinieren zu müssen.

Zystitis wird durch Untersuchung einer Urinprobe nachgewiesen. Du kannst auch während der Menstruation eine saubere Urinprobe erhalten, indem du einen Katheter in die Harnröhre einführst. Häufig verschriebene Medikamente sind Sulfonamide (z.B. in Gantrisin), harnwegspezifische

Mittel wie Nitrofurantoin, Antibiotika wie Ampicillin und Tetracycline und Kombinationen wie Cotrimoxazol. Diese Medikamente müssen ungefähr zwei Wochen lang eingenommen werden, aber die Symptome dürften schon nach wenigen Tagen verschwinden. Sollte das nicht der Fall sein, halte Rücksprache mit deiner Ärztin bzw. deinem Arzt. Das für deine Infektion verantwortliche Bakterium spricht vielleicht nicht auf das Antibiotikum an, das dir verordnet wurde. Versuch es mit einem anderen Medikament. Denk daran, daß Antibiotika manchmal Scheideninfektionen hervorrufen; greif also auf die unter Moniliasis besprochenen vorbeugenden Maßnahmen zurück.

Preiselbeersaft aus dem Reformhaus (ohne Zucker) kann den pH-Wert deines Urins stabilisieren, um die Infektion abzuwehren. Ein Achtelliter Saft alle vier Stunden ist die empfohlene Menge. Größere Mengen Vitamin C können auch helfen. Orangensaft enthält zwar Vitamin C, wird jedoch vom Körper mit zu laugehaltigem pH-Wert ausgeschieden, um nützlich zu sein.

Manche Frauen leiden an immer wiederkehrender Zystitis. Es empfiehlt sich ein Besuch beim Urologen, um etwaige Anomalitäten im Harnsystem festzustellen. Bei manchen Frauen hat eine Vergrößerung der Harnröhre zur Heilung der Zystitis beigetragen. Andere Frauen halten eine Änderung ihrer Gewohnheiten für erforderlich, um Rückfallinfektionen zu verhindern.

Lackmuspapier ist in Apotheken erhältlich und wird zur Feststellung des pH-Werts im Urin benutzt. Er sollte zur Infektionsbekämpfung zwischen 5,0 und 5,5 liegen. Der pH-Wert kann durch Trinken von Preiselbeersaft manipuliert werden. Deine Ärztin kann dir vielleicht andere nützliche Vorschläge zur Ernährung machen. Du solltest auf genitale Hygiene sehr bedacht sein. Es empfiehlt sich möglicherweise, auf vaginale Penetration zu verzichten. Vor irgendwelchen sexuellen Aktivitäten solltest du dich vergewissern, daß du und deine Partnerin saubere Hände haben. Auch Gegenstände, die zu sexuellen Spielen verwendet werden, müssen sauber sein. Du solltest alle drei bis sechs Monate einen Urintest machen lassen. Wenn du auf Reisen bist und keine ärztliche Hilfe in Aussicht steht, gibt es ein Präparat namens Pyridium, das die Symptome von Zystitis lindert, das Bakterium jedoch nicht angreift. Es färbt den Urin allerdings leuchtend orange, so daß du auf Flecken achtgeben mußt.

Manche Frauen berichten, daß sie sehr unruhig schlafen, wenn ihre Blasenentzündung zum Ausbruch kommt. Dies wird auch als Schlaflosigkeit oder ein Gefühl der Panik beschrieben. Es ist keine ungewöhnliche Erfahrung, obwohl sie nur in wenigen Handbüchern erwähnt wird.

Eine früher genannte Infektion, Abszesse der Bartholinischen Drüsen, kann Zystitis verursachen. Eiter aus den entzündeten Bartholinischen Drüsen kann in die Harnröhre gelangen. Wenn du an dieser Beschwerde leidest, schlagen manche Ärzte eine Entfernung der Bartholinischen Drüsen vor. Diese Operation ist schmerzhaft, und die Genesung davon dauert etwa einen Monat. Es ist umstritten, ob sie zur Beseitigung von Zystitis führt.

Es gibt eine relativ seltene Form von Zystitis, die nicht durch Bakterien hervorgerufen wird. Sie findet sich in der Regel bei Frauen, die die Wechseljahre hinter sich haben. Verminderter Östrogenhaushalt hat Veränderungen der Schleimhaut der unteren Harnwege zur Folge. Diese Erkrankung heißt interstitielle Zystitis oder Hunnersches Geschwür. Ihre Behandlung ist sehr kompliziert. Frauen nach der Menopause, die Zystitis haben, lassen sich von ihrer Ärztin am besten hierauf untersuchen.

Wie ich schon füher erwähnt habe, erscheinen in der medizinischen Fachliteratur laufend neue Informationen über Krankheiten, die durch sexuellen Kontakt übertragen werden können. Frauen, die gut informiert sein wollen, sollten sich stets mit dem neuesten Stand der Entwicklungen vertraut machen.

HOMAGE TO

Mariette Lydis
1894-1970

Painter and Illustrator, born in Austria

10

Leidenschaft: Ein Nachwort

Im Mittelpunkt dieses Buches stand die Sexualität, die nur ein Aspekt des lesbischen Lebensstils ist. Das Thema Sex wird in unserer Gesellschaft verdrängt, und die Unterdrükkung lesbischer Erotik ist ein wesentlicher Bestandteil der Unterdrückung der Frau. Ich wollte in allen Einzelheiten über lesbische Sexualität schreiben, weil ich gegen die Spaltung von Frauen kämpfen und einen Teil unserer Macht für uns zurückgewinnen wollte.

Doch ich bin nicht mit 17 Jahren rausgekommen, weil ich dachte, ich würde dadurch eine bessere Feministin, noch weil ich mit Frauen geschlafen und entdeckt hatte, daß das besser als Sex mit Männern war. Ich bin rausgekommen, weil ich mich in eine andere Frau verliebt hatte. Wir haben nie miteinander Liebe gemacht – wir waren nie liiert. Aber die Tiefe jener Leidenschaft sagte mir deutlich genug, daß ich in der Tat eine Lesbe war. Dieses Gefühl war so sonnenklar, so allverzehrend, daß ich es unmöglich für bloße Zuneigung hätte halten können.

Das Wissen um meine Homosexualität veränderte die Art, wie ich die Welt sah, hörte und wahrnahm. Mir wurde ein ganzes Netzwerk von Empfindungen und Reaktionen bewußt, die ich mein Leben lang nicht bemerkt hatte. Jedesmal, wenn eine Frau an mir vorbeiging, sich neben mich setzte oder mit mir sprach, schlich sich in meine Reaktion ein Funke potentieller Erregung ein. Es ist kaum zu beschreiben, was für ein wunderbares Gefühl ich zu mir selbst bekam, als ich endlich anfing, andere Frauen zu beachten und wirklich anzuschauen.

Das System verwehrt Frauen nicht einfach nur wirtschaftliche oder politische Macht. Es verwehrt ihnen vor allem eine Vorstellung von ihrer eigenen Kraft und ihrem Glanz, das Gefühl, daß jede von ihnen ein donnernder Strom ist, der sich in andere Frauen ergießt und sich mit ihnen vereinigt, bis sie zu einer Sturmflut anwachsen, die alles mit in ihren Bann reißt. Die Welt verwehrt uns die Möglichkeit, füreinander Heldinnen zu sein, einander zu retten, füreinander zu empfinden und einander anzubeten.

Es gibt Lesben, die eine andere Frau verehren und nie anrühren. Es gibt Lesben, die sich für die Liebe zu einer einzigen Frau entschieden haben, um mit ihr das, was an Vollkommenheit möglich ist, zu erreichen. Es gibt Lesben, die sich nach jeder Frau, die ihnen begegnet, sehnen, die sich bei jeder sich bietenden Gelegenheit der Liebe und der Lust hingeben. Uns vereint das Wissen darum, daß Frauen bewundernswert, stark, fesselnd, schön – und unglaublich begehrenswert sind. Uns vereint eine rebellische Leidenschaft zu der Einen, der Enterbten, der Frau.

Ausgewählte Literatur

Diese Literaturliste ist nicht erschöpfend, aber sie wird dir einige Anhaltspunkte dafür liefern, wo du dich näher über verschiedene Aspekte lesbischer Sexualität informieren kannst. Einige der Informationen, besonders Preis- und Adressenangaben, sind möglicherweise überholt, wenn dieses Buch in Druck erscheint. Das hier angegebene Material ist weder ausschließlich lesbischer Prägung noch behandelt es ausschließlich lesbische Themen. Ich habe mich bemüht, etwaige persönliche Vorbehalte bezüglich bestimmter Punkte dieses Verzeichnisses anzugeben. Da ich mich in erster Linie auf Sexualität konzentriert habe, sind einige Bereiche lesbischen Lebens (Literatur, Arbeit, Wohnen, Rechtsfragen usw.) hier eventuell nicht ausreichend gewürdigt. Wenn nicht anders angegeben, sind alle aufgeführten Bücher Taschenbücher.

Audiovisuelle Hilfe

Im Multi-Media Resource Center, 1525 Franklin Street, San Francisco, California 9 41 09, erscheint ein Katalog für S 2.00. Die Telefonnummer ist (415) 673-51 00. Es wird dort eine Vielfalt von Filmen, Dias und sonstigem Aufklärungsmaterial zur Verwendung im Sexualaufklärungsunterricht, bei Gruppentherapie und in anderem professionellem Rahmen hergestellt und vertrieben. Einige ihrer lesbischen Filme sind *Holding, In Winterlight* und *We are Ourselves.* Es gibt dort auch Filme über weibliche Masturbation, und sie vertreiben Tee Corinnes Farbdias der weiblichen Genitalien, denen ein Lehrhandbuch beigefügt ist.

Behinderung

Sexuality and the Spinal Cord Injured Woman von Sue Bregman, Sister Kenny Institute, Department 199, 1800 Chicago Avenue, Minneapolis, Minnesota 5 54 04.
Not Made of Stone von Dr. K. Heslinga, Charles C. Thomas, 1974.
Beide Bücher sind sehr heterosexuell. Einige neue Bücher über Behinderte, die ich noch nicht gelesen habe, sind:
Toward Intimacy: Family Planning and Sexual Concerns of Physically Disabled Women vom Task Force on Concerns of Physically Disabled Women, 1978, Human Science Press, 72 Fifth Avenue, New York, N.Y. 1 00 11.
Access: The Guide to a Better Life for Disabled Americans von Lilly Bruck, David Obst Books/Random House, 1978
The Source Book for the Disabled von Glorya Hale (Hrsg.), Paddington Press, 1979.

Eine Kontaktperson für mehr Information über behinderte Lesben und ihre Sexualität ist Frau O'Toole, Center for Independant Living, 2539 Telegraph Avenue, Berkeley, California 9 47 04.

Lesbische Sexualität

Loving Women von The Nomadic Sisters, zu beziehen über The Nomadic Sisters, P.O. Box 793, Sonora, California 9 53 70. Ein warmherzig geschriebenes, wertungsfreies Sexhandbuch.
What Lesbians Do, Druck und Verlag: Godiva, Womanshare Books, c/o A Woman's Touch, P.O. Box 2922, Eugene, Oregon 9 74 02.

The Joy of Lesbian Sex von Dr. Emily L. Sisley und Bertha Harris, Fireside/Simon and Schuster, 1977. Dieses Buch sollte mit Vorbehalt gelesen werden. Die Autorinnen verzerren lesbische Sexualität, um uns besonders gut abschneiden zu lassen.

Pleasures: The Secret Garden of Sexual Love Between Women von Odette, Warner Books, 1978.

A Woman's Touch von Cedar and Nelly (Hrsg.), Womanshare Books, P.O. Box 2922, Eugene, Oregon 9 74 02. Ein bezauberndes Buch, das viele verschiedene Arten lesbischer Erotika enthält und auch Bilder von behinderten Lesben einschließt.

Our Right to Love: A Lesbian Resource Book von Ginny Vida (Hrsg.) und den Frauen des National Gay Task Force, Prentice-Hall, 1978.

The Rights of Gay People von E. Carrinton Boggan, Marilyn G. Haft. Charles Lister und John P. Rupp, Discus/Avon, 1975. Dies ist ein ACLU-Handbuch. Es ist ausgezeichnet und umfassend.

Lesbian/Woman von Del Martin und Phyllis Lyon, S 1.95, Bantam, 1972. Eines der ersten Bücher über Lesben von Lesben. Ein Klassiker.

Homosexualities von Dr. phil. Alan P. Bell und Dr. phil. Martin S. Weinberg, Touchstone/Simon and Schuster, 1978. Deutsche Ausgabe: Über weibliche und männliche Sexualität.

The Gay Report von Karla Jay und Alan Young, Summit Books, 1977. (Hardcover-Preis).

Gaia's Guide, 1 North End Road, London W 14, England. Ein lesbischer Führer für die USA, Canada und andere Länder. Wird regelmäßig auf den neuesten Stand gebracht.

The Gayellow Pages, Renaissance House, Box 292,

Village Station, New York 1 00 14. Ein Führer für Lesben- und Schwulenbars, -organisationen, -druckerzeugnisse usw. Wird jedes Jahr auf den neuesten Stand gebracht.
San Francisco-East Bay Women's Yellow Pages, P.O. Box 9396, Berkeley, California 9 47 09. Dieses Buch ist für im San-Francisco-Raum erhältlich, doch jede Spende, die du dem Kollektiv oben schickst, wird zur Bezahlung der Gehälter verwendet.
New York Women's Yellow Pages, hrsg. von Carol Edry und Rosalyn Gerstein und dem Bosten Women's Collective, St. Martin's Press, 175 Fifth Avenue, New York, N.Y. 1 00 10, 1978.

Selbstbefriedigung und Vibratoren

Liberating Masturbation von Betty Dodson, über Bodysex Designs, P.O. Box 1933, New York 1 00 01.
Masturbation/A Women's Handbook von Jane Wallace, Side Hill Press, Randolph, Vermont 0 50 60. Abgesehen von einigen äußerst merkwürdigen Dingen über Lesben (z.B. daß wir alle „natürliche Onaniererinnen“ seien und keine Orgasmusschwierigkeiten hätten) enthält es gute Informationen, und die Illustrationen sind sehr hübsch.
I Am My Lover, Photographien von Honex Lee Cottrell, Text von Joani Blank, Down There Press, P.O. Box 2086, Burlingame, California 9 40 10. Ein wunderschönes Buch mit acht photographischen Abhandlungen über die Masturbationspraktiken verschiedener Frauen. Viele der Frauen sind Lesben. Down There Press vertreibt auch:
Good Vibrations: The Complete Women's Guide to Vibrators. Ein recht geistreiches kleines Buch über die Freude am Absurren.

Ihr könnt bei Good Vibrations, the Vibrator Store and Museum, 3416 22nd Street, San Francisco, California 9 41 10, Vibratoren bestellen. In New York können Vibratoren über Eve's Garden, 115 West 57th Street, bezogen werden. Die Postleitzahl ist 1 00 19.

Prä–orgasmische Frauen

For Yourself: Die Erfüllung weiblicher Sexualität von Lonnie Garfield Barbach, Rowohlt, 1980.

Becomig Orgasmic: A Sexual Growth Program for Women von Julia Heiman, Leslie LoPiccolo and Joseph LoPiccolo, Spectrum/Prentice Hall, 1976. Ein sehr heterosexuelles Buch. For Yourself ist viel besser. Das Grundprogramm ist jedoch das gleiche.

Getting in Touch: Masturbation Techniques for Women von Tony Ayres, Maggi Rubinstein, Caroline Haynes Smith. Die bunte Ausgabe und die Schwarz-Weiß-Ausgabe sind über Multi-Media (Adresse unter „Audiovisuelle Hilfen") zu beziehen. Dies ist eine hilfreiche, nett gemachte Broschüre für prä-orgasmische Frauen.

Sadomasochismus

Trotz der Umstrittenheit und verbotenen Natur von S/M ist es möglich, andere S/M-Lesben zu finden. Du kannst in deiner Umgebung eine Diskussionsgruppe über S/M ins Leben rufen, ein Inserat in einer Lesben- oder Schwulenzeitschrift aufgeben oder dich der in Sex-Shops erhältlichen Hefte zur Aufgabe oder Beantwortung von Annoncen bedienen. Du kannst auch an Samois, P.O. Box 2364, Berkeley, California 9 47 02, schreiben. Sie haben ein Buch über lesbischen S/M herausgebracht mit dem Titel *What Color ist Your Handkerchief.*

Es gibt zwei Sachbücher über S/M, die auch etwas lesbisches Material enthalten.

S/M The Last Taboo von Gerald und Caroline Greene, S 2.95, Grove Press, 1974.

Hard Corps: Studies in Leather and Sadomasochism, Text von Michael Grumley, Photographien von Ed Gallucci.

Die Samois-Broschüre enthält eine umfassende Bücherliste lesbischer S/M-Literatur. Zwei erotische Klassiker sollten hier erwähnt werden. Belier Press bringt eine Neuauflage einiger alter S/M-Geschichten heraus, in denen nur Frauengestalten vorkommen. *The Adventures of Sweet Gwendoline* von John Willie und *Baroness Steel* von Jim sind besonders zu empfehlen. Laß dir von Belier Press, P.O. Box C, Gracie Station, New York, N.Y. 1 00 28, ihren Katalog schicken.

Gesundheitsprobleme im Zusammenhang mit Sex

Natural Treatments for Vaginitis, zusammengestellt von The Vaginal Infections Research Group for the Women's Place Resource Center.

Herpes Rising, ist von derselben Gruppe. Diese Broschüren können über The Women's Health Clinic, 4160 S.E. Division, Portland, Oregon 9 72 02, bestellt werden.

Healing Yourself von Joyce Prensky, 1976. Zu bestellen bei Healing Yourself, P.O. Box 752, Vashon, Washington 9 80 70.

The Handbook of Alternatives to Chemical Medicine von Terri Teague und Mildred Jackson. Über Terri Teague, P.O. Box 656, Oakland, California 9 46 94.

For People Who Make Love: A Guide to Sexual Health von John J. Secondi. Eine gute, kurze Zusammenfassung der Ursachenforschung und herkömmlichen Behandlungsmethoden von sexuell übertragenen Krankheiten. Secondi ist ganz putzig. Er gibt sich wirklich die größte Mühe, nichtsexistisch zu sein und alle sexuellen Orientierungen einzuschließen, aber er hat offensichtlich nur sehr unzulängliche Informationen darüber, wie Lesben Liebe machen.

Our Body Ourselves, 2. Auflage, Boston Women's Health Collective, Simon and Schuster. Deutsche Ausgabe: *Unser Körper, unser Leben.*

Transsexualität

Man and Woman Boy and Girl von John Money und Anke A. Ehrhardt, Mentor, 1972. Ob du Moneys Ansichten teilst oder nicht, du solltest auf jeden Fall dieses Buch lesen. Es ist eine sehr tendenziöse, populärwissenschaftliche Abhandlung über gegenwärtige wissenschaftliche Auffassungen von Sex und Vererblichkeit und Erbfaktoren und Geschlecht. Deutsche Ausgabe: *Männlich-weiblich, die Entstehung der Geschlechtsunterschiede.*

Transvestites und Transsexuals von Deborah Heller Feinbloom, Delta, 1976. Eine mitfühlende und sehr interessante Darstellung des Lebens und der Lebensbedingungen dieser sexuellen Minderheiten.

Der Center for Special Problems, 2107 Van Ness Avenue, San Francisco, Te. (4 15) 5 58-48 01, arbeitet mit Transsexuellen. Sie können möglicherweise Auskunft geben und an andere Stellen verweisen. Sieh auch in den *Gayellow Pages* für Transsexuelle-Dienste nach.

Minderjährige Lesben

Growing Up Gay, Youth Liberation Press, Inc., 20 07 Washtenaw Avenue, Ann Arbor, Michigan 4 81 04

HOMAGE TO

Margit Gaal

active around 1921

Illustrator

Weibliche Sexualität

Understanding Human Sexual Inadequacy von Fred Belliveau und Lin Richter, Bantam, 1970. Eine populärwissenschaftlich aufgemachte Darstellung der Forschungen von Masters und Johnson. Sie schließt eine gute, einfache Beschreibung des sexuellen Reaktionszyklus der Frau ein.

The Nature and Evolution of Female Sexuality von Dr. med. Mary Jane Sherfey, Vintage, 1973. Eine sehr detaillierte, fachliche Abhandlung über sexuelle Abläufe bei der Frau. Zum Glück ist ein Verzeichnis der medizinischen Terminologie angeschlossen. Sherfey hat einige merkwürdige Ansichten über Mehrfachorgasmen. Sie vertritt die Meinung, daß Frauen in der Vorgeschichte ihre ganze Zeit mit Sex verbrachten und daß Mehrfachorgasmen daher unterdrückt werden mußten, bevor die Zivilisation einsetzen konnte. Ansonsten ein interessantes, unkonventionelles Buch, durch welches sich hindurchzukämpfen durchaus der Mühe wert ist.

Sexual Honesty By Women For Women von Shere Hite, Warner Books, 1974. Ein Vorläufer des *Hite Report.* Die ausführlichen Sexualgeschichten mehrerer Frauen.

The Hite Report von Shere Hite, Dell, 1976. Belegt die Unterschiedlichkeit weiblicher Sexualität. Deutsche Ausgabe: *Der Hite Report.*

The Playbook for Women About Sex von Joani Blank, Down There Press, P.O. Box 2086, Burlingame, California 9 40 10. Separatistinnen sollten vorgewarnt werden, daß dieses Buch auch heterosexuelles Material umfaßt.

Cunt Coloring Book von Tee Corinne; Naiad Press, 7899 Westside Drive, Weatherby Lake, Missouri 6 41 52.

Anhang*

Rechtsvarianten
Mit dem Gesetz leben

Regelungen über gemeinsames Zusammenleben und für besondere Situationen

Wenn sich Lesben dazu entschließen, zusammenzuleben, können sie sich die Zeit ihres Zusammenlebens oder die nach einer Trennung, erleichtern, indem sie bestimmte mündliche oder schriftliche Abmachungen treffen. Von großem Nutzen dürfte es jedenfalls sein, sich über die existierenden Gesetze, die auf Lesben in bestimmten Situationen ganz automatisch angewandt werden, zu informieren.

So können unnötige Auseinandersetzungen untereinander vermieden werden, kann Klarheit über Rechte und Pflichten geschaffen werden und die existierende rechtliche Benachteiligung von lesbischen Paaren verringert oder teilweise beseitigt werden. Viele Bereiche sind zu bedenken und je nach Situation und Bedürfnis der betroffenen Frauen zu regeln. Dies gilt von der Regelung einer gemeinsamen Finanzierung des Haushalts, Vereinbarungen für den Fall einer Trennung über die Verteilung des gemeinsamen Besitzes, Erteilung einer Vollmacht, die der Freundin ermöglicht, im Krankheitsfall Entscheidungen in ihrem Interesse zu treffen bis zu einer Verfügung für den Todesfall.

Unstimmigkeiten durch Schwierigkeiten im gemeinsamen Alltag bleiben den meisten von uns nicht erspart. Streitpunkte sind oft Finanzen. Es muß entschieden werden, ob aus einem gemeinsamen Topf, in den alles Einkommen eingezahlt wird, gewirtschaftet werden soll oder ob jede einen gleichen Betrag oder prozentual entsprechend ihrem Einkommen

* (zusammengestellt vom sub rosa Frauenverlag im Sommer 1981)

einzahlt. Eine solche Regelung erspart mögliche Auseinandersetzungen über ungerechte Verteilung von Einkommen und Ausgaben im gemeinsamen Haushalt.

Schwerwiegende Konsequenzen können unterlassene Regelungen haben, wenn eine Frau sich nicht mehr „im Besitz ihrer geistigen Fähigkeiten" befindet, wie nach einem Unfall oder bei lebensgefährlichen Operationen oder einer plötzlichen Einweisung in die Psychiatrie. Denn hier treten automatisch bestehende Gesetze in Kraft: In der Regel benachrichtigen Ärzte lediglich die engsten Verwandten (Eltern, evtl. Ehemann etc.), die automatisch Besuchsrecht haben, die die wichtigsten Informationen erhalten und die Einwilligung zu einer Operation geben können. Wenn das verhindert werden soll und du stattdessen deine Freundin bevollmächtigen willst, muß das schriftlich geschehen. In einer solchen Vollmacht wird erklärt, daß die Freundin für den Fall der Bewußtlosigkeit die Zustimmung zur Operation geben oder verweigern kann, die Ärzte von der Schweigepflicht ihr gegenüber entbunden sind und sämtliche Auskünfte und alle erforderlichen Unterlagen der Freundin vorzulegen haben.

Bei einer *Einweisung in die Psychiatrie* sollte die Freundin darüberhinaus bevollmächtigt werden, in allen Fragen der Heil- und Pflegebehandlung und in allen Vermögensangelegenheiten die Interessen ihrer Lebenspartnerin wahrzunehmen. Diese Vollmacht sollte auch das Recht umfassen, sie in Pflegschaftsangelegenheiten zu vertreten und eine Anwältin/Anwalt zu beauftragen. Es ist gut vorstellbar, daß insbesondere ein Ehemann versucht, die Vollmacht juristisch anzufechten, indem er behauptet, „seine" Frau sei gar nicht mehr geschäftsfähig gewesen, als sie die ausgeschrieben habe. Oberstes Gebot für die Erteilung einer solchen Vollmacht ist daher, sie zumindest in Gegenwart von mehreren Zeuginnen (möglichst nicht der Lebensgefährtin) auszustellen. So kann bewiesen werden, daß sie durchaus im Vollbesitz ihrer geistigen Kräfte war. Frau kann auch diese Vollmacht in Gegenwart ihrer Ärztin unterschreiben (der Ärztin ihres Vertrauens), sie wird die beste Beweisperson sein. Natürlich kann sie auch in Gegenwart einer Anwältin oder eines Notars (es gibt nur sehr wenige Notarinnen) ausgestellt werden. Dafür wird ein Honorar erhoben.

Es kann auch hilfreich sein, im Falle einer *längeren Reise oder Krankheit* die Freundin zu bevollmächtigen, die Rechtsgeschäfte für sie in ihrem Namen zu führen. Vollmachten können zeitlich begrenzt und jederzeit widerrufen werden.

Regelungen für den Fall der Trennung

Ebenso wichtig können Vereinbarungen für den Fall einer Trennung sein. Hier wäre zu klären, wer in der gemeinsamen Wohnung bleiben, wer ausziehen soll. Was bei Auszug von beiden mit der anstehenden Wohnungsrenovierung ist, was aus den gemeinsamen Investitionen, den Büchern, den Möbeln, der Stereoanlage, den Haushaltsgeräten usw. wird. Werden diese eventuellen Streitpunkte noch während der intakten Beziehung geklärt, dann kann möglicherweise verhindert werden, daß eine Trennung sich nur wegen Nichteinigung über diese Punkte bis ins Unerträgliche hinauszögert und oft genug einen freundschaftlichen Kontakt über die Trennung hinaus unmöglich macht.

Wenn beide den Mietvertrag abgeschlossen haben, nur eine aber die Wohnung weiterbehalten will, sollte schriftlich vereinbart werden, daß eine aus der Wohnung auszieht und kein

Wohnrecht mehr haben soll. Die in der Wohnung verbleibende sollte schriftlich versichern, daß die andere von der Miete und aus dem Mietverhältnis noch entstehenden Forderungen seitens des Vermieters freigestellt ist. Die Frauen können vereinbaren, daß die möglicherweise noch anstehende Renovierung von einer allein getragen wird, daß die andere dafür auf ihren Anteil an den Wohnungsinvestitionen verzichtet. Natürlich können sie auch eine Beteiligung oder Hilfe bei der Renovierung ausmachen. Vereinbart werden kann alles, nur gerecht sollte es eben sein.

In solchen Vereinbarungen sollten die Frauen eine sogenannte „Ausgleichsklausel" aufnehmen, die besagt, daß mit der Vereinbarung sämtliche Ansprüche gegenseitig abgegolten sind und daß sie sich an diese Vereinbarung auch dann gebunden fühlen, wenn sie zu einem späteren Zeitpunkt glauben, daß alles ungerecht verteilt wurde. Wenn dies der Fall ist, sollten die Frauen möglichst in einem sachlichen Gespräch versuchen, einen Ausgleich zu finden, falls die getroffene Regelung wirklich nicht gerecht war. Eine solche Neuregelung erspart unerfreuliche Auseinandersetzungen vor Gericht.

Aufteilung des Besitzes

Auch Lesben sind nicht vor „Kleinkram"-Auseinandersetzungen gefeit. Selbstverständlich ist, daß jede die Sachen, die sie schon vorher hatte, bei einer Trennung mitnimmt. Zu regeln ist aber, wie die gemeinsam angeschafften Sachen aufgeteilt werden. Wenn eine *Lebensversicherung* zugunsten der anderen oder beide eine gegenseitige abgeschlossen haben, und dies bei einer Trennung ändern wollen, müssen sie der Versicherungsgesellschaft schriftlich mitteilen, daß die vereinbarten Bezugberechtigungen ungültig sind. Frauen, die gemeinsam ein *Haus gekauft* haben und das Haus je zum Miteigentum entweder zur Hälfte oder einer entsprechenden Quotelung je nach Beteiligung am Kaufpreis besitzen, können vereinbaren: Entweder soll das Haus einer Frau zum Alleineigentum zustehen, die andere soll also ihren Anteil übertragen bekommen und dafür entsprechend dem gegenwärtigen Marktwert ausgezahlt werden, oder beiden soll das Haus nach der Trennung gemeinsam gehören und von ihnen beiden genutzt werden. (Sinnvollerweise werden unterschiedliche Zeit für die Nutzung festgelegt und vereinbart, daß die Kosten weiterhin beide z.B. zur Hälfte zu tragen haben.)

Wenn sie sich nicht einigen können, muß das Haus – hier greift das Gesetz ein – verkauft bzw. zwangsversteigert werden und der Erlös wird geteilt. Bei Zwangsversteigerung wird oftmals nicht der reelle Zeitwert erzielt und die Frauen müßten einen Vermögensverlust hinnehmen. Diese Aussicht wird sie vielleicht zu einer Einigung zwingen, die ihnen zunächst unvorstellbar schien. Vereinbarungen über das Haus, soweit sie Übertragungen von Eigentumsanteilen etc. betreffen, müssen notariell beglaubigt werden.

Verfügungen für den Todesfall

Will eine Frau im Todesfall ihr Vermögen an ihre Lebensgefährtin, Freundin oder einem bestimmten Projekt vermachen oder will ein lesbisches Paar das gemeinsam erworbene Vermögen für die jeweils Überlebende erhalten, muß oder müssen sie Verfügungen für den Todesfall treffen und sich mit dem gesetzlichen Erbrecht vertraut machen. Bei der Abfassung des Testaments müssen sie einkalkulieren, daß Ehemänner, auch Eltern oder andere vom Gesetz her Erbberechtigte wahrscheinlich alles unternehmen werden, um es für nichtig erklären zu lassen oder anzufechten.

Nach der *gesetzlichen Erbfolge* erben grundsätzlich nur Verwandte, in erster Linie Kinder, Eltern, Geschwister, Großeltern und der Ehegatte, jeweils nach einem durch das Gesetz bestimmten Bruchteil. Wenn ihr die Freundin oder auch ein Projekt, das ihr unterstützen wollt, als Erbin (neben anderen) oder als Alleinerbin einsetzt, heißt das nicht, daß dieser dann euer ganzes Vermögen (Nachlaß) zufließt. Einen gewissen Betrag, nämlich die Hälfte des gesetzlichen Erbteils (Pflichtteil) stehen den gesetzlich Erben auf jeden Fall zu, auch wenn ihr sie im Testament enterbt habt. Ihr müßt neben der *Erbeinsetzung der Freundin* oder des *Projektes,* den Ehemann oder Eltern *enterben,* um den Teil, der an die pflichtteilsberechtigten Verwandten auf alle Fälle geht, möglichst gering zu halten. Geschwister brauchen dagegen nicht enterbt zu werden, weil sie kein Anrecht auf einen Pflichtteil haben. Sie bekommen bei einer testamentarischen Erbeinsetzung wie oben nichts. Ob und wen ihr enterbt, ist natürlich eure Entscheidung. Das Wichtigste ist: Ihr müßt wissen, was bei einem Testament auf euch zukommen kann. So könnt ihr es am wenigsten angreifbar machen.

Selbst, wenn Lesben alle wichtigen Punkte bei der Abfassung eines Testaments beachten, kann das Testament von Verwandten angefochten werden. Sie können versuchen, das Testament mit der Begründung, daß es „sittenwidrig" sei, anzufechten. Der Bundesgerichtshof hat anläßlich eines sogenannten „Mätressentestaments", in dem ein verheirateter Ehemann eine Frau, mit der er außereheliche Beziehungen hatte, testamentarisch zur Erbin eingesetzt hatte, ausgeführt: „Will ein Erblasser die Frau, zu der er außereheliche

Beziehungen unterhalten hat, dadurch, daß er/sie durch letztwillige Verfügung (Testament) bedenkt, für die geschlechtliche Hingebung belohnen oder zur Fortsetzung der sexuellen Beziehungen bestimmen oder dies festigen, dann ist zumindest in aller Regel wegen dieses Beweggrundes die letztwillige Verfügung sittenwidrig." Er hat dies dann allerdings wieder eingeschränkt und gesagt, wenn „die letztwillige Verfügung nicht ausschließlich den o.g. Entgeltcharakter trägt, sondern z.B. daneben noch ‚achtenswerte' Gründe, wie z.B. erhaltene Pflege, belohnen will, der Ehemann aber trotzdem weiterhin sexuelle Kontakte zu ihr hatte", dies allein dann kein Grund mehr für die Annahme der Sittenwidrigkeit des Testaments sei.

Bisher hat es noch kein Urteil des Bundesgerichtshofes, indem über die *Anfechtung eines Testaments* einer lesbischen Frau, die ihre Freundin zur Erbin eingesetzt hat, gegeben. Es ist jedoch nicht ausgeschlossen, daß ein Gericht ein solches Testament mit einer ähnlichen Begründung für sittenwidrig und damit nichtig erklären könnte wie beim „Geliebtentestament". Um eine *Anfechtung wegen Sittenwidrigkeit* zu verhindern, sollten Lesben, die ihre Freundin als Erbin einsetzen, dies im Hinblick auf die „gemeinsame langjährige wertvolle Arbeit, die geistige und seelische Unterstützung, die sie voneinander bekommen haben" etc. im Testament formulieren.

Eine weitere Gefahr, das Testament anzufechten, besteht darin, daß erboste Ehemänner oder Eltern behaupten, die Frau sei bei der Abfassung des Testaments *geistesgestört* gewesen oder von der Freundin (sexuell) abhängig und damit willenlos oder von ihr unter Druck gesetzt worden. Um auch diesem vorzubeugen, muß die Frau unbedingt ein *nota-*

rielles Testament, gegebenenfalls in Anwesenheit weiterer Zeuginnen machen. Der Notar hat sich bei Abfassung des Testaments über die Testierfähigkeit „Geschäftsfähigkeit“ Gewißheit zu verschaffen und eine entsprechende Formulierung darüber in das Testament mitaufzunehmen. Wird die Testierfähigkeit vom Notar bestätigt, wird die Anfechtungsklage des Ehemannes oder der Eltern wenig aussichtsreich sein (die Testier-Unfähigkeit muß von ihnen bewiesen werden). Grundsätzlich besteht die Möglichkeit, ein „eigenhändiges“ Testament zu machen, jedoch sollten die Frauen wegen der oben beschriebenen Gefahr unbedingt zu einer Notarin/Notar gehen, auch wenn dadurch Kosten entstehen.

Für Lesben, die überhaupt keine pflichtteilberechtigten Erben haben, (die entweder überhaupt keine Verwandte oder lediglich Geschwister haben) besteht diese Notwendigkeit nicht. Sie können ein *eigenhändiges Testament* machen. Dafür reicht ein einfaches, mit der Hand beschriebenes Blatt Papier. Es muß das Datum (Tag, Monat, Jahr) und den Ort, an dem es niedergeschrieben wird, und bei der Unterschrift den Vor- und Familiennamen enthalten. Der Text kann so lauten: „Hiermit setze ich Frau . . . als Alleinerbin ein . . .“ Dieses eigenhändige Testament kann bei jedem Amtsgericht hinterlegt, aber auch lediglich zu Hause aufbewahrt werden.

Jedes Testament kann natürlich *widerrufen* werden und zwar immer nur in der Form eines neuen Testaments, es sei denn, das erste wird von der Frau bei einem Temperamentsausbruch zerrissen. Weitere und genauere Informationen müßt ihr bei der Notarin oder Anwältin eures Vertrauens einholen.

Vertrag zugunsten Dritter für den Todesfall

Spar- und sonstige *Bankguthaben, Bausparverträge* und *Le-*

bensversicherungen können auch ohne Testament vererbt werden, erbrechtliche Vorschriften brauchen hier nicht beachtet zu werden. Es wurde hier eine rechtliche Form entwickelt, die sehr kompliziert ist, deshalb können wir hier lediglich auf die Existenz hinweisen. Diese Rechtsform ist der „Vertrag zugunsten Dritter auf den Todesfall" – also eine Verfügung über einen Teil des Vermögens zu Lebzeiten aber für die Zeit nach dem Tod. Sinn eines solchen Vertrages ist, daß die Erbin nicht während Lebzeiten über das Spar- Bankguthaben verfügen können soll, aber nach dem Tod der Inhaberin des Bankguthabens. Diese gründet ein Sparverhältnis mit der Bank unter ihrem Namen und unterschreibt dabei zwei Vollmachten. Eine zur Verfügungsberechtigung über das Konto, und eine zweite für den Todesfall. Hieraus geht hervor, daß die Lebensgefährtin über das Konto verfügen kann. Beide Vollmachten können in Gegenwart des Bankangestellten, und anderer Zeuginnen, unterschrieben werden, so daß auch hier eine Anfechtung der Vollmacht wegen angeblicher Geschäftsunfähigkeit schwierig oder ausgeschlossen sein wird. Muster für einen solchen Vertrag zugunsten Dritter auf den Todesfall, könnt ihr bei jeder Bank holen und es Euch da ausführlich erklären lassen. Rückversichern solltet Ihr euch auch hier bei einer Anwältin oder Notarin/Notar. Auch solche Vollmachten können natürlich jederzeit von der Ausstellerin widerrufen werden.

Lesbische Mütter – Sorgerecht

Will eine lesbische Mutter sich scheiden lassen und die Übertragung der elterlichen Sorge über die Kinder auf sich beantragen, hat sie zunächst alle Probleme der anderen Mütter auch. Bei ihr kommt jedoch hinzu, daß ihre Homosexualität fast immer allein ausreichend ist, um ihr die Verantwortlichkeit für die Sorge der Kinder abzusprechen. Diese Diskriminierung kommt als zunächst starke Belastung hinzu, und sie sollte unbedingt eine Anwältin ihres Vertrauens aufsuchen. Möglichst eine, die sich in diesen Fragen gut auskennt und sich engagiert. Dies wird es ermöglichen und erleichtern das sehr schwierige Verfahren durchzustehen. In einer Großstadt wird es nicht so schwer sein, eine Anwältin des Vertrauens zu finden, eher in den ländlichen Gebieten. In einem Verfahren wegen der elterlichen Sorge gibt es grundsätzlich die Möglichkeit sich eine *Anwältin* auch von außerhalb des Gerichtsbezirkes zu nehmen (in einem Scheidungsverfahren nicht, hier dürfen nur die im Gerichtsbezirk zugelassenen Anwältinnen/Anwälte auftreten).

Eine zweite Anwältin bedeutet jedoch weitere Prozesskosten. *Prozesskosten-Hilfe* (Armenrecht) kann nur für die im Gerichtsbezirk zugelassene Anwältin beantragt werden. Eine wichtige Unterstützung wäre also der Kontakt zu einer *Lesbengruppe,* am besten zu einer *Gruppe lesbischer Mütter,* die entweder in der gleichen Situation ist oder sie schon teilweise hinter sich hat. Dort könnt ihr Erfahrungen austauschen und Tips bekommen. Sucht auf jeden Fall Frauen, die für Eure Situation Verständnis haben und auch bereit sind, sich Zeit für euch zu nehmen. Die Anwältin kann in der Regel nicht alleine alle die Probleme, die mit dem Verfahren auftreten, auffangen. Sie ist ausgelastet mit den juristischen Sachen. Diese Verfahren erfordern eine große Durchsetzungskraft, Konzentration aber auch viel Schreibarbeit. Laßt euch von Eurer Anwältin die *gesetzlichen Vorschriften* sagen und erklären, was ihr in dem Verfahren alles zu erwarten habt, ob sie den Richter kennt, den gegnerischen Anwalt – ob er rücksichtslos ist oder Konflikte scheut – und was sie von dem Richter hält. Jede Verfahrenssituation erfordert neue Strategien, und deshalb wird sie nicht alle Fragen vorab beantworten können, weil sich die Dinge erst im Laufe des Verfahrens ergeben. Ein Grundkonsensus mit deiner Anwältin sollte bestehen, und zwar der, daß es keine Veranlassung gibt, lesbische Beziehungen vor Gericht offenzulegen. Auch wenn es dir schwerfällt und du meinst, daß das deine Identität als Lesbe nicht zuläßt. Du mußt immer damit rechnen, daß dir deine Kinder mit der Begründung weggenommen werden, daß du lesbisch bist und daher zur Erziehung nicht in der Lage. Deswegen mußt du abwägen, was in diesem Zusammenhang für dich wichtig ist. Wenn es beides ist, so wird dir deine Anwältin sagen, daß das Gericht wirklich nicht der richtige Ort ist, um deine Homosexualität zu bekennen. Es mag Richter geben, die keine Vorurteile gegenüber lesbischen Müttern haben, aber mit einem solchen Richter, den ich persönlich übrigens noch nie kennengelernt habe, kannst du eben nicht rechnen. Nach dem Gesetzeswortlaut (§ 1671, 1672 BGB) kommt es für die Übertragung der elterlichen Sorge allein auf das *Kindeswohl* an. Und was das Kindeswohl ist, dazu gibt es eine Menge Rechtsprechung, die sehr unterschiedlich ist, aber ein paar Prinzipien solltest du wissen. Am wichtigsten ist, zu welchem Elternteil das/die Kinder die beste emotionale Beziehung hat/haben. Dann ist entscheidend, wer von den Eltern sich am meisten um das/die Kinder gekümmert hat – also die erste Bezugsperson ist. Und drittens, wer die geistige und seelische Persönlichkeit des Kindes am besten fördern kann. Die ersten beiden Fragen wirst du vermutlich mit relativer Ruhe zur Kenntnis genommen haben, weil du es warst, die sich in der Vergangenheit überwiegend um die Kindererziehung gekümmert hat und deine Kinder daher eine *sehr enge emotionale Beziehung* zu dir haben. Punkt drei wird dich in Angst und Empörung versetzen, weil dein Mann alles dransetzen wird mit deiner Homosexualität zu begründen, daß du das geistige und seelische Wohl der Kinder gefährdest. Die Kinder nicht erziehen und fördern kannst, weil du angeblich willst, daß sie auch homosexuell werden, du dich viel mehr für deine Geliebte als für sie interessierst, in Gegenwart der Kinder mit der Freundin sexuelle Handlungen ausübst usw. Mit diesen Angriffen mußt du rechnen und auch damit, daß das bei dem Gericht gewaltigen Eindruck hinterlassen wird. Leider bist du bzw. deine Anwältin gezwungen, in dem gerichtlichen Verfahren zu all den Unverschämtheiten und Lügen, die dein Mann über dessen Anwalt dem Gericht erzählt, Stellung zu nehmen und das ist nervend und demütigend. Aber, wenn du das Verfahren durchstehen willst, mußt du das mitmachen. Übrigens muß dein Mann beweisen, daß du homosexuelle Beziehungen gehabt hast, weiter hast. Und deshalb mußt du damit rechnen, daß er notfalls ein Detektivbüro beauftragt, um dich überall zu beschnüffeln. Nicht nur in der Nähe der Wohnung, sondern auch während deiner Freizeit, und natürlich auch in der Disco. Für dich bedeutet das, daß du dich zumindest für die Dauer des Verfahrens erheblich einschränken mußt. Wenn du aus der Wohnung ausziehen willst und nicht weißt, wohin, ziehe trotzdem nicht zu deiner Freundin auch nicht nur vorübergehend, gehe zu anderen Bekannten oder ins Frauenhaus. Laß' niemals deine Kinder bei deinem Mann zurück, wenn du ausziehst. Gehe gleich zur Rechtsantragstelle des Familiengerichts und beantrage die Übertragung der elterlichen Sorge bzw. das Aufenthaltsbestimmungsrecht auf dich und zwar im Wege der einstweiligen Anordnung. Setz' dich mit dem *Jugendamt* in Verbindung, erzähle, weshalb du ausgezogen bist und die Kinder mitgenommen hast. In der Regel wird der Mann gar nicht die Zeit haben, sich um die Kinder zu kümmern, weil er nicht zu Hause arbeitet. Du handelst also im Wohle der

Kinder, wenn du sie mitnimmst, auch wenn sie gezungenermaßen aus ihrer gewohnten Umgebung genommen werden, aber das ist nicht deine Schuld. Wäre dein Mann ausgezogen, hättest du es nicht tun müssen. Freiwillig wird er das aber kaum tun, so daß du zu dem Schritt gezwungen wirst. Daß dein Mann so nicht das Wohl der Kinder im Auge haben kann, solltest du auch vor Gericht sagen. Wenn dein Mann sich früher überhaupt nicht oder wenig um die Kinder gekümmert hat und er jetzt dafür kämpft, tut er das entweder, um dich zu zwingen, zu ihm zurückzukehren oder wenn er auch geschieden werden will, weil er auf alle Fälle keinen Unterhalt an dich und die Kinder zahlen will. Dazu ist er aber nach dem Gesetz verpflichtet, wenn du das/die Kinder bekommst, und das weiß auch er. Da er nichts anderes gegen dich vorzubringen hat, füttert er das Verfahren mit Verleumdungen über deine Person, die immer wieder in deiner behaupteten Homosexualität enden.

Da das Jugendamt eine Stellungnahme zur Frage, wer die elterliche Sorge bekommen soll, gegenüber dem Gericht abgeben muß und die ein großes Gewicht hat, ist es gut, wenn du guten Kontakt zu deinem Jugendamt hast. Zu offen und zutraulich kannst du nicht sein, aber du solltest schon versuchen, das „Mutterbild“ darzustellen, wie sie es sich vorstellen. Auch wenn du Schwierigkeiten mit ihnen hast, weil sie sich nicht korrekt verhalten oder offensichtlich für deinen Mann Partei ergreifen, bemühe dich immer, die Termine einzuhalten, die sie dir nennen. Wenn es dir zu dicke wird, brauchst du nicht davor zurückzuschrecken, eine andere Sachbearbeiterin zu beantragen. Besprich' das mit deiner Anwältin. Du mußt mit ihr zusammenarbeiten. Wenn dein Mann Zeugen in das Verfahren bringt, die dich rücksichtslos diffamieren sollen, scheue nicht, das gleiche zu tun, bzw.

denke immer daran, daß du notfalls *Zeuginnen* benennen mußt, die etwas über dich oder deine Kinder oder die Beziehung der Kinder zu dir sagen können. Die Lehrerinnen/er deiner Kinder, die Erzieherinnen/er im Kindergarten, sie alle können in das Verfahren mit einbezogen werden. Du kannst sie selbst als Zeuginnen durch deine Anwältin benennen lassen, du kannst schriftliche Stellungnahmen oder Äußerungen von ihnen einreichen.

Bereite dich auch darauf vor, daß der Richter eine/en Psychologin/en beauftragt, die/der in einem *Gutachten* feststellen soll, bei welchem Elternteil das/die Kinder nach der Scheidung besser aufgehoben sind.

Suche dir eine *Psychologin*, die in solchen Sachen erfahren ist, und besuche sie ab und zu mit den Kindern. Du hast kein Recht, auf einen bestimmten Gutachter, aber du hast die Möglichkeit, das von dem gerichtlich bestellten Gutachter erstattete Gutachten von einer sachverständigen und qualifizierten Psychologin überprüfen zu lassen – allerdings auf deine Kosten –. Erkennt sie, daß der beauftragte Gutachter für diese Situation nicht qualifiziert ist, so kann deine Anwältin ein *Gegengutachten* beantragen. Du kannst den vom Gericht beauftragten Sachverständigen wegen Befangenheit ablehnen, wenn du merkst, daß er Vorbehalte dir gegenüber hat. Du kannst auch deine Psychologin, zu der du Kontakt aufgenommen hast, bitten, dir eine schriftliche Bescheinigung auszustellen, wie sie dich und das/die Kinder wahrgenommen hat, wie die Beziehung der Kinder zu dir ist etc.

Wichtig für euch ist es noch, daß seit dem 1.1.81 Kinder über 14 Jahren *vor dem Familiengericht* in Sorgerechtsverfahren angehört werden *müssen.* Wenn du weißt, daß deine Tochter oder Sohn in diesem Alter mit dir zusammenleben möchten, kann das eine Erleichterung für dich sein. Die Rechtssprechung geht davon aus, daß ein Kind in diesem Alter weiß, was es will. Es wird also seinem Willen in der Regel folgen. Kinder in jüngerem Alter *können* auch vom *Gericht* angehört werden. Ihr könnt es nicht verhindern und daher ist es wichtig, darauf zu achten, daß die Kinder in dieser Zeit nicht zu sehr vom Vater durch Geschenke u.ä. beeinflußt werden. Es wäre aber ungeschickt, den Kindern den Besuch beim Vater gänzlich zu verbieten, falls du von deinem Mann getrennt wohnst und dir die elterliche Sorge schon vorläufig zugesprochen worden sein sollte. Sonst könnte dir unterstellt werden, sie dem Vater entfremden zu wollen. Sind die Kinder aber verstört oder unruhig, wenn sie von den Besuchen beim Vater zurückkommen, besprich das mit dem Jugendamt und beantrage gegebenfalls einen *Ausschuß des Umgangsrecht* für einen gewissen Zeitraum, solange bis sich die Haupstreitigkeiten im Prozeß gelegt haben. Du hast allerdings in der Regel nur eine geringe Chance, diesen Antrag durchzubringen. Viele Frauen – eigentlich fast alle – werden im Laufe des Scheidungsverfahrens mindestens einmal von ihrem Mann als Lesbe beschimpft, weil er es einfach nicht verkraften kann, daß die Frau nicht mehr mit ihm verheiratet sein will. Aber das ist nicht mit deiner Situation vergleichbar. Du bist eine und mußt es abstreiten, und wenn es feststeht, mußt du dafür kämpfen, daß du trotzdem zur Erziehung deiner Kinder „fähig oder würdig“ angesehen wirst. Und das ist eine Demütigung, die du alleine verkraften mußt.* Trotzdem rate ich dir, mit allen Mitteln für die Kinder zu kämpfen und nicht aufzugeben.

Selbst wenn du den Kampf gewonnen, und die Kinder bekommen hast, mußt du im Hinterkopf behalten, daß die

* Es gibt in den USA bereits psychologische Vergleichsuntersuchungen, die bestätigen, daß Kinder alleinstehender heterosexueller und homosexueller Mütter gleich aufwachsen und die gleichen Entwicklungschancen haben. Dies gilt als wissenschaftlicher Beweis, daß die Homosexualität einer Mutter keinen negativen Einfluß auf ihre Erziehungsfähigkeit hat.

Entscheidung wegen der elterlichen Sorge auf Antrag des Mannes später wieder abgeändert werden könnte. Hat der Mann aber erst einmal den Prozeß verloren, so zeigt die Erfahrung, daß er selbst davor zurückschreckt, einen neuen auch ihn nervenden Prozeß wegen der Kinder anzustrengen, und so ohne weiteres wird die einmal getroffene Entscheidung auch nicht wieder aufgehoben.

Du kannst darüber bestimmen, *wer sich um die Kinder kümmern soll, sollte dir einmal etwas passieren.* Zwar steht gesetzlich bei Tod eines Elternteils die elterliche Sorge automatisch dem überlebenden Elternteil zu, aber durch ein Testament kannst du diese gesetzliche Vorschrift umgehen. Besprich mit deiner Freundin, oder einer anderen Frau, ob sie das tun will, und lege es dann testamentarisch fest. Auch hier ist es unbedingt erforderlich, daß du das beim Notar machst, damit er, falls der geschiedene Mann die Wirksamkeit deiner testamentarischen Verfügung anfechten will, als Zeuge für deine Geschäftsfähigkeit zur Verfügung steht.

Alexandra Goy
Rechtsanwältin

Rechtsanwältinnen

BERLIN:
Bruckermann-Kempfler, Renate, Potsdamer Str. 96, 1000 Berlin 30, Tel. (0 30) 2 61 65 61
Burgsmüller, Claudia / Hübner, Doris, Weimarische Str. 3, 1 Berlin 31, Tel. (0 30) 8 53 13 57
Goy, Alexandra / Lohstöter, Ingrid, Kottbusser Damm 72, 1000 Berlin 61, Tel. (0 30) 6 93 42 17
Franzen, Petra / Klein, Anne, Xantener Str. 8, 1000 Berlin 12, Tel. (0 30) 8 81 80 88
Grosse, Gudrun / Kubach-Elzner, Barbara / Neupert, Renate / Teichmann, Angelika, Hermannstr. 59/60, 1000 Berlin 44, Tel. (0 30) 6 21 40 35
Güttler, Elsa, Akazienstr. 17, 1000 Berlin 65, Tel. (0 30) 3 23 10 09
Hohmann, Jutta, Neckarstr. 1, 1000 Berlin 44, Tel. (030) 6 87 49 48
Holstiege, Christel / Wieland, Sabine, 1000 Berlin 10, Tel. (0 30) 3 42 24 42
Kolneder-Zecher, Ulrike, Carmerstr. 10, 1000 Berlin 12, Tel. (0 30) 3 12 44 04
Krieg, Gisela, Windscheidstr. 20, 1 Berlin 12, Tel. 3 24 42 32
Otto, Anke / Elsner, Gaby / Immelnkemper, Christa, Innsbrucker Str. 56, 1000 Berlin 62, Tel. (0 30) 7 82 40 91
Strahlke, Elke, Uhlandstr. 158, 1000 Berlin 15, Tel. (0 30) 8 81 36 70

BEVERSTEDT:
Dörrenberg, Susanne / Siegert, Dorothee, Logestr. 25, 2855 Beverstedt, Tel. (0 47 47) 4 81

BIELEFELD:
Grochtmann-Boersche, Sybille, Gerichtstr. 11a, 4800 Bielefeld 1, Tel. (05 21) 17 13 50

BOCHUM:
Frau Bode, Hernerstr. 370, 4630 Bochum, Tel. (02 34) 5 37 73

BONN:
Wiegmann, Barbelies, Villiperallee 58, 5300 Bonn-Röttgen, Tel. (02 28) 25 11 62

BRAUNSCHWEIG:
Isermeyer, Jutta, Bohlweg 5–7, 3300 Braunschweig, Tel. (05 31) 1 88 81

BREMEN:
Bahr-Jendges, Jutta, Osterdeich 153, 2800 Bremen, Tel. (04 21) 7 45 55
Ebert, Gerlinde, In der Runken 14, 2800 Bremen 1, Tel. (04 21) 7 55 49
Seidler, Dorothea, Rembertisstr. 58, 2800 Bremen, Tel. (04 21) 32 52 18
Siegert, Dorothee, Frh.-v.-Stein-Str. 9, 2800 Bremen, Tel. (04 21) 23 56 88
Soine, Brigitte, Zwickauerstr. 31, 2800 Bremen, Tel. (04 21) 35 36 13
Specht, Magdalene, Humboldstr. 3, 2800 Bremen 1, Tel. (04 21) 7 68 41
Weber, Gabriele, Graudenzerstr. 26, 2800 Bremen, Tel. (04 21) 55 26 69

DARMSTADT:
Reents, Traude, Wilhelm-Leuschner Str. 11, Tel. (0 61 51) 2 27 44
Schoen, Barbara, Magdalenenstr. 17, Tel. (0 61 51) 7 46 17

DÜSSELDORF:
Böttcher, Karin / Henke, Heidrun, Beethovenstr. 33, Tel. (02 11) 67 40 79

ESSEN:
Frederking, Gisela /Vogel, Viola, Goethestr. 114, Tel. (02 01) 79 13 83

FRANKFURT:
Henrich, Barbara / Nimsch, Margret, Sophienstr. 46, Tel. (06 11) 70 10 81 und 70 10 84
Flügge, Sybilla, Günthersburgallee 48, Tel. (06 11) 44 42 04
Hornischer, Inge, Parkstr. 18, (06 11) 59 80 78

Oberländer-Pohl, Gerlinde, Bergerstr. 87, 6000 Frankfurt 1, Tel. (06 11) 43 94 39

Ramser, Gabriele, Oberweg 29, Tel. (06 11) 28 36 17

FREIBURG:

Muser, Barbara, Marienstr. 11, 7800 Freiburg, Tel. (07 61) 3 33 43

Schaber, Regina, Marienstr. 11, Tel. (07 61) 3 33 43

Pasquay, Heide / Schwarzkopf, Barbara, Moltkestr. 19, Tel. (07 61) 3 63 33

GIESSEN

Grothe, Eve, Crednerstr. 38, 6300 Gießen, Tel. (06 41) 2 39 02

HAMBURG:

Brandt-Janczyk, Ursula / Nolte, Sigrid, Neuer Pferdemarkt 13, 2000 HH 6, Tel. (0 40) 43 80 04

Ewe, Petra / Plötz-Neuburger, Susanne, Kirchdorferstr. 84, 2102 HH 93, Tel. (0 40) 7 54 00 44

Goergens, Dorothea, Luisenweg 3, 2000 Hamburg 26, Tel. (0 40) 21 79 26

Jürgens, Christl, Blankeneserbahnhofstr. 29, 2000 Hamburg 55, Tel. (0 40) 86 02 94

Kraeher, Jeanette, Bei der Friedenseiche 6, 2000 HH 50, Tel. (0 40) 38 39 11

Müller-Fahron, Ursel, Hoheluftchaussee 121, 2000 HH 20, Tel. (0 40) 46 45 55

Pfeiffer, Bärbel, Efeuweg 14, 2000 HH 60, Tel. (0 40) 46 45 55

Rogge, Petra, Osterstr. 120, 2000 HH 19, Tel. (0 40) 49 24 55

Sagawe, Gudrun, Bornstr. 6, 2000 HH 13, Tel. (0 40) 44 41 36

Steininger, Brigitte, Rolfingstieg 27, 2000 HH 65, Tel. (0 40) 5 35 06 84

Vogel, Hedi, Kielerstr. 266, 2000 HH 54, Tel. (0 40) 54 50 41

Wagner, Heike, Fuhlsbüttlerstr. 402, 2000 HH 50, Tel. (0 40) 6 30 10 18

HANNOVER:

Klawitter, Barbara, Falkenstr. 30, 3000 Hannover 91, Tel. (05 11) 45 60 86

HRATH:
Semmler, Christa, Apolionieastr. 3, 5120 Hrath, Tel. (0 24 06) 20 18
KÖLN:
Fischer-Pohl, Erika / Lunnebach-Gnielka, Edith, Frankfurterstr. 30, 5000 Köln 80, Tel. (02 21) 61 99 90
Kempf, Dagmar, Lindenstr. 16, 5000 Köln 1, Tel. (02 21) 23 16 86
Lütkes, Anne, Hauffstr. 1, 5000 Köln 30, Tel. (02 21) 55 70 21
LAHR-WETZLAR:
Egler, Beatrix, Langgasse 70, 6300 Lahn-Wetzlar, Tel. (0 64 41) 4 25 68
LUDWIGSHAFEN:
Konrad, Margret, Prinzregentenstr. 5, Tel. (06 21) 51 00 79
LÜBECK:
Müller-Horn, Brigitte, Rosenstr. 7, Tel. (04 51) 7 53 19
Zank, Erika, Roeckstr. 7, Tel. (04 51) 3 12 51
MARBURG:
Wendt, Sabine, Naumannstr. 118, 3550 Marburg, Tel. (0 64 21) 1 31 75
MÜNCHEN:
Aengenhyster, Ulrike, Nymphenburgerstr. 26, 8000 München 2, Tel. (0 89) 18 00 10
Jamrosy, Barbara, Kanalstr. 11, 8000 München 22, Tel. (0 89) 3 29 84 41
Niesel, Helga, Rheinstr. 1, 8000 München 40, Tel. (0 89) 33 13 44
Riedel, Ulrike, Pettenkoferstr. 31, 8000 München 2, Tel. (0 89) 53 47 71
Wolf, Roswitha, Hohenzollernstr. 110, Tel. (0 89) 3 08 10 36
Yschwilm-Prévot, Monika, Frauenhoferstr. 20, 8000 München 5, Tel. (0 89) 2 01 17 27
NIEDERAU:
Laforsch, Anita, Eugen-Kaiser-Str. 5, 6369 Niederau 2, Tel. (0 61 87) 12 33
OLDENBURG:

Tammling, Berga, Gartenstr. 3, 2900 Oldenburg i.O., Tel. (04 41) 7 50 66
SAARBRÜCKEN:
Weiß, Inge, Wiesenstr. 6, 3300 Saarbrücken, Tel. (05 31) 33 49 84
STUTTGART:
Tilgner, Brigitte, Schickardstr. 49, 7000 Stuttgart 1, Tel. (07 11) 64 56 72
Wagner, Uta, Hauptstätterstr. 39, 7000 Stuttgart 1, Tel. (07 11) 24 73 37
WIESBADEN:
Irmer, Liane, Brunhildenstr. 23, 6200 Wiesbaden, Tel. (0 61 21) 7 43 59
WUPPERTAL:
August, Elisabeth, Friedrich-Engels-Allee 191, 5600 Wuppertal 2, Tel. (02 02) 8 00 84

Beratung und Therapie für Lesben

BERLIN:
lesbisch-feministische Therapeutinnen-Gruppe, Kontaktadresse: Cornelia Elsner, Potsdamer Str. 150, 1 Berlin 30, Tel. 2 16 43 13
Kommunikations- und Beratungszentrum homosexueller Frauen und Männer e.V., Hollmannstr. 19, 1 Berlin 61, (0 30) 2 51 05 32
PSIFF – Psychologische Initiative für Frauen e.V., Horstweg 27, 1 Berlin 19, 3 21 98 70
THEFFRA – Psychologische Therapie und Beratung für Frauen, Suarezstr. 23, 1 Berlin 19, Tel. (0 30) 3 21 59 95
TUBFF – Therapie und Beratung für Frauen, Mommsenstr. 52, 1 Berlin 12, 3 23 50 39

HAMBURG:
Feministisches Therapiezentrum Hamburg, Marktstr. 27, Tel. 4 39 53 89
BIFF Elmsbüttel – Beratung und Information für Frauen, 2

Hamburg 19, Emilienstr. 5, Tel. 40 45 91
KÖLN:
Beratung, Bildung und Therapie für Frauen e.V., Hansemannstr. 43, 5 Köln 30, (02 21) 52 15 79
MÜNCHEN:
Frauentherapie-Zentrum, Auenstr. 31, 8 München 5, Tel. (0 80) 7 25 25 50
STUTTGART:
Frauentherapiezentrum, Reinsburgstr. 194, Tel. (07 11) 65 06 67, Stuttgart 1

Feministische Frauengesundheitszentren (FFGZ)

BERLIN:
FFGZ, Kadettenweg 77, 1 Berlin 45, Tel. (0 30) 8 33 54 42 + 8 33 54 12
HAMBURG:
Frauenselbsthilfeladen, Marktstr. 27, 2 Hamburg 6, Tel. (0 40) 4 39 53 89
HANNOVER:
Selbsthilfe- und Beratungsgruppe im Frauenzentrum Hannover, Nieschlagstr. 26
HEIDELBERG:
Information für Frauen, Blumenstr. 43
KASSEL:
Beratungsgruppe im Frauenzentrum, Goethestr. 43
MÜNCHEN:
Frauengesundheitszentrum München, Gabelsbergerstr. 66
NÜRNBERG:
Frauenselbsthilfe, Wilhelm-Marx-Str. 58
SAARBRÜCKEN:
Beratungsgruppe Frauenladen, Cecilienstr. 29, 66 Saarbrücken 3
TRIER:
Kurse über Selbstuntersuchung usw., Kurfürstenstr. 2, 55 Trier, Tel. (06 51) 7 28 77

Deutschsprachige Lesbentexte

ARNOLD, June: Sister Gin, Amazonen
BARNES, Djuna: Nachtgewächs, Suhrkamp
BRANTENBERG, Gerd: Die Töchter Egalias, Olle und Wolter
BROWN, Rita Mai: Rubinroter Dschungel, Rowohlt; Jacke wie Hose, Rowohlt
CLIT: Rufe alle Lesben – bitte kommen, Amazonen
COLETTE: Claudine erwacht, Fischer
COME OUT: Gespräche mit lesbischen Frauen, Come out Lesbenverlag
DUC, Aimée: Sind es Frauen? Amazonen
FRAUENLIEBE, Texte aus der amerikanischen Lesbierinnenbewegung, LAZ-Selbstverlag
GABRINER, Vicky: Dornröschen, ein lesbisches Märchen, Frauenzentrum Paderborn
GROTE, Alexandra von: Ins Gesicht geschrieben – Gedichte für Lesben
HALL, Radclyffe: Quell der Einsamkeit, Ullstein
HARTWIN, Ann K.: Sandra, Coming-out-Verlag
JOHNSTON, Jill: Lesbennation, Amazonen
KEE: Eine Geschichte in Wogen, Worten und Bildern von Lys, Come out Lesbenverlag
KLITORISBILDER – Wir machen uns ein Bild von uns, Lesben-Verlag Wir, Hamburg
KUCKUC, Ina: Der Kampf gegen Unterdrückung, Materialien aus der deutschen Lesbierinnen-Bewegung, Frauenoffensive
L.: Gewalt und Zärtlichkeit, Lesbengedichte, sub rosa Frauenverlag
LANDLESBEN, Come out Lesbenverlag
LAUTENSCHLAG, Marockh: Artemis ging zur Jagd, Lesbengedichte, Medea; Der Wald, Medea
LESBENBILDER, 16 Karten, LAZ-Selbstverlag, Berlin
Das LESBEN-JA(!)-BUCH, Lesben-Selbstverlag Dedendorf
LEDUC, Violette: Die Bastardin, Rowohlt

LINNHOFF, Ursula: Weibliche Homosexualität, Kiepenheuer und Witsch
MENDELSSOHN, Eve: Zwischenzeit, Knaus
MILLER, Isabell: Patience und Sarah, Rowohlt
MILLET, Kate: Sita, Rowohlt
MOOSDORF, Johanna: Die Freundinnen, Nymphenburger (vergriffen)
MYRON, N. / BUNCH, C: Erinnerungen an Frauen, Amazonen
NACHMANN, Elena: Frauen aus dem Fluß, Amazonen
OFFENBACH, Judith: Sonja, eine Melancholie für Fortgeschrittene, Suhrkamp Taschenbuch
PERRIN, Elula: Nur Frauen können Frauen lieben
PLAKAT: Über Lesben weht der Wind, Bauanleitung für das Windrad Sappho 2000
REINIG, Christa: Müßiggang ist aller Liebe Anfang, Gedichte, Frauenoffensive; Entmannung, Luchterhand; Der Wolf und die Witwen
RILEY, Elisabeth: All diese falsche Moral, Frauenoffensive
ROFHEART, Martha: Ich heiße Sappho, Molden
RULE, Jane: Bilder und Schatten, Die lesbische Frau in der Literatur, Amazonen
SAPPHO, Bildmonographie, dargestellt von Marian Giebel, roro; Gedichte, Arche; Lesbentheater München, Come out Lesbenverlag; Strophen und Verse, Inseltaschenbuch
SCHOSTACK, Renate: Zwei Arten zu lieben, Piper
SCHUHKNECHT, Chris: Verhaltenes Aufbäumen, Lesbenstich Presse-Verlag
STEIN, Gertrude: Autobiographie von Alice B. Toklas, Arche
STENTEN, Marlene: Puppe Else, Sudelbuchverlag
STREIT, Monica, KLEFINGHAUS, Sybille, METZDORF, Christina: Das Kopfdromedar, Lesbentexte, Selbstverlag, Berlin
SUYIN, Han: Eine Winterliebe, Ullstein
TRETTIN, Käthe: Philosophie des Tanzes, Amazonen
URBANITZKY, Grete von: Der wilde Garten, Lesbenselbstverlag, Berlin

VIVIEN, Renee: Die Dame mit der Wölfin, Erzählungen, Lesbenselbstverlag, Berlin
WEIHRAUCH, Anna E.: Der Skorpion, Lesbenselbstverlag, Berlin
WITTIG, Monique: Die Verschwörung des Balkis, „Les Guerilleres“, Frauenoffensive
WILCKE, Lisa: Seelenspäne, Feministischer Buchverlag
WOLFF, Charlotte: Flickwerk, Frauenoffensive
ZARTBITTER, Fotokalender mit erotischen Lesbenbildern, zu bestellen bei Andrea und Momo, Adalbertstr. 95, HH, 1. Stock, 1 Berlin 36

Lesbentexte aus Frankreich

BARNES, Djuna: „Le bois de la nuit“ (Le Seuil) 1979
BARNEY, Natalie: „Nouvelles pensées de l'Amazone“ (Mercure de France),
„Un Panier de framboises, Mercure de France, 1979
BECK, Béatrix: „Noli“ (Sagittaire) 1978,
„Davancer la nuit“ Grasset
BIENNE, Gisèle: „Douce amère“ (Des femmes) 1977
BLAISE, Marie-Claire: „Les nuits de l'Underground“ (Stanké) 1978
BOWLES,Jane: „Deux dames sérieuses“ (Gallimard) 1969,
„Le sourd dans la ville“ Gallimard
BONNET, Marie-Jo: „Un choix sans équivoque“ Denoël/Gonthier 1981
BREILLAT, Catherine: „Tapage nocturne“, Mercure de France
BROSSARD, Nicole: „Le Sens aparent“ Flammarion 1980,
„Amantes“, 1980 (Quebec)
BROWN, Rita Mae: „Molly Melo“, 1977, (Albin Michel)
CAUSSE, Michèle: „L'encontre“ (Des Femmes) 1975,
„Lesbiana, seven portraits“ Nouveau commerce (auf engl) 1980,
„Berthe ou un demi Siecle Auprès de L'Amazone“. Tierce 1980
COLETTE: „Le pur et l'impur“, les „Claudine“, „Ces plaisirs ...“ (Livre de Poche)

DEFORGES, Régine: „Le cahier volé“ (Fayard) 1978
DIGNE, Danielle: „Rosa Bonheur ou l'insolence, histoire d'une vie“, Denoël Gonthier
FRANCILLON, Clarisse: „La lettre“, P. Horay
FRANÇOIS, Jocelyne: „Les bonheurs“ (Laffont 1970), „Les Amantes“ (Mercure de France 1978), „Joue-nous España“ (Mercure de France 1980), „Feu de rouge et Savoir de vulcain“ (Fata Morgana)
FREDERICS, Diana: „Diana“ (Des deux rives 1947)
GALZY, Jeanne: „Jeunes filles en serres chaudes“ (Gallimard)
HALL, Radclyffe: „Le puits de solitude“ (Gallimard)
HEINRICHS, Wili: „Les enchainées“ (Albin-Michel)
KLAICH, Dolores: „Femme et Femme“ (edition des femmes)
LAURENCIN, Mariée: Flammarion (1979), „Le Carnet des Nuits“ (Pierre Cailler, Genf 1956)
LEDUC, Violette: „Thérèse et Isabelle“, „la Bâtarde“ (Folio poche)
LISA, LIU, GRO: „Toutes Trois“ (Le Seuil 1975)
LOUVIER, Nicole: „Qui qu'en grogne“ (La Table ronde 1952)
MALLET JORIS, Françoise: „Le rempart des béguines“ (Livre de poche 1951)
MANSOUR, Joyce: „Carré blanc“ (Le Soleil Noir 1965), „Rapaces“ (Seghers)
MARION, Dominique: „La chasse à l'orchidée“ (Laffont 1977)
MARCHESSAULT, Jovette: „Tryptique lesbien“ (Pleine Lune, Québec 1980)
MILLER, Isabel: „Patience et Sarah“ (Grasset 1973)
MILLET, Kate: „En Vol“ et „Sita“ (Stock 1978)
MONESI, Irène: „L'amour et le dédain“, „Une tragédie superflue“ (1968), „mes mers profondes“ (Mercure de France 1977)
MORA, Edith: „Sappho, histoire d'un poéte et traduction intégrale de l'oeuvre“ (Flammarion 1966)
NOBILI, Nella et ZHA, Edith: „Les femmes et l'amour homosexuelle (Hachette 1980)
NOBILI, Nella: „Poesies, Douze Poème de deuil, chez Nane Sterne“, „Chienne des Pierre“, „La Jeune Fille à L'Usine“ (Caractères 1978)

OLIVIA: „Olivia“ (Livre de Poche)
PARTURIER, Françoise: „Calamité, Mon Amour“ (Albin Michel 1978)
PASTRE, Geneviève: „L'espace du souffle“ (Bourgois 1977), „7 14 17“ ou „architecture d'Eros“ (Subervie 1976)
PERRIN, Elula: „Les femmes préfèrent les femmes“ (1977), „Tant qu'il y aura des femmes“ (Ramsay 1978), „Alice au pays des femmes“ (Ramsay 1980)
POUGY, Liane de: „Idylle Saphique“ (J.C. Lattes), „Mes cahiers bleus“ (Plon 1977)
QUERLIN, Marise: „Femmes sans Hommes“ (Scorpion 1953)
RIGAL, Muriel: „L'envers des choses“ (L'athanor 1977)
SAND, George: „Correspondance avec Marie Dorval; Histoire de ma vie“ (Gallimard 1953)
SARDE, Michèle: „Colette, libre et entravée“ (Stock 1978)
STEIN, Gertrude: „Autobiographie d'Alice Toklas“ (Gallimard)
SUYIN, Han: „Un amour d'hiver“ (Livre de poche)
TREFUSIS, Violet: „Causes perdues“ (Gallimard 1941)
TRISTAN, Anne: „Histoires d'amour le cabinet de Barbe Bleue“ (Calmann-Levy 1979)
THOMAS, Sandra: „La Barabaresque“ (Mercure de France)
VERGNE, Anne: „La somnambule“ (J.-C. Lattès 1977)
VIVIEN, Renée: „Cendres et poussières“, „Etudes et préludes“ (Régine Desforges 1977), „Une Femme m'apparut“ (Régine Desforges), „Poémes“ (Régine Deforges 1977), „La Dame à la Louve“ (Régine Desforges 1977)
WITTIG, Monique: „Le corps lesbien“ (1973), „Brouillon pour un dictionnaire des Amantes“ (Grasset 1976)
ZVÉTAJEVA, Marina: „Mon Frère“ féminin (Mercure de France 1979)

Lesbentexte aus den Niederlanden

BUUREN, Hanneke van, „Vrouwen, die van vrouwen houden“, Dokumentation Anthosboek, 1978
JOUBERT, Marlise, „Klipkus“, Roman, Anthosboeken, 1981
KASBERGEN, Sara Mieke van, et al., „Lesbisch Prachtboek“

Lesbentexte aus Schweden

KRUSENSTJERNA, Agnes von, "Fröknerne von Pahlen", Romanzyklus in 7 Bänden, erschienen in den 30-er Jahren, z.Zt. ist nur der 4. Band erhältlich, Albert Bonniers Forlag Stockholm

Lesbentexte aus den USA und Großbritannien

ABBOTT, Sidney und LOVE, Barbara: „Sappho was a Right on Woman" (1972)
AIDOO, Ama Ata: „Our Sister Killjoy or Reflections From a Black-eyed Squint" (NOK 1979)
ALDRIDGE, Sarah: „The Latecomer" (Naiad Press 1974), „Tottie" (1975), „Cytherea's Breath" (1976), „All true Lovers" (1978)
ARNOLD, June: „Applesauce" (Daughters Inc. 1966), „The Cook and the Carpenter" (1973), „Sister Gin" (1975)
BANNON, Ann: „Odd girl out" (Arno Press 1957), „I Am A Woman" (1959), „Women in the Shadows" (1959), „Journey to a Woman" (1960)
BARNES, Djuna: „Nightwood" (New Dirs 1936)
BEAL, M. F.: „Angel Dance" (Daughters 1977)
BIRGBY, Phyllis et al.: „Amazon Expeditions. A Lesbian Feminist Anthology" (Times changes press 1973)
BOUCHER, Sandy: „Assaults and Rituals" (1975)
BOWLES, Jane: „My Sister's Hand in Mine" (Viking 1978), „Two Serious Ladies" (Virago 1943)
BRADLEY, Marion Zimmer: „The Ruins of Isis", 1978
BRITTAIN, Vera: „Radclyffe Hall: A Case of Obscenity" (AS BArnes & Co 1969)
BROWN, Rita Mae: „Rubyfruit Jungle" (Daughters 1973), „In her Day" (Daughters 1976), „Six of One" (Bantam 1978), „Plain Brown Rapper" (Diana Press 1976)
BUNCH, Charlotte and MYRON, Nancy (ed): „Lesbianism and the Women's Movement" (Diana Press 1975)
CHAMBERS, Jane: „Burning" (Jove 1978)
CLIFF, Michelle: „Claiming an Identity They taught me to Despire" (Persephone Press 1980)

CHRISTIAN, Paula: „The Edge of Twilight“ (Timely Press 1959), „This Side of Love“ (1963), „Love is where you find it“ (1961)
COLETTE: „The Pure and the Impure“ (FSG 1933)
CRAIGIN, Elisabeth: „Either ist Love“ (1937)
CRUIKSHANK, Margaret (ed): „The Lesbian Path: Women loving Women“ (Angel Press 1979)
DICKINSON, Emily: „Complete Poems“, ed. Thomas H. Johnson (Little Brown 1960), „The Riddle of Emily Dickinson“, ed. Rebecca Patterson (Cooper Sq 1951)
DYKEWOMAN, Elana: „They will know me by my Teeth“ (Megaera 1976)
FADERMAN, Lilian: „Surpassing the Love of Men“ (William Morrow and Company, Inc. 1981)
FADERMAN, Lilian and ERIKKSSON, Brigitte (ed): „Lesbian Feminism in Turn of the Century Germany“ (Naiad Press 1980)
FREDERICS, Diana: „Diana: A strange Autobiography“ (Arno 1939)

GALANA, Laurel and COVINA, Gina: „The new Lesbians“ (Moon 1977)
GRIER, Barbara and REID, Colette: „Lesbian Lives, Biographies of Women from the Ladder“ (Naiad Press), „The Lesbians Home Journal, Stories form the Ladder“ (Diana Press 1976), „The Lavender Herring: Lesbian Essays from the Ladder“ (Diana Press 1976)
GUY, Rosa: „Ruby“ (Bantam 1976)
HALL, Radclyffe: „The Well of Loneliness“ (1928), „The Life of Radclyffe Hall“, Una, Lady Troubridge (Arno 1961), „A Case of Obscenity“, Vera Brittain (AS Barnes 1968)
HARRIS, Bertha: „Confessions of Cherubino“ (Daughters 1972), „Lover“ (Daughters 1976)
HAUTZIG, Deborah: „Hey, Dollface“ (Morrow 1978)
HILLER, Cathy: „An Old Friend from High School“ (Pocket 1978)
ISABELL, Sharon: „Yesterday's Lessons“ (Women's Press 1974)
JEB: „Eye to Eye, Portraits of Lesbians (Naiad Press 1979)

JONSTON, Jill: „Lesbian nation: A Feminist Solution“ (Simon and Schuster 1973)
JONES, Sonya: „The Legacy“ (Vanity 1976)
KLAICH, Dolores: „Women and Women: Attitudes towards Lesbianism“ (Morrow 1974)
LABIAFLOWERS (ehemals CUNT COLORING BOOK), von CORINNE, Tee (Naiad Press 1981)
LEDUC, Violette: „La Batarde“ (Panther 1965)
LOX, Ginger: „Berrigan“ (Naiad 1978)
MALLET, Françoise: „The Illusionist“ (Arno 1952)
MARIE, Linda: „I must not Rock“ (Daughters 1977)
MARTIN, Del and LYON, Phyllis: „Lesbian/Women“ (Bantam 1972)
MILLER, Isabel: „Patience and Sarah“ (McGraw 1969)
MILLETT, Kate: „Sita“ (Ballantine 1976)
MORGAN, Claire: „The Price of Salt“ (Arno 1952)
NACHMAN, Elana: „Riverfinger Women“ (Daughters 1974)
O'DONNELL, Marry, POLLOK, Kater, LEOFFLER, Val, SAUNDERS, Ziesel: „Lesbian Health Matters“ (Santa Crux Womens Health Collective 1979)
OLIVIA: „Olivia“ (Arno 1949)
PASS, Gail: „Zoe's Book“ (Avon 1976)
PIERCY, Marge: „The High Cost of Living“ (Fawcett 1978)
RENAULT, Mary: „The Middle Mist“ (PopLib 1945)
RULE, Jane: „The Desert of the Heart“ (Talon 1964), „Against the Season“ (Manor 1971), „Theme for Diverse Instruments“ (Talon 1976), „The Young in One Another's Arms“ (Totem 1977), „Lesbian Images“ (Double Day, Pocket Books 1975), „Outlander“ (Naiad 1981)
SARTON, May: „The Small Room“ (Norton 1961), „Mrs. Stevens Hears the Mermaids Singing“ (Norton 1965)
SCOPPETTONE, Sandra: „Happy Endings are all Alike“ (Dell)
SECREST, Meryle: „Between me and Live: A Biographie of Romaine Brooks“ (Double Day 1974)
SIMON, Linda: „The Biography of Alice B. Toklas“ (Double Day, Avon 1977)
SIMPSON, Ruth: „From the Closetts to the Courts“ (Penguin)

SHOCKLEY, Ann.: „Loving Her“ (Avon 1974)
STANLEY, Julia and WOLFE, Susan J. (ed.): „The Coming Out Stories“ (Persephone Press 1980)
STEIN, Gertrude: „Fernhurst, Q.E.D. & other Early Writings, 1903–1905“ (Norton), „The Autobiography of Alice B. Toklas“ (Vintage 1932), „Gertrude Stein: A Composite Portrait“, ed. Linda Simon (Avon 1974)
SUYIN, Han: „Winter Love“ (Panther 1962)
TAYLOR, Valerie: „Love Image“ (Naiad 1977)
TEY, Josephine: „Miss Pym Disposes“ (Berkley 1947), „To Love and Be Wise“ (Berkley 1950)
TODER, Nancy: „Choices“ (Persephone Press 1979)
TOKLAS: „Staying on Alone“ (Vintage 1973), „The Biography of Alice B. Toklas“ by Linda Simon (Avon 1977)
VAN DEURS, Kady: „The Note Books that Emma gave me: The Autobiographie of a Lesbian“
VIDA, Ginny (ed): „Our Right to Love: A Lesbian Resource Book“ (Prentice Hall 1978)
VIVIEN, Renée: „A Woman Appeared to me“ (Naiad 1904)
WELLS, Anna Mary: „Ms. Marks and Ms. Woolley“ (Houghton Mifflin 1978)
WEIRAUCH, Anna Elisabet: „The Scorpion“ (Arno 1932), „The Outcast“ (Arno 1933)
WILHELM, Gale: „We Too are Drifting“ (Arno 1935), Torchlight to Valhalla“ (Arno 1938)
WINSLOE, Christa: „The Child Manuela“ (Arno 1933)
WITTIG, Monique: „Les Guérillères“ (Avon 1969), „The Lesbian Body“ (Avon 1973), „Lesbian Peoples: Material For a Dictionary (Brouillon pour un dictionnaire des amantes) (Avon 1976)
WOMEN CHAIR COLLECTIVE: „Country Lesbians“ (1976)
YANTRAS OF WOMANLOVE (book of erotica) von CORINNE, Tee (erscheint bei Naiad Press Oktober 1981)
YOUNG, Donna J.: „Retreat: As it Was“ (Naiad 1979)

Lesbengedichte

BISSERT, Ellen Marie. The Immaculate Conception of the blessed Virgin Dyke, 1977. 13th Moon
BLUE, Shelley. The fourteenth witch, 1977. Persephone
BROWN, Rita Mae. The hand that cradles the rock, 1974, Songs to a handsome woman, 1973
DOUGLAS, Carol Anne. Loving women is dangerous, 1977, Jo March
FOSTER, Jeannette & Valerie Taylor. Two women, 1976. Womanpress
GIDLOW, Elsa. Sapphic songs:Seventeen to seventy, 1976. Diana.
GRAHN, Judy. She who, 1977. Diana,
Edward the Dyke and other poems, 1971. Wom Press Coll
GREENSPAN, Judy. To Lesbians everywhere, 1976 Violet
GRIFFIN, Susan. Like the iris of an eye, 1976. Harper
LONIDIER, Lynn. A lesbian estate, 1977. Man Root
LORDE, Audre. The black unicorn, 1978. Norton,
the New York head shop and museum, 1976
LOWELL, Amy. The complete poetical works. Houghton Mifflin,
Amy, by Jean Gould, 1975.Dodd
RICH, Adrienne. Dream of a common language, 1978. Norton
SHELLEY, Martha. Crossing the DMZ, 1974. Wom Pr Coll
VIVIEN, Renee. At the sweet hour of hand in hand, 1979. Naiad,
The muse of the violets, 1977. Naiad
WATERS, Chocolate. Take me like a photograph
WINANT, Fran. Dyke jacket, 1976. Violet.

Anthologien

LESBIAN POETRY, An Anthology. (ed.) Elly Bulkin, Joan Larkin, 1981, Persephone Press

Bibliografien:

FOSTER, Jeanette H.: „Sex variant Women in Literature: Historical and quantitative survey, 1975 Diana Press
DAMON, Gene and WATSON, Jane and JORDAN, Robin (eds) „The lesbian in Literature“ Naiad Press, 1975
KUDA, Marie J. (ed): „Women loving Women“, Woman Press, 1974
GRIER, Barbara (ed): „Lesbiana: Book reviews from the Ladder“. Naiad Press 1976

Lesben-Zeitschriften

DEUTSCHLAND
Lesbenpresse, herausgegeben vom Lesbischen Aktionszentrum, Katzlerstraße 19, 1000 Berlin 62
UKZ, Unsere Kleine Zeitung, Herausgegeben von der Gruppe L 74, Bruchsaler Straße 4, 1000 Berlin 31
Lesbenstich, Jo Lindenberg, Im Bachele 72-74, 5300 Bonn

BELGIEN
GAY, Zeitschrift für homosexuelle Frauen und Männer, 164e avenue Louise, 1050 Brüssel

DÄNEMARK
Lavendelexpressen – Lesbenzeitung, die sporadisch erscheint, Lesbische Nummern der beiden frauenpolitischen Zeitungen „Kjerring Rao und Sirene“, Nr.3/1977, Nr.4/1977,
Fritt Fram DNF 48s offizielle Zeitung
Lövetann (teilweise lesbischen Inhalt)

ENGLAND
SAPPHO, lesbisch/feministische Zeitschrift, The Basement, 20 Dorset Square, London, Tel. (01) 7 24 36 36

FRANKREICH
„Désormais“, erscheint z.Zt. nicht, Kontakt über „Librairie des Femmes“, Rue de Seine, F 75006 Paris,
„Quand les Femmes S’Aiment“, hrg. von der Groupe de Les-

biennes, Centre de Femme, B.P. 107, F 69202 Lyon Cedex 1, „Masques“, Revue de Homosexualités, 1/4jährlich (enthält zahlreiche Texte von Lesben)

ITALIEN
quotidiano donna, Via Governo Vecchio 39, Rom, (feministische Tageszeitung mit Lesbenteil),
effe, Piazza Campo Marzio 7, Rom, (feministische Zeitschrift mit Lesbeninformation, erscheint monatl.)

SCHWEIZ
Lesbenfront c/o Frauenbewegung Zürich, Mattengasse 27, 8005 Zürich/Schweiz

SPANIEN
“Dones en Iluita“, Casa de la dona, Cardenal Casanya 5, Calle Principal, Barcelona (feministische Zeitschrift mit Lesbeninformation)

USA
ATLANTA (earlier: ALFA Newsletter). No.1. Sept. 1973, monatlich. Atlanta Lesbian Feminist Alliance, P.O.Box. 5502, Atlanta, GA 30307
AMAZON SPIRIT (No.1., Jan/Feb 1978-. Montana Amazons Unlimited, P.O.Box 523, Helena, MT 59601
AUSTINDYKE. Vo. 1:1, 1979-. PO Box 3374, Austin, TX 78764
AZALEA: A Magazine for Third World Lesbians. Vol.1:1, Winter 1977/78-. c/o Linda Brown, 314 East 91 St., Apt. 5E, New York, NY 10028
BLN NEWSLETTER. No. 1, Nov. 1978-Boulder Lesbian Network Newsletter, PO Box 4912, Boulder, CO 80306
CHANGES. 1977?-. PO Box 1441, Winter Park, FL 32790
COGS:Coalition of Gay Sisters Newsletter. No.1.19?, COGS PO Box 222, Columbia, MD 21045
CONDITIONS: A Magazine of Writing by Women with an Emphasis on Writings by Lesbians. Vol. 1:1, 1977-., PO Box 56, Van Brunt Station, Brooklyn, NY 11215

DINAH, 1976?-.L.A.B., P.O. Box 1485, Cincinnati, OH 45201

DONT: Dykes Opposed to Nuclear Technology Newsletter. 1979?-. c/o Womens Center, 243 W. 20th St. New York, NY 10011

DYKE DIANNIC WICCA. 1980 in Vorbereitung, c/o Artemis, Box 1394, 2000 Center St., Berkeley, CA 94704

FEMINARY: A Feminist Journal for the South. PO Box 954, Chapel Hill, NC 27514

FOCUS: A Journal for Lesbians. Vol. 1:1, Dec. 1969- zweimonatl. Boston, Daughters of Bilitis, 1151 Massachusetts Ave., Cambridge,MA 02138

GREEN MOUNTAIN DYKES. Vol.1:1, Mai 1980-.PO Box 426, Bennington, VT 05201

KLONDYKE KONTACT, Vol. 1:1, Nov. 1976-. zweimonatl. PO Box 1173, Anchorage, AK 99510

LARC: Newsletter of the Lesbian Alumnae of Radcliffe College. No. 1, Spring 1980, c/o Peggy Anderson, RFD 3, Box 110, Putney, VT 05346

THE LAVENDER EXPRESS: New Jersey's Lesbian Journal. Vol 1:1, April 1978-monatl. PO Box 218, Kearny, NJ 07032

LAVENDER PRAIRIE NEWS. Vol.1:1, Dec. 1976 monatl. PO Box 2096, Station A, Champaign, IL 61820

THE LEAPING LESBIAN.Vol.1:1, Jan. 1977-zweimonatl. PO Box 7715, Ann Arbor, MI 48107

LESBE' INFORMED. 1974?-montl. c/o Lesbian Resource Center, 2104 Stevens Ave. So., Minneapolis, MN 55407

LESBIAN CENTER NEWS. 1975 monatl. Ambitious Amazons, PO Box 811, E. Lansing, MI 48823

LESBIAN COMMUNITY CENTER NEWSLETTER. Vol.1:1, Sept. 1979-. c/o Lesbian Community Center, 3435 N. Sheffield, Chicago, IL 60657

LESBIAN CONNECTION. Vol.1:1, Nov. 1974-. Helen Diner Memorial Women's Center/Ambitious Amazons, PO Box 811, E. Lansing, MI 48823

THE LESBIAN FEMINIST. Vol. 1:1, Aug. 1973-. c/o Lesbian Feminist Liberation, 243 W. 20th St., New York, NY 10011

LESBIAN FEMINIST FLYER. 1976?-. PO Box 7216, Richmond, VA 23221

LESBIAN FEMINIST ORGANIZING COMMITTEE NEWSLETTER. No.1, Sept. 1979-. 2104 Stevens Ave. So., Minneapolis, MN 55404

LESBIAN HERSTORY ARCHIVES NEWSLETTER. No.1, June 1975-. PO Box 1258, New York, NY 10116

THE LESBIAN INSIDER/INSIGHTER/INCITER. in Vorbereitung, 1980. 2104 Stevens Ave. So., Minneapolis MN 55404.

LESBIAN NETWORK NEWS: LSBN Newsletter (Lesbian Sisters Building a Network). Vol.1:1, Aug. 1979-. c/o Hershelf Bookstore, 2 Highland Ave., Highland Park, MI 48203

THE LESBIAN NEWS: LA's only Monthly Lesbian Publication. Vol.1:1, Aug. 1975-.BLS Enterprises, PO Box 2023, Culver City, CA 90230.

THE LESBIAN TIDE. Vol.1:1, Sept. 1971, zweimonatl. Tide Publications, 1314 S. Tremaine Ave., Los Angeles, CA 90016

LESBIAN VOICES. Vol.1:1, Winter 1974-vierteljährl. c/o Ms. Atlas Press, 330 S. 3rd St. Suite B, San Jose, CA 95112

LESBIANS OF COLOR QUARTERLY. Vol.1:1, 1979-. PO Box 4049, Seattle, WA 98122

LESBIANS RISING. 1976?-. Hunter College, 695 Park Ave., Room 245, New York NY 10021

MAINE LESBIAN FEMINIST NEWSLETTER. 1979?-. PO Box 125, Belfast, ME 04915 not in collection

MATRICES: A Lesbian Feminist Research Newsletter. Vol.1:1/2 Winter 1977/78-Frühjahr. Julia Penelope (Stanley), University of Nebraska, Dept. of English, Lincoln, NE 68588

MATRIX: Olympia's Feminist/Lesbian Magazine. No.1, 1979?- PO Box 7221, Olympia, WA 98507

MOM'S APPLE PIE: Lesbian Mothers National Defense Fund. No.1, Nov. 1974-monatl., 2446 Lorentz Place West, Seattle, WA 98109

MOONSTORM: Lesbian Feminist Newsletter for Women. Vol.1:1, Aug. 1973 monatl. PO Box 4201, Tower Grove Station, St. Louis, Mo 63118

N.H.LAMBDA: A Lesbian Organization Newsletter. No.1,

1976. PO Box 1043, Concord, NH 03301
NLFO NEWS: The Publication of the National Lesbian Feminist Organization. Vol.1:1, Mai/Juni 1978-. c/o 1314 Tremaine Ave., Los Angeles, CA 90019

THE OTHER SIDE: Newsletter of the organization The Other Side. Vol. 1:1, 1974?-monatl., PO Box 132, San Rafael, CA 94902
OUT AND ABOUT: Seattle Lesbian/Feminist Newsletter. Vol.1:1, May 1976-monatl. Suite B, 105 14th Ave., Seattle, WA 98122
PART OF THE PROCESS. PO Box 6563, Providence, RI 02940
PUCE MONGOOSE. Vol.1:1, Sept. 1971-. United Sisters, PO 41, Garwood, NJ 07027
SHE. No.1, 1979?-. PO Box 2245, Carol City Branch, Opa Locka, FL 33055
SINISTER WISDOM. No.1, Juli 1976-, PO Box 30541, Lincoln, NE 68503 vierteljährl.
SISTERS UNITED: A Lesbian/Feminist Magazine. Vol.1:1. Sept/Okt. 1979-zweimonatl., Woman Prints Enterprises, 118 West Sparks St., Galena, KS 66739
SOUTHERN CALIFORNIA WOMEN for Understanding Newsletter. Vol. 1:1, 1976-zweimonatlich. 13033 Ventura Boulevard, Suite L, Studio City, CA 91604
THIRD WORLD WOMEN'S GAY-ZETTE: Salsa-Soul sister. Vol. 1:1, Sept 1976-. PO Box 1119, Peter Stuyvesant Station, New York, NY 1000
THURSDAY'S CHILD: San Diego Lesbian Organization Newsletter. Vol. 1:1, May 1978- montl.
THE WISHING WELL. No. 1, Jan. 1976-. PO BOX 664, Novato, CA 94947

Schallplatten

AC/DC Blues: Gay Jazz Reissues, 1920 – 1930, Vols. 1 and 2.
ADAM, Margie:„Songwriter". Pleiades 1976
„Alive!". Urana 1979.
AVEDIS, Sirani: „Tattoos". Terrapin 1979
BABA YAGA: „On the edge".Bloodleaf 1978
BE BE K'ROCHE. Olivia 1976
BERKELEY WOMEN'S MUSIC COLLECTIVE.Berkeley women's music collective, Windbag 1976,
„Tryin' to survive". Windbag 1979
CHRISTIAN, Meg: „I know you know". Olivia 1974,
Face the music. Olivia 1977
CLEMMENS, Ginni: „I'm lookin' for some longtime friends". Open Door 1976
CULVER, Casse: „Three gypsies". Urana 1976,
„Wise women". Urana Records
DOBKIN, Alix: „Living with lesbians". Women's Wax Works 1975,
„Lavender Jane loves women",
„Alix",
EDELL, Therese: „From women's faces". Sea Friends 1978
ETZLER, Carole: „Sometimes I wish". Sisters Unltd 1976,
„Womanriver flowing on". Sisters Unltd 1978
FELDMAN, Maxine: „Closet sale". Galaxia 1979
FIRE, Kathy: „Songs of fire". Folkways 1978
FLOWER, Robin: „More than friends", Spaniel Records,
FLYING LESBIANS, 1975
GARDNER, Kay: „Mooncircles". Urana 1975,
Emerging. Urana 1978,
„A Rainbow Path", erscheint im Herbst 81)
GAY SWEATSHOP: „I like me like this". Cutting Records, 1979
HILDERLEY, Jeriann (Jeritree). „House of many Colors". Sea Wave, 1978
IZQUIERDA ENSEMBLE: „Quiet thunder". Riverbear, 1979.,
„Jade and Sarsaparilla." Submauren, 1976

JAECKEL, Monika und BAUERMEISTER, Barbara: „Witch is Witch", Come out, 1979
KAPLOWITZ, Betty: „Out and about". Boof Bray, 1977
LAVENDER JANE LOVES WOMAN. Projekt No. 1 1975. Alix Dobkin, Kay Gardner & Patches Attom
LESBIAN CONCENTRATE. Olivia 1977. A "lesbianthology"
LILITH. Boston Ride. Galaxia 1978
MELKWEGFESTIVAL, Live-Mitschnitte vom vorläufig letzten Melkwegfestival 1979 mit Alix Dobkin, Witch is Witch, OVA, Sharon Landau u.a. Milkyway
NEAR, Holly: „Imagine my surprise". Redwood, 1978,
„Fire in the rain". Redwood Records
NEW HARMONY SISTERHOOD BAND: „And ain't I a woman?" Paredon
NEW HAVEN & CHICAGO WOMEN'S Liberation Rock Bands: „Mountain moving day". Rounder 1972
NUGENT, Trish: „Foxglove woman", Schnarf 1977
„Return of the great mother". Ars Pro Fem, 1977
TYLER, Robin: „Always a bridesmaid, never a groom". Olivia 1979
SHEAR, Linda: „A lesbian portrait", Old Lady Blue Jeans
SIMMONS, Woody: „Oregon Mountains". Deep River,
„Woody Simmons", Deep River Records,
Sweet Honey in the Rock, „B'Lieve I'll run on. . . " Redwood 1978
TILLERY, Linda. Olivia 1978
TRULL, Teresa: „The way a woman can be". Olivia 1977,
„Let it be known". Olivia
TYSON, Wilie: „Full count". Lima Bean, 1974,
„Debutante". Urana, 1977
WATKINS, Mary: „Something moving". Olivia, 1978
WILLIAMSON Cris: „The changer and the changed". Olivia, 1975,
„Live dream". Olivia, 1978,
„Strange Paradise"

Liederbücher

ALL OUR LIVES: A WOMANS SONGBOOK. Joyce Cheney, Marcia Deihl & Deborah Silverstein, eds., 1976. Diana

ADAM, Margie: Margie Adam. Songwriter, 1977

CAROL, Chris: Amazon Baby, 1977. Portland, Ore.

CHRISTIAN, Meg: I know you know: A songbook and scrapbook of the album, 1975. Olivia

CULVER, Casse: Casse Culver Songbook, 1977, Sweet Alliance

DOBKIN, Alix: Alix Dobkin's adventures in women's music, 1979. Tomato

GAYLE, Marilyn: Dyke Music, 1977. Godiva

MOUNTAINGROVE, Ruth: Turned-on woman's songbook, 1975. New Wom Press

WILLIAMSON, Chris. The changer and the changed. A songbook of the album, 1976. Olivia.

Kassetten

WILLIAMSON, Chris: The changer and the changed,
Strange Paradise

ADAM, Margie: Songwriter,
Naked keys

NEAR, Holly: Imagine my surprise

CHRISTIAN, Meg: I know you know,
Face the music

TRULL, Teresa: Let it be known

GARDNER, Kay: Moods & Rituals

OVA

Sämtliche Schallplatten, Liederbücher und Kassetten können bestellt werden über: Troubadisc Frauenmusik-Vertrieb, Arcisstr. 62, 8 München 40

Lesbenzentren und -gruppen in der BRD und Westberlin

AACHEN:
Frauenzentrum Burtscheiderstr. 5, Tel. (0241) 3 55 19

BERLIN:
LAZ, Katzlerstr. 19, Kontakt-Tel. (030) 2 15 58 10 (Beate),

Arbeitskreis lesbischer Lehrerinnen
Christiane von Lengerke, Odenwaldstr. 4, 1 Berlin 41

Lesbische Schülerinnengruppe
Kontakt: Mario Gigoleit, Kulmer Str. 16, 1 Berlin 30

Gruppe L74 Berlin, Bruchsaler Str. 4, 1 Berlin 31 (rechts Gartenhaus, 2 Treppen)

Frauenzentrum Stresemannstr. 40, Tel. (030) 2 51 09 12

BIELEFELD:

Frauenzentrum, Budderstr. 15

BOCHUM:

Frauenzentrum, Schmidtstr. 12, Tel. (0234) 1 91 94,
Lesbenzentrum, Goldhammerstr. 36

BONN:

Frauenforum, Endenicherstr. 51, Tel. 63 00 39,
Lesbenabend in Lila Backstube, Wolfstr. 30, bei Nora-Frauenbuchladen

BRAUNSCHWEIG:

Frauenzentrum, Petritorwall 1, Tel. (0531) 4 35 64

BREMEN:

Frauenzentrum, Alexanderstr. 9/10

BREMERHAVEN:

Offene Frauengruppe im Frauenladen „Bürger" 151, Tel. (0471) 8 71 06

DARMSTADT:

Frauenzentrum, Lautenschlägerstr. 42/44, Tel. 7 96 95

DORTMUND:

Frauenzentrum, Mallnickrodtstr. 31, Tel. (0231) 81 06 06

DÜREN:

Frauengruppe, c/o Helene Robrock, Eb.-Hoesch-Str. 122

DÜSSELDORF:

Lesben- u. Schwulengruppe, Kontakt-Telefon (0211) 76 40 78
Frauenzentrum, Erkraterstr. 265, Tel. 78 38 29

DUISBURG:

Frauenzentrum Hochfeld, Walzenstr. 20, Tel. (0203) 66 02 21

ESSEN:

Lesbentreff jed. Di. 20 h in der Kneipe Regenbogen, Segorothstr. 4300 Essen 1,

Lesbengruppe in der Homosex. Initiative, Vereinsstr. 11, Glaspavillion, Postfach 101 530,
Frauenzentrum, Fronhauserstr. 271
ESSLINGEN:
Frauenzentrum, Blarerplatz 4
FLENSBURG:
Frauenzentrum, Hafermarkt 10
FRANKFURT:
Frauenzentrum, Eckenheimer Landstr. 72, Tel. (0611)59 62 19,
-BOCKENHEIM: Frauenzentrum, Landgrafenstr. 13, Tel. 77 82 88
„Lesbische Lehrerinnen"-Gruppe
Kontakt über:
Frankfurter Frauenzentrum, Eckenheimer Landstr. 72, Tel. (06 11) 59 62 18
FREIBURG:
Frauenzentrum, Luisenstr. 5 (Hinterhaus)
GIESSEN:
Frauenzentrum, Ludwigstr. 44
GÖTTINGEN:
Frauenzentrum, Kurze Geismarstr. 20
HAGEN:
Frauenladen, Märkischer Ring 94, Tel. 2 81 51
HAMBURG:
Lesbengruppe in der Frauenkneipe, Stresemannstr. 60, Freitag 20 Uhr,
LENE-Lesbennest, Kontakt Silke, Tel. 6 56 37 21 od. Dagmar, 4 39 89 06,
Homosexuelle Frauen Alternative, Mo. 19.30 Uhr in der ESG, Martin-Luther-King-Haus, Raum 205, Grindelallee 9
HAMM:
Frauenzentrum, Grünstr. 40
HANNOVER:
Frauenzentrum, Nieschlagstr. 26, Tel. 47 18 81
HEIDELBERG:
Frauenzentrum, Lenaustr. 14,
Lesbenzentrum, Friedrich-Ebert-Anlage 9

HILDESHEIM:
Frauenzentrum, Marienborner Str. 144
KARLSRUHE:
Frauenzentrum, Schützenstr. 47
KASSEL:
Frauenzentrum, Goethestr. 44
KIEL:
Frauenzentrum, Gneisenaustr. 44, Tel. 80 23 61
LÜBECK:
Frauenzentrum in der „Alternative„, Hüsestr.
MAINZ:
Lesbengruppe im Frauenzentrum, Goethestr. 38, Tel. (06131) 6 36 76

MÜNCHEN:
Frauenzentrum, Gabelsberger Str. 66, Tel. 52 83 11,
Frauenforum, Adlzreiterstr. 27, Tel. 76 83 90,
Frauentreffpunkt Neuperlach, Oskar-Maria-Graf-Ring 20, Tel. 6 70 64 63
MÜNSTER:
Homosexuelle Frauen Münster (HFM), Sophienstr. 16
NÜRNBERG:
Lesbentreff jed. ersten Do im Monat ab 19 h offener Abend,
Frauenzentrum, Regensburger Str. 41, Tel. 46 50 60,
Lesbengruppe jed. Do 19 h im Frauenbuchladen, Kleinreuther Weg 28

OFFENBACH AM MAIN:
Frauenzentrum, Feldstr. 71, Tel. 85 00 06
OSNABRÜCK:
Lesbentreff, Frauenzentrum, Katharinenstr. 103, (Kontakt Verena (0541) 1 64 47
REGENSBURG:
Frauenzentrum, Tändlergasse 7, Tel. 56 26 09
REUTLINGEN:
Frauenzentrum, Lederstr. 86, Tel. 3 31 30
SAARBRÜCKEN:
Frauenladen, Cecilienstr. 29, Tel. 39 85 93

STUTTGART:
Frauenzentrum, Kernerstr. 31
TRIER:
Frauengruppe, Eberhardtstr. 26, Kontakt-Tel. 3 88 14
TÜBINGEN:
Frauenzentrum, Haaggasse 34

Lesbenbars, -Restaurants und -Cafés

BERLIN:
„Die Zwei", Martin-Lutherstr./Ecke Motzstr., Tel. (030) 24 54 49,
La Picola, Frauenlokal, 1 Berlin 30, Motzstr. 25, Tel. 2 13 85 80,
Madame, Frauenlokal, Graefestr. 93, 1 Berlin 36,
Pour elle, Kalckreuthstr. 10,
Café Winterfeld, Winterfeldstr. 37, 1 Berlin 30,
Paramount, Bar – Restaurant – Dancing, Hauptstr. 120, 1 Berlin 62, Tel. 7 84 70 61,
Orlanda, Frauenkneipe, Lausitzer Str. 25, 1 Berlin 36, Tel. (030) 6 12 76 03,
Atlanta, Wiener Str. 7, 1 Berlin 36
BREMEN:
Sa. Bar im „Hotel außer der Schleifmühle",
Mi. Hungaria Bar, Humboldtstr.
BIELEFELD:
Madam, Friedrich-Ebert-Str. 16
BREMEN:
„Fifty-Fifty", – Ritterstr. 21
DÜSSELDORF:
Magiloo, Nähe Ratinger Tor,
Valentino, Bahnstr. 63, Tel. 36 29 59
ESSEN:
Weuenschenke, 43 Essen - Altendorf, Weuenstraße, Tel. 64 06 15
FRANKFURT:
Rose Rouge, Mainluststr. 17, Tel. 23 25 20,
Vis a Vis, Reuterweg/Ecke Wolfgangstr.,

La Gata Club, Seehofstr. 3, Tel. 61 45 8 ,
Lady's, Gelbe Hirschstr. 8, Tel. 28 36 50,
Katakombe, Fichardstr. 62, Tel. 55 99 74
HAMBURG:
Ikastuben, Budapesterstr. 68, Tel. 31 09 08,
Camelot, Hamburger Berg 13, Tel. 31 41 64,
Frauenkneipe, Stresemannstr. 60, Tel. (040) 43 63 77,
HANNOVER:
Club Freundin, Hahnenstr. 3, Tel. 71 97 34
KAISERSLAUTERN:
Treffpunkt, Reichwaldstr. (Vogelwoofstr.)
KASSEL:
Dab-Klause, Schuteenstr.
KÖLN:
Shappo Klack, Severinstr., Nähe U-Bahn,
Candida, Gladbacherstr.,
Cafe Wusten, Hohe Pforte 23/27, Tel. 21 42 92,
George Sand, Marsilstein 13, Tel. 21 61 62
KREFELD:
Palette, Dionysiusstr. 40, Tel. (02151) 7 23 94
LÜBECK:
Tabasco, Fischergrube 23, Tel. 7 54 56
MÜNCHEN:
Pom Pom Rouge, Hans-Sachs-Str. 10,
Mylord, Ickstattstr. 5,
Reichenbacher Hof, Reichenbachstr. 37,
Frauenkneipe Schmellerstr. 17, 8 München 70, Tel. (089) 7 25 22 18
STUTTGART:
Sarah, Johannesstr. 13,
Crazy Alm, Katharinenstr. 11, Tel. (0711) 24 51 62
TÜBINGEN:
Frauenkneipe im Frauenzentrum, Haaggasse 34, jeden Freitag ab 20.30 Uhr

Frauenferienhäuser

Frauen-Ferienhaus, Hammer 22, 8491 Tiefenbach, Tel. (0 96 73) 4 99

Frauenhof Geroldswind, 8601 Maroldsweisach, Tel. (0 95 32) 5 72

Frauen-Ferienhaus Zülpich, Prälat-Franken-Str. 13, 5352 Zülpich-Lövenich, Tel. (0 22 52) 65 77

Frauenbuchläden in der BRD und West-Berlin

AACHEN:
Frauenbuchladen, Bergdriesch 14, 51 Aachen, Tel. (0241) 2 44 15

BERLIN:
Frauenbuchladen Labrys, Hohenstaufenstr. 64, 1 Berlin 30
Frauenbuchladen Lilith, Knesebeckstr. 86-87, 1 Berlin 12, Tel. (030) 3 12 31 02,
Frauenbuchladen Miranda, Nazarethkirchstr. 42, 1 Berlin 65, Tel. (030) 4 65 79 05

BIELEFELD:
Frauenbuchladen GmbH, Friedrichstr. 31, 4800 Bielefeld 1

BOCHUM:
Buchladen im FZ, Schmidtstr. 12, 463 Bochum, Tel. (0234) 1 91 94

BONN:
Nora Frauenbuchladen, Bornheimer Str. 92, 53 Bonn, Tel. (02221) 65 47 67

BRAUNSCHWEIG:
Frauenbuchladen im Magniviertel GmbH, Magnikirchstr. 4, 33 Braunschweig, Tel. (0531) 4 07 44

BREMEN:
Frauenbuchladen, Friesenstr. 12, 28 Bremen, Tel. (0421) 7 41 40

BREMERHAVEN:
Renate Stenzels Lädchen, Rickmersstr. 17, 285 Bremerhaven, Tel. (0471) 5 41 71

DÜREN:
Baba Jaga e.V., Frauenbuchladen, Krämergasse 29, 516 Düren
DÜSSELDORF:
Frauen-Bücher-Zimmer, Duisburgerstr. 50, 4 Düsseldorf 30, Tel. (0211) 46 44 05
FRANKFURT:
Frauenbuchladen, Kiesstr. 27, 6 Frankfurt/M., Tel. (0611) 70 52 95
FREIBURG:
Frauenbuchladen, Brombergstr. 23, 78 Freiburg, Tel. (0761) 7 81 50
GÖTTINGEN:
Frauen- u. Kinderbuchladen,Burgstr. 3, 34 Göttingen, Tel. (0551) 4 73 17
HAMBURG:
Frauenbuchladen, Bismarckstr. 98, 2 Hamburg 20, Tel. (040) 4 91 47 48
HANNOVER:
Annabee Frauenbuchladen, Hartwigstr. 7, 3 Hannover, Tel. (0511) 32 40 24
HEIDELBERG:
Frauenbuchladen, Friedrich-Ebert-Anlage 51 b, 69 Heidelberg, Tel. (06221) 2 22 01
KARLSRUHE:
Johanna mit Teepott, Viktoriastr. 9, 75 Karlsruhe 1, Tel. (0721) 2 54 46
KÖLN:
Frauenbuchladen, Moltkestr. 66/Ecke Lütticherstr., 5 Köln 1, Tel. (0221) 52 31 20
LÜNEBURG:
Hexenhaus Buchladen und Cafe, Obere Schrangenstraße, 2120 Lüneburg
MANNHEIM:
Frauenbuchladen Xanthippe, T 3, 4 68 Mannheim, Tel. (0621) 2 16 63
MARBURG:
Frauenbuchladen-Kollektiv, Weidenhäuserstr. 70, 3550 Marburg, Tel. (0621) 1 21 85

MINDEN:
Frauenbuchladen trotz alledem, Stiftstr. 54, 495 Minden, Tel. (0571) 2 79 77
MÜNCHEN:
Lillemor's Frauenbuchladen, Arcisstr. 57, 8 München 40, Tel. (089) 3 78 12 05
MÜNSTER:
Frauenbuchladen, Sophienstr. 14-16, 44 Münster, Tel. (0251) 39 28 84
NÜRNBERG:
Frauenbuchladen, Kleinreutherweg 28, 85 Nürnberg
STUTTGART:
Lavender-Frauenbuchladen, Seyffertstr. 94, 7 Stuttgart 1
TÜBINGEN:
Thalestris Frauenbuchladen, Bursagasse 2, 74 Tübingen, Tel. (07071) 2 65 90
WIESBADEN:
Frauenbuchladen, Luxemburgstr. 2, Postfach 5266, 62 Wiesbaden, Tel. (06121) 37 15 15
WUPPERTAL:
Dröppel(fe)mina, Buchladen und Kaffeestübchen für Frauen, Am Brögel 1, 56 Wuppertal 2

Buch- und Schallplattenvertriebe

Frauenbuchvertrieb Berlin
Mehringdamm 34, 1 Berlin 61, Tel. (0 30) 2 51 16 66

Frauenliteratur-Vertrieb
c/o Hermine Fees, Haeberling Str. 4, 6 Frankfurt 50, Tel. (06 11) 51 61 61

Frauenbuchversand Sappho
Postfach 5266, Luxemburgerstr. 2, 6200 Wiesbaden, Tel. (0 61 21) 37 15 15

Troubadisc Frauenmusik-Vertrieb
Arcisstr. 62, 8 München 40

Sonstiges

Erste audiovisuelle Show für Frauen
„In the beginning of the end“ a voyage of women becoming
eine Video-Collage mit Film- und Toneffekten auf Englisch von Renate Stendhal und Maj Skadegaard
Diese Show ist eine einstündige Traumreise mit lyrisch ironischen Texten, viel Symbolismus und technischer Präzision.
Kontaktadresse: Renate Stendhal, 34, Rue du Cotentin, 75015 Paris, France

Lesbenrevue „Unterste Stufe“
aus Essen, Kontaktadresse: Ulrike Kaiser, Weuenstr. 22, 43 Essen 1, Tel. 62 68 26

Berliner Frauenrockband „Außerhalb“,
Kontaktadresse: Margaret Diehl, Fregestr. 65, 1 Berlin 41, Tel. (0 30) 8 51 45 56

Lesbenarchiv Berlin
Katzlerstr. 19, 1 Berlin 62

Herstellerinnen
(die aus Manuskripten Bücher machen):

Adele Meyer's Herstellungsbüro, Pfeilstraße 11, 5000 Köln 1, Telefon (02 21) 21 42 17 / Berlin Telefon (0 30) 7 84 91 29

grotesk gmbh, Herstellung von Druckwerken
Gabrielle Pfaff und Barbara Rumpf, Barbarossastr. 3, 1 Berlin 30, Tel. (0 30) 2 16 47 24

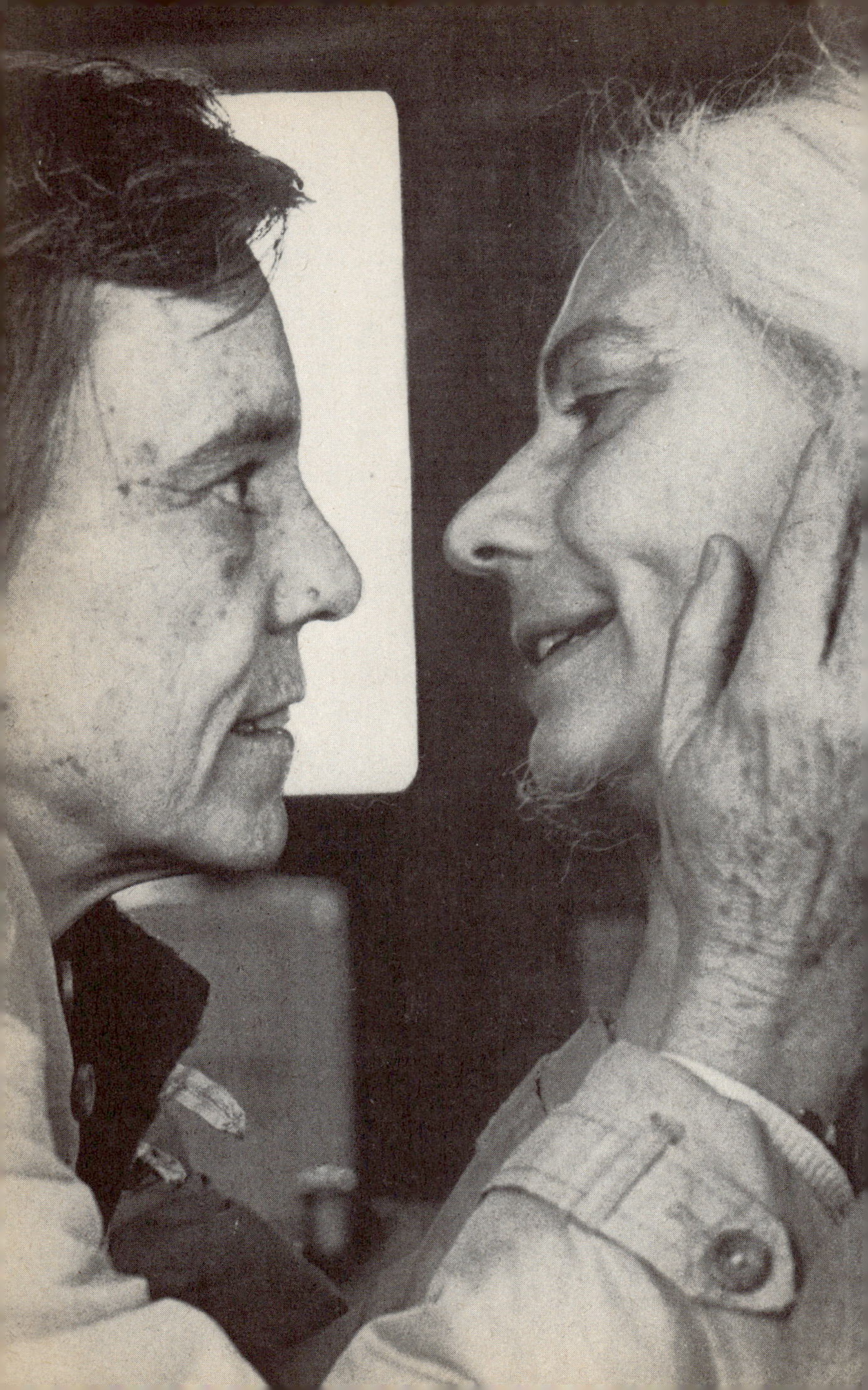

Lesbenzentren und -gruppen (Ausland)

Belgien

ANTWERPEN:
Frauencafé, Ambtmanstr. 7
lesbisches Frauencafe Chatterbox, Vrijdagmarkt 5, Tel. (031) 33 52 01
BRÜSSEL:
Frauenbuchladen, La Rabouilleuse, 221 chaussée d'Ixelles, Tel. 6 48 43 18
Frauenbuchladen DULLE GRIET, Duquesnoystraat 10, Tel. (02) 5 12 57 74
Buchladen GAY, Avenue Louise 164E, Tel. 6 49 40 56
Restaurant für Frauen – 29 Rue Blanche, Tel. (02) 5 39 27 44
Bar „The Black Swan", 8, Predicheerenstraat, Tel. (02) 5 11 77 49
DENDERMONDE:
Frauencafe, Sint Goldschildstraat, 9330 Dendermonde
GENT:
Frauencafe EMMA Stapeluis Fr. Ackermanstr. 24
LÜTTICH:
Restaurant für Frauen-Cafe des femmes, 8 Rue Nagelmackers 8, Tel. (041) 23 71 33
OOSTENDE:
Frauencafe, E. Bernaertstr. 40
VZW Frauenhaus Frauencafé, Sint Paulusstraat 6

Dänemark

AARHUS:
Frauenzentrum, Kvindahuset, Norregade 6, 8000-C (Lesbengruppen)
KOPENHAGEN:
Lesbisk Bevaegelse in the Women's House, Tel. (01) 14 51 72, Gothersgade 37, 1123 Kopenhagen

Bar „Lille Rosenborg", Abenra 33, 1124 Kopenhagen, Tel. (01) 11 19 61
Pan Club, Nybrogade 28, Tel. 14 39 17

TONDER:
Kvindehojsitoden, 6270 Tonder (Lesbengruppen)

VISBY:
Kontaktadresse in Visby (Schule von und für Frauen)

England

BRIGHTON:
Gästehaus nur für Frauen: Dormuir Guest House, 8, Grafton Street, Tel. (02 73) 6 48 26
CORNWALL:
Gästehaus, Higher Kerris Farm, Kerris Penzance, Tel. (07 36 73) 6 71 (für homosexuelle Frauen und Männer)
LEEDS:
Lesbian nightline, Tel. 3 09 18
LONDON:
Organisation und Service: Sappho, The Basement, 20, Dorset Square, Tel. (01) 7 24 36 36
Frauenbuchladen und -café Sisterwrite Bookshop & Sisterbite (café), 190 Upper St., London NI.1., Tel. 2 26 97 82
Bar: The Gateways Club, 239 King's Road SW 3 Tel. (01) 3 52 01 18
Aztec Club, 21 Craven Hill W 2
Lesbian Line, Tel 01 837 8602
Gay Switchboard, Tel. 01 837 7324
MANCHESTER:
Gay Information Centre (061) 2 73 37 25
Lesbian Link, Tel. 061 236 6205
PRESTON:
Lesbianline, Preston 51122

Switchboards sind Telefonzentralen, die meist 24 Stunden am Tag Informationen und Beratung geben; die meisten davon sind überregional

MANCHESTER:
Lesbengruppe, Tel. (061-273) 30 64

Finnland

HELSINKI:
Seta, Kalevankatu 36 A 17, 00180, Tel. (90) 60 71 30

Frankreich

AIX-EN-PROVENCE:
Frauenbuchladen „la toile d'araignée", 24 Rue de Félibre-Gault, Tel. 27 86 99
Restaurant „l'aire elles", 1 Rue Brueys, Tel. 26 31 16
LA ROCHELLE:
Restaurant „le coquelicot", 2 Rue du Collège, Tel. 41 60 11
LILLE:
Frauenbuchladen „du coté des femmes", 21 Rue du Cirque, Tel. 51 54 88
LYON:
Frauenbuchladen, 2 Place des Célestins, 69002 Lyon, Tel. 8 37 41 96,
Restaurant „Le pourquoi pas", Rue Paul-Leblanc, 69004,
Frauenbuchladen und Teesalon „L'Asphodèle", 4 Place du Change, 69005, Tel. 8 39 03 29,
Frauencafe „L'Aquarelle", 4 Rue Sainte-Marie-des-Terreaux, 69001, Tel. 8 39 20 30,
Lesbenzentrum, 13 Rue Puits-Gaillot
MARSEILLE:
Frauenbuchladen, 35 Rue Pavillon, 13001, Tel. 33 75 18,
Restaurant „La rue elles", 11 Rue des Trois-Rois, 13006, Tel. 47 98 28,
Restaurant „Perlimpimpin", 7 Rue Poggioli, 13006, Tel. 47 48 56,
Restaurant „Lentilles", 26 Rue Edmond-Rostand, 13006
METZ:
Frauenlokal, 19 bis Rue Saint-Marcel,

Teesalon „Les amandines", 3 bis Quai P. Maréchal, Tel. 7 74 01 80

MONTPELLIER:

Bar „Phebus", Route de Palavas, Lattes, Tel. 67/73 23 78,
Frauenbuchladen „Libraire la Breche", 34, Rue de L'Universite

NANTES:

homosexuelle Frauengruppe: Marie Martin, 2 Place du Commerce

NIZZA:

Buchladen-Restaurant „l'Utopie", 8 Rue Joseph-Cadéi

NIMES:

Buchladen-Restaurant „le Papivore", 27 Rue de la Madeleine, Tel. 21 09 09

ORLEANS:

Buchladen des Temps Modernes, 57 Rue Notre Dame de Recouvrance, Tel. 87 94 35

PARIS:

Les Répondeuses (Frauentelefon), gibt 24 Stunden am Tag Auskunft, was es an Aktivitäten für Frauen in Paris gibt, Telefon 539 80 30,
Groupe des Lesbiennes Radicales dit de „Jussieu", 46 Rue de Vaugirard, 75006 Paris,
Groupe Lesbien de Paris: 34 Rue Vielle-du-Temple, 75003 Paris, Tel. 2 78 70 38,
Groupe femmes lesbiennes: 91 quai de la Gare, 75013 Paris,
Les Baragouinieuses: femmes lesbiennes de la banlieue nord, Tel. 2 57 94 13,
Frauenbuchladen „Carabosses", 58 Rue de la Roquette, 11e, Tel. 7 00 13 06,
Frauenbuchladen, 74, Rue de Seine, Tel. 2 22 02 08, F 75006 Paris,
Frauenbuchladen „Anima", 3 Rue Ravignan, 18e, Tel. 2 64 05 25,
Bar „Katmandou", Rue du Vieux Colombier 21, 75006, Tel. 5 48 12 96,
Bar „Le Champmeslé", 4 Rue Chabanais, Tel. 2 96 85 20,
Bar „Les Jeu des Dames", 11 Rue Montpensier, Tel. 7 42 45 25,

Bar „Entre Nous", 17, Rue Laferrière, 9e, Tel. 8 78 11 67,
Bar „Hellzapoppin", 14 Rue Saint-Denis, 1er, Tel. 5 08 96 25,
Barcarosses, café litteraire de Femmes: 58 Rue de la Roquette, 75011 Paris, Tel. 7 0013 06,
Le „Lieu-dit", salon de thé, lecture: 171 Rue Saint-Jacques, 75005 Paris,
Le Potiron, café-Restaurant-Expositions: 16 Rue du Roule, 75001 Paris, Tel. 2 23 35 68,
Musidora, Restaurant: 103 Rue Edouard-Vaillant, 92300 Levallois-Perret, Tel. 2 70 91 28,
„Le pieds dans le plat" Restaurant: (groupe „à l'écoute d'elles"), 29 Rue Guilleminot, 75004 Paris, Tel. 3 20 04 59,
„A la force d'Eloy", 62 Rue Greneta, 75002 Paris, Tel. 2 60 55 70

STRASSBURG:
feministischer Buchladen (Kontakt zu Lesbengruppen) La Cavern d'Aleketh, -Rue Barn Finkwiller
ST. TROPEZ:
Bar „Le Yeti", Rue Francois Sibilli,
Bar „Le Pigeonnier, 11 Rue de la Ponche, Tel. 8 39 90 60
TOULOUSE:
Frauenbuchladen/Gallerie, 9 bis Rue des Lois, Tel. 47 49 34,
Frauencafé, La Gavine, 22 Rue Armand-Bernard
VENCE:
Restaurant Bichette, Tel. (93) 58 15 14

Griechenland:

ATHEN:
Lesben in der A.K.O.E. (griechische Schwulenbefreiungsbewegung), A.K.O.E. c/o Magazine „Amphi", 6 a Zallagou st., Athen 142,
Buchladen „Massalias", 38 Sina st., Athen 135, Tel. 3 63 79 29,
Movement for the women's liberation, 39 Tsimiski st., Athen 706,
Snob-Bar, Anapiron Polemou 10

PAROS: Restaurant auf der Kykladeninsel Paros „Tria Asteria", Naoussa, Paros

Italien:

BOLOGNA:
Frauenbuchladen – Librerllula, Strada Maggiore 18 oder 23, Tel. 23 47 05/23 52 94
FLORENZ:
Frauenbuchladen – Libreria di Donne, Via Fiesolana 2 B
GENUA:
Frauenbuchladen – Libreria Lilith, Salita Polaioli 22 R, Tel. 29 77 47,
"Da Gianna", Vico Camelie 26 Rosso (hier kocht eine Italienerin für 4000 Lire ein Menü)
MESSINA:
Frauenbuchladen – Libreria delle Donne, Via della Zecca 16, Tel. 77 40 46
MAILAND:
Frauenbuchladen – Libreria della Donne, Via Dogana 2, Tel. 87 42 13,
Restaurant für Frauen, Via Coldilana 8,
Ciao Maria, Via Chiesa Rossa 47, Tel. 8 43 54 32 (Musik und Essen)
Lesbenkollektiv „Phoenix", Via Bessarione 14, Tel. 5 06 18 26
MODENA:
Frauenbuchladen, Libreria Centro Donna, Piazza Matteoti
PADUA:
Frauenbuchladen – Libreria di Donne, Via Belle Parti 7
PISA:
Frauenbuchladen – Libreria la Luna, Via Fueni 13
ROM:
Haus für Frauen, "Movimento Liberazione della Donna, Via Governo Vecchio 39, dort befinden sich auch: Gasthaus für Frauen, Universität für Frauen, Frauenzentrum und Lesben-

gruppen, Quotitiano donna, Radio Lilith, Kulturzentrum Virginia Woolf,
Club Zanzibar, (Bar, Musik, Filme, Veranstaltungen, Spiele etc.), Via del Politeama 8, (Piazza Trilussa), Tel. 5 89 59 35, Geöffnet Do – So ab 21 Uhr
Frauenbuchladen – Il tempo ritrovato, Piazza Farnese 103, Tel. 6 54 37 49

SARDINIEN/CAGLIARI:
Frauenbuchladen – Cooperativa la Tarantola, Via la Nusei 15

SIZILIEN/CATAGNA:
Frauenbuchladen – Libreria collettivo donna, Via Santa Maddalena 39

TOSKANA:
Le Cettine, 53010 Frosini, Provinz Siena. Le Cettine ist eine Art Dorfsiedlung, die von einer Frauenkooperative (mit Genehmigung der Gemeindeverwaltung) besetzt wurde und instandgesetzt wird. Frauenbeteiligung aus dem Ausland äußerst erwünscht – es wird Hilfe bei Bau- oder Sanierungsarbeiten, Landwirtschaft, Viehzucht, Kunst- oder sonstigem Handwerk o.ä. erwartet.

TURIN:
Frauenbuchladen – Libreria delle Donne, Largo Montebello 40-F, Tel. 87 62 16,
FUORI – homosexuelle Organisation für Frauen u. Männer – Via Garibaldi 13,
Disco Donna, Via Principessa Clotilde 82, Tel. 48 41 16
Sekretariat der Internationalen Lesbenunion, Corso Raffaello 5, Tel. 68 08 24

VENEDIG:
Frauenbuchladen, Centro idea Donne, Calle del tentor

Niederlande:

AMSTERDAM:
Frauenzentrum (Restaurant, Cafe, Buchladen), Nieuwe Heren-

gracht 95, Tel. 25 20 66,
Xantippe, Frauenbuchladen, Prinsengracht 209, Tel. (020) 23 58 54,
Frauencafe Saarein, Elandsstraat 119/Hoek Hazenstraat,
Frauenrestaurant, Goudsbloemstraat 52, (sonntags geschl.),C.O.C. (samstags nur für Frauen), Rozenstraat 14,
Bar „Sappho", Paardenstraat 11, Tel. 24 11 07,
Bar „Tabu", Leidsekruisstraat 19, Tel. 26 55 69,
International Lesbian Information Secretariat (ILIS), c/o N.V.I.H.-COC, Rozenstraat 8, 1016 NX Amsterdam,
Frauen und S/M, c/o Vereiniging Studiegroep Sado-Masochisme (V.S.S.M.), Postbus 3570, 1001 AJ Amsterdam

DEN BOSCH:
Tabu, Frauenbar, Orthenstraat 78

EINDHOVEN:
Frauenzentrum (Cafe und Bar), Tramstraat 7 a, Tel. 44 27 03

GRONINGEN:
Bar, Restaurant, Theater/Gallerie, Dikke Trui, Oute Ebbingestraat 82, Tel. (050) 13 31,
Frauenbuchladen, Visserstraat 14

LEIDEN:
Frauenbuchladen Gaia, Pieterskerkchoorsteeg 1, Tel. (071) 14 36 84

NIJMWEGEN:
Frauenbuchladen u. Café De feeks, Ridderstraat 11, Tel. (080) 23 62 10

ROTTERDAM:
Disco (freitags nur für Frauen), Grouwensoos, St. Mariastraat 1 (Kontakt über Frauenzentrum Amsterdam, Tel. 25 20 66)

UTRECHT:
Cafehaus „De Hekseketel", Oudegracht 261, Tel. (030) 31 73 63,
Frauenbuchladen „De Heksenkelder", Oudegracht 261, Tel. (030) 31 73 63

ZANDVOORT:
Hotel Coldail, Zandvoortselaan 18, Tel. 20 53 (homosexuelle Frauen und Männer)

Norwegen:

OSLO:
Organisation and Services: Mail-Postbox 1305-Oslo 1., Tel. (02) 33 77 15, Switchboard Service and Newsletter, Activities for gay women, Office: Akersgt. 3, Oslo,
Lesbiak Bevegelse (Lesbenzentrum), Kvinnehuset, Radhusgt. 2, Tel. (02) 41 28 64

Österreich:

WIEN:
Frauencafe, 1080 Wien, Langegasse 11, Tel. 43 86 78,
Frauentherapiezentrum Wien, c/o Marion Breiter, Gregor-Mendel-Str. 12/3b, A 1180 Wien, (0222) 3 44 91 84

Schottland:

EDINGBURGH:
Gay Switchboard, Tel. (031) 5 56 40 49
GLASGOW:
Homosexuellen Center, 534 Sauchiehall Street, Tel. (041) 3 32 17 25,
Gay Advisory Service, Tel. (041) 3 32 17 25
WALES/CARDIFF:
Gay Switchboard, Tel. (0222) 39 40 50

Schweiz

BASEL:
LIBS – Lesbeninitiative (im Frauenzentrum) Davidbodenstr. 25, 4056 Basel,
Restaurant Frauenzimmer (im Frauenzentrum), Davidbodenstr. 25
BADEN:
LOB Lesbenorganisation Baden c/o Frauenbefreiungsbewe-

gung, Mellingerstr. 104, 5400 Baden
BERN:
LIB Lesbische Initiative Bern, Postfach 4049, 3001 Bern,
Frauengesundheitszentrum, Bollwerk 21, CH 3011 Bern,
INFRA (Informationsstelle für Frauen) Eigerplatz 5 CH 3007 Bern, (031) 45 06 16,
Frauenbuchladen, Münstergasse 41, 3 Bern 8, Tel. (031) 22 82 18
GANTERSCHWIL:
Gästehaus für Frauen, Brigitte Keel, P.O. Box 4, Tel. (073) 33 31 91
GENF:
Lesbengruppe „l'insoumise", CP 111 Carouge, 1227 Genf,
Lesbengruppe „Dispensaire de femmes", 4 Rue du Role, 1201 Genf, Tel. (022) 21 15 70,
Frauenbuchladen „l'inédite", 1 Rue des Barrières, CP 487, 1211 Genf, Tel. (022) 21 15 70,
Chez Gastounet Bar, 12 Rue de Carouge, Tel. 20 22 71,
La Bretelle, 17 Rue des Etuves, Tel. 32 75 96
GRUNDMA:
Lesbengruppe in Grundma, Auskunft über Rageboge, Tel. (041) 51 26 50
LAUSANNE:
Permanent-Telefon von 15.00 – 21.00 Uhr, Tel. (021) 20 00 35,
GL Groupe Lesbienne, Case Postale 3268, 1002 Lausanne, Tel. 29 04 56,
Frauenbuchladen, La mauvaise graine, 4 Place du Tunnel, Tel. (021) 23 33 15
ZÜRICH:
infra – Informationsstelle für Frauen, Lavaterstr. 4, (Frauenzentrum, Tel. 2 02 81 30),
FLOH Frauen (lesbisch oder homosexuell) Postfach 4717,
Psychologische Beratungsstelle für Frauen, Stauffacherstr. 104, 8004 Zürich, Tel. 2 42 68 53,
Psychologische Beratungsstelle für Frauen, Zwinglistr. 35, Ch 8004 Zürich, (01) 53 74 08,
Homex, Videogruppe, Frauenzentrum, Mattengasse 27,
Elternkontaktstelle, Postfach 94, 8804 AU/Zürich,

Frauenbuchladen, Stockerstraße 37, 8002 Zürich, Tel. 2 02 62 74,
Disco Rapunzel, Leonhardstr. 19, Kaleidoskop (jeden Sonntag Tanz für Frauen), Stüssihofstaat 17

Spanien

BARCELONA:
Frauenbuchladen, La Sal, Bar Bibliotheca Feminista, Carrer de la Riereta 8, 1, Tel. 2 41 30 27,
Frauenbuchladen, Libreria de les Dones, Carrer Ilado 10, Tel. 3 15 48 04/3 02 56 76,
Frauenbar La Sal, 8, calle Riere Fo,
Daniels Pub, Plazza Carbonna 7 – 8, Tel. 209 99 78
MADRID:
Frauenbuchladen, Centro de Encuentro, Libreria de Mujeres, San Cristobal 17
SEVILLA:
Frauenbuchladen, Libreria Feminista Fulmen, Zaragoza 36
VALENCIA:
Frauenbuchladen, Libreria Dona, Brabador Esteve 34
BASKENLAND/BILBAO:
Frauenbuchladen, Liburuak Lilith, Correo 16-1 izd., Bilbao 5, Tel. 4 16 03 74,
Restaurant für Frauen: Lamiak, C. Pelota 8, Bilbao 5, Tel. 4 15 96 48

USA

CHICAGO:
The New Alexandria Lesbian Library, P.O.Box 11371, IL 60611, Tel. (312) 3 34 34 49
HOLLYWOOD:
Stonewall Library and Archives, Box 2084, Fl 33020 305 922 29 37 (male/female Library)
LOS ANGELES:
One Institut, 2256 Venice Blvd., CA 900006, (213) 7 35 52 52

NEW YORK:
Lesbian Herstory Archives: Lesbian Herstory Educational Foundation, Inc. P.O.Box 1258, N.Y. 10001, Tel.(212) 8 74 72 32,(212) 8 73 94 43
Womanbooks, a bookstore for women, 201 W 92 ST NYC 10025, Tel. 8 73 41 21,
NEW YORK CITY:
Lesbian Switchboard, 243 W. 20 th St. 10010, Tel. 7 41 26 10,
NEW YORK STATE:
Lesbian Switchboard, USA (607) 7 22 36 29,

Anmerkung des sub rosa Frauenverlags

Wir veröffentlichen SAPPHISTRIE, weil wir diesen Text für eine notwendige und wichtige Provokation halten. Wir haben davon abgesehen, ein eigenes Vorwort zu schreiben, weil die Bedeutung dieses Buches für die Diskussion um lesbische Sexualität in dem Vorwort von Phillis Lyon gewürdigt wird. Einigen Punkten – die die Autorin selbst nur am Rande erwähnt – stimmen wir nicht zu:

– Wir teilen nicht Pat Califia's Meinung (Seite 54), daß es keinen Kausalzusammenhang zwischen gewalttätigen visuellen Bildern und sexuellen Angriffen gibt. Einen ursächlichen Zusammenhang zwischen pornografischen Erzeugnissen und sexuellen Gewaltdelikten weisen sowohl Susan Brownmiller „Gegen unseren Willen" (Fischer) als auch Kathleen Barry „Female Sexual Slavery" (Avon Books, deutsche Übersetzung erscheint im Frühjahr 1982 im sub rosa Frauenverlag) nach.

– Bezüglich ihrer Ausführung zur Kinderpornografie (S. 56) vermissen wir den Hinweis, daß die Existenz von Kinderpornografie, in der Kinder ständig erotisiert und sexualisiert dargestellt werden, die Vorstellung der Männer bestärkt, daß es ihr Recht ist, Kinder – in der Regel kleine Mädchen – sexuell zu gebrauchen. Allein schon die Existenz von Kinderpornografie führt zur verschärften sexuellen Ausbeutung von kleinen Mädchen. Dazu „The Best Kept Secret: Sexual Abuse of Children" von Florence Rush (Prentice-Hall, deutsche Übersetzung erscheint im Frühjahr 1982 im sub rosa Frauenverlag).

– Bei der Pädophilie-Diskussion geht es nicht um die freie Sexualität von Kindern – wie Califia ausführt auf Seite 187 –, sondern es wird um Verständnis geworben für die Sexualität von Erwachsenen, ausschließlich Männern, die zwanghaft auf

Sexualität mit Kindern fixiert sind. Was diese Herrschaftsbeziehung zwischen einem erwachsenen Mann und in der Regel einem kleinen Mädchen für körperliche und seelische Schäden bei dem Mädchen anrichten kann, wird verschwiegen. Hierzu „Emanzipiert Pädophilie?“ von Alice Schwarzer und im Gespräch mit Günther Amendt „Wie frei macht Pädophilie?“ in Emma Nr. 4/80 und Florence Rush „The Best Kept Secret: Sexual Abuse of Children“.

– Eine gut begründete Gegenposition zu Pat Califia's Ausführungen über Transsexualität (Seite 283) vertritt Janice G. Raymond, in „The Transsexuell Empire – The Making of the She-Male“ (Beacon Press, Boston), was wir sehr empfehlen. Sie zeigt, wie das Problem von Transsexualität zu einem Instrument im Kampf gegen Frauen eingesetzt wird, die sich gegen die Geschlechtsrollenunterdrückung wehren.

Im Verlag gibt es kontroverse Meinungen zu dem Kapitel VARIANTEN, ganz besonders zu S/M. Für einige von uns nimmt dieses Kapitel einen zu großen Raum im Buch ein, andere halten es für einen zentralen Punkt in der Diskussion. Eine Kürzung des S/M-Kapitels haben wir verworfen, weil wir es für unzulässig halten, in vorhandene Texte einzugreifen. Außerdem ist S/M ein Bereich, der so wertbeladen ist, daß lesbische Frauen, die sich dafür interessieren, bisher nur auf Informationen in heterosexuellen oder in schwulen (Männer-) Kreisen zurückgreifen konnten. Wir denken, daß SAPPHISTRIE bei den Leserinnen ähnlich leidenschaftliche Diskussionen und Veränderungen bewirken wird wie bei uns.

Berlin, September 1981

NEUERSCHEINUNGEN

Vorankündigung

Kathleen Barry, **Female Sexual Slavery.** From Prostitution to Marriage (**Weibliche Sexuelle Sklaverei.** Von Prostitution bis Ehe) Prentice Hall, 1979. Aus dem Amerikanischen übersetzt von Alexandra Bartoczko, ca. 300 S.

Kathleen Barry legt weibliche Versklavung in all ihren Dimensionen offen — von der Zwangsprostitution mit entführten Mädchen bis zur ehelichen Vergewaltigung in Vorstadthäusern und zu den Auswirkungen von Pornographie. Female Sexual Slavery deckt die sozialen, politischen und ökonomischen Grundlagen sexueller Sklaverei auf.

„Ein Starkes Buch voller Zweifel, Wut und Dokumentation . . . Sexuelle Sklaverei hält Frauen heute ebenso gefesselt wie seit Jahrhunderten." (Los Angeles Times)

Florence Rush, **The Best Kept Secret.** Sexual Abuse of Children (**Das größte Geheimnis.** Sexueller Mißbrauch von Kindern) Prentice Hall, 1980. Aus dem Amerikanischen übersetzt von Alexandra Bartoczko, ca. 250 S.

The Best Kept Secret fordert die heutige „neue" Moralität heraus. Florence Rush, bekannte psychiatrische Sozialarbeiterin, demonstriert überzeugend in ihrem Buch, wie unsere Gesellschaft, beeinflußt von Mythen und Medien, Wissenschaft und Bibel, stillschweigend das Verbotene duldet. Interviews mit Mädchen und Frauen zeigen die möglichen verheerenden Folgen von Pädophilie auf — Depression, Psychose und Selbstmord. Rush's Kritik an dem mangelnden Bewußtsein und Interesse unserer Gesellschaft steht vor dem Hintergrund ihrer Untersuchung sexuellen Mißbrauchs von Kindern, insbesondere von Mädchen, und dessen Behandlung in der Bibel und im Talmud, in Griechenland, Indien und im viktorianischen Europa.

Erscheint 1982

sub rosa Frauenverlag